A Condessa Vésper

Aluísio Azevedo

Equipe DCL – Difusão Cultural do Livro

DIRETOR EDITORIAL: Raul Maia

Equipe Eureka Soluções Pedagógicas

REVISÃO DE TEXTOS: Joana Carda Soluções Editoriais

Texto em conformidade com as novas regras ortográficas do Acordo da Língua Portuguesa

Dados Internacionais de Catalogação na Publicação (CIP)
(Câmara Brasileira do Livro, SP, Brasil)

Garrett, Almeida, 1799-1854.
A condessa Vésper / Almeida Garrett. --
São Paulo : DCL, 2013. -- (Clássicos literários)

ISBN 978-85-368-1632-6

1. Romance brasileiro I. Título. II. Série.

13-01065 CDD-869.93

Índices para catálogo sistemático:

1. Romances : Literatura brasileira 869.93

Impresso na Índia

Editora DCL – Difusão Cultural do Livro
(11) 3932-5222
www.editoradcl.com.br

Sumário

As memórias de um condenado

Uma noite, trabalhava eu no silêncio do meu gabinete, quando fui procurado por uma velhinha, toda engelhada e trêmula, que me disse em voz misteriosa ter uma carta para mim.

– De quem? perguntei.

– De um moço que está na casa de Detenção.

– De um preso?! Como se chama ele?

– V. S. vai ficar sabendo pelo que vem nesse papel. Tenha a bondade de ler. Abri a carta e li o seguinte:

"Prezado Romancista.

Apesar de nunca ter tido a honra de trocar uma palavra com o Sr., já o conheço perfeitamente por suas obras, e por elas lhe aprecio o coração e o caráter. Pode ser que me engane, mas a um rapaz, sem bens de fortuna e sem influência de família, que teve a coragem de reagir contra velhos preconceitos do nosso país, abrindo caminho com a sua pena de escritor transformada em picareta, e posta só a serviço dos fracos e desprotegidos, não pode ser indiferente à desgraça de quem se vê encerrado entre as negras paredes de uma prisão, sem outro companheiro além da própria consciência que o tortura.

Sei que sou criminoso e mereço castigo – matei e não me arrependo de haver matado; matei porque amava loucamente, porque sacrifiquei alma coração e riqueza a uma mulher indigna e má. Entretanto, se incorri na punição da lei, não fiz, por merecer o anátema dos homens justos e generosos; minha vida deve inspirar mais compaixão do que desprezo por mim, e deve aproveitar como lição aos infelizes nascidos nas desastrosas circunstâncias em que vim ao mundo.

Juro que ninguém foi mais leal, nem mais compassivo do que eu, juro que nunca sequer me passou pela mente a mais ligeira ideia de traição ou de fraude; quando, porém, cheguei a compreender até a que ponto de aviltamento e de degradação me arrastara o meu fatídico amor, quando toquei com a fronte no fundo do inferno da perfídia, da ingratidão e de toda a infâmia de que é capaz uma mulher, sucumbi de compaixão por mim próprio, e friamente arranquei a vida daquela por quem houvera eu sacrificado mil vidas que tivesse.

Ao senhor, que conta apenas vinte e três anos de idade, e já conhece tão profundamente o coração dos seus semelhantes, não será com certeza indiferente a história do meu amor, nem lhe repugnarão as confidências enviadas deste cárcere, onde um desgraçado chora e padece, menos pelos remorsos do seu crime do que pelas saudades da sua vítima.

O manuscrito que a esta carta acompanha, feito ao correr da pena sob a imediata impressão dos acontecimentos relatados é flagrante cópia da verdade, e só aspira servir de medonho espelho a outros infelizes, que se deixem como eu cegar por um amor irrefletido.

Desse triste montão de gemidos esmagados em lodo, pode o seu engenho de romancista tirar uma obra que interesse ao público, substituindo, está claro, os nomes nele apontados por outros supostos. E quem sabe se o seu livro, uma vez posto em circulação, não irá ainda acordar nos corações singelos um impulso de condolência para com o pobre assassino por todos agora amaldiçoado?

No meu manuscrito verá o senhor que sou eu o menos responsável pelo grande mal que fiz. O verdadeiro culpado foram os elementos em que se formou e desenvolveu o meu ser, foi o ardente romantismo em que palpitaram aqueles a quem coube a formação do meu temperamento e do meu caráter, foi a ausência de trabalho, foi a má educação sentimental, e foi o excesso de dinheiro.

Hoje, que afinal me acho varrido para sempre da comunhão social e arredado daquelas fatais perturbações, reconheço que passei pelo meu tempo sem compreender, nem distinguir a feição do meio em que existi. Não vivi. Apenas vinguei para o egoístico repasto do meu deplorável amor. Fui nada mais que o tardio produto de uma geração moribunda, atropelado pelo choque de uma geração nascente e forte. Todavia, se eu não tivera sido tão negligentemente rico e tão erradamente amado pelo mísero sonhador que se encarregou da minha educação, é possível que não houvesse sucumbido ao choque das duas épocas, ou pelo menos não houvesse resvalado tão sinistramente na lobrega vala dos presidiários.

Não estava preparado para receber o embate da onda, e caí. A onda passou adiante, e eu fiquei de rastros, para nunca mais me erguer.

Enquanto nesta penitenciária lamento a inutilidade da minha vinda ao mundo, outros, que nasceram comigo, mas que, no esforço de cada dia e na luta pela conquista do ideal, aprenderam a ser fortes e vencedores, levantam além nos arraiais revolucionários, os seus vitoriosos estandartes.

Mães! que concentrais vossa esperança no futuro de vossos filhos; pais! que pretendeis deixar um rico testamento – olhai para a minha vida, e considerai o perigo do dinheiro em excesso aos vinte anos, e o perigo, ainda maior, da educação romântica!"

Assim que a velhinha me viu terminar a leitura da carta, tirou de sob o xale um rolo de papéis, volumoso e sujo de tinta, que me entregou discretamente, saindo logo depois, a mastigar palavras de despedida.

Fechei de novo a porta do meu gabinete de trabalho, pus de parte o serviço dessa noite, e atirei-me de corpo e alma ao manuscrito.

Li-o todo.

Ao devorar a última página, o sol das seis horas da manhã invadia-me a casa pela ampla janela que eu acabava de abrir, enquanto uma funda melancolia e uma piedosa amargura me assaltavam o coração.

Tateei os olhos, e os meus dedos voltaram relentados de pranto.

As confidências do pobre assassino deixaram-me em extremo comovido. Eram uma torrente vertiginosa de episódios dramáticos e originais, em que toda a miséria humana se estorcia convulsionada, ora pela dor, ora pelo prazer, mas sempre de rojo o na mesma lameira de lágrimas ensanguentadas.

Não hesitei, tomei da pena e escrevi o livro que se segue, para mostrar ao meu leitor quanto é perigosa a beleza de uma mulher do jaez da Condessa Vésper, posta ao mau serviço do egoísmo e da vaidade.

I

O namorado da noiva

Nos fins de um verão que já vai longe, uma carruagem, de cúpula erguida e faróis apagados, seguia a todo o trote pela pitoresca estrada da Gávea.

Seriam onze horas da noite.

À certa altura, no lugar mais sombreado do caminho, a carruagem parou, e dela se apearam dois sujeitos vestidos de casaca. O mais velho destes, que teria o duplo dos vinte anos do outro, pagou ao cocheiro, e logo que o carro tornou por onde viera, puseram-se os dois apeados a caminhar silenciosamente pela estrada acima.

Ao cabo de alguns minutos, o mais velho, percebendo que o companheiro chorava, estacou, sacudindo-lhe o braço:

– Então, Gabriel! Não tencionas acabar com isso por uma vez? Olha, que sempre me saíste um romântico ainda mais doido do que eu! E batendo-lhe no ombro: Ora vamos, meu rapaz! não te deixes agora dominar tão estupidamente por uma paixão quase ridícula! O que por aí não falta são mulheres tão lindas ou mais do que a filha do comendador Moscoso, e tu, por bem dizer, ainda nem principiaste a gozar a tua mocidade. Para mim é que toas elas já não existem... Vamos! Se continuas desse modo, acabarei por te não tomar a sério!

O mais moço não respondeu, e continuaram os dois a caminhar em silêncio. No fim de nova pausa, acrescentou o mais velho, sem interromper o passo:

– Que diabo! Quiseste a todo o transe assistir ao casamento de Ambrosina... Não te contrariei, apesar de me parecer isso disparada loucura; exigiste que eu te acompanhasse... Eu cá estou ao teu lado; declaraste que entraríamos misteriosamente na casa dos noivos à meia-noite, como dois gatunos... Eu não respinguei palavra!... (E sacando do relógio) São doze menos um quarto... A chácara do comendador fica-nos a poucas braças... e o cocheiro que nos trouxe roda a estas horas longe daqui, sem saber quem conduziu no seu carro... Parece-me, pois, que anui a todos os teus caprichos; entretanto, tu, o herói desta complicada aventura, tu, que me prometeste te portares como homem, que juraste não soltares um gemido de dor ou de queixa, desatas agora a chorar como uma mulher! Ah! Deste modo, meu caro, não contes comigo!... Prefiro até desistir da viagem que combinamos fazer à Europa, sob a condição de acompanhar-te eu nesta romântica empresa; desisto de tudo!

– Gaspar!

– Pois não! retrucou este, estacando de novo no meio da estrada. Se continuas assim, está claro que não obterás de mim um passo adiante!

– Irei só! declarou o outro, enxugando os olhos.

– Para fazer-te a vontade, prosseguiu aquele, tive que reagir contra os meus hábitos e até contra o meu caráter; não te é nada estranho o mortal e velho ódio que mantinha contra meu pai, o pai de Ambrosina, esse infame comendador Moscoso, a quem eu, como toda a gente honrada, desprezo e detesto... Pois bem; não me arrependo do que fiz, e estou por tudo que quiseres, mas, com a breca! Exijo por minha vez que, ou tu te hás de portar como homem, ou agora mesmo, desistas de tal ideia de ir hoje à casa da noiva! Lá para lamúrias e pieguices de namorado infeliz, é que absolutamente não vim disposto! Vamos! É decidires!

Gabriel passou-lhe o braço em volta do pescoço, exclamando:

– Não me recrimines, meu bom amigo! Sei quanto te devo, e sei melhor que o teu coração é o único de que ainda não descri inteiramente; mas, por isso mesmo, não me abandones, não me deixes a sós com este desespero, que só espera pela tua ausência para me devorar. Fica ao meu lado... Eu me farei forte, eu terei coragem! Hei de vê-la aparecer, enlevada no seu véu nupcial, branca e fugitiva como a nuvem que se some para sempre; hei de vê-la, coroada de flores amorosas, as faces enrubescidas de sensual enleio, os olhos fulgurantes de desejo por outro homem!... E não soltarei um lamento, e não proferirei uma blasfêmia! Inveja, decepções, mortíferos ciúmes, tudo me ficará cá dentro, premido e recalcado com os escombros do meu pobre amor! Tudo sofrerei, vencido e humilhado, contanto que ma deixem ver hoje, contanto que me deixem penetrar, pela última vez, da suprema luz daqueles olhos ainda de virgem, e aperceber minha alma com a imagem dela, antes que ela se despoje eternamente da sua castidade! Depois, farei o que quiseres... Fugiremos para longe do Brasil... Tomaremos o primeiro paquete para a Europa... Percorreremos o mundo inteiro, abriremos uma ruidosa vida de prazeres e de perigos! Teremos amantes em todas as cidades, orgias e duelos em todas as paragens; mas, por piedade! deixem-me ver Ambrosina, antes que ela resvale nos braços do miserável que ma roubou! E tu, meu bom Gaspar, não me abandonarás, não é verdade?... Tu continuarás a ser para mim o mesmo amigo fiel, o mesmo inseparável irmão, o mesmo extremoso pai!

O outro apertou-o contra o peito.

– Sim, sim... respondeu comovido; bem sabes que sim! Serei sempre o mesmo, não para te deixar correr à solta, como um boêmio, por esse mundo afora, mas para despertar em ti o gosto pela vida real e pelo trabalho fecundo... Olha! já daqui se avista a chácara do grande velhaco. Deitam fogos! Deve ir animado o bródio! Mas vê se me compõe um pouco esse teu ar, homem! Não sei que parecerás aos folgazões com essa cara de carpideira de velório!

E, à proporção que se adiantavam, iam já sentindo com efeito avultar-se no ar um quente rumor de festa que ferve ao longe; ao passo que em torno deles vinha, do fundo negrume daquela noite sem estrêlas e sem lua, um monótono coaxar de charco e um agoureiro corvejar de aves sinistras.

Os dois amigos chegaram defronte da bela chácara do comendador. O mais velho bateu no ombro do outro:

– Vê lá como te portas, hein!...

E, embrenhando-se pelo empavezado jardim, galgaram depois uma escadaria de granito, que dava para sombria e vasta varanda, trasbordante de roseiras em flor; transposta a qual, se acharam eles num luzido salão, ainda quente de estrondoso banquete que aí ardera durante a noite.

Via-se ao centro a grande mesa, devastada e abandonada, como um campo depois de medieválica peleja a ferro frio, e, no meio, do destroço, dominante, e altiva, erguia-se intacta, numa apoteose de açúcar e fios de ovos, uma noivazinha de alfenim, coroada de áureos caramelos e vestidas de papel de seda.

Essa ridícula boneca, que se poderia derreter com um bochecho d'água, representava, entretanto, ali, naquele centro burguês e pretensioso, nada menos que a instituição mais respeitável da sociedade, representava a família. Naquele alfenim, frágil, cândido e consagrado, havia a doçura do lar doméstico, toda a pureza do amor conjugal e também toda a fragilidade da honra de um marido.

No meio do geral desbaratamento das vitualhas e dos postres, a simbólica boneca fôra respeitada, por damas e cavalheiros, como ídolo divino.

Gabriel teve vontade de despedaçá-la.

Já quase ninguém havia no salão do banquete. Tinham-se os convivas despejado pelas outras salas e pelo jardim, cuja luminária à veneziana começava a derreter-se; alguns coziam a digestão refestelada pelas poltronas e pelos divãs macios; outros bebericavam ainda aos bufetes e faziam brindes, sobre a posse, à ventura dos cônjuges. A festa, que havia começado desde a véspera, tocava afinal no seu término e dissolvia-se em cansaço.

Gaspar e Gabriel conseguiram, sem chamar a atenção de pessoa alguma, chegar a um aposento mais afastado, onde se não via viva alma.

– O que é da noiva!... perguntou Gabriel a um criado do libré, que apareceu depois, indagando deles se precisavam de alguma cousa.

– A noiva? Acaba, neste instante, de retirar-se com o noivo para o rico pavilhãozinho cor-de-rosa que lhes foi preparado... Olhe! olhe! meu senhor! Aqui desta janela ainda os pode ver! Ali vão eles!

– Gabriel correu ao lugar indicado. Ambrosina, pelo braço do noivo, fugia efetivamente para o escondido ninho dos seus amores, esgueirando--se arisca por entre as sombrias árvores do jardim.

– Onde fica o pavilhão?...

– O pavilhãozinho dos noivos? Pois vossemecê não sabe?! Fica, meu rico senhor, ao fundo da chácara, para o lado do mar... Que pena não o ter ido ver enquanto esteve ontem franqueado... De tudo o que se preparou aqui para esta festa, é sem dúvida a peça mais bonita! Ao fundo da chácara... Para o lado do mar... repetia entredentes Gabriel, apalpando contra o peito um punhal que levava oculto.

– Bem, disse Gaspar, assim que o criado se arredou; já viste afinal a noiva, creio que agora podemos bater em retirada... Não nos convém ficar por muito tempo aqui!...

– Vai tu, se quiseres... Eu inda fico...

– Mal começa a cheirar-me a brincadeira! Bem sabes que te não abandonarei, mas não deves abusar da minha condescendência... Ouvi por acaso dizer há pouco que os pais dos noivos já se tinham também recolhido e que poucos convidados haveria de pé... São duas horas da madrugada!

Só em verdade um reduzido grupo de convivas recalcitrantes insistia em prolongar a festa, bebendo, já sem olhar o que, entre arrastadas cantigas à meia voz e descaídos abraços de borracheira; os outros, ou se tinham retirado para casa, ou recolhido aos dormitórios que o comendador mandara improvisar para os seus hóspedes.

Os criados, moídos e taciturnos, encostavam-se pelos umbrais das portas, a fitar os retardatários com um olhar humilde e suplicante. Um deles foi ter, bocejando, com Gaspar e Gabriel, e perguntou-lhes, quase de olhos fechados, se pernoitavam na chácara.

– Sim – respondeu o mais moço, sem consultar o outro.

– Mas precisamos de um quarto, donde se possa sair pela madrugada... Observou Gaspar; nossa carruagem chega às quatro horas... O criado, a coçar-se todo, conduziu-os a uma câmara ao rés do chão, onde já havia dois sujeitos a dormir profundamente.

– Mas afinal, a que pretendes tu chegar com tudo isto?! perguntou Gaspar em voz baixa ao companheiro, quando se acharam a sós.

– A nada mais do que descansar um pouco, e partir em seguida... Contudo, se quiseres ir, ainda está em tempo... Eu, como já disse, não vou por ora.

– Ao contrário, preciso de repouso, e não tenho condução... volveu Gaspar, afetando um bocejo. E acrescentou, estirando-se num sofá, depois de desfazer-se da casaca e das botinas:

– Contanto que antes de amanhecer estejamos a caminho... Não me convém de modo algum encontrar com o comendador.

– Podes ficar descansado... prometeu o outro, recolhendo por sua vez a uma poltrona de couro. E, apagando a lâmpada que levara para junto desta, fingiu que adormecia. Ao fim de algum tempo, a casa mergulhava de todo em silêncio e trevas. Gabriel ergueu-se cautelosamente; foi à porta, abriu-a com sumo cuidado, e saiu para o jardim, em mangas de camisa e sem sapatos. Levava o punhal consigo.

A noite era cada vez mais negra.

Gaspar, porém, que continuava alerta, mal percebeu a escápula do companheiro, enfiou num relance as botinas e a casaca, e atirou-se sorrateiramente no encalço dele.

II

O médico misterioso

Gabriel, sem dar pelo amigo, que o seguia à distância, atravessou o jardim e ganhou a chácara. Tinham-lhe falado no pavilhão ao fundo... do lado do mar...

– É ali!... balbuciou ele, cheio de febre. Deve ser aquele chalezinho sonolento, que se esconde na folhagem... E dirigiu-se para lá. Das janelas do pavilhão derramava-se no mar uma doce claridade, cor de pérola, que se embebia no silêncio da noite como um plácido suspiro de absoluto repouso.

Gabriel comprimiu o peito com as mãos. Sentia por dentro o ciúme comer-lhe o coração a dentadas.

Ah! Como poderia o mísero suportar a ideia de que Ambrosina naquele instante desfalecesse de amor nos braços de outro homem? Como poderia admitir que aqueles lábios, que só com uma única palavra lhe enlearam toda a existência, dissessem a outro o mesmo "Amo-te", que a ele encheu o coração de esperanças, transformadas agora em negras fezes?... E que aqueles olhos, e que aquele colo, e que toda aquela divina carne, desmaiassem e palpitassem na síncope do primeiro enlace dos sentidos, sem ser nos braços dele? Dele, que tanto a reclamava no ardor do seu desejo apaixonado!

– Ambrosina! minha formosa Ambrosina!... balbuciava o infeliz, a fitar a dúbia claridade das janelas do pavilhão; como te deixaste fascinar por outro... como pudeste, infiel e querida companheira de meus sonhos, crer, houvesse neste mundo alguém, a não ser eu, capaz de merecer-te e capaz de amar-te como deves ser amada? Louca! tu me perdeste para a tua felicidade, e de mim próprio me privaste! Repousa no teu engano, embriaga-te de traição, bebe, indiferente e feliz, as curtas horas sobejadas do amor, porque amanhã o teu despertar há de ser amargo e pressago! Hei de com o meu sangue enodar-te as núpcias! hei de com o meu cadáver tolher-te a estrada! O morto, que ao alvorecer terás sob as tuas janelas, há de quebrar-te na mentirosa bôca o sorriso que trouxeres para a luz do dia! há de gelar-te no peito a doce recordação da tua primeira noite de mulher, e há de acompanhar-te pela vida como a própria sombra da perfídia que habita tua alma! E, ao terminar estas palavras, já Gabriel se havia arrastado até à flórida porta do pavilhão cor-de-rosa, e aí arrancando do punhal, pousou sobre estes os olhos com profunda e magoada expressão de ternura. Depois de contemplar por longo tempo a primorosa arma, enquanto dos olhos lhe corriam as derradeiras lágrimas, levou-a piedosamente aos lábios, murmurando de joelho, como se orasse a mais íntima das preces:

– Em ti, leal companheiro dos meus antepassados, beijo o sangue generoso de minha mãe, que a mim te transmitiu, sem contigo me transmitir o seu valor. E ela que me envie, lá da sua etérea morada, perdão para esta minha morte tão mesquinha, tão covarde e tão indigna da sua raça!

Mas, antes de alçar a arma, um forte rugido de fera, um rouco surdo e cavernoso, que parecia sair dos aposentos dos noivos, empolgou-lhe a atenção.

Prestou ouvidos. Um novo ronco sucedeu ao primeiro.

Dir-se-ia um tigre a roncar amordaçado.

E pouco depois os rugidos começaram a repetir-se quase sem intermitência.

– Socorro! gritou daquele mesmo ponto uma voz de mulher. Gabriel não esperou por mais para meter ombros à frágil porta do pavilhão, arrombando-a com estrondo e precipitando-se lá para dentro como um raio.

– Socorro! Socorro!

Atravessou de carreira um corredor, ao fundo do qual havia uma cancela com vidros de cor, iluminados; despedaçou um dos vidros, e enfiou a cabeça pelo esvazamento aberto. Era aí o quarto dos noivos. Gabriel sentiu ouriçar-lhe o cabelo à vista da terrível cena que se patenteava a seus olhos.

O noivo de Ambrosina estava em posse de um ataque de loucura furiosa.

Leonardo, assim se chamava ele, já desde antes do banquete nupcial havia sentido um princípio de vertigem e um estranho sobressalto de nervos, que lhe alteravam a respiração e lhe punham o sangue desassossegado.

Não ligou a isso grande importância, tratando, porém, ao sair da mesa, de apressar o momento feliz de fugir com a desposada, para a grata independência do ninho que os esperava.

Mas, nem aí conseguiu tranquilizar-se; continuava sobressaltado, quase ofegante. E, mal havia trocado com a esposa as primeiras e ainda formais expressões da íntima ternura, um novo e mais forte rebate dos nervos lhe agitou todos os membros a um só tempo, como por efeito de uma formidável descarga elétrica.

Leonardo estremeceu da cabeça aos pés, contraindo os lábios, abrolhando os olhos e rilhando os dentes. E começou a tartamudear inarticulados sons e a extorcer-se no luxuoso divã em que havia resvalado.

Ambrosina, já recolhida ao leito, afogada de finos lençóis até à garganta, acompanhava-lhe os menores gestos, tiritando de susto e pronta a pedir socorro.

O infeliz ergueu-se por fim, e pôs-se a andar ao comprido da alcova, muito alvoroçado, sem largar de fazer com a boca e com os olhos contorsões epilépticas. E, ao passar defronte do vasto espelho de uma linda psichê de moldura dourada, encarou-se, soltou um tremendo berro e despedaçou a lâmina de cristal com um murro.

A noiva, de um salto da cama, procurou fugir da alcova, clamando socorro. Ele, porém, a apanhou nos braços, antes que ela conseguisse abrir a porta.

Ambrosina, retorcendo o corpo com uma agilidade de serpe, logrou, aos gritos, escapar-lhe das mãos; mas Leonardo cortou-lhe a saída, rojando-se diante da porta, na destra posição de um tigre que arma o pulo sobre a presa. Faiscavam-lhe os olhos, espumava-lhe a boca e fungavam-lhe as ventas, como de faminta fera fariscando sangue. A punhada no espelho cortara-lhe o pulso, e dos golpes todo ele se tingia de rubras manchas.

Ambrosina estonteada de pavor e já sem voz para gritar, corria, seminua, de um canto a outro da atravancada câmara, ora a esconder-se no cortinado do leito, ora a agachar-se por detrás dos mimosos biombos de seda e dos elegantes moveizinhos de laca japonesa.

Ele afinal, grunindo, pinchou-se sobre ela, e apresou-lhe com os dentes a sutil camisa de claras rendas e laços cor-de-rosa. A bela rapariga soltou um grito mais forte, e caiu por terra sem sentidos, rachando o crânio contra as patas de bronze de um jarrão de porcelana oriental.

Leonardo apoderou-se da desgraçada com uma alegria feroz.

Foi nessa ocasião que Gabriel rompeu o vidro da porta. A fera, ao dar com ele, abandonou a presa e, entre medonhos uivos, engatinhou-se para o intruso.

Gabriel viu-a aproximar-se, e sentiu o coração saltar-lhe por dentro como outra fera também furiosa. Em um abrir e fechar de olhos, levou de arranco a ogival cancela que os separava, e achou-se em frente do louco.

Leonardo, já de pé, recuou dois saltos, e de um bote se arrojou sobre o adversário, fazendo voar-lhe do punho a arma estremecida.

Engalfinharam-se, lutando peito a peito, cara a cara,como dois demônios possessos da mesma raiva; e afinal rolaram no chão, feitos num só, numa só massa iracunda e ofegante, que rodava na estreiteza da alcova, levando de roldão o que topava, despedaçando móveis, faianças e cristais, fundidos num infernal abraço de extermínio. Gabriel sentia as garras e os dentes do louco rasgarem-lhe as carnes, mas insistia em estrangulá-lo, tentando empolgar-lhe o pescoço.

Felizmente, Gaspar, que havia apanhado no ar a situação e correra a chamar pelos de casa, invadia agora, acompanhado por outros, o revolto aposento dos noivos.

Custou-lhe obter aquela gente prostrada por dois dias de festa.

Quatro homens atiraram-se à unha a Leonardo, como a um touro: o insano, porém não largava dos dentes a espádua esquerda do rival. Então

Gaspar, que acabava de abrir o seu portátil estojo de cirurgia, despejou no lenço o conteúdo de um frasquinho de prata que tirou dele, e conseguindo colar contra o nariz e a boca do furioso o pano ensopado. Leonardo acabou por fechar os olhos e deixar-se cair exânime nos braços dos que o detinham.

– Carreguem com ele para lugar seguro, disse o operador; donde não possa fugir quando voltar a si. E tratemos agora destes! Estendeu-se a Gabriel sobre um divã, e carregou-se com Ambrosina para o seu infeliz e faustoso leito conjugal. A desditosa noiva continuava estarrecida e banhada em sangue. Gaspar pediu pontos falsos, trapos de linho, todos os recursos desse gênero que houvesse em casa; assentou-se expeditamente ao lado da cama, arregaçando as mangas, e pôs-se a observar atentamente a ferida da enferma.

Só nessa ocasião apareceu na alcova o pai da noiva.

Fora de si e quase sem poder falar, perguntava o comendador muito aflito que estranha e grande desgraça havia sucedido à sua pobre filha; mas dando com Gaspar ao lado dela, a auscultar-lhe o colo, estacou, exclamando fulminado:

O Médico Misterioso?! E rugiu de cólera. Gaspar, sem largar de mão o que fazia, olhou para ele de esguelha, e sacudiu os ombros.

O filho do coronel Pinto Leite em minha casa?! bramiu Moscoso, cerrando os punhos. Saia daqui, senhor!

Saia imediatamente, ou o farei despejar lá fora pelos meus escravos! Gaspar, ainda sem largar de mão a desfalecida, respondeu com toda a calma:

– Sim, mas deixe-me primeiro cumprir com o meu dever profissional, medicando estes dois infelizes; uma é sua filha, e outro é a quem deve ela a vida, à custa do estado em que o vê... Há depois tempo de sobra para o comendador enxotar-me de sua casa uma vez por todas...

III

Ascendentes

O comendador Moscoso não se podia conformar com a ideia de que ali estivesse, debaixo de suas telhas e no seio de sua família, o filho do homem a quem ele mais odiara no mundo, do homem, pelo qual fizera verdadeiros sacrifícios para vingar-se, e a quem devia as duas mais penosas cenas de toda a sua vida – o filho do coronel Pinto Leite.

Como há de ver o leitor lá para diante, havia, pouco antes do casamento de Ambrosina, sofrido o comendador das mãos do coronel, no meio do maior escândalo social, a maior afronta que se pode fazer a um inimigo.

Todavia, o coronel Pinto Leite fora sempre um modelo de franqueza e de generosidade. A vida militar dera-lhe à fisionomia e às maneiras certo cunho de desabrida aspereza, mas ao mesmo tempo lhe temperara o caráter com essa bondade, natural e sêca, que moralmente distingue, dos materialistas sensuais, ávidos e fracos, os homens castos, sentimentais e fortes.

A história do velho ódio que lhe tributava o comendador vinha de longe, e só poderá ser bem compreendida com uma rápida exposição dos traços gerais da vida do coronel.

Pinto Leite, aos vinte anos, como simples alferes, fazia parte das aventurosas expedições a São Paulo e Minas, quando o Brasil, ainda estremunhando com a Independência, palpitava nas lutas militares e políticas, que depois firmaram definitivamente a sua nacionalidade. Fez carreira pelo valor, pela sisudez de caráter e leal cumprimento do dever. Ainda muito moço já era capitão e desempenhava os mais honrosos cargos de confiança do governo regencial.

Foi por esse tempo que, em campanha nas fronteiras rio-grandenses, se enamorou da filha de um estancieiro, e no intervalo de dois combates se casou com ela. Deste consórcio nasceram primeiro dois filhos gêmeos: Ana e Gaspar, e cinco anos depois falecia em Uruguai a infeliz mãe, por ocasião de dar à luz mais uma filha: Virgínia.

A situação política do país havia mudado inteiramente com a precoce e forçada maioridade do príncipe D. Pedro II, que mal acabava de completar quinze anos, e o soldado, vendo-se ao cabo da guerra preterido por bisonhos e engravatados filhotes do novo governo, e de mais a mais viúvo, enfermo de inúteis e gloriosas feridas, só por ele próprio ainda lembradas, e sobrecarregado com a responsabilidade da educação de três filhos, pediu e obteve reforma no posto de coronel, capitalizou o que tinha, e transferiu-se definitivamente para a Corte.

Só então, pela primeira vez na vida, desfrutou paz e estabilidade. Os bens adquiridos davam-lhe para viver decentemente; e quanto às suas ambições, essas, pobre delas! quedariam, talvez para sempre, sepultadas na bainha com a sua desiludida espada de reformado.

Ana e Gaspar, ao lado do viúvo, chegaram aos mais belos e bem aproveitados dezesseis anos. O rapaz matriculou-se na Academia de Medicina, enquanto a rapariga, chamando a si os cuidados domésticos da casa, fazia as vezes de mãe junto à irmã pequena.

Mas, com volver-se púbere, entrou Ana logo a penar no próprio ninho e a procurar com os olhos, em volta dos seus primeiros devaneios de donzela, quem a ajudasse a construí-lo.

Ora, a casa do veterano era mais frequentada por velhos e ásperos camaradas dele, gente tostada de pólvora e tabaco, entre a qual não encontraria de certo a tímida rola o companheiro desejado. E o coronel tão alheio parecia aos solitários arrulhos da filha, que a menina chegou a desconfiar que o pai se não queria separar dela.

Com mais três anos por cima, e sem que aquele o percebesse, começou a irmã de Gaspar a revelar perturbações mais sérias no organismo e a tornar-se sumamente nervosa e macambúzia.

Foi então que o caixeiro da taverna em frente da casa, um rapaz português de pouco mais de vinte anos, bonito e forte, deu em requestá-la com sorrisos e olhares ternos.

E o caso é que a filha do coronel, a princípio revoltada, depois apenas retraída, e afinal já hesitante, acabou por aceitar abertamente o namoro do caixeiro.

Trocaram cartas, e os protestos amorosos do rapaz, escritos com pouca ortografia e muito faro no dote da pequena, a esta enchiam de deliciosos anseios e a deixavam a cismar horas perdidas nas felicidades do lar doméstico.

Um belo dia autorizou-o ela a pedi-la, ao pai, e o rapaz, no primeiro domingo de descanso, enfiou um fato novo, embolsou a carta em que vinha a autorização do pedido, e apresentou-se ao veterano com um discurso na ponta da língua.

A resposta que teve foi uma formidável gargalhada, uma dessas gargalhadas escandalosas de soldado velho, mais pungentes e agressivas que qualquer formal injúria.

O pobre moço desceu as escadas cambaleando, ébrio de confusão e sufocado de cólera.

Esse moço era, um punhado de anos mais tarde, o jovial e próspero comendador Moscoso.

Ao sair da casa do coronel, Moscoso jurou vingar-se. Atravessou a rua apoplético e, metendo-se no cubículo que lhe servia de quarto de dormir, atirou-se ao catre com uma explosão de soluços.

À noite escaldava de febre. Foi uma noite de vertigem, cálculos de fortuna e planos de vingança. O caixeiro via-se mentalmente a economizar, a passar misérias, para ajuntar pecúlio e armar um princípio sólido de vida. As fontes estalavam-lhe. Sonhava-se rico, já cercado de considerações, levantando inveja nos vencidos, abrindo por todos os lados cumprimentos e sorrisos de adulação. Então é que aquele triste do coronel havia de saber o que era bom! Oh! ele, o pobre caixeiro, seria implacável no seu ódio! o coronel havia de pagar duro! havia de puxar pelas orelhas sem deitar sangue; havia de arrepender-se de lhe não ter dado a filha! Moscoso havia de ver Anita amarrada a um diabo, que a enchesse de maus tratos e necessidades! O tempo é que havia de mostrar

E inteiramente devorado por estas ideias, o caixeiro virava-se e revirava-se na cama, sem conciliar o sono.

Amanhecera abatido, cheio de febre e possuído de uma grande má vontade por tudo e por todos.

Desde então principiou para ele uma nova existência. Tinha uma ideia fixa: tratava-se agora de ajuntar dinheiro; estava disposto a suportar tudo, contanto que o capital se fizesse e avultasse!

Moscoso principiou por mudar de gênero de comércio; meteu-se para a rua da Saúde, arranjando-se em uma casa de café.

E o grande fato é que, ao fim de algum tempo, todo o seu esforço principiava já a produzir o desejado efeito, e o caixeiro contava todos os meses o fruto das suas economias, amontoadas com o sacrifício de todos os instantes. Pôde então realizar uma ideia, que lhe trabalhava havia muito no cérebro: escrever no Jornal do Comércio uma série de mofinas contra o coronel.

Moscoso, uma noite depois do trabalho, foi à redação daquela folha e entregou a primeira à publicação.

A mofina dizia assim:

"Pergunta-se ao coronel Pinto Leite por que razão S. S. não entra em explicação de contas a respeito de certa viúva da cidade?... – A sentinela."

Consistiu nestas estranhas palavras a primeira mofina do comendador. Ninguém as sabia explicar, não tinham fundamento algum, eram inventadas; mas quem as lesse ficaria com o juízo suspenso, diria talvez consigo que ali andava misteriosa e grossa maroteira; e era isso justamente o que Moscoso desejava, era levantar dúvida, promover desconfiança, arranjar qualquer prevenção contra o coronel.

Este, quando viu a mofina, riu-se, persuadindo-se vítima de algum engano. Mas em breve se convenceu do contrário, porque o fato começou a repetir-se.

Moscoso punha já de parte certa verba para aquela despesa; a mofina entrou no seu orçamento ao lado do dinheiro para o cabeleireiro e para o rol da roupa suja. De quinze em quinze dias apareciam elas impreterivelmente, com uma regularidade impressionadora.

O coronel já não ria, sacudia os ombros, e ao ver passar o redator-chefe do jornal, o Luís de Castro, torcia o nariz com repugnância.

Entretanto, pouco depois, Ana foi pedida por um empregado público, e o pai deu-a de bom grado.

Moscoso, por portas travessas, fez o que pôde para desmanchar o casamento. Serviu-se da carta anônima, não trepidou em difamar a filha do coronel, atribuindo ao próprio pai dela a autoria da sua desonra; mas nada disso produziu efeito, e o invejoso teve de roer na obscuridade de seu ódio mais essa decepção.

Ah! o que o havia de vingar eram as mofinas! para isso estava ali o Jornal do Comércio!

E Moscoso meneava a cabeça, com a calma e a resignação de quem tem toda a confiança na sua paciência e plena certeza de alcançar os seus fins.

– Havia de vingar-se, olé! repetia consigo de vez em quando. Seu tempo de gozo havia de chegar!... Por essa época sucedeu que o dono da casa comercial em que estava ele empregado, fosse acometido mais fortemente pela moléstia que padecia. Moscoso tornou-se desvelado e incansável com o patrão, a quem passou a servir de enfermeiro. Perdia noites, andava na ponta dos pés, só falava à meia voz e vivia amarelo, feio e taciturno. Assim se passaram cinco meses, sem uma queixa, sem uma exigência. Afinal o patrão uma noite o chamou ao quarto e, mostrando-lhe uma rapariga, que criara e com quem vivia, disse-lhe com as lágrimas nos olhos:

– Moscoso! eu sou um homem rico, tenho esta pequena que eduquei como filha, sinto que vou morrer e não deixo família para herdar. Mortifica-me a ideia de ficar aí tanto dinheiro, que representa o meu trabalho da vida inteira exposto a cair na mão de algum vadio que o deite à rua, como quem não sabe quanto me custou a ganhá-lo, e acabe por atirar na miséria a esta pobre de Cristo! Moscoso abriu a chorar, e entre soluços pediu ao patrão que se calasse por amor de Deus, e não se estivesse a mortificar com semelhantes ideias. Mas o homem não o atendeu e, segurando uma das mãos do caixeiro e outra da pupila, continuou com a voz sufocada:

– Deixa-te disso, Luís! sei que morro e não quero, pela primeira vez em minha vida, largar os meus negócios desamparados... Não me posso ir, sem cuidar do futuro desta criatura; eu já lhe toquei a teu respeito, ela concordou; de tua parte espero que não me hás de deixar mal... Minha pupila, coitada! não é nenhuma beleza, nem é nenhuma senhora de salão, mas tem boa cabeça e um coração que é uma joia. Fica-te com ela, toma-a por esposa. Só desejo que a trates sempre como eu sempre a tratei, e que sustentes o nome e o crédito desta casa, que fiz com a minha atividade e com a minha perseverança. Tu és econômico e sensato, virás a dar um bom marido, e...

O enfermo, não pôde continuar, e com um gesto pediu o remédio.

Moscoso serviu-lhe, recomendando que se calasse.

Havia tempo, que diabo! para tratarem daquilo. Ficasse o patrão descansado; ele cumpriria as suas últimas ordens, com o mesmo zelo com que cumpriu as primeiras recebidas naquela casa!

O patrão fez um gesto afirmativo e puxou para o seu peito descarnado as cabeças dos seus dois herdeiros, que se vergaram condescendentemente, em uma posição forçada, cada qual uma careta mais feia.

A pequena chorava, e o Moscoso fazia-lhe sinais com os olhos para que sustivesse o pranto defronte do moribundo.

O médico chegou depois à hora do costume, demorou-se o tempo que a formalidade exigia, e saiu, dando de ombros.

O doente expirou no dia seguinte.

Meses depois, casava-se Moscoso com a pupila do defunto patrão. Chamava-se Genoveva e era uma raparigaça de seus vinte e poucos anos, muito tola de uma gordura desengraçada. Parecia toda feita de almofadas; as carnes da cara tremiam-lhe quando ela andava, os olhos tinham uns tons amarelados e mortos; o cabelo vivia-lhe pregado ao casco da cabeça com suor, por falta de asseio. Era de uma brancura de sebo velho, falava muito descansado e com um hálito azedo; as suas mãos papudas e umidamente macias, davam em quem as tocasse a sensação repulsiva que se experimentava ao pegar na barriga de uma lagartixa.

Moscoso apossou-se sofregamente dessa mulher, como quem se abraça a um colchão infecto e sebento, cheio porém, de apólices da dívida pública.

Amou-a com todo o ardor da sua ambição, cercou-a de carinhos, de desvelos, de meiguices. Melhorou a sua casa comum de residência, comprou boa roupa, assinou jornais, frequentou teatros e reuniões familiares, afinal conspirou com alguns colegas a respeito de uma comenda da Vila Viçosa, e aumentou sorrateiramente duas linhas em cada mofina contra o coronel.

No prazo marcado pela fisiologia, Genoveva, deitou ao mundo uma criança. Era menina e foi batizada com o doce nome de Ambrosina.

É deste ponto que principia o maior interesse das memórias do nosso pobre condenado.

Moscoso começava a presenciar a realização dos seus dourados sonhos de vingança, já era rico, respeitado, estava em vésperas de ser comendador e em breve seria milionário; ao passo que o marido da outra – o pobre empregado público, não passava ainda de miserável chefe de secção, e continuava a medir o seu ordenado pelas despesas indispensáveis da casa.

Ah! que bastantes vezes teriam ocasião de comparar os dois destinos, pensava aquele. De um lado o magro funcionário público, seco, modestamente vestido, curvado pelo serviço, com o espírito consumido pelo trabalho oficial, pela papelada da secretaria, e traduzindo na cara o nenhum caso que lhe votava a sociedade; em quanto do outro lado, resplandecia o belo comendador, o futuro barão, o homem das altas transações, a alma de mil negócios, o nédio ricaço que brincava com muitos contos de réis, gozando a boa carruagem, fumando o seu bom charuto, rindo na praça, dizendo pilhérias aos colegas tão ricos como ele.

E Moscoso revia-se na própria prosperidade, imponente na sua barriga esticada e egoísta, a destilar todo ele um ar petulante da fartura e proteção, a esconder enfim com uma simples aba da sua larga sobrecasaca o vulto franzino do miserável empregado público.

– Esfreguei-os! exclamou o marido de Genoveva em um assomo de contentamento. – Esfreguei-os em regra!

Entretanto, a vida do coronel ia muito pior do que podia imaginar o comendador Moscoso. O bom veterano, percebendo que os seus bens de fortuna tendiam a enfraquecer consideravelmente, teve um palpite de ambição e meteu-se a especular com eles. Foi um desastre que deixou o pobre homem quase reduzido ao soldo militar.

Por essa época, o filho habitava em S. Francisco da Califórmia depois de ter estado na Europa a aperfeiçoar-se em medicina. O velho participou-lhe o estado em que se achava, e pediu-lhe que voltasse quanto antes. Gaspar, que até aí gozara ordem franca, não acreditou em semelhante notícia, calculou que o pai desejava vê-lo e tratou de partir sem pressa.

Tinha ele então vinte e quatro anos e era um belo moço. Tomou uma passagem no "Pacific Star", disposto a voltar definitivamente para a companhia do pai.

Mas, enquanto o navio ancorava em Montevidéu para refrescar, Gaspar resolveu aproveitar o dia, visitando a cidade com outros rapazes companheiros de bordo.

Só quem não viajou deixará de compreender o que é passar vinte e quatro horas numa cidade estranha, quando se tem outros tantos anos de idade e dinheiro nas algibeiras. Jantaram em casa de uma rapariga; o vinho era excelente e a tarde encantadora. As horas voaram no turbilhão do prazer e da desordem; ferveu o champanha, as canções rebentaram estrepitosamente entre gargalhadas.

O navio largava no dia seguinte às onze horas.

À meia-noite os rapazes levantaram-se da mesa, mas a rapariga passou os braços no pescoço de Gaspar e pediu-lhe que ficasse. Ele cedeu, tinha a cabeça pesada e o corpo lhe exigia repouso. Não foi sem prazer que viu a vasta cama e o confortável aposento, que lhe franqueou a dona da casa.

Deitou-se e pediu que lhe servissem chá antes de dormir. Foi ela própria levar-lhe ao leito uma chávena, em que tinha lançado duas gotas de ópio.

Gaspar, depois de beber, sentiu um grande entorpecimento e adormeceu profundamente.

Então, a um sinal da rapariga, acudiu da alcova imediata um homem musculoso, que se apoderou dele e o levou consigo.

Gaspar foi carregado em trajes menores; todos os seus objetos de valor, o seu dinheiro e a sua roupa externa ficaram no quarto da ratoneira.

O homem que o colheu atirou-o dentro de uma carruagem à porta da casa, e trepou para a boleia.

O carro percorreu várias ruas, e afinal parou em uma das mais sombrias e desertas.

O ladrão desceu então da boleia, sacou Gaspar da sege, deitou-se ao comprido do macadame, galgou de novo o seu posto e afastou-se fustigando os cavalos.

A noite fizera-se escura e um vento frio ameaçava chuva. Gaspar continuava a dormir, estendido no chão.

Só voltou a si às três horas da tarde. Ao abrir os olhos, reparou que estava deitado em um rico aposento, e que o tinham envolvido em magníficas casimiras e agasalhado os pés em edredão legítimo. Ao lado da cama, de pé, olhando para ele, havia uma mulher, que resplandecia em toda a exuberância de mocidade e beleza Gaspar supôs-se num sonho; esfregou os olhos, estendeu a cabeça. E a linda visão, com o mais amável dos sorrisos, passou-lhe uma das mãos no ombro e com a outra lhe fez sinal de silêncio.

Ele tomou aquela mãozinha branca e nervosa e ficou a fitá-la por longo tempo. Depois traçou um circo com o olhar e perguntou verdadeiramente surpreendido de tudo que via em torno de si:

– O que quer isto dizer? Onde me acho eu?!

– Mais tarde o saberá, disse a bela desconhecida; por ora trate de fazer a sua toilette e tomar o chocolate que já está servido sobre aquela mesa. O senhor deve estar a cair de fraqueza.

E saiu.

Gaspar acompanhou-a com a vista, e procurou mentalmente descobrir a relação que havia nesta casa com a outra em que adormecera. Nada descobriu e resolveu aceitar o conselho que lhe dera a desconhecida. Foi ao toucador e preparou-se tomou em seguida o chocolate, e tratou de vestir-se. Mas embalde procurava pela roupa – no quarto só havia um robe-de-chambre de seda. Gaspar enfronhou-se nele.

Tinha feito isto, quando sentiu passos. Era novamente a bela e misteriosa mulher.

– Ainda bem, resmungou Gaspar um tanto impacientado. Ela voltou-se muito familiarmente para ele, e disse com a voz firme:

– Antes de lhe explicar a razão pela qual espontaneamente o hospedei em minha casa, tenho a declarar-lhe que sou uma mulher honesta. Um pouco caprichosa talvez, mas com a consciência satisfeita pelo bom cumprimento do dever. Encontrei-o hoje, às quatro horas da manhã, desfalecido em uma das ruas menos transitadas desta cidade; a sua fisionomia impressionou-me extraordinariamente, por uma circunstância que mais tarde saberá. Calculei que o senhor tivesse sido vítima de algum roubo: fiz conduzi-lo à minha casa e aqui o tenho. Espero que me perdoará tal procedimento, se ele não for do seu agrado.

Gaspar, por única resposta, ferrou-lhe um olhar grosseiramente incisivo e curioso, como se lhe procuras se descobrir no rosto o que havia de verdade naquelas palavras. Ela suportou o olhar sem pestanejar, e replicou--lhe com uma firmeza que não admitia réplica:

– Não tolero que ninguém duvide do que afirmo! E voltando-se, acrescentou consigo: "Não me enganei! É ele com certeza!"

IV

Violante

– Perdão, minha senhora, disse Gaspar em continuação à conversa com a bela desconhecida; eu, nem só creio na sinceridade de sua palavras como estou possuído do mais profundo reconhecimento pelos obséquios que recebi; mas não posso disfarçar o embaraço da minha situação...

– Por quê? interrogou a senhora com um tom indiferente.

– Por tudo. Em primeiro lugar, a perda total de minha roupa quer dizer que se me extraviaram papéis de importância, entre os quais estava o meu passaporte, o conhecimento de minhas bagagens e o meu bilhete de passagem no Pacific Star...

O Pacific Star partiu ao meio-dia.

Partiu?! Bravo! Então, minhas malas? Minhas...?

Irão ter ao primeiro porto; cumpre ao senhor providenciar para que elas não se desencaminhem.

– Mas que situação a minha! exclamou Gaspar, olhando para o seu robe-de-chambre com um ar infeliz. Ficar desta sorte em uma cidade completamente estranha para mim... sem um amigo, sem um parente, e vestido desta forma! Isto não tem jeito! É caso para dar-se com a cabeça pelas paredes! Aqui ninguém me conhece! E além de tudo, se a senhora me não puder arranjar um par de calças, eu nem do quarto poderei sair! Esta só a mim sucederia!

– Ora! o senhor está criando dificuldades imaginárias...

– Imaginárias?! gritou Gaspar, escancarando os olhos. Se lhe parece, minha senhora, que eu não devo estar seriamente atrapalhado! Imaginárias!... Decerto. Olhe! ali está uma secretária: passe uma letra da importância de que precisa para viver algum tempo nesta cidade: depois...

– Que mulher singular! considerou Gaspar com os seus botões, e voltando-se cheio de embaraço para a oriental: Perdão minha senhora! mas é que...

Não pode hesitar! atalhou ela, sorrindo; o senhor não tem outro recurso...

Mas é que eu nem ao menos sei a quem devo passar a letra...

– Tem razão, respondeu ela, encaminhando-se para a secretária, onde escreveu um vale à casa comercial de Viúva Rios & Comp. E passando-o depois a Gaspar, acrescentou: – Tenha a bondade de assinar.

– Dois mil pesos! protestou Gaspar, lendo o papel. Porém eu não preciso por ora de tão grande soma...

– Em todo o caso, nada perderá, nem ganhará com aceitá-la. Esse papel representa uma quantia que o senhor terá de pagar com um pequeno juro. Creio que não será lesado...

– Estou convencido disso, mas a questão é que eu não conheço esta firma, e ela muito menos a mim. Que valor pode ter minha assinatura para semelhante casa?

– Engana-se. O senhor merece todo o crédito para ela...

– Eu?!

– Sim, meu caro senhor.

– Creio que a senhora me confunde com outro...

– Pode ser, mas suponho que não!

– E como sabe se eu mereço confiança para a casa de Viúva Rios & Comp.?

– Porque sou eu a própria viúva Rios. Estou pasmado.

– Disso sei eu... Assine.

– Mas, minha senhora, deixe ao menos que lhe beije primeiro as mãos...

A viúva olhou-o de alto a baixo; tinha-lhe fugido dos lábios o sorriso carinhoso com que até aí mimoseara o hóspede Gaspar abaixou os olhos, sem compreender o que se passava.

– Beijar-me as mãos... disse ela por fim. Só se lembrou disso depois da transação comercial! E são assim todos os homens!... Enquanto se trata de cousas verdadeiramente raras e preciosas, porque dependem só do coração e da pureza dos sentimentos, não se abalam sequer! A meiguice, a ternura, a feminilidade, que uma pobre mulher desenvolve desinteressadamente para cumprir com eles o seu destino de amor e de sacrifício, nada mais obtém de seus lábios que algumas palavras banais de reconhecimento e cortesia. Mas logo que se trata de materializar o bem, logo que o sacrifício, que o obséquio, que a abnegação, se acham representados por um valor real, por uma quantia enfim... ah! então querem beijar-nos as mãos e encontram facilmente exclamações de entusiasmo e de gratidão!... Não beijará! exclamou ela, fazendo um gesto de energia. Estou cada vez mais convencida de que os homens são todos os mesmos... Visionária e tola é a mulher, que espera encontrar entre eles um coração justo e perfeito. Se eu não fosse rica, se eu não pudesse oferecer-lhe agora uma quantia, de que aliás o senhor tem absoluta necessidade, é muito natural que o senhor não encontrasse uma palavra afetuosa para os meus desvelos, e é possível até que, uma vez que já não precisasse deles, chegasse a desprezar-me e fazer mau juízo da minha conduta, porque, no fim de contas, eu tinha cometido a imperdoável leveza de recolher em minha casa um homem quase morto, e de proporcionar-lhe todos os serviços que o seu mísero estado reclamava. E afinal os senhores acabam por ter razão! Toda nossa vida, toda nossa dedicação, toda nossa ternura, toda nossa paciência, não valem um obséquio praticado por um homem a outro homem! Tudo o que pode fazer o coração de uma mulher não vale um empréstimo de dinheiro, uma fiança, uma comenda, um elogio pela imprensa ou qualquer outra bagatela, que afague o amor próprio de algum parvo, ou salve a suposta honra de qualquer fátuo!

– Minha senhora, eu peço-lhe mil perdões, se...

– É melhor não dizer cousa alguma! Vamos, assine o vale, e depois há de preparar-se para jantar. Pode receber de minhas mãos o miserável serviço que me propus oferecer-lhe: em breve o senhor terá ocasião de prestar-me um outro muito maior.

– Com todo o gosto! respondeu Gaspar, assinando o vale e entregando-o à sua salvadora.

Esta leu consigo a assinatura, e disse com sinais de satisfação:

– Logo vi que me não tinha enganado! É justamente quem eu supunha!...

Em seguida, retirou-se, sem dar tempo ao hóspede para voltar a si da estranheza daquelas palavras.

Ele encostou-se a um móvel, e deixou-se arrastar por um cardume de raciocínios.

– Quem seria aquela mulher tão extraordinária?... Que relação haveria entre ela e um pobre viajante, pouco conhecido em qualquer parte e inteiramente ignorado naquela cidade onde pisava pela primeira vez?

Estava a fazer tais considerações, quando a porta se abriu de novo, e apareceu um homem de uns sessenta anos, acompanhado por um rapaz que trazia uma caixa na cabeça.

O velho era limpo, discreto e sumamente cortês; via-se nele um desses bons servos do tempo da regência, que não sabiam aprumar-se como o criado inglês, nem sorrir maliciosamente como o francês. Foi a Gaspar e cortejou-o sem afetação e sem servilismo: fez o companheiro depor no chão a caixa que trazia, e principiou a tirar dela várias peças de roupa.

– Meu amo tenha a bondade de escolher daqui o que lhe convém, disse ele, como se estivesse de muito tempo a serviço de Gaspar. Este tomou o expediente de deixar que as cousas corressem ao bel-prazer da fada que fazia girar a roda daquela fortuna, e escolheu a roupa de que podia precisar. O criado tomou-lhe a medida do pescoço e da cintura, e encheu uma gaveta com o mais completo enxoval de roupa branca. Em seguida, voltou-se para o rapaz da caixa e disse-lhe que podia retirar-se.

Gaspar olhava para tudo aquilo, completamente intrigado.

O sexagenário entregou-lhe uma carta com o dinheiro oferecido pela oriental e perguntou-lhe depois se já queria vestir-se. Passaram para a próxima saleta, que era um brinco de luxo e de bom gosto.

Pois senhor meu amo, dizia o velho, a pentear a bonita barba castanha de Gaspar; estimo bem ver afinal vossemecê à testa de sua casa... Só dessa forma a minha pobre patroazinha passará uma vida menos amarga! Ela coitada, vivia tão triste, que metia dó!...

Gaspar sentiu arrepios. Ia desembrulhar semelhante mistificação; mas, receoso de fazer alguma tolice, deliberou conter-se.

– Então, a senhora, vivia muito triste?... perguntou ele.

– É como lhe estou a dizer, meu rico amo, a pobrezinha só o que fazia era chorar e falar na próxima chegada do marido!

– E esta? disse Gaspar consigo. Pois eu era esperado já por aqui?

– Ainda assim, acrescentou o criado; o que às vezes a consolava era a companhia do menino, mas este foi para o colégio, e... Gaspar não se animava a dar mais uma palavra; enfim perguntou:

– E ela ama muito essa criança?

– Se ama o filho? Oh! meu amo, adora-o! E a graça é que o diabinho se parece deveras com ela e com vossemecê!... é como se o estivesse a ver neste momento, com aquela cabecinha muito redonda, os olhos muito pestanudos e os beiços muito vermelhos, a dizer-me:

“Jacó! Jacó! olha que te bato!” E corria a bater-me nas pernas com a mãozinha fechada! E o velho, disse ainda, a limpar uma lágrima:

– Que bela criança!... Não se ria vossemecê destas cousas, mas é que a gente, quando vai ficando inútil, como eu, toma um não sei quê pelas crianças, que é mesmo uma esquisitice! Fica-se tolo, babão, por aqueles diabinhos!...

– Você não tem algum neto, Jacó?

– Qual, meu senhor! essa fortuna não é para este pobre velho; o meu Ernesto morreu aos quinze anos, e depois disso não tive mais parentes, nem felicidade completa... E o desgraçado chorava.

– Está bom! está bom! atalhou Gaspar; deixemo-nos de recordações penosas e vá arranjar-me charutos.

O criado saiu, vergando sob os seus sessenta anos e arrastando pacificamente os seus sapatões de bezerro, engraxado. O filho do coronel reparou então que havia na saleta uma biblioteca; colheu um Espronceda e leu distraidamente alguns versos. O velho voltou com os charutos, e perguntou se o amo queria jantar mesmo no quarto ou se resolvia a passar ao “comedor”.

Diga à senhora que faça como melhor entender, respondeu ele.

D. Violante já está à mesa e conta que meu amo lhe fará companhia.

– Nesse caso, irei. E Gaspar, sem saber por que, teve uma alegriazinha com descobrir que a sua misteriosa feiticeira se chamava Violante.

A sala de jantar era pequenita, alegre; paredes guarnecidas de aquarelas espanholas. Havia distinção no gosto que presidia à escolha dos móveis, e um certo perfume artístico na disposição dos bronzes e dos cristais. Sentia-se logo que ali palpitava um espírito caprichoso e romanesco.

Gaspar, mal entrou, correu a apertar a mão da sua benfeitora; e ela, sorrindo, felicitou-o pelo seu completo restabelecimento.

– Só à senhora o devo, que foi o meu bom anjo; e acho tão delicioso este sonho, que receio acordar...

– Acordará quando eu lhe disser francamente a situação em que nos achamos... Mas desde já o previno de que tenho um grande favor a pedir-lhe...

– Será minha maior ventura! Desde já...

– Não prometa ainda, porque a cousa é muito mais séria do que o senhor se persuade...

– Estou convencido, todavia, de que a senhora não exigirá que eu cometa algum crime ou alguma infâmia!...

– Quem sabe lá?... disse preocupada a bela mulher.

– Sei eu! aposto, arrisco tudo! Desde já prometo cumprir as suas ordens com a submissão de um escravo.

– O senhor é casado?...

– Não, minha senhora.

– Bem! então tudo se poderá arranjar... O senhor vai passar por meu marido.

– Como?...

– Daqui a pouco saberá. Jantemos primeiro, teremos depois tempo para conversar.

V

Refluxo do passado

Correu muito agradável o jantar. A mesa era pequena e punha os dois em confidêncial intimidade.

Violante mantinha a palestra com a sedutora volubilidade das mulheres que sabem esconder o pensamento com a palavra, falando para não dizer o que lhes convém calar; e ele, enquanto a caprichosa tecia e destecia as no nadas da conversação, ia reparando bem para a cor dos olhos dela, para as violetas das suas pálpebras, para a formosura da sua boca e para aquele moreno pálido e fresco, que é nas raças espanholas um luminoso e fugitivo reflexo do Oriente.

E os olhares sofregos do rapaz insinuavam-se pelas sutilezas daquelas deliciosas formas de mulher, serpeando-lhes por entre as curvas da garganta e por entre as macias ondulações do colo, a tatear os menores acidentes da divina argila, e adormecendo embriagados de volúpia à sombra embalsamada dos cabelos negros; para logo acordarem e de novo se porem a subir de rastros pela doce curvilineação das espáduas, e deixarem-se depois rolar pela encosta dos quadris ou pelo branco despenhadeiro dos braços nus.

E sem querer, e sem poder conter-se, Gaspar imaginava como não seria o contato real de tudo aquilo! Que delírios não havia de se esconder num beijo as endiabradas covinhas daqueles cotovelos cor-de-rosa!...

– Então, o senhor não janta, nem conversa! disse-lhe Violante a rir. Há boas horas que me olha com duas brasas!... E a formosa oriental estendeu a mão ao hóspede, pedindo-lhe que lhe passasse um pessego.

– A mão! exclamou ele, tomando no ar a mão de Violante. Oh! como é bela! E ficou a contemplá-la, a enluvá-la com um olhar de êxtase. Era branca, fina, delgada, de longos dedos roliços e bem guarnecidos.

– Então! repetiu ela, fazendo um gesto de impaciência com o braço. Tenha a bondade de passar-me a fruteira. Gaspar caiu em si e pediu-lhe mil perdões. Violante que lhe desculpasse aquela abstração – ele continuava a sonhar!...

E depois de servi-la de frutas e de vinho, encheu o próprio copo, e bebeu à gentil estrêla que o conduzira ali.

Violante olhava-o com um sorriso. Terminado o jantar, ergueu-se ela e ordenou-se ao camareiro que servisse o café no fumoir.

– Dê-me o seu braço, disse a Gaspar. E passaram-se para a sala próxima. Violante ofereceu uma poltrona ao hóspede e assentou-se em outra. Depois tomando uma cigarrilha de tabaco turco de sobre o bufete, e cruzando negligentemente as pernas, com o cotovelo apoiado ao rebordo da cadeira e a cabeça um tanto pendida para trás, disse a soprar o primeiro hausto de fumo.

– Preste-me agora toda a atenção, porque, só depois de ouvir o que lhe vou dizer leal e francamente, é que poderá o senhor decidir se fica desde já em minha companhia, ou se se retira hoje mesmo desta casa... Gaspar tomou o café, acendeu um charuto, reclinou-se mais na poltrona e disse, afagando a barba:

– Pode principiar. Estou às suas ordens...

– Quando eu tinha cinco anos, começou Violante, depois de fitar o teto, como quem evoca o passado, minha mãe sucumbia à miséria nesta cidade, e meu pai aos golpes do partido revolucionário em Cadiz. Ora, eu, que sempre acompanhara minha mãe em todas as suas peregrinações, achei-me de repente com ela morta nos braços, sem saber, coitada de mim! fazer outra cousa que não fosse chorar. Saí, entretanto, pedindo, à-toa, a quem encontrava pela rua, onde fosse comigo por piedade à casa para tratarmos de enterrar o cadáver. Todos me davam as costas; e eu, já desesperada, estalando de fome e de frio, cheia de terrores, atirei-me contra uma porta, a soluçar e a pedir a Deus que me levasse também para si.

Nessa conjuntura, senti no ombro uma carinhosa mão que me fez voltar a cabeça. Tinha defronte dos lhos um oficial brasileiro. A princípio, fez-me medo com o uniforme e as suas barbas; mas era tão calma e compassiva a expressão da sua fisionomia, que me animei a encará-lo; além disso, a presença de uma senhora e duas crianças de minha idade, que o acompanhavam, me restituíam logo a tranquilidade e, sem saber por que, sorri para aquela gente.

– Oh! nunca mais me esqueci da fisionomia desse oficial! "Que tens tu?!" disse-me ele em mau espanhol, passando-me a mão pela cabeça.

"Tenho minha mãe morta em casa, naquela rua, e falta-me o ânimo de voltar para lá sozinha!"

O oficial refletiu um instante e trocou algumas palavras em português com a mulher. Depois, deu-lhe o braço, e começaram a acompanhar-me com os pequenos.

(Gaspar apertou os olhos, fazendo um esforço de memória.)

– Quando chegamos à casa, continuou Violante, ficaram todos horrorizados. O espetáculo da miséria completava-se com o cadáver de minha pobre mãe, que jazia por terra. Não era só compaixão o que inspirava aquilo; era mais: era revolta e ódio contra tamanha incúria de Deus!

"Esta criança naturalmente está caindo de fome", disse a senhora ao marido.

"Muito!" afirmei eu, que compreendera essas palavras.

Então tirou aquela da sua maleta de mão alguns biscoitos, que trazia para os filhos, e deu-mos, acrescentando: "Em casa jantaremos juntos".

O marido perguntou-lhe se ela sabia ir só para o hotel.

"Perfeitamente", respondeu a senhora.

"Pois leva os nossos pequenos e esta infelizinha; eu fico para provindenciar sobre o enterro."

Quis eu então atirar-me aos pés do meu benfeitor; mas a ideia de que nunca mais veria minha mãe, fez-me abrir em soluços e precipitar-me sobre o seu cadáver, para lhe dar o último beijo.

A senhora do oficial arrancou-me dali, e levou-me para sua casa pela mão.

Só no dia seguinte, quando acordei, na melhor cama da minha vida, soube que minha mãe fora dignamente sepultada, e que eu ficaria morando ali onde me achava. O oficial, de que lhe acabo de falar, chamava-se Pinto Leite, e seus dois filhinhos eram: um Gaspar e o outro Ana.

– É exato! E! Bem me recordo da pequenita que brincou comigo em outro tempo! confirmou Gaspar com muito interesse. Mas se me não engano, essa pequenita fora para um colégio, quando...

– Já lá vamos! Já lá vamos! respondeu Violante; ouça o resto. E continuou:

– Passei um ano em casa de seu pai. Aí aprendi a ler, rezar e cozer com sua mãe. Foi nessa época que nasceu sua irmã mais moça; a Virgínia. O senhor não calcula que boas recordações tenho eu desse tempo! Também não podia ser por menos: até aí só conhecera sofrimentos e privações, e lá fui encontrar a paz, o conforto e até o amor. Sua mãe, a quem Deus haja, era uma santa! Gaspar ouvia cada vez com mais interesse, as palavras de Violante.

– Entretanto, prosseguiu ela fazendo um ar triste, seu pai foi constrangido a mudar-se para o Rio de Janeiro, e como eu na minha qualidade de órfá, não podia ser carregada da pátria, assim sem mais nem menos, resolveu ele meter-me como pensionista em um colégio aqui, onde nada me faltaria. E dando piparotes na cinza do cigarro, a oriental acrescentou, mudando de tom:

– No colégio levei até aos dezesseis anos, quando tive o meu primeiro namoro foi com o filho da diretora, Paulo Mostella; um mocetão vivo, forte e velhaco. Por duas vezes furtou-me beijos, de uma quis ir mais longe; eu, porém, tinha felizmente algum juízo e cortei-lhe o arrojo com uma tremenda bofetada. Paulo declarou-me então, cheio de raiva, que nunca tencionava casar comigo, porque sua família não consentiria em tal loucura – eu afinal era uma rapariga sem eira, nem beira! Todavia, fui, pouco depois, pedida por um negociante muito rico e sumamente estimado da sociedade de Montevidéu; chamava-se D. Tomás de los Rios. Era um homenzarrão, ainda fresco, muito amável, muito bom e com muito caráter. Casei-me e fui feliz durante esse tempo. Meu marido adorava-me, fazia-me todas as vontades. Levou-me a correr a Europa, mostrando-se ser agrádavel. Quando voltamos do nosso longo passeio, trazíamos um filhinho – Gabriel. Tomás principiava, entretanto, a sofrer da moléstia que o havia de matar. Tornamos a sair daqui em busca de ares mais favoráveis. Meu filho ficou. Tínhamos-nos dirigido para a Espanha; cheguei viúva a Madrid.

Fiquei bastante contrariada com a situação, e resolvi esperar que alguém de cá me quisesse ir buscar. Estava nestas circunstâncias, quando fui surpreendida um dia por um rapaz, que se atirou a meus pés, chorando e rindo com grande contentamento. Era Paulo Mostella.

Olhei-o sobressaltada, e certo é que então o diabo do homem me pareceu melhor do que dantes. Cheguei a calcular que o tempo e o traquejo do mundo lhe tivessem modificado o espírito, como lhe modificaram a fisionomia. Propôs imediatamente a casar comigo, e eu lhe declarei que não pensava ainda em preencher a vaga de meu marido, e que, se mais tarde me viesse semelhante ideia, só a realizaria um ano depois da morte de Tomás. Paulo falou-me com entusiasmo de uma grande paixão que por mim o devorava, e jurou que me amara sempre, e que aquele mesmo fato de se ter humilhado a procurar-me ainda, provava de sobra o muito que me queria. Enfim, tanto disse e tanto chorou, que acabou por me comover e persuadir. Fiz-lhe ver que, em todo caso, eu não me casaria aquele ano. Ele esperaria. Só o que desejava era possuir uma promessa. Prometi. E desde então o demônio do rapaz não me largou mais a porta. Passeios, teatros, bailes, touradas; tudo inventava para me agradar. Parecia viver unicamente para mim; dir-se-ia que todo o seu ideal era fazer com que o tempo corresse o mais depressa possível e que chegasse afinal o dia feliz da nossa união.

"Só voltaremos a Montevidéu casadinhos!" dizia-me ele, a beijar-me as mãos. E eu, em verdade, nem só já o suportava perfeitamente, como até sentia já por ele certa inclinação.

– Nós, as mulheres, somos muito fracas! explicou Violante com um olhar lastimoso. Se soubessem os homens o esforço que às vezes fazemos para sustentar o que a sociedade exige como tributo da nossa honestidade, dariam eles muito mais importância às nossas virtudes! Houve ocasiões, confesso, em que se me afigurou que Paulo tinha direito de ser mais atrevido do que realmente era.

E, voltando-se na cadeira, a oriental continuou:

– Uma vez propus-me um passeio ao campo. Aceitei e fomos.

A manhã era esplêndida. Uma bela manhã cheia de luz e temperada por um calor comunicativo e doce. Às seis horas metemo-nos em um carrinho de vime, leve como uma cesta, rasteiro como um divã e cômodo como um leito. Paulo deu rédeas ao animal, e o carro nos conduziu para fora da cidade.

VI

Paulo Mostella

– Eu sentia um bom humor extraordinário, presseguiu Violante: o ar puro e consolador da manhã, pulverizado no espaço em vapores cor-de-rosa, enchia-me toda como de uma grande alma nova, feita de cousas alegres e generosas. Tive vontade de rir e cantar.

O sol principiava a destacar o contorno irregular das árvores e derramava-se transparente e suave. Sentia-me expansiva, alegre, tinha repentes de criança; e, não sei por que, Paulo nessa ocasião se me afigurou muito melhor do que das outras. Cheguei a achar-lhe graça e a desfazer-me em risadas com algumas pilhérias suas que fora dali me fariam bocejar.

Em certa altura paramos. Ele ajudou-me a descer, prendeu o cavalo, abriu a minha sombrinha, e começamos a andar de braço dado por debaixo das árvores.

– Que delicioso passeio! O Senhor não pode imaginar quanto eu me senti feliz... Mais alguns passos, e tínhamos chegado a um caramanchão ou, melhor, a um alpendre de verdura misterioso, tépido, todo impregnado dos perfumes do campo e das sombras da folhagem. Ao lado uma cascata corria em sussurros, e as suas águas quebravam-se nas pedras, irradiando a fulguração do sol.

Paulo deixou-me por um instante, para ir buscar o carro. E nesse momento de independência, quando senti que não era observada por ninguém, levantei-me, bati palmas e pus-me a dançar como uma doida; depois galguei aos saltos o lado da cascata e recebi no rosto o pó úmido das águas. Abaxei-me, colhi água na concha das mãos e bebi. Afinal assentei-me no chão, e abri a cantar.

Paulo voltou com o carro e recolheu ao pavilhão o cesto do almoço. Estendeu a toalha sobre uma mesinha de pedra que havia, e pousou nesta uma máquina de café, duas garafas de bordeaux, uma de champanha, uma botija de curaçau, uma empada, um assado, queijo, frutas e pão.

Eu sentia apetite, e confesso que estava encantada com tudo aquilo. Era a primeira vez que me animava a fazer uma folia desse gênero – um almoço ao ar livre ao lado de um rapaz.

E Paulo não me parecia o mesmo homem, descobria-lhe maneiras e qualidades, para as quais jamais atentara enquanto o vira somente nas frias atitudes circunspectas da vida, notava-lhe agora a distinta estroinice dos pândegos de boa família, criados e animados entre senhoras finas e orgulhosas; um certo pouco caso, fidalgo e elegante, pelas virtudes comuns e pelos vícios vulgares; um ar altivo e másculo de quem está habituado a gastar forte com os seus prazeres; uma linha moderna, libertina e gentil a um tempo, feita de extravagâncias de bom gosto, e um pouco de viagens, alguns conhecimentos de música, um nada de política, anedotas francesas, algum dinheiro, charutos caros, um monóculo, o uso de várias línguas, um bigode, duas gotas de mel inglês no lenço, um fato bem feito, um chapéu de palha, luvas amarelas, polainas e uma bengala.

E o grande caso é que estava um rapagão, cheio de gestos largos, de atiramentos de perna, e de grandes exclamações em inglês.

Assentei-me no banco que circundava a mesa, e ele fez o mesmo defronte de mim. Informou-se se eu estava satisfeita com o passeio, falou em repeti-lo. Era preciso aproveitar o verão! Mas aos domingos nada! havia muita gente!

E abria garrafas, dava lume à máquina de café, servia-me de mariscos e falava-me do seu amor. Eu contei-lhe francamente as impressões que recebera àquela manhã, e mostrei-me satisfeita.

"Se soubesse, minha amiga, dizia-me ele, quanto me sinto bem ao seu lado!... Nem mesmo me reconheço, creia! Fico tolo só com pensar em nossa futura felicidade, em nossa casa e em nossos...

Ia falar nos filhos, mas deteve-se e ficou a olhar-me com uma grande insistência humilde. Parecia haver um pranto escondido por detrás das suas pupilas azuis.

"Descanse. Falta pouco!" respondi eu, possuída de alguma cousa, que não sei bem se era compaixão.

"Falta um século!..." emendou ele com um suspiro. E chegou-se mais para mim. Tinha o ar tão respeitoso que não fugi.

"Por que não fica mais à vontade?" disse-me. E ajudou-me a tirar o chapéu e desfazer-me do mantelete.

Houve um silêncio. Ele queixou-se da falta de gelo, abriu uma nova garrafa de bordeaux e encheu os copos. Depois, leu-me uns versos, que a mim fizera no tempo do colégio. Vieram logo as recordações da infância, o nosso namoro. – Quanta criancice!

" – E o bofetão?..."

Esta lembrança trouxe-me uma risada, que me fez engasgar. Sobreveio-me tosse, fiquei um pouco sufocada; ele levantou-se logo, começou a bater-me delicadamente nas costas. E, a pretexto de auxiliar-me, afagava-me os cabelos e a fronte.

"Não é nada! Não é nada!" dizia Paulo; "vá um gole de champanha!"

"Não! antes água!..."

Ele correu à cascata, e voltou com um copo d'água.

Tornamos à palestra, e eu não reparei logo que o rapaz desta vez ficara inteiramente encostado a mim.

Passamos à sobremesa. As pilhérias repetiam-se mais amiúde. Paulo pôs-se a fumar. Consenti nisso e disse até que gostava do cheiro do fumo. Ele fêz saltar a rolha do champanha.

Sentia-me enlanguecer; os olhos ardiam-me um tanto e o corpo me pedia repouso. Insensivelmente fui perdendo alguma cousa da minha cerimônia e me pondo à vontade; estiquei mais as pernas, recostei-me nas costas do banco e inclinei para trás a cabeça.

Ele ficou a olhar-me muito, com um ar sério e infeliz. Eu tive vontade de dizer alguma cousa, e nada mais consegui do que sorrir. Estava prostrada.

Paulo aconselhou-me que fumasse um cigarrinho, e essa ideia extravagante não me pareceu má. Fumei o meu primeiro cigarro.

Em seguida senti um vago desejo de dormir. Ele serviu o café e o licor.

E continuamos a conversar.

As recordações do tempo do colégio vinham a todo o instante.

"Isto sempre teve gênio!" dizia ele, ameigando-me o queixo. Chamava-me criaturinha má, sem coração; ameaçava-me com vingançazinhas, que se realizariam quando fôssemos casados. Tinha ditos maliciosos, palavras de sentido dúbio e olhares cheios de paixão. Eu estendia-me cada vez mais no banco, amolecida por um entorpecimento agradável; as pálpebras fechavam-se-me. Sentia vontade de ser menos severa com aquele pobre companheiro de infância; tanto que me não sobressaltei quando senti a sua mão empolgar-me a cintura.

"Como eu te amo! murmurou ele, com a boca muito perto do meu rosto. O seu hálito abrasava-me as faces.

"Não faça isto!", pedi, repelindo-o frouxamente.

Mas ele passou-me a outra mão na cintura e puxou-me para si.

Fiz ainda alguma resistência. Sentia-me, porém tão mole, e além disso sabia-me tanto ser abraçada naquela ocasião, que me deixei levar e caí sobre ele, com a cabeça desfalecida no seu ombro.

Paulo segurou-me o rosto e estonteou-me de beijos. Eram ardentes, vivos, repetidos, como os tiros de uma metralhadora.

E Violante calou-se, respirando forte, enquanto Gaspar, de olhos muito abertos, lhe acompanhava todos os movimentos.

– Depois desse fatal passeio, continuou ela ao fim de uma pausa, a situação mudou completamente. Paulo se tinha convertido em meu legítimo amante. Entretanto, escreviam-me daqui a respeito do inventário de meu marido, e eu respondia com evasivas às repetidas reclamações. Afinal, autorizada por Paulo, declarei abertamente que só voltaria a Montevidéu acompanhada por um cavalheiro com quem havia ajustado casamento.

A viagem seria dai a um mês; Paulo disse-me então que só se casaria na América Meridional, na primeira república em que pisássemos, ou no Brasil, e que então, logo depois no dia seguinte até, poderíamos levantar o voo definitivo para cá. Concordei, não sem estranhar semelhantes exigências. Dentro de alguns dias partimos da Europa, depois de haver eu escrito aos meus amigos e conhecidos, participando-lhes que em breve me casaria no Brasil. E ainda nisso houve da parte de meu noivo alguma cousa que me fez desconfiar: Paulo exigiu que eu não declarasse o seu nome nas minhas participações...

– Oh! exclamou Gaspar, interessado vivamente pela história de Violante. E a senhora consentiu?

– Que remédio! explicou ela, eu estava em situação falsa: qualquer resistência podia provocar um rompimento, com o qual só eu tinha a perder. Assim, pensei na dependência em que me havia colocado, e concordei de cabeça baixa...

– Depois? perguntou Gaspar.

Depois, partimos para o Brasil e, na véspera do dia em que haviamos de casar, Paulo desapareceu.

Canalha!

– Fiz minhas malas, enxuguei minhas lágrimas, traguei em silêncio a minha cólera, e cá estou há cinco meses, sequiosa por efetuar meus planos de vingança!

– Ah! Tenciona tirar uma vingança de Paulo?...

– Decerto! Como sabiam que eu estava no Brasil e como me esperavam com impaciência, calculei o ridículo que me aguardava se me apresentasse ainda viúva, e tomei a resolução de mentir: disse que meu marido viria buscar-me para viajarmos, ou iria eu encontrar-me com ele fora de Montevidéu. O senhor é a única pessoa que sabe da verdade...

– Mas isso foi uma temeridade! exclamou Gaspar.

– Nem só uma temeridade, acrescentou Violante; como foi uma grande asneira: criando um marido imaginário, não me passou pela ideia que ia com isso dar uma nova direção ao inventário do primeiro...

– E agora?

– Agora, é que estava na situação que lhe acabei de pintar francamente, quando ontem li no jornal o seu nome na lista dos passageiros do Pacific Star. "Deve ser o filho do meu benfeitor!" disse eu comigo, e mais me convenci disso ao vê-lo à tarde no Prado com os seus companheiros de viagem, tal é a semelhança que existe entre o seu tipo e o de seu pai na idade em que me recolheu. Pois bem, imagine agora que hoje, ao voltar de um baile pela madrugada, os cavalos do meu carro se espantaram em certa rua; quis saber o que havia: o cocheiro disse-me que um homem estava estendido no chão e escapara de ser esmagado pelas rodas. O carro tinha parado, e ao lado das rodas estava com efeito um corpo inanimado. O cocheiro apeou-se, e com uma de suas lanternas iluminou-lhe o rosto. Soltei um grito – a fisionomia que eu tinha defronte dos olhos, era a do moço estrangeiro que encontrei no Prado, e justamente a mesma que se gravara há vinte anos em meu espírito, no dia em que morreu minha mãe; era a doce fisionomia do oficial brasileiro, que me recolhera da miséria. E, para poder o senhor julgar bem da impressão que recebi, basta ver este retrato... E a oriental passou a Gaspar um de porte guerreiro, que tirou da algibeira.

– Oh! exclamou ele. Efetivamente é o retrato de meu pai há vinte anos! Quanto me pareço com ele! Tem toda a razão: isto é o seu retrato fardado de oficial.

– Desci do carro, prosseguiu Violante, e disse ao cocheiro que pousasse a lanterna no chão. Era aflitivo o meu estado, tendo assim defronte dos olhos o filho do meu benfeitor, ao qual Deus me enviava para socorrer. Havia em tudo aquilo um mistério, e a mim competia desvendá-lo, por gratidão, por dignidade, por cumprimento de dever. Aquele corpo tinha sofrido qualquer violência; procuramos descobrir-lhe uma ferida ou vestígio de algum veneno – nada! Todavia, não era um cadáver, porque o coração batia perfeitamente. Eu não sabia que partido tomar – abandonar ali aquele homem, era impossível, mas carregá-lo comigo, não era também tão fácil; não me animava a seguir ao lado de um desconhecido, e de um desconhecido em trajes menores... Fiquei perplexa! A rua estava deserta; não passava perto dali uma só carruagem... O cocheiro olhava-me com grande surpresa, eu ficava cada vez mais aflita. Ameçava chuva, e daí a pouco amanheceria. Tomei afinal um partido e disse ao cocheiro: "Você conhece este homem?" O cocheiro olhou mais atentamente para o desfalecido, e respondeu que era a primeira vez que o via. "Pois imagine que este homem é o parente mais próximo que eu possuo aqui!" expliquei eu. "O que diz, minha senhora?!" perguntou-me espantado o cocheiro. "Olha como o diabo as armas e acrescentou: "E o caso é que os gatunos o deixaram em lastimável estado!" – Mas é preciso tomar uma resolução! disse-lhe eu impaciente. – Este homem não pode ficar aqui! Descanse minha senhora, eu o arranjarei cá na boleia". – Mas então mexa-se! que pode aparecer a polícia e atrapalhar-nos... O dia está quase aí! O corpo foi acomodado pelo melhor modo na boleia, e eu disse ao cocheiro: "Logo que chegarmos à casa, você chame o Jacó, e com ele trate de recolher este homem ao melhor aposento que se puder arranjar. É preciso que lhe não venha a faltar o mais insignificante cuidado." E Violante, voltando-me mais para Gaspar, resumiu nestas palavras a sua narrativa:

– O senhor foi conduzido aqui por mão misteriosa, que o quis ligar aos meus segredos. Sua chegada a esta casa, não sei por que, diminuiu consideravelmente o sobressalto em que eu vivia. Sinto-me agora muito mais animada. O senhor inspira-me uma confiança inexplicável; só me falta saber se está disposto a auxiliar-me... Gaspar levantou-se e segurou as mãos da oriental: – Pode contar comigo!

– Bem, disse ela, nesse caso o senhor principia por ser apresentado como meu marido; já é nesse estado que todos cá em casa o consideram. O senhor será em tudo, completamente em tudo, contrário do miserável que me colocou nesta situação. Ele era um marido de fato e não de direito, o senhor será...

– O marido das aparências, concluiu Gaspar de bom humor; mas confesso-lhe, se mo permite, que preferia o outro lado da medalha.

– Não zombe da minha triste situação.

– De forma alguma; mas, desde que me apossei do meu cargo de marido honorário, tenho ao menos o direito de falar mal do outro, do marido de fato.

Espero que não nos havemos de arrepender do passo que vamos dar...

Pelo meu lado, farei por isso; mas o diabo é que meu pai me espera, talvez ansioso pela minha presença...

– Para tudo há remédio neste mundo! Faça vir as suas malas; tranquilize o seu bom velho com uma carta, e, para não ficar de braços cruzados, pode, como meu marido, negociar vantajosamente com os capitais que disponho...

– Mas...

– Por que não? Quando, porém, tivesse o senhor escrúpulos em especular com o capital que lhe franqueio na qualidade de sua esposa, poderia aceitá-lo, com juros, das minhas mãos de negociante. Hoje represento a antiga casa de meu defunto marido. Não tenho sócios, sou rica e posso dispor do que possuo como melhor entender...

– Bem, nesse caso, serei um simples empregado seu.

– Pois vá feito! contanto que, ao zelo pelo serviço, ligue sempre amigável interesse pela patroa. Amanhã o senhor será apresentado aos meus conhecidos como marido desta sua criada, e dentro de uma semana deixaremos Montevidéu.

Para onde vamos?

À toa! até encontrar o infame que zombou de mim.

E o que dele pretende?

Simplesmente matá-lo E Violante estendeu o braço e disse resolutamente: Juro por meu filho que lhe darei a morte!

VII

Punhal de família

No dia seguinte, Gaspar foi apresentado por sua suposta esposa a vários grupos da elegante sociedade de Montevidéu, e uma semana depois escrevia ao pai, participando-lhe que só mais tarde voltaria a seus braços.

E os dois coligados partiram para Buenos Aires, na esperança de que era aí que se achava Paulo.

Principiou então para eles uma existência bastante singular. À bordo, nas estações, nos hotéis, em qualquer lugar enfim onde pudessem ser observados, apresentavam o exemplo mais completo e invejável da felicidade conjugal; eram mutuamente meigos, unidos, bem casados. Um não aparecia sem o outro, viviam juntos, como se desfrutassem com efeito a mais saborosa das luas de mel. Cada um deles trazia no dedo uma aliança, e na medalha do relógio ou do broche o retrato do consorte.

Contudo, não se descuidavam um só instante do principal objeto da viagem; conseguiram apanhar o encalço do fugitivo, e Violante desenvolveu nas suas pesquisas uma tal sagacidade e finura de raciocínio, que fariam o desespero do melhor polícia.

Paulo tinha passado do Brasil para a República Argentina, depois para o Chile, depois para a Bolívia e afinal para o Peru.

Gaspar, ao fim de alguns meses, já não podia suportar aquela vida airada. Estava sempre em vésperas de viagem e gastava os dias a tomar informações sobre o perseguido. Ora, fossem lá descobrir o homem das calças pardas! Vivia prostrado de tanto viajar; além disso a ausência completa de estabilidade impedia que ele se correspondesse com a família.

Uma vez, estava então no Chile, descobriu nos correios de S. Tiago uma carta de seu pai. O pobre velho queixava-se amargamente do procedimento do filho, dizia ter-lhe já escrito duas longas cartas, das quais não recebera respostas, havendo aliás em uma delas lhe dado a participação do casamento de Virgínia, irmã mais moça de Gaspar.

Este acabou por fazer justiça à palavra do coronel, pedindo-lhe que lhe escrevesse para o Chile e lhe comunicasse o nome do marido de Virgínia.

Mas, pouco depois disto, Gaspar teve de seguir com Violante para o México, ficando na ignorância do nome do cunhado. Estava completamente resolvido a voltar para o Brasil; agora, porém, uma nova dificuldade se lhe antolhava: é que já não tinha ânimo de separar-se da suposta esposa. A convivência criara entre eles uma tal reciprocidade de estima, que os dois acabaram por se tornar indispensáveis um para o outro.

Viviam na mais feliz intimidade, mas particularmente separados para todos os efeitos conjugais. E isto apoquentava em extremo o pobre moço. Por várias vezes se viu ele em situações bem ridículas, que o levavam ao desespero; uma ocasião, por exemplo, tinham de pernoitar no único hotel que havia no lugar, e só existia no quarto uma cama para os dois. Violante não hesitou em aceitá-lo, a despeito dos sinais negativos que fazia o falso marido por detrás do estalajadeiro.

E logo que ficou a sós com ele, disse-lhe:

– O senhor se tem portado tão bem para comigo, que seria fazer-lhe uma injustiça suspeitar do seu caráter ou recear a sua conduta...

– Mas é que não devemos abusar, respondeu Gaspar, um pouco contrariado. O sacrifício tem limites! Ora essa!

– Que sacrifício?

– Que sacrifício?! pergunta-me a senhora. Acaso merecerá outro nome o que faço, desde que a acompanho embrulhado no incômodo disfarce de seu marido!... Poderá a senhora calcular o que é viver com uma mulher encantadora, ver nos outros o ar de inveja causado por uma felicidade que não existe, afetar os confortos do amor satisfeito e completo, e não obstante, sofrer o mais cruel isolamento que se pode impor a um homem da minha idade!... Confesso-lhe, minha senhora, que se há alguma virtude no meu procedimento, ela me tem custado enormes sacrifícios! Violante ouviu-o com certo ar de satisfação.

– Vamos! disse ela afinal, repreendendo-o. Seja bom para mim, como foi seu pai. Lembra-se de que um miserável abusou da minha fraqueza e zombou da minha boa-fé. Sou uma pobre mulher que deseja ter dignidade, e o senhor, se possui alguma cousa do caráter daquele a quem devo a vida, não se negará certamente a ajudar-me. Por quem é! já agora conclua a delicada tarefa, a que, com tanto cavalheirismo, se dedicou.

Gaspar aproximou-se dela, com estas palavras:

– Minha amiga, vou falar-lhe com toda a franqueza.

– Está dito! respondeu Violante; proponho até que passemos a noite a conversar. É um excelente meio de ficarmos recolhidos, sem nos ser necessário recolher à cama. E fecharam-se no mesmo quarto. Era uma sala vasta, confortável, cheia de trastes. Gaspar traçou no chão uma linha com o pé, e disse rindo:

– Esta linha separa-nos. Cada um tem de contentar-se com o espaço que lhe toca, e não pode meter o pé no terreno alheio; todavia, se a senhora quiser estar mais à vontade, é meter-se na cama, fechar os cortinados, e ficará completamente abrigada contra qualquer olhar meu, involuntariamente indiscreto...

– E o senhor, nesse caso, como tenciona acomodar-se?

– Ah! Eu me arranjarei nesta poltrona. Não lhe dê isso lástima, porque já estou habituado a tais situações. Só peço licença para, depois que a senhora já esteja recolhida, tirar a sobrecasaca e os sapatos.

– Concordo. Mas por enquanto conversemos. Eu servirei o chá. E Violante colocou a mesinha do chá entre duas cadeiras, e passou uma chávena ao companheiro. – O senhor declarou que me queria falar com franqueza... a ocasião não pode ser melhor. Podemos conversar à larga.

– Porque a senhora faz de mim um juízo que eu não mereço; supõe-me o mais leal dos homens, e eu não passo de um grande velhaco.

– Está gracejando!

– Afianço-lhe que não, infelizmente. E para meu castigo, vou dizer-lhe tudo: A primeira impressão que recebi em sua presença, foi muito diversa da que a senhora se persuade. Calculei ter defronte dos olhos uma mulher escandalosa, amiga das aventuras, e grande conhecedora de todos os segredos do amor; pensei vaidosamente comigo mesmo que a tinha impressionado e que podia em breve colher os saborosos frutos dessa fortuna. A senhora, porém, desviou logo semelhante presunção, narrando-me com muito talento uma história, na qual figurava minha família, e pedindo-me que a acompanhasse por toda a parte, como seu protetor, seu amigo, seu irmão... Não é verdade que, se me confiou tão delicado papel, foi porque lhe inspirei a mais cega das confianças?

– Justamente.

– Pois declaro-lhe que a não merecia. Quando aceitei o espinhoso disfarce de seu marido, foi ainda na esperança de alguma venturosa ocorrência; a senhora, porém tem desenvolvido uma tal dignidade, tem se portado com tal circunspecção, que eu, confesso-lhe, estou envergonhado, e para meu castigo falo-lhe com esta franqueza. Se soubesse que noites tenho passado em uma alcova junto à sua! que lutas tenho travado comigo mesmo, para manter o ar grave e as maneiras reservadas a que me condenam as circunstâncias desde que nos achamos a sós! Cheguei algumas vezes a odiá-la! parecia-me que a senhora zombava de mim; que me havia lesado nos meus direitos, e que a rispidez da sua conduta era um roubo feito à minha felicidade!

– O senhor amava-me então?

– Não! não era amor; apenas a desejava com todo o ardor do meu temperamento brasileiro. O que então me arrebatava não era o seu caráter nem as suas virtudes, mas sim a cor dos seus cabelos, a transparência da sua pele, o fogo dos seus olhos e a frescura do seu hálito. Não a amava, tanto que a desejava para minha amante. Depois que conheci, porém, todos os tesouros de bondade, que a senhora escondia sob as aparências de uma mulher leviana; depois que compreendi tudo quanto há de franqueza e lealdade nos seus sentimentos; quando descobri a sua abnegação, a sua coragem e a castidade de sua alma, amei-a, amei-a conscienciosamente, com entusiasmo e com honra! A senhora, se quiser, fará parte de minha família – eu serei seu marido!

– Gaspar, disse Violante, segurando-lhe as mãos, eu te amo também; há muito! sempre! Amei-te primeiro na casta figura de teu pai, que foi o bom anjo da minha infância; amei-te nos teus folguedos de criança, nos teus progressos de estudante e nos teus estouvamentos de rapaz. Amei-te quando te vi estendido na rua, quando depois te vi ao meu lado, e amo-te agora com toda a segurança de minha dignidade. Todavia, tenho um juramento a cumprir... Eu só serei tua, esposa ou amante, amiga ou escrava, no dia em que Paulo Mostella cair debaixo deste punhal! E com os olhos incendiados de cólera, os lábios trêmulos, brandia o afiado estilete que ela trazia sempre consigo, desde que empreendera vingar-se.

– Mas eu não exijo tanto, contraveio Gaspar. Posso esquecer o passado. Tenho plena confiança em teu caráter e de nada mais preciso para fazer de minha legítima esposa.

– Não se trata do que exijas tu, nem do que tu não queiras; trata-se unicamente daquilo que eu jurei ao meu próprio coração. Um homem ultrajou-me. Eu tenho de vingar-me dele. Ou ele morrerá ou eu me matarei!

Gaspar, mais tarde, empregou ainda todos os esforços para dissuadir Violante daquelas sinistras ideias de vingança, mas a oriental abanou a cabeça, com a calma de quem se sente firme na sua resolução, e disse, sorrindo tristemente para o companheiro:

Cala-te, meu amigo! Tu ainda me não conheces... eu sou inabalável no meu ódio. é um temperamento de família; meu pai já era assim e ligou-se à minha mãe, porque encontrou nela a mesma rigidez de sentimentos. Nasci de duas tempestades, que me concentraram no coração todos os seus raios, todos os seus vendavais, todos os delírios do céu e do inferno. Meu pai morreu na guerra e minha mãe na miséria – foram igualmente fortes; um lutou contra amaldade dos homens e outro, contra a maldade de Deus. Deles eu só herdei além do caráter, este punhal. É um punhal de família, que passará, com a minha morte, às mãos de meu filho.

Gaspar, à vista daquelas palavras e do ar resoluto da oriental, tomou o partido de a não contrariar e deixar que as cousas corressem a merce do tempo. Por essa ocasião, um dos homens encarregados de espreitar os rastros de Mostella, comunicou à Violante que este, em companhia da esposa, havia tomado passagem num paquete brasileiro da linha costeira.

Prepara as malas, disse ela ao criado; partiremos hoje mesmo.

Mas, minha amiga, observou Gaspar, lembra-te de que só amanhã há paquete, e esse da linha do Pacífico. Partiram no dia seguinte com efeito para o norte do Brasil, e, dois meses depois, recebiam na capital do Ceará o seguinte telegrama:

"Paulo Mostella chegou hoje a Pernambuco; mora com a mulher no hotel do Universo"

Os dois incansáveis perseguidores do sedutor seguiram imediatamente para Pernambuco. Mal se tinham instalado no hotel Estaminet, que desapareceu muito depois do célebre motim religioso chefiado por José Mariano, Gaspar pediu à oriental que se não precipitasse, e saiu ele mesmo a obter informações sobre Paulo Mostella. Já tinha este abandonado o hotel, e morava agora com a mulher em uma casa particular à rua do Crespo.

Gaspar seguiu para lá impaciente por ver terminada aquela campanha em que há tanto tempo vivia empenhado.

Oh! como ardia ele de desejos por poder afinal confirmar a sua união com Violante! Esta fechara-se no quarto, para rezar. Gaspar, por esse tempo, apeava-se à porta de Paulo Mostella.

VIII

Virgínia

Fizeram-no entrar para uma sala de espera e conduziram-no depois para uma recepção, onde já o aguardava a mulher de Paulo.

– Gaspar! exclamou esta, atirando-se nos braços dele. Gaspar estacou, pálido e trêmulo, sem poder articular palavra.

– Virgínia!... disse afinal o infeliz, com a voz estrangulada.

Era com efeito Virgínia, sua irmã mais moça, que se havia casado com Mostella. Gaspar não a via de muito tempo, mas reconheceu-a logo. Estava forte, bonita e com uma gravidez adiantada.

– Que boa surpresa! dizia a mulher de Paulo. Estalava de desejo por ver alguém de nossa família! Não admira, é a primeira vez que me separo dela... Acredita que choro de saudades todos os dias... Mas o que fazes que não te pões à vontade, seu ingratalhão? Larga o chapéu! entra para a varanda. Infelizmente Paulo saiu, mas não se pode demorar...

– Em que se ocupa o teu marido?

– Negocia em pedras finas. É bom negócio, mas que o obriga a viagens consecutivas. Agora temos de seguir para o Cabo.

– Tens sido feliz?

– Muito. Paulo é um excelente companheiro, ama-me tanto!

– Nosso pai comunicou-me o teu casamento, mas a carta em que vinha o nome de teu marido extraviou-se. Eu ainda não sabia como se chamava ele.

– Sempre o mesmo cabeça de vento! Mas que tens? Estás tão sobressalto? Sentes alguma cousa?...

– Nada! é porque há tanto tempo que não nos víamos!...

– Pois então toma lá um beijo e vê se com ele voltas a ti!

Gaspar passou à varanda, e ficou a conversar com Virgínia. Ela, coitada! estava radiante de prazer.

– Amas então muito teu marido!... Loucamente. Não podes imaginar quanto somos felizes!... Gaspar quedou-se a cismar, e a irmã repreendeu-o

– Então que é isso? Ficas agora triste! Tu dantes eras assim! Ainda nem sequer pediste noticias de papai!...

– Sentirias muito a morte de teu marido, Virgínia?...

– Que pergunta, Gaspar!

– Mas dize; é uma fantasia esta pergunta.

– E esta?! Se Paulo morresse, eu morreria também, ou ficaria louca.

– Bom! É justamente como entendo o casamento. Quem me dera ter alguém que dissesse o mesmo a meu respeito..

– Se ainda não tens, virás a ter; mas parece-me que não cansaste da vidinha de solteiro!...

– Se cansei!...

– Ah! É Paulo que chega!

Ouviram-se com efeito passos no corredor. Gaspar sentiu grande sobressalto, mas conteve-se. Houve apresentação, abraços e oferecimentos mútuos. Paulo declarou simpatizar muito com o cunhado, cercou-o de obséquios; foi buscar curiosidades do Peru e alto Amazonas, e mostrou-as; ofereceu-lhe charutos e livros, e pediu-lhe que se hospedasse em sua casa enquanto estivesse em Pernambuco. No hotel, dizia ele, comia-se mal e passava-se vida de boêmio.

– Ah! ele não nos deixa agora! a não ser que esteja resolvido a brigar deveras conosco! interveio Virgínia. Gaspar desfazia-se em agradecimentos, pedindo que o dispensassem.

– Mas nós podemos lá consentir que mores sozinho nesta cidade, tendo tu aqui família? Se não aceitares o nosso convite, maço-me deveras! Olha: amanhã sai um paquete para o sul, e eu quero na carta de papai dizer que tu estás conosco...

– Pois bem, tudo se arranjará! Gaspar chegou ao hotel às sete horas da noite. Estava abatido, pálido, com uma grande irresolução.

– Então? perguntou-lhe Violante.

– Está tudo perdido! disse ele, arrojando o chapéu; Paulo foi prevenido de teus projetos e acaba de pedir a proteção da polícia... Estamos vigiados! Se Paulo sofrer a menor violência, seremos presos imediatamente. O que devemos é abandonar Pernambuco quanto antes!...

Que me importa a polícia! Não sairei daqui sem ter consumado meu plano. Condenada? presa? executada? embora! mas hei de matá-lo! hei de primeiro satisfazer minha vingança!

– Isso é de um egoísmo revoltante! Exclamou Gaspar, atirando-se sobre uma cadeira; e acrescentou depois de uma pausa: – E pensarás que eu consentiria em tal? Até aqui tratava-se apenas de dar cabo de um canalha, que havia zombado da mulher com quem eu tencionava casar. Muito bem! era perfeitamente razoável! Mas agora, trata-se nada menos do que me privarem da mulher que eu amo, da única que poderá fazer a minha felicidade! e eu, de forma alguma, consentirei em semelhante cousa! Ah! a questão é de egoísmo? eu também sou egoísta! E mudando de tom: – Queres que te fale com franqueza? Principio a acreditar que só amas ao Paulo; que tudo isto foi um meio ardiloso para te aproximares dele; que nunca me amaste e nunca tencionaste pertencer-me!

– Duvidas de mim?! exclamou a oriental. Tens ânimo de supor que eu seria capaz de dizer a alguém que o amo, sem com efeito o amar? Pensarás que eu, por qualquer circunstância, negaria meu amor por aquele miserável, no caso que tivesse a desgraça de sentir esse amor? Já tinhas tempo de sobra para me conhecer melhor! Só a ti amo presentemente, bem o sabes; mas fica também sabendo que, coloco acima de tudo a minha vingança e o meu orgulho! Amo-te, é verdade, mas previno-te de que, se tens a intenção de desviar o meu punhal do coração de Paulo Mostella, podes partir quando entenderes, porque tudo o que fizeres será inútil! Só! embora só! hei de matá-lo.

– Ah! replicou Gaspar; sentes ódio demais por aquele desgraçado, para que não ames! O coração da mulher é lâmina de dois gumes: – como Paulo se incompatibilizou para os teus beijos, queres acariciá-lo com o teu punhal! Mas aqui há um homem! proibo que cometas o crime que premeditas, ou hás de primeiro consumá-lo em mim!

– E pensas que não seria capaz? Não te disse já que acima de tudo coloco a minha vingança?

Gaspar cravou-lhe os olhos, e os de Violante, sempre firmes, não se abaixaram. Compreendeu ele que, na alma daquela mulher, a ideia fixa da vingança estava encravada como um veio de pórfiro no granito. Era impossível extraí-lo, sem despedaçar a montanha. Voltou-se afinal para ela, tomou-lhe as mãos, falhou-lhe com ternura.

– É a tua e a minha desgraça, que vais fazer! disse ele. Habituei-me à esperança de possuir-te na dignidade do lar e da familia, perder-te agora seria impossível. Como conciliar a tenebrosa ideia de um crime com a ideia doce e tranquila da nossa felicidade!... Tens o paraíso a teus pés, risonho, calmo, azul, e queres ensanguenta-lo! Se fosse possível matar o culpado sem prejudicar a mais ninguém – vá. Mas não! para cometer esse crime, tens de fazer outras vítimas, que sofrerão muito mais do que ele, e que, no entanto, nunca te fizeram mal. Eu vi a mulher de Paulo... Está grávida! A morte do marido vai deixar uma viúva sem amparo e um inocentinho sem pai e sem pão... Tu também tens um filho, Violante, e já sabes, por experiência própria, quanto padece uma criança desamparada... Não roubes o pai àquele entezinho, que nenhuma culpa tem de tudo o que te sucedeu! Se conseguires matar Paulo, ele será de todas as tuas vítimas a menos castigada. Não compreendes que a morte daquele miserável acarretará outras consigo? não sabes que a pobre velha, que vê nele toda a sua esperança e toda a sua felicidade, tombará também, quando o teu punhal arrancar a vida do seu querido filho? E não te lembras que essa pobre velha, se te merece algum ódio, é simplesmente porque foi tua mestra, porque te traduziu na infância e te iluminou a inteligência? Não te dói a ideia de que vais encher de fel os últimos dias daquela que encheu os teus primeiros anos de amor e desvelos? Não te parece mau que a mesma que substituiu tua mãe encontre a sepultura suja de sangue derramado por ti? E, além de tudo isso, minha querida Violante, não te acusa a consciência de pertencer-te grande parte da culpa de que criminas tanta gente!... Não conhecias já porventura o caráter de Paulo, desde o tempo de colégio? não lhe tinhas adivinhado as intenções? não o castigaste um dia com uma bofetada? Para que então te deixaste seduzir por ele?! Tu, que és tão perspicaz e tão inteligente, não percebeste logo que o homem que faz de uma mulher a sua amante, não tencionava fazer dela jamais a sua esposa? não percebeste um amor inaugurado entre meia dúzia de gargalhadas e outras tantas taças de champanha, só pode acabar como acabou o teu, e não na responsabilidade fria e digna do matrimônio!... Não sabias por acaso que todo homem tem na vida certa época de loucura, pela qual não podemos responsabilizar o seu caráter, nem as suas intenções?...

Tu eras bela, livre venturosa, romanesca; ele, moço extravagante e sedutor. Viu-te, falou-te em amor, estremeceu em pensar nos teus beijos... talvez até mesmo resolvesse casar contigo. Mas tu lhe deste liberadade, lhe aceleraste os desejos, lhe fustigaste o arrojo, lhe proporcionaste ocasiões. Ele nada mais fez do que aproveitar-se de tudo isso. A verdadeira culpada foste tu!... pelo menos, grande parte da responsabilidade deves atirar para o teu temperamento, para o teu sangue, para a tua fraqueza! Para que sucumbiste?! Acaso não tomaram alguma parte nisso os reclamos da tua carne e as alucinações do teu espírito?! Ele excitou-te com os mistérios voluptuosos de um passeio ao campo, longe do teu meio social, por entre a sombra balsâmica das árvores, ao rumorejar das folhas, ao arrular das aves, ao sussurrar de uma cascata; estimulou-te com um almoço de boêmia, cheio de malícia, cheio de riso e cheio de amor! Tu bebeste, fumaste, sonhaste, riste, e afinal... amaste. Para isso tudo contribuiu – o céu o ar, os murmúrios da natureza, as espumas do champanha, os perfumes do cigarro, a riqueza do teu sangue e a diabrura dos vinte anos. Queres agora criminá-lo exclusivamente! Não! Seria uma injustiça!

Violante ergueu-se, sacudiu com o pé a cauda do vestido, e disse com toda a calma:

– Contudo, hei de matá-lo!

– Tu o amas, desgraçada! exclamou Gaspar encolerizado. Violante não deu resposta, recolheu-se à sua alcova, fechando a porta com violência.

Gaspar atirou-se a uma poltrona e segurou a cabeça com as duas mãos.

– Dá licença!... disse da porta uma voz. Era de Paulo Mostella.

IX

Momento de vingança

Gaspar correu à porta da sala e atravessou-se defronte de Paulo.

– Desculpe, disse ele, mas não entre! Peço-lhe que não entre!

– Como está sobressaltado! observou o outro parando no corredor. Vinha fazer-lhe uma visita...

Gaspar deitou o chapéu, e segurou Paulo pela mão:

– Saiamos! Saiamos! Não repare não o fazer entrar, mas...

– Sei o que são estas cousas... também já fui solteiro! Descanse que não serei indiscreto.

– Não é por isso; mas é que... Desçamos, sim? Pelo caminho dir-lhe-ei o que é...

– Bem me pareceu que havia lá dentro algum contrabando!

– Efetivamente lá está alguém que não pode ser visto...

– Maganão! Não o levarei a mal. Em todo caso, precisava falar-lhe hoje. E os dois saíram conversando, enquanto Violante atirada sobre a cama, soluçava. Arrancaram-na desse estado duas pancadinhas sistemáticas na porta. Ela ergueu-se e correu a abrir era o toque de um dos espiões.

– Então o que há de novo!... perguntou a oriental, procurando dissimular a comoção.

– O homem passará sozinho, amanhã às quatro horas da madrugada, pela ponte de Santo Antônio. O lugar é magnífico, e a ocasião não pode ser melhor! Atira-se com o corpo ao mar, depois de sangrado...

– Donde virá ele a essas horas?

– Não vem; vai tomar o trem para uma viagem.

– Bem! Retire-se, mas não se afaste; fique aí fora até que o chame. Você tem de acompanhar-me; irei infalivelmente!

– Ordena mais alguma coisa?...

– Não. O homem retirou-se, e Violante recolheu-se à alcova, para rezar. Acometeu-a um grande fervor religioso. Quando Gaspar voltou, às dez horas, ainda a encontrou nas suas orações. Acendeu o candeeiro, e pôs-se a ler.

Depois foi à janela respirar um pouco de ar, e viu na rua, encostado ao lampião, o homem que falara com Violante. Desceu sem ruído ao encontro dele.

– Então?... disse-lhe.

– A senhora mando-me esperar...

– Bem! resmungou Gaspar, disfarçando; o encontro é no mesmo lugar?

– Sim, senhor, na ponte de Santo Antônio. O homem passa às quatro da madrugada...

Gaspar afastou-se, afetando calma, mas levava uma grande agonia no coração. Correu à casa da irmã. Esta preparava as malas do marido.

– Você a estas horas, mano?

– Sim. Onde está Paulo? Ainda não voltou? Estive com ele até às nove horas...

– É! ele me falou de que te ia procurar.

– Diz-me uma cousa, Virgínia: teu marido sai infalivelmente esta madrugada?

– Infalivelmente. Vai a uma viagem de negócio. Por quê?

– É preciso que ele não vá!

– Por quê? Tu assustas-me!

– Porque o querem matar. Presta atenção ao que te digo; isto é um segredo perigoso, que não deve transparecer: há alguém que tenciona matá-lo esta madrugada, na ponte de Santo Antônio. Só eu sei disso, além dos encarregados do crime; por conseguinte, se descobrires alguma cousa do segredo, só eu o pagarei pela tua indiscrição. O resto fica por tua conta! Se não quiseres arriscar a vida de teu marido, evita que ele saia esta madrugada!...

Virgínia ficou aflita.

– Adeus, disse Gaspar! Faze o que te digo!

– Mas, atende, Gaspar. E se eu nada puder conseguir? Esta viagem é muito urgente. Trata-se de salvar tudo o que possuímos. Paulo não me atenderá com certeza! valha-me Deus!

– Mas se te digo que se trata de salvar-lhe a vida!

– Porém, proibida como estou de dizer-lhe que o querem matar, ele será muito capaz de me não atender!...

– Bem! nesse caso porás um sinal à janela. Às duas e meia passarei por aí fora; se naquela sacada estiver um lenço embrulhado à maçaneta, é que não obtiveste cousa alguma, e nesse caso tratarei eu de providenciar por outro lado.

– Pois bem! disse Virgínia; mas por que o querem matar?!

– É segredo... Mais tarde o saberás!

Gaspar saiu. Paulo chegou à casa pouco antes da meia-noite.

– Então, minha querida, está tudo pronto? Mete estes pacotes em uma das malas. Virgínia aproximou-se e deu-lhe um beijo.

– Paulo, disse ela, tenho uma cousa a pedir-te...

– A pedir-me?

– Sim. É uma cousa, que desejo muito, muito! Uma cousa para o interesse de nós ambos!...

– É a respeito do pequenito?...

– Não; é a teu respeito: Não saias hoje de casa, sim?

– Sim, não sairei hoje; sairei amanhã às quatro da madrugada...

– Ou isso...

– Mas afinal, o que tinhas tu a pedir?

– Era isso mesmo. Desejava que transferisses esta viagem...

– O que há? temos alguma novidade? sentes alguma cousa?!...

– Não sinto, mas pressinto... Faze-me a vontade, sim?

– Ora, o que, filha? Pois isso é lá cousa que se faça!... Não sabes que esta viagem é negócio muito sério?!...

– Sei, sei! mas é que...

– Deixa-te de tolices! Ora, para que te havia de dar!...

– Se soubesses...

– Se soubesse o quê?...

– Sinto-me oprimida... Receio que te vá suceder qualquer desgraça! Não partas, eu te peço, meu amigo!

– Isso é nervoso! Olha: vai para o piano. Toca um pouco de música, que a crise passa.

– Em todo o caso, se me quiseres fazer um grande serviço, não partas...

– Estás a brincar, Virgínia; pois se te disse já qual é o interesse que me leva.

– Ora, não pode haver maior interesse do que o meu em que não vás!

– Com certeza, não falas a sério...

– Falo, meu querido, falo! é que rigorosamente preciso que não partas!

– Ora, adeus! Caprichos!

– Não são! juro-te!

– Então, o que vem a ser?

– Não te posso dizer!...

– Pois sim; mas vê que me não falte cousa alguma nas malas...

– Então, sempre estás resolvido a ir!...

– Pois eu desmanchava lá uma viagem, porque... porque entrou agora a noite no quarto alguma borboleta preta, ou...

– Afianço-te que tenho razões sérias para...

– Estás agora a inventar motivos! Perdes teu tempo. Eu vou.Às duas horas, Paulo não tinha ainda mudado de resolução. Virgínia fora gradualmente se tornando mais e mais aflita; era já entre lágrimas que rogava ao marido para ficar.

Paulo impacientava-se.

A mulher pedia-lhe por tudo que desistisse da viagem: pelo seu amor, pelo amor da mãe dele e pelo de filhinho que ela tinha nas entranhas.

– Ora, adeus! disse Paulo asperamente e perdendo afinal a paciência. Já me vai cheirando mal a brincadeira!

Já te disse o que tinha a dizer! Cala-te! E, passeando pelo quarto, gesticulava irritado. – O que ele bem dispensava era maçar-se antes de sair!

– E pensas que estou muito satisfeita?! perguntou Virgínia.

– Tolices! Estariam os homens bem avisados, se se deixassem levar pela fantasia de vocês mulheres!... E, voltando-se para ela, disse-lhe em tom de ordem:

– Não quero ouvir mais falar aqui em semelhante cousa! Ela passou-lhe os braços em volta do pescoço.

– Mas é que te querem matar, toleirão! Percebes? armam-te uma cilada! Eu não podia dizer tanto, porém, tu me obrigas a isso! Paulo soltou uma risada.

– Querem matar-me!... Tem graça! Por quê?

– Sei cá, por que!... O que sei é que vais ser agredido!

– Ora, minha mulher, a senhora afinal está ridícula! O relógio marcou duas e meia.

– Enfim, sempre vais?! perguntou Virgínia.

– Não me aborreças! disse Paulo, dando-lhe as costas. Virgínia correu à janela.

– Que fazes? perguntou-lhe o marido.

– Previno alguém de que partes, para evitar a emboscada.

– Que alguém é esse? Que diabo quer isto dizer?!

– Já te disse tudo o que podia; insistes em ir...

– Mas, vem cá! conta-me o que há!

– Ora, Paulo! se eu pudesse dizer, mais, já teria dito!

– Onde está meu estojo de armas?

– Naquela estante.

– Fica descansada. Se houver qualquer cousa, eu saberei defender-me! E às quatro horas, encaminhava-se Paulo Mostella para a ponte de Santo Antônio, apertando na mão um revólver de seis tiros. As ruas estavam completamente desertas e silenciosas.

Sangue

Gaspar, entretanto, ao perceber que Virgínia amarrava o lenço na janela, perguntou-lhe da rua:

– Então? O que decidiu teu marido?

– Vai! sempre vai! Não o pude convencer do contrário!

– Bem! disse o irmão.

E deitou a correr para o hotel. Temia já não encontrar Violante, mas, ao subir as escadas do Estaminet, viu luz nos aposentos da oriental; ficou mais tranquilo e entrou no seu próprio quarto, fingindo a melhor calma que pôde.

– Boa noite, disse ele, em voz alta, para ser ouvido pela companheira.

– Boa noite, Gaspar, respondeu Violante, com a voz meiga. Supunha que se não recolhese hoje...

– Ao contrário, estou caindo de sono...

– Divertiu-se?

– Fiz um passeio...

– À Olinda?

– Não. A Cachangá.

– Que tal?

– Bonito. Você vai escrever?

– Não; Por quê?

– Por nada. É que precisei do seu tinteiro, e esqueci-me de levá-lo de novo para aí...

– Não preciso dele agora.

– Então boa noite.

– Até amanhã, minha amiga. E cada um apagou a vela de seu quarto. Violante fingiu que se preparava para dormir, enquanto Gaspar fazia, a cantarolar, justamente a mesma cousa. Daí a meia hora, este obteve o que ambos desejavam conseguir: enganar o outro. Eram três horas, pouco mais ou menos. Então, Violante, descalça e cheia de precauções, abriu imperceptivelmente a porta do seu quarto e, tateando nas trevas, alongou para fora um dos braços. Mas, na ocasião em que ia sair, sentiu uma nervosa mão segurá-la pelo pulso.

– Onde vai? perguntou Gaspar.

– Deixe-me! impôs a oriental, com alvoroço na voz.

– Quero saber onde vai, minha senhora. Disse-lhe já quais são as intenções que tenho a seu respeito, e creio que elas me autorizam a semelhante exigência!

Dir-lhe-ei tudo depois; agora não posso. Preciso sair imediatamente.

– Não irá! E Gaspar forçou Violante a entrar novamente para o quarto, e obstruiu a porta com o corpo.

– Com que direito se atreve o senhor a tanto?!

– Com o direito do homem, que tem sido publicamente seu marido; o homem, a quem a senhora prometeu a mão de esposa e a quem disse ser uma mulher honesta!

– Juro que não vou cometer nenhuma deslealdade; além disso, desisto dos votos que fiz, desisto de tudo! mas deixe-me passar, com todos os diabos!

Esta cena realizava-se no escuro. Gaspar deu volta à chave e, fechando com a oriental por dentro da alcova, riscou um fósforo e acendeu a vela.

– Não sairá daqui! já disse!

– Ah! que o senhor abusa! rosnou Violante com um olhar terrível.

– De que, minha senhora?

– De minha paciência! E a oriental sacou o punhal do seio.

– Lembre-se de que, ao herdar este ferro, exclamou lívida de cólera, já ele tinha servido muitas vezes! Lembre-se de que com ele herdei igualmente o caráter de meu pai e o sangue de minha mãe! Afaste-se, ou eu abrirei caminho!

– Pode abrir! disse Gaspar, apresentando o peito. Já que vai matar o filho da mulher que lhe serviu de mãe, é justo que primeiro assassine o filho daquele que lhe serviu de pai... é muito razoável que os dois velhos se cubram de luto na mesma ocasião. Vamos! uma vez que tão depressa se apagou desse coração a memória do honrado militar que a recolheu um dia ao seu amor, não é muito que lhe roube a última consolação da velhice... Mate-me! Não me defenderei, porque não levanto mão contra quem amo!

Violante atirou para trás o punhal, caiu aos pés de Gaspar:

– Perdoa, meu amigo, meu esposo, meu senhor! Sei que sou má e que só mereço desdém e menosprezo dos homens sensatos, sei que és um moço generoso e leal, e que para mim só desejas o bem e a ventura; mas, deixa-me ir, por piedade! eu preciso descarregar do coração esta sede terrível, que se tem alimentado até hoje do meu próprio sangue; eu preciso arrancar da minha consciência o desespero de não haver cumprido o meu voto! Deixa-me seguir o destino da minha raça, deixa-me dar de beber ao meu ódio, e de mim farás depois o que entenderes! Poderás desprezar-me à vontade, e eu te beijarei os pés e te servirei como escrava! Mas deixa-me ir! o tempo urge! a hora da fortuna vai fugir! e amanhã o covarde sabe que quero matá-lo e esconde-se nos braços da mulher! Pelo amor que tens a teu pai, pelo respeito que te merece a memória de tua mãe, deixa-me passar, meu amigo, meu protetor!

Gaspar levantou-a do chão e amparou-a nos braços.

– Pois bem, vai disse ele; mas, antes deixa que te faça uma revelação suprema: Eu detesto Paulo Mostella; aborreci-o logo que me falaste dele, e abominei-o encarniçadamente quando o vi pela primeira vez. Até ai tinha por ele apenas um vago desprezo, mas ao vê-lo, moço forte, bonito e não repulsivo como o pintaste, odiei-o! odiei-o com ciúme, com inveja, com desespero! Lembrei-me que Paulo te gozou como eu nunca te gozarei, porque o miserável multiplicou os teus encantos com os mistérios do crime e com as alucinações do vício! Gozou-te pelo prisma do prazer pelo prazer, sem consequências, sem tédios, sem obrigações positivas; colheu com a boca, entre sorrisos, a flor do teu temperamento meridional, e deixou na haste os espinhos, para que eu neles sangrasse depois meu coração e meu lábios! Por isso o execrei com todo o ardor da minha vaidade de homem e do meu egoísmo de macho! Queria vê-lo cair aos golpes do teu punhal, porque a sua morte seria a minha vida; matando-o tu, eu te amaria muito mais! Porém não posso consentir em tal: esse homem que odeio, esse monstro que te enganou, é meu cunhado e é o marido de Virgínia, minha irmã mais moça! Matá-lo seria matar a mulher, porque ela o adora com todo o entusiasmo do primeiro amor e da primeira maternidade! E como posso eu ser cúmplice na viuvez de Virgínia, no luto de meu pai e no sacrifício de seu primeiro neto?!

E Gaspar, segurando a oriental pela cintura, acrescentou com a voz suplicante:

– Vê, reflete, minha doce amiga, minha estremecida companheira! Disse-te francamente os motivos por que não consinto que realizes os teus planos de vingança; confessei-te tudo, e peço-te agora com amor, com humilhação, que sacrifique ao bem de minha família alguma cousa da tua suposta ventura... Só no caso de não atenderes às súplicas de teu mal-avenutrado amante, é que o irmão de Virgínia defenderá do teu punhal o marido de sua irmã!

– Não será preciso, respondeu Violante, afastando-se. Uma vez que Paulo Mostella é necessário à felicidade de teu pai, ele viverá. Minha mão jamais se levantará para o ferir. Podes ficar tranquilo...

– Obrigado! obrigado! exclamou Gaspar, atirando-se aos pés da oriental. Bem sabia eu que em teu coração não tinha morrido ainda a ideia do bem e da justiça; obrigado! obrigado, minha amiga!

– Não me agradeças cousa alguma. Eu cumpro um destino...

E mudando de tom:

– Desce, vai à rua e dize ao homem que lá está à minha espera, que já não preciso dele. Dá-lhe dinheiro e ordena-lhe que nunca mais me apareça.

Gaspar desceu a escada a três e três degraus.

Ao voltar ao quarto de Violante, soltou um grito; a bela mulher estava estendida no tapete, aos pés do leito, e seu colo nadava em sangue. Apunhalara-se.

– Perdoa-me! disse ela, ofegante, ao ver entrar Gaspar. Eu sou uma desgraçada! Reconheço que é mau tudo o que cometi, mas não estava em mim poder evitá-lo... Não sei odiar de outro modo. Meu ódio só se pode esvair em sangue... Estou agora mais aliviada... parece-me ver correr do próprio peito a cólera vermelha e ardente, que dentro dele se tinha acumulado... Ai! quanto me desafronta o sangue que derramo! Sinto-me melhor... mais propensa à piedade... Vou compreendendo toda a razão das tuas palavras, meu bom companheiro... Cerraram-se-me os olhos, desfaleço, como se adormecesse no elevamento de um amor ideal... Já vejo assomar além, por entre as névoas que me ensombram, o vulto singelo e casto de teu pai... Ele sorri para mim... envolve-me toda no seu olhar compassivo e doce... Não me despertes...

E a oriental deixou pender a cabeça, e desfaleceu. Gaspar correu aos aparelhos cirúrgicos e apressou-se a tomar-lhe a ferida. Mas a mão tremia-lhe, o coração saltava-lhe dentro com força, e as lágrimas corriam-lhe dos olhos em borbotão. Contudo, o médico operava, e Violante vivia.

No dia seguinte, ela abriu os olhos e recuperou a fala.

Suas primeiras palavras foram para pedir água. Gaspar negou-lha. A infeliz tinha a voz muito fraca, palidez mortal, e uma profunda melancolia espalhada por todo o semblante.

Gaspar estava ajoelhado à cabeceira da cama em que a depusera. O outro médico já se tinha retirado.

Os dois amantes ficaram longo tempo a se olharem com a mesma tristeza. Ela passou-lhe depois a mão pelos cabelos e chamou a cabeça dele para seu colo. Gaspar não podia articular uma palavra; as lágrimas corriam-lhe apressadas e quentes pela barba.

– Como tu és bom, mem amigo! como tu merecias ser feliz...

– Não estejas a falar, que isto te faz mal... observou Gaspar, no fim de alguns instantes. Vê se sossegas. Eu fico aqui, ao pé de ti...

– Sim, sim; mas preciso muito que me faças um grande favor; manda chamar um padre. Eu quero casar-me contigo antes de morrer.

– Tu não morrerás!...

– Sim, mas manda chamá-lo...

O padre veio e cumpriu-se a cerimônia. Depois Violante exigiu que se lavrasse um documento assinado por ela, declarando o modo pelo qual morria. Ficou tudo feito. Era ela a que parecia menos aflita.

– Bem, disse quando viu que já não precisava dos estranhos, deixe-me agora com meu marido...

Ficaram a sós os dois.

– Vem cá, balbuciou ela, tomando as mãos de Gaspar, vem dar-me o teu primeiro beijo... Chega-te mais para mim!... Afaga-me! dize-me as ternuras que reservavas para a nossa noite de núpcias, fala-me do nosso pobre amor! Tu choras, meu amigo!... Então sempre é verdade que me amavas muito!... Sim! bem sei que era!... E teu amor foi sempre puro e consolador como uma boa ação. Não me repreendas; deixa-me conversar contigo!... Coloca teu braço debaixo da minha cabeça.... Assim! Mas a ferida começa a doer-me muito! Se me desse um pouco d'água! Tenho uma sede horrível! Ai quanto custa morrer!...

– Não te aflijas, Violante! Não fales em morrer! Havemos ambos de gozar ainda do nosso amor em plena exuberância da vida!

– Gaspar, disse ela, dá-me de sobre aquela cômoda uma caixinha de xarão que lá está. Bom! é isso mesmo. Toma esse leque para ti, é de sândalo: foi o único presente que fez Paulo, além da nossa desgraça... Fica-te com ele; conserve-o depois da minha morte, como uma lembrança de tua esposa... Agora, apanha o meu punhal e guarde-o bem para entregares a meu filho, logo que este se emancipe. Peço-te que a meu filho nunca desampares. Ele, coitado! desde que eu feche os olhos, só a ti terá no mundo; dá-lhe um pouco de teu coração, e cria aquela alma com a substância do teu amor e do teu caráter. Educa-o à tua semelhança, faze dele um homem honrado. Conta-lhe a história desse punhal, e ensina-lhe a não odiar a memória de sua mãe... Tu serás o pai de Gabriel... Ele é rico; incumbe-te de todos os seus interesse... nunca o abandones, continua nele a obra de teu pai em mim principiada e...

Mas Violante interrompeu-se com um grito agudo.

– Sinto-me convulsionada! exclamou ela. Meu Deus! já será a morte!... Gaspar! Gaspar! vê se me obtens mais um bocado de vida! Tu és médico! Então?! Mas o que? Choras desse modo?!

E Violante, com um novo grito, estirou-se em todo o comprimento da cama; entesou os braços, deixou cair para trás a cabeça, e deu um arranco surdo e muito prolongado, que se foi transformando em um gemido doloroso e profundo e lhe foi morrendo na garganta, lentamente...

Duas lágrimas, grossas e mornas, correram-lhe pelo mármore das faces, com os últimos restos da vida que a abandonava.

Gaspar dobrou os braços sobre a cômoda e abafou com as duas mãos os seus soluços.

Estava tudo consumado! De suas esperanças, de seu amor, de seus sonhos de felicidade, só restava ali aquele corpo inânime, que ia desaparecer para sempre!

– Pobre mulher! disse ele, ajoelhando-se ao lado do cadáver; pobre mulher, que amei sem possuir, e que possuí sem gozar! Tinha no teu sangue o veneno do ódio e todas as doçuras da dedicação e do sacrifício! Por que havia a porção má de estrangular a outra? Por que não fizeste vingar em proveito do nosso amor as açucenas da tua ternura?... por que as deixaste tão expostas ao fogo do teu temperamento?... E vais partir, minha pobre esposa! vais partir sem me teres dado o meu quinhão de felicidade a que tinha direito como teu marido! Partes, quando eu mais me ligava a ti pelo casamento, pelo dever, pela dignidade! O que fiz para merecer os tormentos que sofri a teu lado?... para que guardei eu à vista, com tanto empenho, o tesouro da tua beleza, se o guardava para a sensualidade do sepulcro?!...

E Gaspar deixou-se ficar abraçado ao cadáver de Violante, com a cabeça escondida no montão negro dos cabelos dela. E assim ficou longamente, sem percepção do que se passava em torno, sem consciência do tempo, nem do lugar. Só volveu a si quando alguém lhe tocou no ombro. Voltou-se com os olhos afogados em lágrimas. Defronte dele estava o coronel.

– Meu pai! Estaria sonhando?!

– Não, disse o velho. Abraça-me, depois explica-me o que tudo isso quer dizer...

XI

A mofina

Gaspar contou francamente ao pai tudo o que se passara entre ele e Violante.

O pobre velho comoveu-se com as desgraças do filho e lamentou o triste fim daquela infeliz rapariga, que ele, vinte anos antes, havia recolhido da miséria em Montevidéu.

– Mas, por que não me escreveste a respeito dela? perguntou o coronel, impressionado por não ter podido evitar tanto infortúnio.

– Tencionava fazê-lo juntamente com o pedido do seu consentimento para a nossa união...

– Em todo caso, cumpre-nos tratar do mais urgente: vou daqui à casa de Virgínia; para lá irá o cadáver, e de lá sairá o enterro. Paulo está fora, mas é o mesmo. Tu ficas aqui; eu voltarei com os homens necessários para transportar o corpo. Até logo. Coragem!

O enterro fêz-se com efeito no dia seguinte pela manhã, por um tempo abafado e triste.

Gaspar, a partir daí, parecia dominado por um desgosto profundo, que nunca mais o abandonaria. Tornou ao hotel; apoderou-se dos objetos que pertenceram à falecida, e instalou-se em casa da irmã, sepultando-se no quarto, sem ânimo para nada.

– Tu tens que mudar de vida! disse-lhe o pai. Seguiremos quanto antes para o Rio de Janeiro; preciso de ti ao meu lado. Estou só. Ana mora lá com o marido; esta também cá está com o seu, e não tenciona repatriar-se tão cedo... por conseguinte, só me resta a tua companhia, eu não a posso dispensar. Sinto-me velho e desamparado. Meus negócios vão ultimamente de mal a pior; minhas especulações falharam todas; fiquei reduzido ao simples soldo! Não tenho uma comissão, nem esperança de obter cousa alguma; não há quem se empenhe por mim... E, além de tudo isso, meu filho, sofro uma guerra implacável, uma guerra cruel, e sem saber de quem!

– Como assim?...

– Refiro-me a certas mofinas, que de bons tempos a esta parte se publicam invariavelmente duas vezes por mês no Jornal do Comércio. É uma infâmia! dizem o diabo de mim! Chegaram já a chamar-me de ladrão!

– Mas quem será o autor dessa perfídia!... perguntou Gaspar, indignado.

– Sei cá quem é! respondeu o pai, sacudindo os ombros. Não me dói na consciência haver feito mal a ninguém; não tenho em minha vida glórias tais que possam despertar inveja; nunca pratiquei baixezas, nem cometi crimes que pudessem levantar a indignação ou o ódio de quem quer que seja... Digo-te com franqueza que não sei absolutamente a quem possa atribuir semelhante cousa! Mas o que te afianço é que o tal autor das mofinas não se descuida... Tudo deixará de aparecer, menos uma injúria contra mim no dia quinze e no dia trinta de cada mês. Já tenho, por todos os modos, procurado ver se descubro a quem devo tão estranha perseguição, mas qual! o miserável esconde-se deveras.

– Ora, havemos de ver se o descobriremos ou não. E juro-lhe, meu pai, que, se o não descobrirmos, quem mais há de pagar é o redator do jornal!

– Bem! bem! mas não é disso que se trata agora! observou o coronel. O que desejo saber é se podes seguir para o Rio no primeiro vapor...

– Posso, mas não para ficar de vez, porque tenho ainda o que fazer em Montevidéu; tenho que proceder ao inventário dos bens de Violante em beneficio de meu enteado. Só depois de tudo muito bem disposto, é que poderei voltar para o Rio de Janeiro e fazer-lhe companhia. Porém, de tudo, o que me parece mais razoável é que o senhor venha comigo dar um passeio à República Oriental...

– Não! Estou cansado e quero morrer onde nasci; além de que, ficando na Corte, verei sempre a minha querida Ana, o que me fará bem. Em todo caso, meu filho, se os teus interesses te aconselharem que abandones o Brasil, não serei eu que a isso me oponha, posto que precise como nunca de ti ao meu lado. Não quero prejudicar-te.

– De forma alguma, meu pai; terminado o que tenho a fazer em Montevidéu, mudo-me definitivamente para o Rio, e aí viveremos juntos. Tenciono dedicar-me exclusivamente à minha profissão de médico.

Partiram no primeiro vapor, e Gaspar seguiu para Montevidéu. Tratou este logo do inventário, ficando Gabriel patrimoniado com trezentos mil pesos ouro.

O padrasto pensou em retirar-se com ele para o Brasil.

O filho de Violante orçava então pelos oito anos; era um menino sadio, forte e bem tratado. Gaspar é que não parecia o mesmo. Nada o distraía, nada conseguia espantar o bando de aves negras do seu tédio. Passava uma vida concentrada e aborrecida; tudo lhe trazia à ideia a sua pobre Violante, deixando-lhe o coração embebido em uma saudade imensa e desesperadora. Tinha ele seus então vinte e sete anos e parecia ter muito mais; estava magro, com grandes olheiras. Entre todos os rostos formosos das mulheres de Montevidéu, nem um só havia que lhe chamasse um pouco de luz aos olhos, ou um pouco de riso aos lábios. Seu único prazer, sua consolação única, era ter Gabriel nos braços.

A bela criança, apesar de loura, lembrava muita cousa da mãe. Os olhos rasgados e pestanudos da oriental ali estavam com o filho como preciosas joias herdadas da família.

Gaspar ficava horas esquecidas a fitá-los, nem que se procurasse descobrir neles a alma da sua amante. Só aquela criança tinha o mágico poder de interessá-lo e distraí-lo. Dedicava ao pequeno a maior parte de seu tempo, e por tal forma foi tomando por ele uma amizade tão profunda e exclusiva, que acabou por fazer de Gabriel todo o cuidado e toda a preocupação da sua vida.

Passaram-se dois anos. Durante esse tempo, Gaspar havia dado, com o maior amor e a mais paternal paciência, as primeiras lições ao querido órfão. Seus negócios estavam concluídos; partiu com ele para o Rio de Janeiro.

O coronel, como todos os que tinham dantes conhecido Gaspar, espantou-se com o aspecto deste; vinha o desgraçado relativamente velho. Nos últimos tempos entregava-se com exagero ao estudo da medicina e andava a farejar doentes pobres, que curava de graça.

Foi morar com o pai, na velha propriedade que o coronel possuía em uma das mais escusas travessas do Catete, e lá vivia ao lado de Gabriel. Começaram então a distingui-lo pela alcunha de "Médico Misterioso."

Ele próprio se tinha encarregado ainda da instrução primária do enteado, e dedicava a esse trabalho grande parte do seu lazer. Gabriel o estremecia loucamente.

E o tempo decorria.

Gaspar era já apontado no Rio de Janeiro como um tipo singular. Parecia um Positivista ortodoxo. Viam-no passar sombrio e sinistramente calmo, pálido e misterioso, de olhos fundos e fixos, porte elevado e magro, um tanto curvado, a conduzir pela mão uma criança, em cuja fisionomia, aliás fresca e pura, se refletia já a sombra da melancolia que lhe projetara o inseparável companheiro.

Levavam os dois uma vida bem concentrada e tíbia! Gaspar, que se tornara seco para com todos, gastava, entretanto, boas horas a discorrer com o pupilo. Ouvia-o com toda atenção. Conversavam, discutiam, como se fossem dois amigos da mesma idade. Entre eles não havia segredos, tratavam-se por tu, e liam comumente os mesmos livros.

Ao lado deles definhava o coronel, cujo destino mais se descompunha de dia para dia. Por este tempo, como para o prostrar de todo, faleceu Ana, a sua filha mais velha, casada com o empregado público, o inconsciente rival do comendador Moscoso.

E o viúvo de Ana ausentou-se para Cantagalo, doente e triste. A moléstia da mulher comera-lhe muito dinheiro e o obrigara a tomar compromissos superiores aos seus recursos; além disso, a falta de saúde o forçava a prolongar uma licença sem vencimentos.

Fazia má impressão vê-lo com a sobrecasaca puída do uso e das teimosas escoriações, com os seus sapatos remontados, o seu espinhoso colarinho a arrancar-lhe as cordoveias do magro pescoço com as caprichosas franjas dos fiapos do linho.

O comendador Moscoso sorria de vaidade ao vê-lo passar, tossindo e arrastando aquele ar de indigência.

– Aquilo mesmo já era de esperar! dizia. Olhem só que tipo! A mulher lá ficou morta! naturalmente de maus tratos! Talvez de fome!

E, para gozar um triunfo completo, meditou os meios de tirar o emprego ao pobre diabo.

A cousa não seria difícil: o comendador tinha boas amizades, alguns figurões tomavam chá em casa dele. O rancoroso deu a entender que desejava empregar no lugar do viúvo de Ana um seu afilhado, e o genro do coronel recebeu em Cantagalo a notícia de que, a pretexto de abandono de emprego, lhe haviam lavrado a demissão.

O infeliz esteve a perder a cabeça.

E todas estas novas mal-aventuras afligiam consideravelmente o pai de Gaspar. Era justamente por ocasião delas, que as tais mofinas do Jornal do Comércio recrudesciam de mordacidade.

Aquela perseguição covarde e mesquinha, pingando-lhe todos os meses duas gotas de fel no coração, acabara no fim de alguns anos por enchê-lo de um grande desgosto, que lhe estragava, de todo, o resto da existência.

O comendador torcia-se de gozo com os efeitos de semelhante vingança.

O pai de Gaspar ultimamente confessava já a sua amargura quando um lia uma das tais; mofinas. Ele e o filho empregavam todos os esforços para descobrir quem seria o infame detrator, nada porém, conseguiam: O Jornal do Comércio guardava segredo, e o testa de ferro, o Romão José de Lima, estava pronto a surgir desde que o injuriado chamasse o jornal à responsabilidade. Ninguém sabia explicar aquilo, mas afinal já liam todos as chacotas do comendador, e muitos parvos já gostavam delas e já as esperavam com a risadinha pronta.

Quando o viúvo de Ana foi demitido, o Jornal do Comércio publicou as seguintes palavras:

"Não podemos deixar de dar ao nosso velho amigo, o coronel Pinto Marmelo, os mais bombásticos parabéns pela prova de consideração que o governo acaba de manifestar-lhe, lavrando a demissão de seu condigno genro – o Marmelada. Foi uma medida justa e bem aceita!

"Consta que o Marmelada de ora em diante, à falta de outro meio de vida, passará a tocar realejo na rua, e não sabemos se o sogro, que também anda por baixo, o acompanhará, fardado ou vestido de mono. Deve ter graça! Cá estamos nós para apreciar. A Sentinela."

E havia quem admirasse a constância do autor de tais sensaborias, sem ninguém prever o formidável escândalo que com elas se armava, como daqui a pouco terá o leitor ocasião de verificar.

XII

Como e onde cresceu Ambrosina

O viúvo de Ana ficou desde então çonhecido pela alcunha de "Marmelada".

Gabriel, feitos alguns preparatórios na Corte seguiu para S. Paulo em companhia de Gaspar, que o destinava a matricular-se na escola de Direito.

Enquanto para esse se arrastava a existência desse modo, corria a vida petulante e fagueira para a gente do comendador.

Bem diferentes eram os dois destinos!

O comendador Moscoso, segundo os cálculos que o leitor se dará ao trabalho de fazer, era casado havia já quinze anos, pois há quatorze dera-lhe a sua Genoveva uma filha, a que batizaram os dois com o doce nome de Ambrosina.

Ambrosina era uma mocinha pálida, de cabelos negros e crespos, lábios sensuais, dentes muito brancos, mãos finas, compridas e transparentes. Um todo linfático. Tinha os ombros estreitos, levemente contraídos, como por uma constante sensação de frio, os braços longos e fracos.

Aos doze anos ainda se não lhe percebia que havia de ter seios, mas em compensação, possuía já um par de olhos retintos, bem guarnecidos e tão belos, que faziam, só por si, toda ela ficar bonita.

O comendador babava-se pela filha e não media dinheiro para lhe dar o que ele chamava uma boa educação: o belo mestre de francês, mestre de piano, mestre de canto, mestre de dança, mestre de gramática e de retórica.

Ambrosina, entretanto, logo que começou a fazer-se rapariga, dava-se com mais amor do que tudo isso à leitura dos romances franceses. Sabia de cor a Dama das Camélias, o Rafael, Olímpia de Clêves, Monsieur de Carmors e outras quejandas encantadoras vias de corrupção. Muita vez tinham que lhe guardar o jantar, porque ela não queria largar o diabo do livro!

O pai dizia-lhe:

– Olha lá, minha joia! não vá isso fazer-te mal!... mas não se animava a contrariá-la. Ela não lhe dava ouvidos, e aparecia às vezes visivelmente excitada, com os olhos lacrimosos, o ar cheio de fastio, de má vontade e de maus modos. A mãe acudia-lhe com repreensões, porém o pai intervinha a favor da filha, e acabava sempre, para a esta tranquilizar de todo, lhe prometendo trazer um vestido novo e quatro velhos romances de Alexandre Dumas.

– Você está mas é estragando a pequena com essas bobagens! dizia Genoveva ao marido, com uma voz mole, como se saísse de uma boca de manteiga. Eu nunca tive desses mimos!...

– E é justamente por isso que é quem é! replicava o comendador, pondo em sua frase uma intenção sutil e profunda. Le monde marche, minha rica senhora! e se fôssemos a ser o que foram nossos avós, você seria a estas horas... nem sei mesmo o quê!...

– Se eu fosse o que foi minha avó, seria muito boa lavadeira. Minha mãe dizia constantemente que minha avó era a melhor lavadeira do Rocio Pequeno!

– Ora, não esteja aí a dizer blasfêmias! repreendia o pai de Ambrosina a olhar para os lados. A senhora não sabe ao certo o que é, quanto mais o que foi sua avó torta! Ora; pelo amor de Deus, dona Genoveva! A Genoveva afastava-se, sem ânimo de protestar contra os remoques do marido.

– O diacho do homem sempre tinha uns repentes! Credo!

E assim cresceu Ambrosina fêz-se mocetona, entre os enervantes zelos do pai e as inércias do amor de Genoveva. Reunia-se gente quase todas as noites em casa do comendador, e fazia-se um cavaco antes do chá. Ambrosina solfejava ao piano; as visitas fumavam ou bebiam cerveja, e o dono da casa falava de política ou de negócios.

Entre essa gente destacava-se D. Ursulina, casada com um negociante inglês, que se tornava muito notável entre os de sua raça, porque jamais ia além do primeiro copo. Tinha o casal duas filhas, uma das quais fazia as delícias dos rapazes namoradores, e a outra os cuidados da mãe, que enxergava nela, com olhos experimentados, todas as qualidades precursoras de um eterno celibato.

A namoradeira chamava-se Emília e acudia o chistoso nome de Nhanhã Miló; a outra era pura e simplesmente Eugênia. Uma bonita; e a ontra simpática.

Miló era travessa, alegre, faceira; tinha os olhos vivos, a língua solta, o pé ligeiro e um moreninho delicioso. A outra era tristonha e pálida, de olhos azuis, os movimentos compassados, os gestos frios; entretinha-se esta em casa a ler revistas inglesas, à noite, antes do chá, enquanto Miló cantarolava uma modinha ao piano ou ia para o portão da chácara ver quem passava na rua. Emilia puxara à mãe; Eugênia saíra ao pai.

Da família, a mais tola era Ursulina, cuja conservação dos seus fugitivos dotes de beleza a trazia em constante e ridículo sobressalto.

O marido nunca dera por isso. Fôra sempre um verdadeiro negociante inglês – seco, áspero, sem bigode, falando português a socos, e mostrando-se sistematicamente indiferente a tudo que não fosse de interesse prático.

À noite lia o Times ou jogava O wist com Eugênia, a sua filha predileta.

Ainda convém citar dois tipos da roda fiel do comendador:

Um era o Reguinho. Rapaz de vinte e tantos anos, filho de um fazendeiro estúpido e rico, que lhe fornecia dinheiro para a pândega. Muito conhecido; todos sabiam das suas asneiras e até de uma ou outra estrangeirinha, mas ninguém lhe ia às mãos por isso.

A sua linha mais acentuada, a sua mania, a sua moléstia, era a mentira. O Reguinho mentia por hábito, mentia por índole, por gosto; mentia, porque mentia.

Não estava em suas mãos proceder de outro modo: ele às vezes, coitado! não tinha intenção de dizer senão a verdade mas era bastante que suas palavras produzissem algum efeito em quem as escutasse, para vir logo a primeira mentira, abrindo a porta a um chorrilho delas. E ei-lo a aumentar, a exagerar, a meter no assunto episódios falsos; a dizer, enfim, aquilo que não era, e a mentir.

Um dia, encontrou ele na rua o infortunado viúvo de Ana, a quem conhecia de longa data. O pobre de Cristo, desde que perdera o emprego, vivia por aí aos paus, comendo a maior parte das vezes em casa do sogro ou nas águas de alguma velha amizade de melhores tempos.

– Vem cá, homem! como vai tu? disse-lhe o intrujão, batendo-lhe no ombro. O Marmelada queixou-se da sorte com a resignação tétrica.

– Andas apoquentando, meu... (Queria dizer-lhe o nome, mas não se lembrava dele – Como é mesmo que te chamas?...

– Já nem de meu nome te lembras!... Também o que há nisso de extraordinário? outros nem sequer me conhecem mais!... O Reguinho deu a sua palavra de honra em como se esquecia do nome de toda a gente.

– Chamo-me Alfredo da Silva Bessa...

– É isso! É! Mas tu estás desempregado, hem, meu Bessa? Marmelada meneou afirmativamente a cabeça num desânimo sombrio. O outro acrescentou:

– Pois tenho um emprego às tuas ordens. É negociozinho para de pronto meteres na algibeira um bom par de notas de cem! Estou convencido de que não me recusarás!... O rosto lívido do Marmelada iluminou-se de um clarão de esperanço.

– Um emprego?! interrogou ele, acompanhando ansioso os movimentos do Reguinho.

– Por ora, tens duzentos mil-réis por mês... disse este; não te podemos dar mais... Porém em breve ganharás o duplo e terás interesse na empresa!...

Alfredo ouvia estas palavras como se despertasse ao toque de uma alvorada celestial.

– Pois sim! pois sim! balbuciava o infeliz; mas do que se trata?

– É uma empresa que estou criando com meu pai... O nome do pai era quase sempre o fiador das patranhas do Reguinho.

Ainda te não posso dizer abertamente qual o fim da nossa empresa, ajuntou este; mas descansa, que a cousa é decente e lucrativa. Sabes que o velho não se meteria, se o negócio me ficasse mal!... Enfim, meu Bessa, seremos três: ele, eu e tu. O velho fornece os cobres, eu agencio cá por fora os nossos interesses, e tu te encarregas do escritório e da caixa, farás férias aos empregados, serás o gerente. Hein? serve-te? Espero que me não digas não!

– Ao contrário! já te não largo! Ó meu Deus, foi uma fortuna encontrar-te! Vou daqui ao Raposo, dizer-lhe que em breve principio a dar-lhe por mês alguma cousa por conta do que lhe devo, mandarei depois fazer um fato, que este é uma vergonha!..

Um fato! Havemos de fazer o diabo! dizia o Reguinho em ar de mistério. – Queremos dinheiro, sebo! tu entras só com o teu serviço. Quer-se é zelo e inteligência!... Quanto a considerações e escrúpulos – nada! Tudo para o fundo da gaveta! Queremos dinheiro, sebo!

.... Mas afastou-se, correndo atrás de um sujeito que passava na ocasião.

– Até logo! gritou para o Marmelada. Preciso falar àquele rapaz. Ó Lima! Ó Lima! E desapareceu. Alfredo não pôde seguir logo, tão grande comoção se havia dele apoderado. Entretanto, tudo o que dissera o Rêgo não tinha o menor fundamento. O outro tipo a apontar da roda do comendador Moscoso, era Melo Rosa; moço da mesma idade do Reguinho.

Vivia este da esperança de umas tantas peças dramáticas que havia de escrever com muito talento, desde que tivesse de seu um bom bocado de tempo.

Falava nesses trabalhos, como se já os houvera realizado. Surgia sempre, com um rolo de papeis debaixo do braço, a singrar, muito apressado, por entre os magotes da rua do Ouvidor. Quem o não conhecesse de perto, diria que ele levava uma vida cheia de cuidados e fadigas.

À noite, chovesse ou não, encontravam-no impreterivelmente na caixa dos teatros. Tinha neles entrada franca e dava-se com todos os artistas do Rio de Janeiro.

Alguns destes o tratavam com uma liberdade grosseira, batiam-lhe no ombro e diziam-se chufas. Era entretanto, considerado pelas atrizes como tipo útil. Tinha intimidade com muitas; viam-no às vezes acompanhar alguma delas para o ensaio, prestando-lhes os mais solícitos serviços; encarregavam-no de fazer compras, confiavam-lhe dinheiro, com que ele regateava nos armarinhos, mercando luvas, fitas, rendas e chapéus. O dinheiro nas mãos do Melo chegava para tudo! Dava para comprar o objeto e ainda para um troco, que o tipo levava religiosamente à dona da encomenda.

E, por isso e outras cousas, era bem tratado pelas mulheres. Comia, bebia e fumava com elas, sem que nenhuma lhe exigisse tributos de outra espécie.

Este, como Reguinho, apresentava a melhor aparência deste mundo – fraque, chapéu alto, lunetas e bigode.

Foi o Reguinho quem o apresentou em casa do comendador Moscoso, impingindo-o como autor de várias peças literárias e colaborador de vários jornais. O comendador afirmou que já o conhecia muito de nome, e certa noite, em que o Melo apareceu mais cedo para o cavaco, aquele o tomou pelo braço e disse-lhe ao ouvido:

– Você é quem me podia prestar um serviço...

– O que quiser, comendador!

– Você é um moço inteligente, e estou convencido que será capaz de guardar um segredo... Meio compôs o ar e respondeu:

– O comendador já tem tempo para apreciar o meu caráter!...

– Sim, mas olhe que o negócio é muito sério!...

– Pode confiar de mim sem receio!

– Promete então guardar segredo?

– Dou-lhe a minha palavra de honra!

– Pois vamos cá ao gabinete, e você ficará sabendo do que se trata...

E os dois encerraram-se no grave escritório do comendador Moscoso.

XIII

As vítimas do comendador

– Eu sou o autor daquelas mofinas contra o coronel Pinto Leite... segredou o comendador, fechando a porta. O Melo, por única resposta, deu um longo assovio e estalou os dedos no ar. O comendador aproximou-se mais dele e disse-lhe ao ouvido: Precisamos esfregar em regra aquele sujeito!...

– Schit! fez Melo, cheio de movimentos misteriosos.

E, depois de uma pausa, o comendador contou uma história muito engenhosa a respeito de vícios, da maldade e da hipocrisia do pai de Gaspar.

– Ora, que tipo!... dizia de vez em quando o homem dos rolos de papel; e passava a lembrar planos soberbos e meios ardilosos de estigmatizar o coronel. Continue a atacá-lo pelo ridículo! Ataque-o pelo ridículo, e verá o efeito! Olhe! lembra-me até agora uma cousa. Caricaturas! Não seria mau caricaturar o birbante!...

– Não! não! vamos mesmo pela mofina. A caricatura é dar-lhe muita importância!... E você é quem me há de arranjar umas boas mofinas... Eu, confesso, estou esgotado! Dezessete anos de mofina não são nenhuma brincadeira!...

– Ora, se as arranjo! é o meu gênero! eu tenho a veia da sátira! Na piada de doer ninguém me leva à palma!

– Pois arranje, arranje, que você não será com isto prejudicado. E quando precisar de alguma cousa para as despesas, é dizer! que nós estamos neste mundo para servir uns aos outros...

– Deixe-o por minha conta!

– Mas...

E o comendador levou o indicador ao lábios:

– Nem pio!...

– Sou então alguma criança?... A alma do negócio é o segredo!...

– Pois ficamos entendidos... E vamos para a sala, que suponho já lá estar alguém.

E saíram do gabinete, a conversar disfarçadamente em outro assunto. A mofina imediata a essa conversa foi terrível. O coronel ao lê-la, sentiu tal assomo de cólera que caiu prostrado em uma cadeira, da qual tiveram que o conduzir para a cama. Gaspar havia poucos dias antes partira para Petrópolis, e só quem apareceu à noite em casa do doente foi o Alfredo Bessa, o empregado público demitido. Entrou sinistramente, com o seu profundo ar de miséria; estava cada vez mais acabado, mais achacoso e mais triste.

– É você, meu genro?... perguntou-lhe da cama o pobre velho, ao vê-lo entrar. Seja bem aparecido... Eu estava muito só!... E acrescentou, depois de um silêncio, meneando funebremente a cabeça:

– Não sei que diabo de terror a todos incute a ideia da sepultura!... À proporção que vai a gente se aproximando dela, vão rareando os companheiros e os amigos!...

Alfredo atravessou a sala com o seu passo discreto e medido, passou cuidadosamente o velho chapéu de copa alta sobre um traste, e foi colocar-se à cabeceira do coronel.

– Então, que história foi essa? perguntou ele ao doente, com um sorriso que pretendia animar, mas que só conseguia entristecer.

– Ora, o que há de ser? São aquelas malditas mofinas, que há tantos anos me perseguem, como se eu fosse algum malvado! E possuindo-se de cólera:

– Com todos os diabos! será possível que tenha eu inspirado um ódio tão grande e tão rancoroso, que, ao cabo de tanto tempo, em vez de extinguir-se, recrudesça com mais fúria?! Mas, com milhão de metralhas! qual foi o meu delito? A quem prejudiquei em meu caminho? a quem tirei o pão? a quem roubei a honra? a quem procurei arrancar a vida?! E voltando-se para o genro, exclamou, agoniado, e febril:

– Dou-te minha palavra de honra, meu bom amigo, que não me dói a consciência de haver feito mal a ninguém! Às vezes perco a noite a cogitar de quem será o dedo que trama na sombra esta luta implacável contra a minha tranquilidade!... Não atino, não acerto! Ah! não poder eu descobrir, não poder esmagar nestas velhas mãos o réptil infame, que me rói as entranhas!

E o coronel repisou, com uma grande excitação:

– Esmagava-o! Juro que o esmagava!

– Está bom, está bom! não vale a pena exaltar-se... O caluniador há de ser descoberto! O que se faz neste mundo que não se venha a saber?...

– Palavras! e só palavras! Sinto que vou já resvaiando para a cova, e que afinal rolarei por uma vez sem descobrir quem foi o infame que me amargurou os últimos anos de minha vida!

– Lá voltam as ideias tristes! observou Alfredo, com um gesto de reprovação. Conversemos noutra cousa. Veja se afasta do espírito semelhantes pensamentos...

O coronel continuou, sem fazer caso das palavras do genro:

– Pressinto debaixo dos pés a aridez pavorosa do meu próprio despojo... Já preciso olhar para trás, quando quero olhar para a vida. Sinto-me só e a solidão me aterra; procuro em torno de mim os afetos que me aqueceram e consolaram o coração noutros tempos mais felizes, e só vejo sombras, fugitivas e vaporosas... Onde estão meus rudes companheiros de trabalho?... onde estão meus amores da mocidade!... onde foram desabrochar os lírios que plantei no lar, contando com as amarguras da velhice!... Tudo falhou, tudo murchou, e tudo fugiu!...

E o coronel, possuído completamente do delírio da febre, levantou-se do leito, com o seu longo vulto amortalhado no cobertor.

Alfredo acompanhava-lhe os movimentos, piscando os olhos, com um ar de medo.

O coronel golpeou o quarto a passos largos e pesados.

Tinha a cabeça erguida, o olhar descomposto, a boca aberta, mostrando os dentes fulvos de tabaco. A fronte, larga e despojada, saía-lhe de uma nuvem de cabelos brancos.

No seu porte, na sua fisionomia, no seu olhar de águia velha, havia uma trágica expressão de loucura.

– Foi entre o fumo das batalhas, exclamou ele estacando ao fundo do aposento e fitando o genro, que formei o meu caráter e o meu coração! Foi entre o fuzilar da metralha e o clamor dos moribundos, que se escoou a minha mocidade, limpa e vermelha, como o sangue de um justo! Nunca a mentira me anuviou o olhar, nunca a vergonha me desmaiou as faces! Fui reto e valente! Mil vezes arrisquei a vida pela pátria, mil vezes mergulhei no fogo, abraçado ao pavilhão brasileiro! Entretanto, em paga de tudo isso, ela, a pátria, só me dá o esquecimento! E a sociedade, a grande sociedade! só me dá, de quinze em quinze dias, uma inventiva pelo Jornal do Comércio! Maldito sejas tu, Brasil ingrato! Fui intrépido, leal e generoso, contudo irei para o fundo da terra isolado e crivado de insultos, como se fosse um bandido!

E avançando para Alfredo, bradou-lhe com uma voz terrível:

– Tu mesmo, desgraçado, não te lembrarias de fazer-me esta visita, se te sentisses menos infeliz! Vieste cá pela simpatia do desespero; entraste, porque és velho conhecido da negra miséria que cá está. Sabias que aqui pelo menos, não te cuspiriam nas costas, não te bateriam no chapéu, nem te voltariam enjoados o rosto! porém fizeste mal em vir! eu vou perfeitamente só para a sepultura. Volta por onde vieste, miserável! que já há por cá bastante mágoa, bastante agonia, bastante sofrimento! Vai exibir noutra parte a tua mingua, que ela mais me apoquenta e me irrita! Sai!

E o coronel apontou-lhe a porta:

– Anda! Sai!...

Alfredo obedeceu, de cabeça baixa; tomou o chapéu, e saiu humilde e silencioso, como um cão enxotado. Mas, ao passar pela sala de jantar, chamou a criada, que dormia, e disse-lhe fosse ver o amo, que estava mal. E, ao chegar à rua, abriu a soluçar, com uma grande aflição.

– Até este!... dizia ele; até este!... A moléstia fê-lo ficar como os outros!

E assentou-se à soleira de uma porta, para chorar mais à vontade. Um pequeno que passava gritou-lhe:

– Ó Marmelada!

XIV

Descobre-se o autor das mofinas

As mofinas desde que se converteram para Melo Rosa em fonte de receita, tornaram-se muito mais desabridas e aleivosas. Melo excedia à expectativa do comendador Moscoso.

O coronel, coitado! já não as lia, porque nesses últimos três anos quase não se levantava da cama. "Esperando pelo desfecho. .." dizia ele com indiferença.

Gaspar, a partir de então, não lhe abandonava mais a cabeceira e lhe prestava desveladamente o duplo serviço de médico e de enfermeiro. Mas o pobre velho sacudia os ombros, e pedia-lhe que saísse do caminho e não estivesse a contrariar a morte!

– É melhor deixar que isto acabe por uma vez! disse-lhe ele certa manhã, durante a qual Gaspar lhe pareceu mais sucumbido e triste. Tu, que és moço e devias ter esperanças tu, meu filho, atravessas a existência como um espectro! Como consentiste que a mulher, a quem dedicaste todo o teu amor e a melhor parte do teu coraçao, levasse consigo para sempre a alegria e os sorrisos da tua mocidade?... E queres exigir deste pobre velho a coragem que te falta! Não! renuncia a tal intento e reage contra a tua tristeza, procura viver, para que ao menos possa eu fechar os olhos, na doce ilusão de que o perseguidor de teu pai há de ser um dia punido por tuas mãos!

– Juro-lhe, meu pai! juro-lhe, por minha honra, que o senhor, ou a sua memória, serão vingados!

– Assim! fala-me deste modo, meu Gaspar! dá a este coração amargurado uma ideia consoladora! Ah! sabes perfeitamente que nunca fui rancoroso e jamais me comprazi com o sofrimento alheio; mas tanto e tanto fel me verteram cá dentro, tanta e tanta lama me atiraram, que afinal todo eu me converti em lama e fel! Sinto-me mau! Eu, que fazia dantes consistir a minha felicidade no comprimento do dever e toda a minha aspiração em ser bom e leal, eu sou hoje cruel e vingativo! Sim! Preciso saber desde já que serás inexorável na vingança! Que calcarás debaixo dos pés o meu verdugo! Prometes, não é verdade, meu filho? Não é verdade, que serás ainda mais cruel do que eu? Fala!

– Sim! sim! meu pai! Juro-lhe por minha honra! E os dois abraçaram--se comovidos. No resto da sala corria um silêncio que já era de morte. De repente, porém, ouviu-se uma voz, fresca sonora, gritar da porta:

– Gaspar! Ó Gaspar! onde diabo estás tu?!

Aquela voz alegre despedaçou escandalosamente o silêncio compacto da sala. Gaspar levantou-se de um silêncio e precipitou-se nos braços de Gabriel, que voltava dos seus estudos acadêmicos.

– Meu filho! dizia ele chorando e rindo; minha vida!

E beijava-o na testa e nas faces.

– Como estás forte! Como estás belo! E voltando-se para o coronel:

– Olhe! olhe! meu pai! veja o Gabriel! Entrou aqui como um raio de sol! Já não há tristezas! exclamava o médico. Já não há tristezas! fugiram as sombras! E abraçava o enteado.

– Como tu me dás vida! Como eu te amo, meu filho!

E Gaspar, com efeito, parecia outro; estava agora reanimado e feliz. O coronel abraçou o filho de Violante.

– Voltaste, afinal, meu pequeno! disse ele procurando sorrir. Fizeste bem! cá estávamos nós outros, como dois tolos, à espera da morte, e afinal chegas tu, que és a vida, a alegria, a mocidade! Com mil cartuchos! Não há como ter vinte anos!

– Mas, que escuridão, meu Deus! disse Gabriel olhando em torno de si. Como se pode viver em uma casa fechada deste modo?!

E escancarou uma janela que dava para a rua.

Uma baforada quente do ruido de fora invadiu com a luz do meio-dia a sala do coronel, e despertou-a do seu fundo entorpecimento.

– Que diabo faz este piano paralítico, que não me dá um ar de sua graça? exclamou o rapaz estacando defronte do sombrio instrumento. Ah! supunhas que não te havia de pôr mais os dedos? Ora, espera, meu velho entrevado, que já te vou escovar a alma!

E, sem ouvir o coronel, que lhe gritava da cama, Gabriel sacou a capa do velho piano e abriu-o com estrondo.

– Olha que me afliges com isso, Gabriel! dizia o pobre veterano. Depois da minha Anita, ninguém mais tocou nessas teclas! Não me faças chorar!... Mas já ninguém o podia ouvir, porque um doido turbilhão de notas enchia a sala com a sonoridade retumbante dos seu ecos. Era um infernal! bailado de Offenbach. As notas palpitavam vertiginosamente no ar adormecido daquela sala, como um bando de máscaras endemoninhadas invadindo uma sacristia. E tudo parecia ir a pouco e pouco revivescendo com o delírio da música. Os graves trastes, cheios de pó e alquebrados de abandono, pareciam resistir ao desejo de atiraram-se aos pinchos do cancã.

Os retratos a óleo, o venerando relógio de armário, as estantes, os tremós, o canapé, tudo parecia acordar à mágica fascinação do rei da gargalhada musical. Gaspar esfregava as mãos.

– É a mãe tal qual! A mesma vivacidade! a mesma voz a mesma formosura! E limpava os olhos, apressado, para os não ocupar com outra cousa que não fosse Gabriel.

– Como é vivo! Como é belo! exclamava ele, com a fisionomia iluminada de amor paterno.

Não obstante, o velho coronel chorava silenciosamente a um canto. Só ele não participou da alegria geral; ao contrário, aquela música, petulante e sarcástica, doía-lhe por dentro como um insulto à sua tristeza. A casa palpitava e estremecia na onda vertiginosa das vibrações, quando de súbito assomou à porta o vulto magro do Marmelada, o chapéu para a nuca e as botas encalavradas, a dançar o som do palpitante bailado.

O pobre homem tinha, inteiramente fora de seus hábitos e talvez em consequência da fome, apanhado uma formidável bebedeira; e, no entanto, não podia ser melhor o impulso que o levava ali; ia prestar um grande serviço, fazer uma revelação importantíssima para o coronel.

Depois daquele delírio em que este o expulsara de casa, o infeliz ainda mais se afundara no seu desânimo moral e físico. O sogro mandara chamá-lo por várias vezes, mas Alfredo resmungava que lá não poria os pés!

– Haviam-no enxotado, como se enxota um cão; ele porém, é que não voltaria como os cães! Sabia que era um pobre diabo, mas tinha consciência de não fazer mal a ninguém, nem cometer baixezas, para que o tratassem daquele modo!

E o caso é que, apesar de toda a sua miséria, nunca mais voltaria com efeito, se não fosse o seguinte:

Na manhã desse dia, toscanejava estendido em um dos bancos do Passeio Público, quando dois homens se assentaram no banco imediato, conversando. Alfredo reconheceu-os; eram o comendador Moscoso e o Melo Rosa.

O viúvo de Ana fingiu que dormia, escondeu o rosto e prestou ouvidos.

Os outros não lhe descobriram as feições, nem desconfiaram de sua presença, tão miserável era o aspecto de Alfredo e tão borracho parecia estar. O comendador, entretanto, ia dizendo, em continuação à sua conversa:

– Pois o bicho escondeu-se! Suas mofinas produziram o efeito desejado... Mais umas duas da mesma força, e lavra-se-lhe a certidão de óbito. Foi obra!

Melo Rosa tirou uma tira de papel do bolso e leu com intenção:

"O nosso coronel, sem milho e crivado de dívidas não sai do buraco, nem à sétima facada; tem medo dos cadáveres, coitado! Mas nós havemos de arrancá-lo do esconderijo, nem que seja a marmelada! Lá diz o outro que macaco velho quando se coça, é que está tramando alguma! Vamos ter nova patifaria! Olho vivo! – A Sentinella.”.

– Que tal a acha?... perguntou o Melo ao comendador.

– Não sei... disse este. Faltava-lhe graça... Você tem sido mais feliz das outras vezes. Veja se faz alguma cousa mais picante, mais mordaz...

Melo guardou silenciosamente a tira no bolso, e prometeu arranjar cousa melhor. E depois acrescentou com interesse:

– É verdade, preciso que o comendador me adiante cinquenta mil-réis... é um aperto sério! Adiantar era o seu termo, quando pedia dinheiro.

– Homem! disse o outro. Você ultimamente me come bastante dinheiro!... Lembre-se de que não há muitos dias que eu...

– Bagatelas! replicou o Melo com um ar superior; bagatelas, comendador!

– Bagatelas, não!

– Ora, pelo amor de Deus! Estava eu bem servido se contasse com esses bicos para viver!... E é dessa forma que o senhor quer que lhe arranje eu a Berta! Ora, seu comendador! tire o cavalo da chuva!

– Mas é que...

– Ora, o senhor sabe perfeitamente que, para estar em contato com ela, é preciso ter algum dinheiro no bolso; é já uma garrafita de champanha, é já meio quilo de marrons glacês, já um camarote no Alcasar! E estas cousas, meu amigo, não se fazem com palavras! Quem quer a moça, puxa pela bolsa!...

– Se eu tivesse a certeza de que você conseguia o que eu desejo!... é uma asneira, bem sei, mas gostei da tipa!...

– E quem lhe diz que não consiga?...

– Repito: “casa, comida, roupa lavada e engomada, luxo e dinheiro pros alfinetes...” Se ela quiser, é pegar! contanto que não receberá mais ninguém! Ah! lá isso... De portas pra dentro, há de ser só cá o menino!...

E o comendador afagava o próprio queixo, sonhando-se já na felicidade futura.

– Pois é!... confirmou o Rosa; mas estas cousas custam seu bocado! A gaja é artista... porém eu lhe darei umas voltas, que ela o remédio que terá é cair!

– Posso vê-la hoje?

– Pode, no Alcasar. Se quiser, previno-a de que se não comprometa, e iremos depois cear os três ao Príncipes...

E o Melo, batendo no outro com o braço, piscou maliciosamente um olho:

– Descanse que não ficarei até ao fim da ceia! Maganão!

– O diabo é que aquele gerente Ramos tem umas unhas tão compridas!... é um roubo o que cobram no Hotel dos Príncipes!

Bem! mas vai, não é?

Sim, mas veja se obtém da Berta o que lhe disse... Eu não tenho jeito para falar nessas cousas... E o comendador fez um ar de acanhamento.

– Deixe correr o marfim por minha conta! respondeu o Melo com um movimento persuasivo. A questão é o.... E fez com os dedos sinal de dinheiro.

– Pois bem! tome lá os cinquenta.:. Mas veja se economiza, homem! Eu também não tenho em casa nenhuma máquina de dinheiro!...

– Ora, não ofenda a Deus, comendador! E vamo-nos. E foram-se os dois a passo frouxo pela alameda. O sol da manhã tirava-lhes cintilações das cartolas novas. Alfredo levantou a cabeça e esteve a olhá-los, vagamente, por muito tempo. Iam ali dois homens considerados em público e diversamente felizes! Depois, levantou-se impelido por uma resolução, e tocou para a casa do coronel. Mas em caminho, um companheiro de miséria convidou-o a tomar um trago. Alfredo estava em jejum e já tinha bebido, bebeu ainda mais e ficou afinal como o vimos surgir na sala do sogro.

Este desejava muito tornar a recebê-lo, mas ao dar com ele naquele estado, escondeu o rosto nas mãos.

– O que mais me faltará ver, meu Deus? dizia entre lágrimas o pobre veterano.

Gabriel deixou de tocar, e Gaspar correu a conter o cunhado; mas Alfredo, possuído de uma alegria frenética, continuava a cancanear, a seco, agitando as abas esverdinhadas da sua hedionda sobrecasaca.

– Quebra! gritava ele, com a voz estrangulada de cansaço e trêmula de embriaguez. Quebra, meu bem!

– Quebra o caroço! E pulava, revirando os olhos e sacudindo os braços. –Viva a folia! Viva a pândega! Gaspar procurava dête-lo:

– Alfredo! que é isso? Então!...

– Solta-me, Gaspar! Eu estou contente! Trago-lhe uma notícia importante! Venham as alvíssaras! Devemos todos tomar hoje uma boa carraspana!

Tenho cá o segredo! E o Marmelada fechou a mão no ar e cambaleou:

– Sei tudo! E cuspia-se.

– Solta-me, ou então não digo! Se quiseres saber, vai buscar vinho!

– Disso podes estar bem descansado, interveio Gabriel.

– Pois se não me derem vinho, não digo quem escreve as mofinas contra o tal coronel das dúzias! O velho saltou da cama.

– Hein? O quê?! Sabes tu quem é? Deem-lhe de beber! Deem-lhe tudo! Pancada, se preciso for! Mas não o deixem sair, sem fazer a declaração! Ó meu Deus! ele saberá?! Será crível que eu não morrerei sem...

– E o velho caiu de braços na cama, a exclamar numa doida vertigem:

– Fechem as portas! Não o deixem sair! acudam-me!

– Está o que você veio fazer! disse Gabriel a Alfredo.

– Está danado! respondeu este com a voz mole e com um sobressalto de medo. Tu pensas, velho rabugento, que eu voltaria cá, se não fosse ter pena de ti. Vim para dizer quem é o autor das mofinas, mas vocês não querem obsequiar... não digo!

E voltando-se para Gabriel:

– Menino! vai para o piano, que eu gosto de música!

Mas vendo que ninguém o atendia, resmungou zangado, ganhando a porta:

– Querem saber que mais? Vão vocês todos para o diabo que os carregue!

E deitou a correr para a rua. Segurem-no! rugiu da cama o coronel. Segurem-no! E tentando erguer-se, desabou nos braços do filho. Gabriel precipitou-se no encalço de Marmelada. Só conseguiu alcançá-lo já no fim da esquina. Espere com um milhão de raios! disse o rapaz, segurando-lhe o braço.

– Largue-me! exclamou o outro. Largue-me! ou vou-lhe ao frontispício!

– Cale-se! Aqui tem dinheiro. Tome! pode beber à vontade, mas diga primeiro quem é o autor das mofinas!

Alfredo guardou o dinheiro e segredou:

– É o Melo Rosa e o comendador Moscoso. O Moscoso é aquela peste que se queria casar com a minha defunta mulher... Ai, minha rica Aninha! E desatou a soluçar.

– Era uma santa, menino! Uma santa!

– Bem! console-se, porque agora as cousas lhe vão correr melhor; eu preciso falar-lhe. Venha daí!

– O que é?!

– É negócio muito sério! Venha comigo!

– É negócio! Pronto! Ah! Eu cá sou como Reguinho!... Queremos dinheiro, sebo!

– Se voce quiser sujeitar-se, não lhe faltará o necessário e também algum dinheiro... Ande daí!

– Queremos dinheiro, sebo!

– Pois terá dinheiro! Espere um instante por mim.

E Gabriel subiu novamente à casa do coronel; disse a Gaspar de quem eram as mofinas, pediu-lhe que ficasse durante a sua ausência fazendo companhia ao velho, e depois foi ter de novo com o Bessa.

– Vamos cá... disse este. Alfredo acompanhou-o.

– Você almoçou hoje?... perguntou-lhe Gabriel.

– Não me lembra.

– Bem! mas de ora em diante é preciso mudar de vida! Cá está um hotel. Entramos!

O Marmelada hesitou.

– Entre, homem!

E Gabriel procurou o dono da casa para encarregá-lo de Alfredo.

– É um amigo meu, disse-lhe, que por desgostos, caiu neste estado... O senhor tratará dele o melhor possível. Obrigue-o a recolher-se, faça-o comer alguma cousa, lavar-se, vestir-se de roupa nova; enfim, quero que ele não saia daqui, sem ter voltado ao seu primitivo estado de asseio e decência...

– Mas, Dr., é que...

– Não me diga que não! Aqui lhe deixo cem mil-réis para as primeiras despesas. Não tenho mais dinheiro comigo, porém, amanhã voltarei e desejo encontrar o seu hóspede em melhores condições... O principal é não deixá-lo sair sem estar restaurado.

O hoteleiro afinal aceitou, e fez recolher Alfredo. Este não queria deixar-se prender.

– Querem roubar-me! berrava ele, debatendo-se. Querem roubar-me, porque tenho dinheiro comigo! É meu! deram-me! Há testemunhas!... Gabriel recomendou ainda uma vez o seu protegido e retirou-se, gozando a caridade que acabava de praticar. Ao chegar à casa, disse-lhe a criada que Gaspar havia saído.

– E deixou o velho sozinho... Que imprudência! E foi fazer companhia ao coronel. Às dez da noite voltava Gaspar. Vinha radiante.

– Meu pai, exclamou ele logo ao entrar; alegre o seu coração! Está descoberto o autor das mofinas! Alfredo dizia a verdade. Soube agora que chegara este a tal resultado, fingindo que dormia em um banco do Passeio Público, perto do qual conversavam o comendador Moscoso e o Melo Rosa. Procurei este último, que eu já conhecia, e consegui dele a confissão de tudo. O verdadeiro autor das mofinas é o comendador Moscoso!

– Ah! agora compreendo, gritou o coronel, depois de um esforço de memória. O comendador Moscoso... Já sei! é um sujeito que desejou casar com Anita! Eu não consenti... Infame! E porque lhe neguei... Ah! mas caro o pagarás, miserável!

– Nada de precipitações, observou Gaspar. É necessário fazer tudo com calma para obtermos bom resultado. Eu me encarrego do comendador! O senhor há de recebê-lo aqui neste quarto, sem se incomodar. Ele há de vir cá, há de ajoelhar-se a seus pés, e o senhor dir-lhe-á o que quiser! Fique descansado! Durma hoje sem preocupação, porque o essencial está feito!

– Obrigado, meu filho, muito obrigado! disse o coronel, abraçando o filho. Até já me sinto são e forte depois de tuas palavras, meu Gaspar!

– Bem, mas é preciso descansar... Por enquanto, não convém falar muito sobre isto. Veja se consegue dormir.

Se precisar de mim, toque a campainha. E, voltando-se para Gabriel:

– Vem comigo cá ao escritório. Tenho que te falar.

E quando se acharam a sós, acrescentou:

– É uma incumbência sagrada!

– Vais falar-me de minha mãe?

– Sim, de tua mãe e de ti, meu amigo.

E encerraram-se no escritório. Entretanto, o coronel, logo que sentiu a casa em silêncio, envergou o seu capote militar, pôs o boné, tomou um revólver e, apoiando-se a uma grossa bengala de cana da Índia, ganhou cautelosamente a porta da rua, e saiu. Dirigia-se para o palacete do comendador Moscoso.

XV

Em casa do comendador

Gaspar fechou-se no gabinete com o enteado.

– Senta-te, disse ele, dando volta a uma charuteira e tirando de sobre a estante uma garrafa de cristal. Fuma um charuto e toma um cálice de Málaga:

Gabriel instalou-se em uma poltrona.

Estava realmente um belo moço; e ali, contra o marroquim vermelho da cadeira, a luz do gás, caindo do alto, lhe fazia destacar bem o puro contorno da cabeça, deixando-lhe o rosto embebido em meia sombra, na qual cintilavam com um olhar ansioso as duas negras joias, que Gabriel herdara da mãe. Havia nele toda a graça dos vinte e um anos. Gaspar acendeu um charuto, e assentou-se defronte do enteado.

– Chegou a época da tua emancipação, disse, e amanhã mesmo iremos tratar dela. Estás, por conseguinte, um homem, e eu tenho de substituir, junto a ti, o meu papel de tutor pelo de teu mais dedicado amigo. Vais entrar na posse de teus bens, que aliás são bastante avultados; antes disso porém, quero contar-te a história de tua mãe e desempenhar uma comissão que ela me confiou nos seus últimos momentos...

E Gaspar, muito comovido, tirou do fundo de uma gaveta da secretária um estojo, que passou ao filho de Violante.

– Um punhal?! exclamou este ao abri-lo.

– Foi de tua mãe e pertenceu igualmente a teus avós. É objeto de família, que tem passado de pais a filhos.

Guarde-o como sagrada relíquia daquele anjo que consigo me levou para sempre toda a minha esperança de felicidade. Gaspar enxugou os olhos e prosseguiu, enquanto o outro examinava o punhal:

– Esse sangue que enferrujou a lâmina, é sangue de tua mãe. Violante matou-se com uma punhalada. Tinha um temperamento de leoa e uma alma de arcanjo; matou-se, porque eu lhe supliquei que não assassinasse meu cunhado Paulo Mostella...

Gabriel ficou pensativo, Gaspar foi buscar um retrato de Violante e colocou-o defronte de ambos.

Houve um grande silêncio, respeitoso e, profundo, como se os dois se preparassem para receber, com aquela visita do passado, uma visita da própria morta. Só se ouvia, além do palpitar da pêndula suspensa da parede, o zumbido das asas de uma mariposa, que gravitava freneticamente em torno do globo aceso.

Afinal, Gaspar, com a voz enfraquecida pela comoção, narrou circunstanciadamente a Gabriel tudo o que sabia a respeito de Violante.

O moço ouvia-o sereno e contrito. No seu bizarro temperamento, a história romântica de sua mãe produzia um conjunto de orgulho e mágoa. Sentia que o seu sangue era ainda o mesmo, vermelho e quente, que tingira a lâmina daquele punhal; compreendeu que em sua alma dormiam também grandes vendavais e tempestades. Ouviu falar da própria raça, sem o mais passageiro vestígio de sobressalto. A sua pálida fronte conservava-se límpida, e seus olhos dormiam no fundo do seu olhar, como dois diamantes esquecidos na areia de um lago cristalino e plácido.

Quando Gaspar terminou, ele abraçou-o com toda a calma, e guardou junto do coração o seu punhal de família.

O relógio marcava meia-noite. Já era tempo de recolherem. E os dois encaminharam-se para os aposentos do coronel.

Mas Gaspar, ao entrar no quarto do pai, estremeceu, assustado pela escuridão e pelo completo silêncio que ali reinavam. Acendeu uma vela e penetrou na alcova; estava vazio o leito.

Possuído de mil receios e cuidados, correu toda a casa. O coronel tinha desaparecido.

– Ah! Já sei! exclamou, sobressaltado por uma ideia. Meu pai foi à casa do comendador! Depressa! Corramos a encontrá-lo!

E os dois lançaram-se para fora.

Na rua tomaram um carro e mandaram tocar à disparada para o Caminho Velho de Botafogo, que era onde Moscoso tinha a sua residência na cidade.

As janelas do palacete do comendador mostravam-se iluminadas. Defronte do portão do jardim havia urna enorme fila de carruagens.

O palacete estava em baile.

Enquanto Gaspar e Gabriel confidenciavam tristemente essa noite encerrados no gabinete do médico, fervia o prazer e reinava a alegria em casa do próspero comendador. As suas salas, regurgitantes de convivas, fremiam ao som da orquestra e ao quente rumor das danças. Por todas elas palpitava o gozo; por todas elas riso, jogos, libações e amor. Em breve a festa chegava ao seu momento de delírio, a esse momento apogístico do baile em que a alma parece derreter-se na saturação dos vapores do prazer, em que as luzes, os vinhos, os perfumes das toilettes e das flores, o ansioso respirar na vertingem da valsa, se vaporizam pelo ambiente, despertando os sentidos e entontecendo o espírito; instante feliz em que mais deliciosamente gemem os violinos, em que cintilam com mais luz os diamantes e os olhos das mulheres, e os colos arfam, e o corpo cede de todo à volúpia, e o sangue se embriaga e vem até aos lábios reclamando beijos.

De repente, porém, uma voz rude e áspera, voz de batalha, retumbou pelas salas, bramindo: Silêncio!

Todos pasmaram. A orquestra emudeceu e os pares estacaram tolhidos de surpresa. Ao fundo do salão, no meio da inconsciência do prazer, assomara o vulto venerando do coronel. Seu porte, alto e alquebrado, destacava-se imponente; o longo capote aumentava-lhe a estatura, dando-lhe proporções naturais. O gás mordia-lhe asperamente a aridez da fronte, que faiscava como a ponta calva de um rochedo aos raios do sol; os seus olhos fundos e ardentes, chispavam de cólera, os cabelos, brancos e assanhados, davam-lhe à cabeça um terrível aspecto de loucura.

Todos o olhavam com assombro. As mulheres empalideciam desmaiadas.

O coronel, espectral e imóvel, permanecia ao fundo do salão.

Ninguém se animava a proferir palavra.

O comendador acudiu em sobressalto; mas, ao dar com o veterano, soltou um grito e estacou petrificado defronte daquela fantástica e ameaçadora figura, que o fitava sem pestanejar.

– Eu sou o coronel Pinto Leite, vozeou o fantasma; e eis aí o autor das infames mofinas que há vinte anos me amarguram a existência! Esse miserável ex-caixeiro de taverna, covardemente me persegue desde o dia que lhe não consenti fazer parte de minha família, casando com uma de minhas filhas! Que aos dois nos julguem dentre vós os homens de bem! Quanto a mim, quero apenas apontar a hipocrisia deste monstro ao anátema social e estigmatizá-lo com o ferrete do meu ódio.

E o veterano caminhou para ele.

Era um estranho caminhar de estátuas. O chão parecia ir desabar debaixo dos seus pés de bronze. Caminhou majestosamente até à figura vulgar do comendador, que quedava estarrecido como sob o domínio de uma fascinação magnética, e soltou-lhe em cheio nas faces uma bofetada.

Houve então uma geral exclamação de protesto e de pasmo.

Moscoso voltou a si com o sangue que lhe subiu ao rosto e quis lançar-se contra o agressor, mas os amigos o agarraram e conduziram lá para dentro, consolando-o com a ideia de que ele tinha sido vitima de um louco.

O esbofeteado reclamava a prisão do insolente que o fora provocar no seu domicílio.

Mas não apareceu um braço que se erguesse contra a venerável figura do coronel. Abriram-lhe caminho. E, ao passar o seu vulto encanecido e todo trêmulo de comoção, abaixaram-se as frontes por um instintivo impulso de respeito. Ele atravessou a sala com o passo firme e desapareceu. Ao chegar à porta do jardim, parava na rua, urna carruagem, que vinha a toda desfilada. Eram Gaspar e Gabriel saídos ao seu encontro. Os dois apoderaram-se dele.

O velho, entretanto, sem poder dar uma palavra, encostou a cabeça no peito do filho, e soluçou desafrontadamente.

– Chore! chore, meu pai! Desabafe! dizia Gaspar.

E o velho soluçava.

– Sinto-me bem! exclamou este afinal. Sinto-me bem! Tirei um peso do coração! Desmascarei aquele canalha e dei-lhe uma bofetada! Ah, meus filhos! já posso morrer tranquilo! Estou consolado!

Recolheram-se à casa. Contudo, o pobre homem não pregou olho senão pela manhã, tal era a sua excitação.

Daí a dois dias, apareceu no Jornal do Comércio um artigo, descrevendo minuciosamente o escândalo do baile do comendador. O escrito tinha frases bombásticas; elogiava ó procedimento do velho coronel e comparava o caráter do honrado militar com o tipo baixo e vil do comendador.

Esta publicação surpreendeu em extremo o coronel e os seus. Nenhum destes podia atinar quem seria o espontâneo autor de semelhante defesa.

O Moscoso, ao lê-la ficou possuído de uma cólera tremenda, e jurou vingar-se melhor do que ate aí.

Os artigos continuaram. Eram escritos pelo Melo Rosa. O esperto calculara uma engenhosa especulação para desfrutar ainda o comendador: Este, desde que encontrasse qualquer correspondência no Jornal a seu respeito, teria que responder, e havia de recorrer àquele. Assim sucedeu. O Rosa escrevia, contra e a favor, tanto do coronel, como do Moscoso.

A luta estava perfeitamente travada.

O coronel caía de surpresa em surpresa, e o Melo Rosa ia empalmando os cobres que lhe dava o comendador.

Afinal, um belo dia estando Pinto Leite em casa a conversa com o filho e Gabriel, foram interrompidos por um meirinho, que apresentou ao veterano uma citação em nome do comendador Moscoso. O pai de Ambrosina comprara as dívidas do adversário, que montariam a uns dez contos de réis. Foi sacrifício, mas o perverso não desdenhou arrostá-lo para dar pasto à sua vingança. O coronel tinha de entrar com aquela quantia dentro de vinte e quatro horas.

Onde iria ele de pronto, buscar esse dinheiro... E o pobre do coronel olhou abstratamente para o meirinho, depois para o filho, em seguida para Gabriel, e por fim escondeu o rosto nas mãos e ficou a cismar, completamente possuído pela sua perplexidade.

Gabriel, porém, apossou-se da intimação, e disse alegremente ao veterano.

– Não lhe dê isso cuidado, meu amigo. Lembre-se de que sou filho de Violante! O senhor pode perfeitamente pagar o triplo dessa importância, sem o menor constrangimento. E, voltando-se para o meirinho, acrescentou com a voz calma e resoluta:

– Retire-se! O senhor coronel Pinto Leite entrará com o dinheiro.

E, antes de esgotado o prazo fatal, já o belo moço tinha com efeito pago as dívidas do benfeitor de sua mãe. Mas, para liquidar a transação, foi-lhe necessário entender-se diretamente com o comendador Moscoso, que estava de cara à banda porque contava que o coronel nunca pudesse pagar as dívidas. Gabriel, para dar caráter mais espetaculoso ao negócio, preferiu que o credor o recebesse em sua casa particular. Moscoso marcou-lhe uma entrevista às sete horas da noite. Gabriel apresentou-se. Veiu recebê-lo Ambrosina.

– Como! pois V. Exa. é filha do comendador?

– É verdade, sou. Não sabia?

– Ignorava-o totalmente. Como tem passado?

– Bem. E o senhor?

– Eu... um pouco pior depois que sei o que acabo de saber...

– Ora, essa! por quê?...

– Ainda não lhe posso dizer a razão... E os dois, que já se conheciam, olharam-se de um modo estranho.

XVI

A formosa Ambrosina

A filha do comendador estava mulher, e mulher bela.

Aquela criança, franzina e linfática, se transformara em uma mulher encantadora e forte.

A não ser os olhos, que foram sempre formosos, toda ela se havia metamorfoseado. O pescoço, os braços e os quadris enriqueceram-se de graciosas curvas, o cabelo fez-se volumoso, a tez pálida e fresca, os ombros um primor de estatuária, a boca um ninho de sorrisos cor-de-rosa e cor de pérola.

Toda ela respirava, porém, uma híbrida fascinação de anjo e de demônio. Os seus lindos olhos verde-escuros, tanto poderiam servir para ensinar o caminho do céu, como o caminho do inferno.

Havia alguma cousa do pecado de Eva paradisíaca na elasticidade ofídia e ondulosa do seu corpo, na mancenilha daqueles cabelos crespos, no viço provocador daqueles lábios carnudos e vermelhos.

A sua voz era como um hino de amor e de revolta, feito de ironia, de súplica, de desdém e de ternura.

Gabriel só viu e percebeu de tudo isso o lado risonho e claro, quando se achou pela primeira vez em presença de Ambrosina.

Foi em um baile, na casa de um dos seus colegas de academia, que também voltava formado de S. Paulo.

O filho de Violante dançou com a formosa moça; muito, e ele, já cativo, rudemente lhe dedarou que a achava encantadora e que seria o mais feliz dos mortais, se pudesse amá-la com a esperança de ser correspondido.

Ela riu-se, e aconselhou-o a que desistisse de semelhante loucura.

Na Corte havia muita menina bonita. Gabriel, chegando naquele instante, nada ainda tinha visto; não se deixasse por conseguinte levar pelas primeiras impressões...

– São sempre as melhores... respondeu ele sorrindo.

– Qual o quê! replicou Ambrosina. O senhor arrepender-se-ia. Só eu, tenho mais de uma dúzia de amigas que, se fosse rapaz, amá-las-ia de joelhos... São lindas.

– Mas lembre-se de que são mais de uma dúzia...

– Ora! se eu fosse rapaz, amava-as a todas. Não há como ser homem!... O homem pode viver como quiser, fazer o que bem entender, amar a todas as mulheres ao seu alcance; enganá-las, ridicularizá-las, e... nem por isso deixará de ser um rapaz *comme il faut*, desde que se vista à moda, tenha uma cara suportável, algum emprego ou algum capital, e, um bocadinho de tino... para não dizer asneiras seguidas. Ao passo que a pobre mulher coitadal se quiser amar, há de contentar-se com um indivíduo, que ela só conhecerá depois de ter ligado para sempre a seu destino ao dele; quando aliás um marido é como charuto, que só se pode saber se é bom depois de aceso. As aparências nada valem!...

– V. Exa. pinta o charuto tão ao vivo que faria acreditar que já fumou!...

– Figuradamente, como lhe acabo de falar, não, porque sou solteira, e não tenho pressa... mas se o senhor se refere à verdadeira acepção da palavra, responder-lhe-ei que sim; já fumei. Pura extravagância

– Não lhe fez mal?

– Muito! Tive vertigens, ânsias; passei mal uma noite inteira... Jurei não cair noutra!

– Ah!

– E creio justamente que com o casamento me aconteça o mesmo... Não com uma noite, mas com a vida inteira!...

– Então não tenciona casar?...

– Tenciono, pois não! Nós, as mulheres, somos muito desgraçadas a este respeito: temos às vez es horror ao casamento, mas que fazer!... Não o podemos dispensar. Oh! o senhor bem sabe que a mulher só se emancipa quando se escraviza ao marido... Desgraçadinha daquela que não tiver um guarda-costas que a represente na sociedade e que com ela partilhe um pouco dos perigos que a esperam.

– V. Exa. faz-me pasmar com a sua experiência...

– Não sei porquê! Eu não tenho mais experiência que qualquer outra senhorita nas minhas condições; apenas sou menos hipócrita, e não quero impingir minha mão ao primeiro que apareça...

– Mas, uma vez resolvida a casar, qual será o noivo que lhe convém? quais serão nele as qualidades que a poderão conquistar?

– Sei cá! mas, se tivesse rigorosamente de escolher marido, escolheria um homem que me parecesse bem vulgar.

– O que, minha senhora? V. Exa. não preza a distinção?...

– Não, decerto. A distinção será muito boa para o homem que a possua, nunca será para a mulher que com ele se case. A distinção! Mas não vê o senhor que, quanto maior for a superioridade do marido, tanto maior será também a inferioridade da mulher!... Com um homem vulgar, sucede precisamente o contrário: ela terá o primeiro lugar, e não precisará pôr-se nas pontinhas dos pés para falar com ele, o que é incômodo.

– Mas terá de abaixar-se...

– Qual! ele que trepe! é sempre o mais baixo que procura os meios de subir... Digo-lhe e repito: A ter de casar, prefiro um homem vulgar, trabalhador e honesto.

– Creio que estou no caso..

– Não sei se totalmente. Trabalhador e honesto, só mais tarde o saberemos, porque o senhor entra agora na vida; quanto ao vulgar, isto está! – a sua observação acaba de prová-lo...

Sou tão vulgar quanto V. Exa. é severa...

Sincera, é que deve dizer...

Contudo, não me pareceu sincera no que disse a respeito do casamento..

– Pois não! O homem, meu caro senhor, apresenta-se-nos sempre por um prisma falso; é a capa do charuto de que há pouco lhe falei... Por fora, muito liso, muito cheiroso e com um ar magnífico. Quem dirá pelas aparências que tão sedutor charuto não é bom?... Entretanto, se o senhor o acender e insistir em fumá-lo, far-lhe-á ele uma ferida na língua. Desdobre-o! há de achar dentro, em vez de tabaco, papelão! Imagine que eu encontrasse na sociedade um homem de bom-tom, um elegante com a resposta pronta, a casaca irrepreensível e a luva fresca, e ligasse o meu destino ao dele; mas que, na ocasião íntima de desdobrar esse belo espírito lhe descobrisse o tal miolo de papelão...

– Oh!

– É justamente o que eu diria: “Oh!”

E Ambrosina comprimiu os lábios com a graça de um beijo.

– O que, todavia, não evitava, continuou ela rindo, que tivesse eu aquele trambolho amarrado à minha vida como uma grilheta de condenado. Escolhendo, ao contrário, um homem sem qualidades brilhantes, não teria eu de sofrer decepção de nenhuma espécie, e é possível até que chegasse, depois do casamento, a descobrir em meu marido algum dote, verdadeiro e sólido, para o qual a sociedade não se desse ao trabalho de reparar...

Gabriel soltou uma risada, e Ambrosina prosseguiu:

– Creio, meu caro doutor, que a sociedade é para os homens medíocres o que o palco é para as atrizes de segunda ordem – simplesmente um meio de lhes realçar as graças e emprestar encanto às que o não possuem. Toda a mulher feia, que souber preparar-se bem, será bela no palco; todo o homem vulgar, que souber repetir de orelha certos conceitos alheios e guardar silêncio quando for preciso, será nas salas um homem elegante e do bom-tom. Para aquelas, é preciso pintar os olhos, fazer um sinal na face, dar tinta aos lábios, arranjar os cabelos; para estes, é necessário um título qualquer, algum dinheiro, saber vestir-se à moda, conhecer certos prazeres, falar de óperas e cantores, mulheres e cavalos. E aí tem o senhor como se ama uma mulher bonita ou um homem de salão; ambos com os seus competentes diplomas – uma das plateias, e outro das salas. Entretanto, se o senhor desejar uma mulher verdadeiramente bonita, bonita sem artifícios, sem alvaiade, sem carmim, sem cabeleira, não a irá buscar certamente ao teatro; do mesmo modo, se o senhor quiser um homem que sirva de marido, não o deve procurar nos bailes, porque ele já não existe. Tanto aquele que trouxer para o seu lar uma étoile das rampas do teatro, como aquela que levar para casa um leão caçado ao som de valsas, sofrerá tremenda decepção.

– V. Exa. então não aceitaria para esposo um herói da moda?...

– Está claro que não. Pois eu queria lá marido para os outros?... Queria lá um marido que passasse algumas horas no lar apenas por obrigação doméstica, e viesse impressionado com a toilette da viscondessa tal, como o perfume da baronesa tal e tal, e com os amores escandalosos de todas as mulheres? Para meu marido desejaria eu um homem tão bom, que me não desse ocasião de desejar outro melhor; mas não o procuro, nem faço o menor empenho em o encontrar.

E levantando-se, observou:

– Olhe! está terminada a quadrilha e o meu par desta valsa não tarda a vir buscar-me.

– Mas V. Exa. não respondeu à minha principal pergunta...

– Se o virei a amar?... é muito natural que não. E separaram-se. Gabriel só falou depois com Ambrosina em casa do pai dela, na situação em que o deixamos no capítulo anterior. Vejamos agora o que disseram os dois neste novo encontro:

– Mas, por que faz o Sr. essa cara tão esquisita, ao saber de quem sou filha? perguntou a linda moça, oferecendo uma cadeira a Gabriel.

– O comendador demora-se! averiguou este, assentando-se.

– Depende de nós. Meu pai recolhe-se sempre depois do jantar e não aparece antes das nove horas da noite, a não ser que alguém o procure. Podemos estar à vontade. Nem sabem até que o senhor cá está. Conversemos sem constrangimento...

– Nesse caso, vou falar-lhe com toda a franqueza. Diga-me uma coisa: A senhora, quero dizer, V. Exa....

– Não! trate-me mesmo por Senhora.

– Obrigado. A senhora anda a par dos negócios de seu pai?...

–Valha-me Deus! eu sei cá dos negócios de meu pai! Que posso saber eu disso?.

– Não sabe então que ultimamente ele comprou as dívidas.

– As dívidas do coronel Pinto Leite? Oh! mas isso foi um escândalo; nem há no Rio quem o não saiba. Aqui em casa não se fala noutra cousa! Porém, a que propósito vem tudo isso? o que tem o senhor com esse negócio?...

– Muito mais do que se persuade: e, uma vez que o fato já anda pela imprensa, posso dizer-lhe com franqueza que sou eu a tal pessoa que pagou ao senhor seu pai as dívidas do coronel.

– O senhor?!... interrogou Ambrosina com a mais completa surpresa.

E atravessou Gabriel com um olhar penetrante que nem uma sonda. "Ele!" dizia ela consigo. E procurava descobrir-lhe alguma cousa, algum indício, por onde acreditasse nos seus consideráveis bens de fortuna.

– Sim, minha senhora; não desejava entrar nestas explicações, mas...

Então, o senhor é muito rico?...

– Um pouco, disse Gabriel, abaixando os olhos.

– Quanto possui?...

– Diz Gaspar que uns mil contos de réis...

– Mil contos!... repetiu Ambrosina, e transformou logo a fisionomia com um sorriso, que ela não tinha até aí dispensado a Gabriel.

Este não deu por ele, e balbuciou:

– Sou rico por acaso, sem a menor glória... herdei o que possuo de minha mãe, que já por sua vez herdara de meu pai...

– Mas, nada disso explica o que há de comum entre o senhor e o coronel, e o que o levou a pagar as dívidas de um velho idiota...

– Perdão, minha senhora, tomo a liberdade de preveni-la de que em minha presença não consinto ofenderem o coronel. Ele é pai de meu padrasto; é por bem dizer, meu avô; sem contar que lhe devo mil obrigações herdadas de minha mãe. Foi o coronel quem a esta recolheu da miséria, e quem a educou...

– O senhor, por conseguinte, pagou uma dívida de gratidão?...

Não paguei coisa alguma, minha senhora; os serviços que devo ao coronel não se podem pagar, são inestimáveis...

– O Médico Misterioso é então viúvo de sua mãe...

– Sim minha senhora; e, nem só é meu padrasto, como também é o meu único amigo, o meu confidente, o meu guia, o meu mestre!

– Que entusiasmo! E ele sabe do nosso primeiro encontro?...

– Perfeitamente. Contei-lhe tudo na mesma noite, mas sem declarar que se tratava da filha do comendador Moscoso, porque ignorava semelhante circunstância...

– E o que disse ele?

– Ligou pouca importância às minhas palavras, e afiançou-me que tudo passaria dentro de uma semana. E passou?

– Não. Cresceu!

– Mesmo depois de saber quem é meu pai?...

– Sim, minha senhora; mesmo depois disso...

– Entretanto não seria mau esperar até ao fim da semana...

– Para quê? para convencer-me de que sou o mais desgraçado dos homens?

– Ou a mais impaciente das crianças....

– Vê!

– V. Exa. zomba de mim, enquanto eu...

– Vai dizer que sofre, e é exato; mas não por minha causa, sim pelos seus vinte anos, que estão purgando o idealismo absorvido durante todo o seu período acadêmico de S. Paulo.

– Pensará então que eu...

– Não me ama?... Valha-me Deus! não disse tal! Sei, ao contrário, que o senhor me adora; me adora com fogo, com entusiasmo, com paixão, com poesia! e é justamente por isso, é porque o seu amor é forte demais, que desconfio dele. O senhor não possui em si o combustível necessário para alimentar semelhante chama durante uma existência inteira... O seu coração não é nenhuma mina inesgotável de carvão de pedra!

– Crimina-se então por amá-la demais?...

– Certamente! O homem, qualquer que ele seja só pode dar de si uma certa e determinada dose de amor; nada mais pode dar por melhor que o deseje, porque mais não tem. A grande ciência da felicidade conjugal consiste em fazer com que essa dose chegue para a vida inteira. Ora, o senhor quer dar-me toda ela de uma só vez, e eu não a quero receber por essa forma. O que não quer dizer que não aceite; aceito-o, mas em pequenas prestações. Recebendo tudo de uma vez temo fazer como os perdulários – esbanjar a fortuna e ter depois de mendigar. Para que havemos de consumir em poucos dias aquilo que nos chega para sempre?... Além de que, meu caro, o abuso traz sempre consigo a saciedade, e o tédio, o enjoo; e eu, no fim de contas...

– Aborrecia-se de mim...

– Não digo isso, mas aborrecia-me de ser amada. E esta é a pior desgraça que pode suceder a uma mulher.

– Mas então só me resta o recurso de fingir, indiferença, e amá-la em segredo, amá-la com todo o ardor da minha paixão!

– Isso ainda seria pior: além da prodigalidade, haveria o completo desperdício. Seria como se alguém para não passar por pródigo, vivesse na miséria, mas fosse às escondidas atirando fora a sua riqueza. Não! não! nesse caso seria melhor sorvê-la de um trago, e dar depois um tiro nós ouvidos.

– Por que se faz tão inocente e má?... Não vê que não pode haver termo de comparação entre o amor e o dinheiro? entre o coração e uma bolsa?... O dinheiro mede-se, conta-se, e o amor é indivisível. Como se pode conceber um registro para o coração?... O dinheiro tira-se do bolso quando se precisa e quanto se deseja; e o amor não! o amor sai por si, derrama-se, corre, como o sangue de uma ferida!

– Ora! também não se pode parar o curso do tempo, nem lhe transpor as leis, e, no entanto, há quem o esperdice, e há quem o aproveite admiravelmente...

– Não! o tempo não existe; a ideia dele é toda relativa; ao passo que o amor não tem relações, nem admite leis. É um fato real; existe! existe, que o sinto palpitar aqui dentro, não como um miserável relógio que nos mede vida gota a gota, mas louca e desnorteadamente, como neste instante! Eu te amo Ambrosina!

E Gabriel segurou-lhe as mãos com ansiedade:

– Não me repilas! exclamou; não esmague com essa indiferença e frio! Despreza-me, se quiseres, porém não me apunhales desta forma! Oh! mas por que deixaste, meu amor, que eu te tomasse as mãos? por que consentiste que eu me aproximasse tanto de ti?...

– Porque ainda não voltei a mim do seu atrevimento e da sua grosseria!

– E Ambrosina ergueu-se, indignada.

– Têm toda a razão... balbuciou Gabriel, abaixando a cabeça. Perdoa-me!

– Creio que o senhor disse que procurava por meu pai... Tenha a bondade de esperá-lo.

– Ouça-me um instante, por piedade!.

– Que deseja ainda?...

– Não diga a seu pai que estou cá. Não me sinto em estado de falar com ele.... Diga-lhe antes que vim para autorizá-lo a liquidar o negócio como entender. O que ele fizer será bem feito!

– Tenha a bondade de ver em que fica!

– Ambrosina! Não seja cruel!... dê-me uma palavra, uma só! uma esperança de ser amado! Diga o que quer que eu faça!... eu tudo cumprirei, na esperança de ser seu esposo!...

"Mil contos!" reconsiderou a filha do comendador, e sentiu um estremecimento no coração; conteve-se, porém com tal arte, que a sua fisionomia nada transpirou. E, voltando-se para Gabriel, inquiriu com um ar firme:

– O senhor pode frequentar esta casa?

– Posso.

– E, se encontrar oposição em seus parentes, o que fará?

– Não sei! só sei que a amo loucamente!

– Isso não é resposta. Quero saber se o senhor tem a necessária coragem para vencer todos os escrúpulos e frequentar os bailes de meu pai.

– E ele consentirá?

– Se eu quiser, há de consentir.

– Pois estou por tudo!

– Venha então quinta-feira. Faço vinte e três anos. O convite lhe chegará às mãos...

– E fico perdoado?...

– Não sei!

E Ambrosina afastou-se de Gabriel, mas ficou perto do reposteiro, que apenas arredou com uma das mãos.

– Ele correu até lá e estendeu-lhe os braços.

– Adeus... disse.

– Adeus, respondeu a dissimulada.

– Nem uma palavra de esperança?...

– Eu te amo, segredou ela. E fugiu para dentro. Gabriel quedou-se por algum tempo estático, a olhar abstratamente para o reposteiro que se fechara sobre a bela moça. Depois, rebentou-lhe no coração uma grande alegria, e ele saiu a chorar de contentamento.

– Ama-me! exclamava, desgalgando a escada. Ama-me! Como sou feliz!

XVII

Leonardo

Ultimou-se o negócio do comendador com Gabriel, e este recebeu o prometido convite para a tal quinta-feira. Haveria baile.

– É uma loucura o que vais fazer! observou-lhe Gaspar, quando o moço enfiava já a casaca. Convenho que Ambrosina seja uma interessante rapariga, convenho que seja bela, chego mesmo a concordar em que ela tenha espírito, e que a ames loucamente; digo e repito, porém, que uma menina, criada e educada pelo comendador Moscoso, não pode ser uma menina bem educada. O casamento, meu filho, depende principalmente da educação da mulher. Tu és o que se chama um bom partido; e ela, pelo que vejo, uma grande espertalhona. Não dou um mês a vocês dois para se amarrarem, e outro para te arrependeres!

– Mas, que diabo hei de fazer? Prometi ir ao baile!... Vá que cometesse com isso uma asneira, mas não é muito razoável querer remediar uma asneira com uma incorreção!... A verdade é que prometi ir. Ela, coitadinha! para obrigar o pai a convidar-me, que passos não teria dado...

– Bem se vê que tens vinte e um anos! Pois acredita nisso? Não percebes que, de todos ali, o mais interessado na tua ida é justamente o comendador, esse homem do dinheiro e da vaidade? Não percebes, Gabriel, que tu representas mil contos de réis, e que aquele velho especulador não te deixará passar impunemente por entre as unhas?!

– Não! isso não, coitado! porque ele nem sequer me conhecia!.

– Mas conhece-te agora por intermédio da filha!

– Que juízo fazes dela, então?

– O juízo que faço de qualquer menina inteligente e mal-educada. Nisto entrou o servente com uma carta para Gabriel.

– Alguma novidade?... perguntou Gaspar ao enteado.

– É uma comunicação misteriosa...

– Cedo principiam!

– Não traz assinatura... Lê.

E passou a carta ao outro. Era isto: "Meu amigo. Uma pessoa, que o estima deveras, aconselha-te todas as precauções: O senhor tem um rival formidável, que irá hoje à casa do comendador e não deseja vê-lo ao lado de Ambrosina. Não vá ao baile, se quiser evitar escândalo".

– Isso foi escrito por ela!... disse o padrasto com repugnância.

– Por ela?!

– Sim; para te obrigar a ir... Quer estimular-te o orgulho. Eu, no teu caso, servia-me dessa carta como pretexto para ficar em casa...

– Mas, se a amo!...

– É o que supões; porém a verdade é que mal a conheces. Juro-te que ...

– ... Que perdeste a cabeça defronte de uns olhos grandes, de uma boca engraçada e de uns cabelos bonitos; que te deixaste enfeitiçar pela garridice de uma rapariga viva que anda à procura de noivo rico, e supões afinal que tudo isso tem alguma importância!... Mas eu te afianço que perderás a cabeça do mesmo modo defronte de outros quaisquer olhos não menos feios, e que em breve, se te afastares de Ambrosina, te esquecerás dela para sempre.

– Duvido!

– Proponho-te uma cousa: metamo-nos num carro fechado, e vamos, antes de te apresentares no baile, espiar cá de fora os passos de tua apaixonada. Talvez colhamos disso alguns esclarecimentos.

– Está dito! E às onze horas achavam-se os dois em caminho para a casa do comendador. O sarau principiara às dez. Havia grande concorrência e muito luxo. Como fazia calor, dançavam somente nos sabes térreos do palacete, ao lado do jardim, com as janelas abertas, o que auxiliava à curiosidade dos dois espiões.

Ambrosina sobressaía dentre a multidão de pares como verdadeira rainha da festa. Irrepreensível de elegância e dispendiosa simplicidade, trajava um vestido inteiriço de cassa branca, cujas rendas e bordados de alto gosto pareciam beber a fria doçura das pérolas em que ela trazia agrilhoados cabelos e garganta. A justeza da roupa dizia lucidamente a flexibilidade das suas primorosas formas, fazendo destacar o contorno dos quadris, a volta das espáduas e a delineação rafaélica dos seios.

Nunca estivera tão encantadora. Gabriel não lhe tirava os olhos de cima, enquanto Gaspar bocejava ao fundo do coupé Ambrosina vinha de vez em quando à janela, e olhava para a rua com a impaciência de quem espera alguém que se demora.

– Conta comigo! dizia Gabriel, apertando as mãos uma contra a outra. Mas, pouco depois parou à porta do comendador um carro de gosto distinto, puxado por bons cavalos, e em seguida apeou-se um cavalheiro alto, um pouco magro, elegante, barba parisense, lunetas escuras, cabelos muito rentes.

Ambrosina, ao reconhecer o carro, estremecera.

O recém-chegado produziu sensação ao entrar no baile.

O comendador foi recebê-lo com vivo interesse, e apresentou-o logo a vários grupos. Percebia-se que o novo conviva era estranho para a maior parte das pessoas que ali estavam. Ambrosina não voltou mais à janela.

– Era por aquele maldito sujeito que ela esperava! considerou o pobre Gabriel, cheio de agonia. O novo personagem de resto, dera o braço à filha do comendador, e percorria as salas. Ambrosina mostrava-se radiante de satisfação.

Dançaram depois uma valsa, acabada a qual, foram ausentar-se ao terraço, conversando.

Gabriel não podia do carro ouvir o que diziam, mas pelos gestos parecia que os dois conversavam animadamente.

Alguém foi para o piano e cantou; dançou-se depois nova quadrilha, depois uma valsa. E os dois conversavam ainda no terraço. Gabriel arquejava. Entretanto, o belo par de Ambrosina levantou-se, e conduziu pelo braço a sua dama para o jardim. Gabriel espichou o pescoço, e viu afastarem-se os dois, a passo descansado, por entre as árvores frouxamente tocadas de luz. Havia iluminação em torno das estátuas e dos floridos canteiros.

O venturoso par ia desaparecendo cada vez mais.

Só Gabriel percebia ainda, de vez em quando, o vulto indeciso de Ambrosina, que alvejava por entre as moitas de roseiras.

Não se pôde conter por mais tempo; apeou-se do carro, com a necessária cautela para não acordar o padrasto que dormia sobre as almofadas, e daí a pouco penetrava no jardim do comendador por um portão que havia aos fundos da casa.

Ambrosina assentara-se afinal com o seu invejado par debaixo de um caramanchão; Gabriel, donde estava podia observá-los à vontade.

Falavam de amor os dois. Ela enlevada, e ele cheio de entusiasmo; o casamento entrava na conversação como assunto já resolvido.

– És minha vida! dizia o rapaz; és toda a minha esperança! Ardia por tornar a ver-te!

– Leonardo! murmurou Ambrosina. Olha que nos podem ouvir, meu amor...

– E a mim que importa? Não tenciono porventura ligar o meu destino ao teu? Não és quase minha esposa, ou mudarias tu de intenção durante a nossa ausência?

– Bem sabes que não, mas é que ainda somos apenas noivos, e tu me perturbas com essas palavras!...

– Não me recrimines, amada de minh'alma! Há tanto tempo que não estávamos a sós!... deixa que aproveite estes fugitivos instantes para te falar de nossa felicidade.

E Leonardo, puxando para si Ambrosina, passou-lhe o braço na cintura.

Ouviu-se em seguida estalar um beijo. Um? não; era a harmonia de dois: o dele e o dela.

Gabriel, com um doido arranco, afastou a moita de roseiras que lhe ficava em frente, e de chofre se precipitou entre ambos.

– Miseráveis! exclamou.

Houve nos dois amantes um espasmo de surpresa. Ambrosina em seguida soltou um grito, fugiu para a sala.

– Quem é o senhor?! perguntou Leonardo, medindo.

– Sou o homem que ama aquela mulher! respondeu este, pálido de raiva.

– O homem não: a criança! Já tinha notícias suas. Chama-se Gabriel, é rico, deseja casar com Ambrosina e...

– E não meço obstáculos quando quero realizar qualquer cousa!

– Bem; mas nada disso o habilita para dizer-me insolências. Chamo-me Leonardo Pires de Andrade, há muito amo Ambrosina; não sou tão rico como o senhor, mas antes de partir nesta minha última viagem, fui autorizado a pedi-la em casamento. O comendador cedeu-ma ontem...

– É falso!

– Contenha-se! O senhor está fora de si. Ambrosina já me tinha prevenido dos seus rompantes...

– Senhor! E Gabriel deu um passo para o outro.

– Ela não o quer, continuou Leonardo; disse-me com franqueza. A mim, como homem de juízo cabe-me, todavia, evitar qualquer consequência má do passo imprudente que o senhor acaba de dar. No fim de contas, não tenho obrigação de explicar as minhas intenções; elas são conhecidas já da família de minha noiva. É a essa família que o senhor se deve dirigir para denunciar o que acabou de colher da sua espionagem. Boa noite, meu caro senhor!

E, dizendo isto, Leonardo afastou-se rapidamente. Gabriel voltou ao carro, e entre soluços de dor e de cólera contou a Gaspar o ocorrido.

– Nada disso me surpreende. Era caso previsto. Creio que agora mudaste de intenção a respeito de Ambrosina...

– Amo-a cada vez mais!

– Ora! isso já passa de loucura!

– Talvez, mas é a verdade!

No dia seguinte, Gabriel leu, por um prisma de lágrimas, a participação do casamento de Ambrosina, que ela própria lhe remetera. Seria efetuado daí a dois meses, fora da cidade.

XVIII

A simpática Eugênia

Vamos refluir ao ponto em que este romance principiou, vamos penetrar de novo na bela chácara em que se fez o malogrado casamento de Ambrosina; vamos, finalmente, saber o que sucedeu às cenas da loucura de Leonardo. Mas, antes disso, antes de fecharmos este grande parêntese, cumpre esclarecer o leitor sobre os últimos acontecimentos que procederam àquela situação. Resume-se tudo em poucas palavras:

O coronel, depois de alguns dias de prostração, expirou nos braços do filho, ao lado de Gabriel e de Alfredo. O pobre velho não foi abandonado nos seus últimos momentos, sacramentou-se, fechou os olhos com a fisionomia banhada na mais doce resignação, e a alma tranquilamente ungida pela consolação religiosa.

Morreu como um justo.

Gaspar, pouco depois, propôs a Gabriel uma viagem à Europa. Gabriel consentiu, contanto que assistissem primeiro ao delongado casamento de Ambrosina; o outro protestou, mas afinal teve de ceder, porque o enteado não desistia uma polegada do seu intento.

– Repara que é uma tremenda loucura o que tencionas fazer, Gabriel! Lembra-te de que, um vez casada Ambrosina, nada mais tens que esperar dela!

– Deixa-me! respondeu insolitamente o moço. Faze tu se quiseres a tal viagem; eu, haja o que houver, irei ao casamento!

– E prometes partir comigo logo ao depois?...

– Prometo.

– Palavra de honra?

– Palavra de honra!

– Bem, nesse caso eu te acompanharei à casa do comendador.

A festa foi extraordinária. A casa destinada aos noivos era uma bela chácara, que se prestava admiravelmente aos caprichos do gosto e às fantasias da bolsa. Leonardo, sofrivelmente rico, não olhou despesas; o comendador, por outro lado, procurou dar o maior brilho ao casamento da filha.

E tudo saiu muito à medida dos seus desejos. Foi enorme a concorrência.

A chácara apresentava um aspecto deslumbrante com a sua caprichosa iluminação; repuxos, cascatas, alpendres, caramanchões artificiais, estátuas simbólicas, tudo estava cheio de luz ou coberto de flores.

O Melo Rosa não descansara um mês inteiro. Fora ele o encarregado de dirigir os preparativos do festejo. Durante esse tempo vivia preocupado exclusivamente com aquele trabalho. Controlava operários, copeiros, encomendava doces, tinha ideias, lembrava esquisitices de grande efeito, desenhava planos e sonhava maravilhas originais.

O Reguinho ajudava-o muito e era quem saía a fazer compras, a procurar cortinas, laçarias, estatuetas, cantoneiras e mais petrechos de ornamentação.

Foi um mês de pândega na chácara, enquanto a preparavam para o noivado. Melo Rosa conhecia vários boêmios, que entendiam de pintura e viviam por aí a trocar as pernas; carregou com eles para lá, deu-lhes de comer e beber, e os homens puxaram a valer pelas tintas e pelos pincéis.

O Melo estava no seu elemento; passava o dia a distribuir ordens e a tomar grogs, sem largar o charuto da boca. O comendador, de vez em quando, aparecia por lá, para dar um vista d'olhos ou um sorriso de aprovação.

– Os rapazes são o diabo! dizia ele depois em casa à mulher. Olhe que revolucionaram a chácara: bandeiras, figuras, estrelas, o diabo! E o fato é que está bonito! Logo na entrada puseram um caboclo abraçando a figura de Portugal; dá na vista! Foi uma ideia feliz! Não! tanto um como o outro têm bastante mérito.

– Como não?! disse Genoveva com um ar sério e estúpido, persuadida que o marido, naquela última frase, se referia a Portugal e ao Brasil.

Quando só faltava uma semana para o grande dia, a mulher do comendador, e o seu futuro genro, mudaram-se para a chácara com o fim de aprontarem as mesas e os aposentos dos noivos. Ficariam estes em um pavilhão cor-de-rosa, que estava uma teteia.

Foi justamente no pavilhão, que aqueles dois rapazes mais capricharam: havia cupidos por toda a parte, pombinhos, grinaldas, fitas e borboletas. Era um bouoir de mágica, um ninho casquilho e arrebicado.

Mudaram-se também para a chácara, com pretexto de ajudarem, Ursulina e suas duas filhas: Eugênia e Miló.

Chegou, afinal, o grande dia, e tudo correu às mil maravilhas, até à hora em que os noivos fugiram para a independência feliz do seu pavilhãozinho cor-de-rosa. E viu já o leitor, pelo segundo capítulo, todas as desgraças que então se sucederam. Pois bem; vamos agora encontrar de novo os nosso pobres heróis na crítica situação em que os deixamos.

Gaspar, como vimos, fora surpreendido pelo comendador na ocasião em que socorria Ambrosina, e declarou, apesar de enxotado pelo dono da casa, que ficava no seu posto de médico; Gabriel fora recolhido a um quarto, e o noivo, tão violentamente atacado de insânia, teve de resignar-se a ser encerrado no porão da chácara.

Quem imaginaria que o homem, para quem se faziam todos aqueles deslumbramentos, havia de ser encurralado no pior lugar da casa?...

Depois de tais cenas, tudo se converteu em sobressalto e desordem. O comendador compreendeu que não dispunha de outro médico, e consentiu que Gaspar tratasse da filha; esta, porém, não queria voltar a si do tremendo abalo nervoso que a prostrara.

Da gente quedada para passar a noite na chácara, muitas pessoas desapareceram com a catástrofe e outras se achavam chumbadas à cama pelo vinho. Melo Rosa e o Rêgo eram dos últimos. Além de muito cansados, havia neles, para os inutilizar de vez, uma formidável carga de champanha.

Gaspar medicou o enteado, e voltou a cuidar de Ambrosina, cujo desfalecimento principiava a sobressaltá-lo. O comendador e a mulher encostaram-se, a chorar, no quarto da filha e esperaram pelo dia.

Ambrosina, estendida na cama, parecia morta.

Gabriel ficara só; às cinco horas da manhã, abrira os olhos e percorrera-os com um ar infeliz e resignado pelo quarto, como um ferido à espera da ambulância.

Entretanto, por detrás do seu leito, sem ser vista e sem ser ouvida, uma doce amiga lhe velava o sono, e parecia resguardá-lo com um véu de amor e de piedade.

Era Eugênia.

Leonardo havia enlouquecido totalmente, e só com muita dificuldade conseguiram alimentá-lo.

De um moço bonito e elegante que era, estava um monstro. Tinha os olhos espantados e vermelhos, o cabelo hirsuto, a boca feroz. Não admitia nenhuma roupa no corpo e passeava a quatro pés na sua prisão, soltando uivos plangentes ou bramidos de fúria.

E assim se passaram dois dias tristes e aborrecidos. Havia por toda a casa o constrangimento da desgraça. Ninguém se animava a rir e conversar livremente; ouviam-se gemidos e suspiros dolorosos, e de vez em quando os berros de Leonardo. Andavam todos espantados.

Gaspar declarou que o louco não podia ficar ali.

Ambrosina, se chegasse a ouvir aqueles berros, havia de piorar e talvez viesse a enlouquecer também. Leonardo foi com grande trabalho, conduzido para uma casa de saúde no bairro de Laranjeiras.

Gabriel convalescia à sombra dos desvelos de Eugênia.

Alguns dias depois, o médico procurou o comendador para dizer-lhe que se retirava; a sua doente estava livre de perigo, e Gabriel já podia partir.

O comendador ouviu-o com ar comovido e cheio de humildade. Súbita mudança havia ultimamente se operado nele; agora, ao contrário, parecia muitas vezes empenhado em praticar ações que o reabilitassem.

– Compreendo, disse ele a Gaspar, que o senhor esteja agastado comigo. Tem razão... Fui grosseiro e mal reconhecido aos seus serviços; peço-lhe, porém, que me perdoe e que se não vá embora por enquanto... Trate ainda minha filha, e só se despeça quando a pobre menina voltar de todo à sua primitiva saúde... Ah! se o senhor soubesse quanto tenho sofrido nestes últimos dias... teria compaixão de mim...

Gaspar cedeu afinal, mas declarou logo que não se separaria de Gabriel.

– Ó senhores! respondeu o comendador, já reanimado. Ele ficará conosco. Longe de incomodar-nos, nisso nos dará o maior prazer... Creia-me que falo neste instante com toda a sinceridade!...

Ficaram.

Ambrosina volvia-se garrida e sã com os hábeis cuidados de Gaspar. Este quase lhe não abandonara a cabeceira até conseguir levantá-la da moléstia. Daí uma certa intimidade muito respeitosa entre os dois. A doente só o tratava por "Meu salvador", e lhe sorria afetuosamente. Uma ocasião, pediu-lhe ela licença para lhe dar um beijo na testa. Gaspar consentiu sorrindo, com um gesto paternal.

– Olhe! disse-lhe a bela moça; desejo que o senhor seja muito meu amigo... Não calcula o respeito que me inspira a sua tristeza; pressinto por detrás dela alguma penosa recordação de amor...

Gaspar fez-se mais pálido e sombrio.

– Peço-lhe que me conte a história. Tenho até hoje ouvido falar tanto do Médico Misterioso!... Conte-ma. Suplico-lhe!

– Não. Far-lhe-ia mal...

– Porém, quando me não fizer mal... promete?...

– Está bom, prometo, mas não se preocupe com isso...

E o médico recaiu na sua habitual serenidade. Ambrosina ficou a olhar longamente para aquela fronte pálida e despojada como se interrogasse o mármore de um sepulcro.

Gabriel, entretanto, também se restabelecia quanto ao corpo, porém absolutamente nada quanto ao espírito.

À tarde saía do quarto, arrastando debilmente a sua mágoa, e ia assentar-se, sombrio, debaixo das mangueiras, ao fundo da chácara. Comprazia-se então em deixar-se penetrar pela tristeza misteriosa do crepúsculo, e ficava horas esquecidas a olhar vagamente para o horizonte, que além se atufava nas últimas matizações da luz do sol.

Uma vez achava-se aí, como de costume. Era uma tarde esplêndida. Todavia, a natureza parecia ir morrendo à proporção que lhe escapava o dia, como se lhe fugisse a alma.

Havia em tudo a sombra melancólica de uma saudade; as árvores murmurinhavam numa deliciosa agonia, e no seio da terra caíam as primeiras lágrimas da noite.

Gabriel permanecia meditativo, a cismar no seu malogrado amor. Sem se regozijar com os últimos acontecimentos, sentia não obstante certo prazer amargo em pensar no sofrimento de Ambrosina e na desgraça de Leonardo.

Ah! Ela com certeza teria mais de uma vez se arrependido da escolha que fizera!... pensava o pobre rapaz; entretanto, se o tivesse aceitado a ele para marido, como seriam agora felizes!... que bela lua de mel não desfrutariam ao calor amoroso daquelas tardes!...

E continuava a meditar: Que triste situação a dela!... afinal, não era casada, nem solteira e nem viúva... Não podia ser amada e nem podia amar, pois Leonardo não dava esperanças de melhoria... Pobre Ambrosina!

E Gabriel, apesar de tudo, sentia que a amava sempre; como nunca! sentia que aquele doido amor, longe de perecer desabrochava em novos rebentões, viçosos e verdejantes.

– Maldito! apostrofou ele; mil vezes maldito seja aquele homem, que veio despedaçar a minha felicidade!

E escondeu a cabeça entre as mãos, a soluçar. Quando levantou, viu defronte de si Eugênia. Esta o observava silenciosamente, com um olhar cheio de doçura e melancolia.

– Ah! exclamou Gabriel.

Não sabia que estava aí...

– Sim, vim mais esta vez importuná-lo com a minha presença...

– Não; a sua presença só pode trazer-me esperança e resignação... Importunar-me a senhora! E por quê? por que não lhe causa tédio o infeliz que sofre e vive das suas próprias dores? Não! a senhora, que ultimamente se converteu em minha confidencial amiga, nunca será para mim uma importuna... Eu a estimo, D. Eugênia, como se foramos irmãos.

Eugênia abaixou os olhos.

– Às vezes, continuou Gabriel, tomando-lhe as mãos; quero crer que nos aproxima a simpatia do sofrimento, quero crer que nesse coração, sereno e casto, já algum dia esfuziou também a tempestade. Eu lhe tenho falado de minha vida; disse-lhe com toda a franqueza os meus infortúnios... por que não me conta a senhora os seus?... Eu os saberia compreender... Vamos! diga-me alguma cousa dos seus segredos... Seja minha amiga.

– Não! não lhe posso dizer cousa alguma...

– Não tem confiança em mim?

– Valha-me Deus! Tenho, o que não tenho são segredos... Vim procurá-lo aqui para lhe dizer que amanhã nos vamos embora... O senhor já é conhecido e estimado por minha família... apareça-nos...

– Meu Deus! como está comovida!...

– Não faça caso... Adeus...

– Adeus, disse Gabriel, colhendo um ramo de miosótis. Olhe, leve estas flores, para se lembrar de mim.

Eugênia recolheu as flores ao seio, e retirou-se pensativa e triste. Entretanto, Ambrosina presenciava esta cena por detrás das gelosias de seu quarto.

– Miserável! disse consigo mesma, num sobressalto de ciúmes. E eu que supunha que ele só a mim amasse!... Aquele procedimento de Gabriel a revoltava e lhe doía por dentro como a mais negra das traições.

– Correspondem-se? Pois não hão de amar-se, que o não quero eu! protestou ela de si para si.

XIX

Amo-te! Vem!

Mas na semana seguinte, um novo desastre veio revolucionar ainda uma vez a casa. O comendador caíra prostrado por uma congestão cerebral, que lhe punha em risco a existência.

Andavam todos aturdidos. Ambrosina apresentava grande palidez, acompanhada de suspiros e olhares de-sesperançados. O comendador ia de mal a pior. Voltou logo a fazer-lhe companhia a família do negociante inglês. Do Reguinho e do Melo Rosa é que ninguém sabia dar notícias. Genoveva, essa conservava sempre a mesma inerte e carnuda resignação.

– Doutor, dizia o enfermo a Gaspar; não me abandone... O senhor não imagina a fé que me inspira!... Oh! incontestavelmente há intervenção da Providência em tudo isto!... Quem poderia calcular que eu viesse a ter, à cabeceira da minha cama, o filho do honrado velho que persegui tão covardemente durante a vida?... O Providência, acredito agora em teus desígnios!

– Bem! mas não esteja a mortificar-se... aconselhou o Médico Misterioso.

– Oh! o senhor deve estar plenamente vingado!... volveu o outro; salvou minha filha, e faz agora por também me salvar a mim... Fui mau! fui bastante mau; hoje, porém, arrependo-me de tudo, e principalmente de não haver protegido o casamento de seu enteado com Ambrosina... Tenho medo de morrer em semelhante situação!... Eram-me necessários mais alguns anos de vida, para poder deixar minha família amparada... O doutor não faz ideia do péssimo estado de meus negócios!

– Quem, ou o que, lhe fala agora em morrer, homem de Deus?..

– Nem eu sei!... mas sinto-me mal... falta-me já a memória... faltam-me até as palavras!... nem me lembra o que fiz hoje! Repare como tenho a língua presa... Só me lembro das maldades que cometi!... Gaspar animava--o, dizia-lhe palavras consoladoras; mas o doente sacudia a cabeça com desânimo e fechava os olhos, gemendo.

Havia um grande mal-estar por toda a casa. A própria Emília, sempre alegre e brincalhona, nada conseguia com o seu bom humor. Gabriel falava em retirar-se; sentia-se já perfeitamente bom e não lhe convinha ficar ali.

Os olhos tristes do moço encontravam-se constanmente com os de Eugênia, e os dois ficavam a cismar. Um dia, em que ela se encontrou mais desconsolada, Gabriel perguntou-lhe:

– O que tanto a afilge, minha amiginha? o que a faz tão muda e pesarosa?...

– Para que me pergunta? disse ela; se não me pode dar nenhum remédio?... Meu gênio foi sempre este!... Nunca fui de expansões... Olhe, se promete visitar algumas vezes minha família, pode ser que, com a convivência, venha a contar-lhe os meus segredos; mas, por agora, não lhe direi uma palavra...

O moço ficou a pensar. Que estranho era o coração daquela rapariga!... Que mistério poderia haver naquela alma quase infantil?...

E Gabriel afinal partiu.

Ambrosina, ao se despedir-se dele, estendeu-lhe a mão expansivamente e disse-lhe, arrependida e cheia de mágoa:

– Não me fiquei tendo ódio... seja meu amigo; compreenda que sou eu menos culpada de tudo o que se passou entre nós dois!...

– Ah! se a senhora me amasse! se me houvesse compreendido!... exclamou o desgraçado.

– E pensa que não?... Só eu sei o que sofri por sua causa!...

Gabriel segurou-lhe as mãos.

– Então ainda me ama?! Responda!

– Mais tarde o saberá... por enquanto, ausente-se de mim... Adeus.

E fugiu. Gabriel meteu-se lá fora no carro com o coração a saltar-lhe num grande alvoroço. Depois das palavras de Ambrosina, tudo em volta dele se alegrou e sorriu. E pelo caminho de casa ia fazer cálculos de felicidade, mas a sinistra figura do doido aparecia-lhe nos sonhos como um demônio a cabriolar no paraíso.

– Ora! concluía ele; o essencial é que ela me ame!...

E estalava de contentamento quando chegou à casa. No dia seguinte, o comendador expirou. Porém antes de morrer, encarregou a Gaspar de obter do pobre Alfredo o perdão do muito mal que lhe havia feito; e pediu ao marido de Ursulina, o esplenético negociante inglês que admitisse o infeliz como empregado no seu escritório comercial.

A morte do comendador dissolveu o grupo que se tinha formado em casa dele. O inglês e a família retiraram-se; Gaspar fez o mesmo, e a viúva mudou-se pouco depois, com a filha para o palacete da cidade.

Tratou-se do inventário e, com pasmo geral, chegou-se à conclusão de que o comendador, tão opulento em vida, nem só não deixara bens, como ainda ficara devendo duzentos contos de réis à praça.

Os credores caíram logo sobre a viúva e lançaram mão do que puderam. Só lhe ficou uma casinha no Engenho Novo, que havia sido comprada em nome da filha. Mãe e filha mudaram-se para lá. Ambrosina, porém, não se queria conformar com semelhante miséria.

– No fim de contas, argumentava ela, sou casada com um homem remediado de fortuna e não devo levar esta vida quase de privações. Não tenho culpa de que meu marido enlouquecesse. O curador faz-me dar uma mesada, que mal chega para acudir às primeiras necessidades! Sebo!

E parecia que ia repetir a frase do Reguinho. A mãe ouvia-a com um ar tolo; tudo aquilo para a pobre mulher era negócio complicado. Todavia, Gabriel, por esse tempo, frequentava a família do Sr. Windsor. Windsor é o negociante inglês, marido de Ursulina. Este inalterável homem tomara afeição a Gabriel, e via com bons olhos a inclinação de sua filha Eugênia pelo rapaz. Gabriel aparecia-lhe regularmente duas vezes por semana, para o chá. Fazia-se então palestra à roda da mesa ou fazia-se música no salão. Eram aqueles serões tranquilos e confortadores. Eugênia, às vezes, cosia ou bordava, e Gabriel assentava-se ao lado dela, esquecido a olhar para o movimento da agulha ou para os olhos da rapariga, abaixados sobre a costura.

– Creio que já lhe mereço alguma confiança, disse-lhe ele em uma dessas vezes; por que não me revela os seus segredos?...

– Não os tenho... respondeu ela, sem levantar os olhos.

– E contudo, observou Gabriel, há muito de misterioso e triste em todos os seus gestos... Diga-me a verdade!... às vezes uma revelação suaviza os nossos pesares...

– Não, nunca lhe direi uma palavra... é exato haver cá dentro um motivo de desgosto, mas esse motivo nunca será denunciado por mim... Eu o confessaria francamente, no caso que o senhor o descobrisse... porém, declará-lo eu... isso nunca!

– Minha amiga!...

– Não insista. Aqui, onde me vê, feia e pobre, também tenho o meu bocadinho de orgulho...

– E se eu adivinhasse o seu segredo? se eu descobrisse o que a faz mergulhar assim nessas indefinidas tristezús?... Diga-me: confessaria tudo?

– Sim, já disse que sim...

– Mas eu tenho receio de enganar-me... Às vezes supomos distinguir aquilo que desejamos ver, e essa ilusão é uma felicidade que se desfaz ao tentarmos alcançar a bela miragem!...

Gabriel calou-se por algum tempo; depois, aproximou mais a sua cadeira da de Eugênia, debruçou-se para ela e acrescentou quase em segredo:

– Se soubesse como sofro!... nem mesmo sei explicar o que sinto... São desejos vagos e incompletos, um querer sem vontade, um desejar sem ânimo, um aspirar sem destino e sem coragem. E contudo, sinto que me falta alguma cousa... Se me perguntarem o que é não saberei responder; mas sinto necessidade de dedicar-me a qualquer ideia, a qualquer cousa. Preciso de um ideal que ocupe a minha atividade, que exija os meus sacrifícios, que me anime, que me estimule. Ah! E venham falar-me ainda nos encantos da mocidade, nos risos dos vinte anos... Não! nada disso existe! Sou moço, rico, tenho vigor e saúde, e, no entanto, sofro, sofro muito! sinto a existência pesar-me sobre as costas como um castigo! Eugênia, que o ouvia de cabeça baixa, ergueu-a docemente, com um sorriso.

– É justamente porque nada lhe falta, que o senhor se aborrece e não aprecia a existência... disse ela. Tivesse, como outros, de trabalhar para viver, e os seus dias correriam alegres e ligeiros. Como quer o senhor gostar da existência, quando nem sequer conhece?... A vida consiste no esforço, no trabalho, na dedicação e no sacrifício. O senhor nunca experimentou nenhum desses gozos, que entretanto são os únicos verdadeiros. Quer ouvir um conselho?... Ame e trabalhe, dedique-se a alguém e a alguma cousa, constitua família e forme a sua responsabilidade de homem. Sem essa resolução, o senhor há de sentir sempre o mal de que se queixa, e nunca poderá ser feliz.

– Bem! Pois vou então falar-lhe com toda a franqueza; vou abrir-lhe o meu coração, para que a senhora escolha e guarde o que nele houver de aproveitável, e lance fora o resto...

Eugênia estremeceu e largou o trabalho que tinha entre mãos. Gabriel aproximou ainda mais a sua cadeira, e fitou os olhos da rapariga, postos agora tranquilamente à espera.

Estavam transparentes, infinitamente doces, e via-se no fundo deles brilhar o sorriso de uma esperança.

Houve entre os dois moços um idílio instantâneo e mudo, precursor do "Amo-te!" sagrado.

Nesse momento, porém, entrou o Sr. Windsor, que os buscava para a cerimônia do chá.

Gabriel prometeu a Eugênia fazer-lhe no dia seguinte a suprema revelação prenunciada. Iria visitá-la expressamente para este fim.

Mas, nessa mesma noite, ao entrar em casa, o criado entregou-lhe uma cartinha perfumada e cor-de-rosa.

O moço abriu-a, e leu:

"Gabriel. Não queria procurar-te. Tencionava nunca mais te ver, nem te falar. Não posso! A porta do jardim ficará aberta durante a noite. Às onze e meia já todos os de casa estarão recolhidos... Amo-te! Vem!

Ambrosina"

Gabriel leu o bilhete de Ambrosina, uma, quatro, vinte vezes. Aquelas duas últimas palavras, breves, quentes e palpitantes, faiscavam-lhe no cérebro: "Amo-te! Vem!"

– Que harmonia! Que música! Como lhe soavam agradavelmente ao coração aquelas notas feiticeiras! "Amo-te! Vem!" Um paraíso em duas palavras! Um mundo de delícias! Um rosário de venturas!

– Como sou feliz! Como sou feliz! exclamava ele, incendiado pelas duas palavras de fogo. Possuir Ambrosina! amá-la e ser amado por ela! tê-la ao alcance da mão, ao alcance dos braços, ao alcance da boca!... Oh delírio! Oh supremo gozo!

Gaspar achava-se nessa ocasião à cabeceira de um doente em Petrópolis, e a Gabriel quadrava esta circunstância, porque lhe permitia saborear mais à vontade aquele alvoroço do seu amor. Era a primeira vez que não sentia vontade de comunicar um segredo seu ao padrasto. É que Gaspar, com certeza, acharia mau tudo aquilo, e privar-se Gabriel da felicidade sonhada, seria privar-se da própria vida.

Despiu-se cantarolando; acendeu um charuto e deitou-se de costas na cama, a olhar para o teto, e a ler no espaço estas palavras:

"Amo-te! Vem!"

Eram escritas por ela... por Ambrosina! Por aquela bela mulher de cabelos perturbadores, de olhos ardentes e sombrios, de boca vermelha e dentes brancos! Eram dela! E nessas duas palavras estava toda a sua alma e estava todo o seu sangue!

Sim, era Ambrosina, que lá da sua alcova lhe bradava com delírio: "Amo-te! Vem!"

E as duas palavras o invadiram e se gravaram no espírito dele, como dois pontos luminosos, duas estrelas brilhantes, que o iluminavam todo por dentro. E as duas estrelas iam despejando-lhe no ânimo d'alma uma aluvião de sorrisos de amor, de beijos e de abraços apertados. E quanto mais despejavam, mais tinham elas que despejar. Eram novas carícias, que se atropelavam, que se confundiam, tomando-lhe a respiração, escaldando-lhe os sentidos.

Gabriel soprou a vela, e fez por adormecer. Aninhou-se na cama, enterrou a cabeça nos travesseiros; mas as duas irrequietas estrelas lá estavam a luzir, a luzir, a repetir: "Amo-te! Vem! – Amo-te! Vem!"

E de novo lhe perpassavam pelo espírito, em uma torrente vertiginosa, todos os encantos de Ambrosina; interminável e palpitante desfilar de ombros despidos, cabelos soltos, peitos trementes, olhos requebrados e lábios insaciáveis. E tudo isso lhe rodava por dentro pondo nele alucinações de febre e fazendo-o desabar fundo num inferno de desejo vivo, ou alçar-se para o nirvana de um inconscientismo de loucura; mas aqui ou ali, no vermelho ardor da extrema excitação sensual, ou no opalino vácuo do alheiamento produzido pela fadiga da insônia, lá estavam as duas implacáveis palavras de fogo, a saltar num frenesi macabro, a cuspir-lhe na pólvora do sangue faíscas de luxúria.

"Amo-te! Vem!"

Gabriel queria reagir, lutar; voltava-se na cama, procurava amarrar o espírito a outros assuntos; quando, porém, dava por, si via-se inda uma vez calculando como não seria bom tomar Ambrosina nos braços, cobri-la de beijos, amá-la toda inteira, de um só trago como se o desejo dele fosse um mar em que ela mergulhasse nua.

– Diabo! exclamou, saltando da cama. Não posso dormir! Foi à janela e abriu-a.

– O quê?! Pois será possível que esteja amanhecendo?!...

O céu branqueava às primeiras irradiações do sol. A natureza parecia ainda estremunhada de sono. As árvores espreguiçavam-se bocejando, os pássaros cumprimentavam o dia com um hino matinal. Gabriel olhou vagamente para o espaço. A insondável tranquilidade da aurora invadiu-lhe o espírito, deixando-lhe a porta escancarada; e logo uma loura imagem, castamente risonha, entrou sem-cerimônia por ele, a perguntar, cruzando graciosamente os braços:

– Então, meu amigo, quais são as belas cousas que o senhor ficou de dizer-me hoje?... Vamos! Eu de cá não saio sem saber quais são elas...

– Eugênia! exclamou Gabriel, como se a pobre menina estivesse realmente defronte dos seus olhos.

E fechou a janela para não a ver, tanto lhe atormentava a consciência aquela meiga e resignada figura de cabelos louros.

Em vão o esperaria Eugênia à noite desse dia em casa, costurando a um canto da sala de jantar; as tais lindas cousas que Gabriel lhe tinha a dizer, ela nunca chegaria a ouvi-las.

XX

A casa dos amantes

Às onze e meia da noite, horas marcadas para a entrevista, já Gabriel passeava defronte das janelas de Ambrosina.

Deu meia-noite. Nada.

Gabriel sentia-se impaciente e sofrego, uma agonia formava-se-lhe no coração, tal era a sua ansiedade. O menor mexer de galhos, o rojar de um inseto, tudo lhe fazia adivinhar um vulto branco, de mulher, que ia atirar-se-lhe nos braços.

Mas o vulto vinha, e ele ficava a imaginar como se apresentaria Ambrosina; quais seriam as suas primeiras palavras, a expressão da sua alegria, o perfume do seu corpo. Ela se lhe atiraria nos braços?... a beijá-lo, a dizer-lhe: "Amo-te! vem... entra para minha alcova! Tu és a minha felicidade, o meu amor. Vem! aqui me tens! Sou tua! ama-me com todo o ardor dos teus vinte e dois anos!?..."

E ele, arrastado pela imaginação aos aposentos da mulher amada, sonhava-se já em todas as atitudes venturosas do prazer, quando uma pancadinha no ombro lhe fez voltar a cabeça para trás. O coração bateu-lhe logo mais apressado. Era ela.

– Oh! enfim! disse Gabriel, sem ter ainda voltado a si de todo.

Ambrosina não deu uma palavra e foi sentar-se, sem o menor sobressalto, em um banco do jardinzinho, ao lado da casa. Estava toda vestida de negro, ainda por luto do pai. Vinha de galochas, por causa da umidade e para não fazer rumor com os pés, e trazia no peito um ramo de violetas, que espalhavam em redor dela um cheiro bom e penetrante. Gabriel quis dar-lhe um abraço.

– Devagar!... opôs-lhe a rapariga, safando-se-lhe das mãos. E se continua desse modo, previno-o desde já que me retiro. Se quiser que fique, há de respeitar-me como até agora!

– Mas...

– Não admito réplica! Autorizei-o a vir cá, porque o amo, como lhe disse; tanto que estou resolvida a mudar de situação. Mas, antes de tudo, quero saber quais são as suas intenções a meu respeito...

– De concordar com tudo o que lhe parecer.

– Então, pensemos maduramente: Eu o amo, e uma vez que descobri este segredo, que me não devia escapar dos lábios, confesso que só ao senhor amei até hoje, e que me seria muito penoso ter de esconder para sempre semelhante amor...

– Minha Ambrosina!...

– Espere! disse ela, afastando a mão de Gabriel prestes a empolgar-lhe a cintura, e retomou friamente o fio das suas considerações. Infelizmente, porém, não nos podemos unir pelos laços legais, porque sou casada; estou, entretanto, resolvida a esquecer totalmente a peste de meu marido, rejeitar a mesada que em nome dele me dá o curador....

– E...

– E fazer-me sua. Quer?

– Se quero, meu amor!...

– Pois bem; nesse caso, procure uma boa casa onde possamos esconder decentemente a legalidade da nossa ternura, prepare-a com o luxo e conforto correspondentes à minha educação: e se estiver o senhor, além disso, resolvido a fazer por mim os sacrifícios que faria se fosse meu marido, serei sua, inteiramente sua, para toda a vida. Serve-lhe?...

– Se me serve!...

– Então, é tratar da casa; pronta esta, eu o acompanharei.

– Obrigado! obrigado! disse Gabriel num transporte de alegria. Como sou feliz! Deixe dar-lhe um abraço!

– Não! por ora... nada! Vá-se embora.

– Suplico!

– Nada! nada!

– Então, meu anjo?!...

– Solte-me! ou desisto de tudo o que disse!

– Má!

– Adeus, adeus.

– Ingrata!

– Está bom! Tome lá um beijo, mas é dá-lo e pôr-se a caminho!

E Ambrosina estendeu os lábios ao futuro amante, que se precipitou sobre eles como se os fora devorar.

– Está bem! Basta! disse ela... até à volta.

E desapareceu. Ele saiu de lá quase a correr, mal acompanhando todavia a andadura do seu coração, que galopava. O resto da noite passou-o todo a pensar, a sonhar com os deslumbramentos da sua futura existência de amor. Gaspar demorava-se em Petrópolis. Às dez horas da manhã do dia seguinte, já Gabriel ganhava a rua, mas sem saber ao certo por onde principiar a pôr em prática as ordens da sua dama. Estava indeciso. Como não tinha experiência da vida, nem hábito de trabalho, tudo para ele era dificuldade. Em primeiro lugar, urgia descobrir uma boa casinha, meditava, procurando dar direção ao seu raciocínio. Ora, em qual dos arrabaldes devia ser?... Eram tantos!... Diabo! ela devia ter escolhido o lugar!...

– Adeuzinho, doutor! gritou-lhe o Melo Rosa, que passava nessa ocasião, com um ar de atividade. Isto era na rua do Ouvidor.

Gabriel chamou-o. interessado.

– Venha cá! Como vai? Você é quem me podia fazer um favor!....

– Homem, filho! ando muito cheio de serviço... tenho afazeres até aqui!

E o Melo mostrava a garganta.

– Sim, mas é cousa que se pode decidir em palavras. Você onde vai agora?...

– Almoçar, e depois...

– Nesse caso, almoce comigo, e durante o almoço conversaremos.

Os dois tomaram a rua do Teatro e meteram-se num gabinete particular do hotel Paris. Melo encarregou-se do menu.

– Imagine que eu, segredou-lhe Gabriel, preciso preparar uma casa em regra para...

O Melo largou tudo de mão, dominado por essas palavras.

– Vais casar?... perguntou ele, fitando Gabriel por cima das lunetas.

– Pouco mais ou menos... disse o interrogado.

– Compreendo, compreendo! Queres tomar à tua conta alguma rapariga, e para isso é preciso um ninho perfumado... uma boceta de guardar joias!...

– Mas é uma cousa com pressa... observou o outro.

– Isso é o que menos custa; se é que estás resolvido a puxar pela bolsa!...

– Decerto.

– Então, posso encarregar-me de tudo. Onde queres a casa?...

– Em qualquer arrabalde, com tanto que seja bonita, nova e em lugar aprazível.

– Daqui a pouco, teremos a chave, prometeu o outro, e sem lembrar mais das suas supostas ocupações desse dia. Sei de um chalezito recém-concluído, que está a pintar para o caso!

E os dois, mal acabaram de almoçar, tomaram uma vitória e seguiram para Laranjeiras.

Gabriel continuou pela viagem os seus cálculos de felicidade, e Melo Rosa principiou os seus de especulação.

"Isto é negociozinho para render alguns cobres pensava este último. O tipo é muito peludo e está impaciente por lançar à rua uns bons pares de contos de réis... é uma mina! O que convém é ganhar-lhe primeiro a confiança; o resto fica por minha conta".

E voltou-se para Gabriel, dizendo-lhe:

– Com quê! te vais meter em uma lua de mel... hem, maganão?...

– É exato, respondeu o outro, nadando em contentamento.

– Estás que nem te podes lamber de contente. E com um ar mais sério:

– Que tal é ela?...
– Para mim – a mais bela das mulheres!
– É conhecida por cá?...
– Não!
– Então chegou há pouco?...
– Qual! é daqui mesmo. É rapariga de família...
– Ah! exclamou o outro com um vislumbre; é a Ambrosina! Gabriel olhou-o de frente:
– Como sabe?!...
– Ora, que pergunta! Uma vez que é de família e vai morar contigo, não pode ser outra. E, fitando o banco fronteiro da carruagem:
– Sim senhor! boa mulher! Parabéns!

Daí a pouco, Gabriel passava às mãos do Melo todo o dinheiro que preventivamente trouxera consigo; e dentro de algumas horas principiavam já as andorinhas a conduzir os primeiros móveis para a futura residência dos dois amantes. Melo Rosa mostrava-se de uma solicitude admirável; tinha grande prática daquele serviço, e sabia onde se vendiam as mais caprichosas fantasias para uma instalação de amor caro.

Depois de fazer compras e encomendas, muniu-se de três homens e meteu-se na casa a trabalhar. Pôs-se logo em mangas de camisa e a dar ordens para a direita e para a esquerda.

– Olha, estouvado! gritava ele a um trabalhador; vê lá como pegas nesse espelho! Olha que isso não é de ferro, bruto! Abaixa! mais ainda! gritava para outro lado. Não machuques essas flores! Cuidado, animal!

E a casa ia já se transformando em uma habitação de prazer e luxo. Era uma chacarazita com seu prédio novo, todo pintadinho e forradinho de fresco. Presta-se maravilhosamente para o fim desejado. Gabriel acompanhava o serviço com frenético prazer. O diabo era que a casa de saúde em que recolheram Leonardo ficava por ali cerca, e tal vizinhança não produzia bom efeito no ânimo do namorado de Ambrosina. Às sete horas da noite veio o jantar que Melo encomendara a um hotel, e os dois rapazes, à luz do gás, comeram e beberam intimamente, como se foram velhos camaradas. Gabriel tornava-se expansivo, palrava com entusiasmo da sua amante; mas pedia reserva ao outro. Era necessário que não se falasse nisso por aí!...

Melo prometia e mostrava-se interessado, como se se tratasse da sua própria felicidade.

Ah! ele haveria de aparecer... Não! que umas certas pândegas queria ele mesmo organizar!

E, todo cheio de intenções, de projetos, de planos de prazer, falava de cousas ruidosas, alegres, retumbantes de riso e champanha. Lembrava no gênero ceias esplêndidas, de grandes orgias, de cuja iniciativa lhe cabia a glória, e citava, com assombro, nomes de famosas mulheres e libertinos célebres do Rio de Janeiro. Três dias depois, dirigia Gabriel à Ambrosina um bilhete, declarando: "Está tudo pronto; só falta a tua presença". E por galanteria, escreveu embaixo: – "Amo-te! Vem!"

XXI

Espólio do comendador

Genoveva, no outro dia, deu por falta da filha.

Ambrosina deixara sobre a cama um cartão seu com as seguintes palavras:

"Se me desejar ver, pode procurar-me nas Laranjeiras, rua tal, n. tal". Dizia o número da casa e o nome da rua.

A pobre mãe esteve por perder a cabeça. Pois seria concebível que Ambrosina lhe fugisse, daquela forma, de casa?!...

Vestiu-se, saiu, tomou um tilburi, e deu ao cocheiro o número indicado.

Veio abrir uma francesa:

– *Voulez-vous parler* à madame? perguntou esta, Genoveva abaixou os olhos e disse:

– Quero falar à minha filha...

A francesa retirou-se, e voltou logo para abrir a sala. A viúva do comendador sentiu-se constrangida em meio da opulência arrebicada e impudica daquela instalação; tapetes, móveis, quadros, tinha tudo um certo caráter leviano, certo ar de vida de atriz moça e bonita, que tresandava a escândalo. Daí a pouco apareceu Ambrosina. Vinha um tanto abatida, porém de bom humor.

– Então o que quer dizer tudo isto?! perguntou-lhe a mãe.

– O que vê!...

– Mas com quem moras aqui?

– Com Gabriel.

– Teu amante!...

– Sim, porque não pode ser meu marido.

– E por que então não te casaste com ele?

– Sei cá! porque me casei com outro! Sabia lá que ali estava um doido furioso?...

– E este rapaz tenciona acompanhar-te sempre?

– Ainda não pensei nisso.

– E se ele te abandonar?

– Que abandone!

– E sabes tu o que isso será?

– Perfeitamente, e não falemos mais em tal. A senhora ponha-se à vontade; dê-me a sua capa e o seu chapéu. Fica conosco para o almoço, não?

– Não! não posso ficar; não desejo encarar com o teu amante...

– Ainda está dormindo.

Gabriel, com efeito, dormia, fatigado pela felicidade da noite. Fora uma singular noite de núpcias. Ambrosina era virgem, mas sabia já, por instinto, por índole, por inata perversão, todos os segredos do amor sensual. Entregou-se com arte, com talento. Ele, porém, amou-a com toda a dignidade de um noivo; amou-a convictamente, sentindo orgulho em possuí-la, cercando-a de ternuras respeitosas e de solicitudes de amigo.

Supunha-se o infeliz deveras amado e sentia-se pronto a depor nas mãos da amante todas as suas esperanças e todo o seu futuro.

– O Leonardo, calculava ele, mais cedo ou mais tarde, desaparece, e eu caso-me com Ambrosina. Ela será minha esposa, minha família, a mãe de meus filhos!

Foi com estas palavras, repetidas pela filha, que Genoveva serenou um pouco e prometeu, ao retirar-se, frequentar a casa de Gabriel. Entretanto, a pobre mulher, tempo depois, curtia o tédio do seu isolamento a aviar uma costura que tinha em mão, quando a campainha do jardim deu sinal.

Foi ela mesma abrir. Era o Alfredo, o empregado público demitido.

Estava outro o diabo do homem. Desde que Gabriel o socorrera, e o sr. Windsor, a pedido do comendador, o empregara no seu escritório comercial, voltaram-lhe os antigos hábitos de ordem e de asseio. Já não era o mesmo Marmelada; vinha escanhoado, com a camisa irrepreensível, bota engraxada e a sobrecasaca limpa.

Genoveva recebeu-o com uma amabilidade triste e compungida. Depois das extremas palavras do comendador a respeito do pobre viúvo de Ana, ela o tratava com atenção quase religiosa, como quem cumpre um dever sagrado. Tinha-lhe estima e respeito, gostava de vê-lo com aquele ar austero e metódico, a falar pausadamente sobre assuntos sancionados pela moral pública.

– Sente-se para cá, senhor Alfredo. Aí corre muito vento; pode fazer-lhe mal... Dê-me o seu chapéu. Eu vou trazer-lhe uma xícara de café.

Alfredo agradecia, limpando com o lenço o suor da testa. Desculpava-se por estar dando incômodo, e queixava-se do calor.

–Ah! não se pode respirar! confirmava Genoveva, assentando-se defronte da visita. E tomando uma posição mais descansada:

– Ora, até que finalmente o senhor Alfredo se lembrou de aparecer aos amigos!... Ele estava sempre ocupado! O serviço do senhor Windsor não lhe deixava pôr pé em ramo verde; mas agora tratava-se de um negócio um tanto melindroso... Sim! a cousa era delicada! era! Genoveva assustava-se.

– Que notícias me dá a senhora de sua filha e do Gabriel?...

– Uma desgraça, senhor Alfredo! uma verdadeira desgraça! Parece que temos má estrêla; nunca vi assim uma enfiada de caiporismos! O senhor já sabe que o Gabriel me carregou com a pequena?... Desconfiava disso, minha senhora.

– Pois é exato...

E Genoveva contou minuciosamente o ocorrido.

– O que lhe posso afiançar, disse Alfredo, é que aquilo é um rapaz de conta, peso e medida. Creia, D. Genoveva, que, se ele não se casa com a senhora sua filha, é porque a senhora sua filha é casada...

– Não é dele que tenho receio, senhor Alfredo, é dela! é daquela cabecinha de vento, que não pensa no dia de amanhã. Ah! quando me lembro que posso ficar totalmente desamparada, sinto vontade de morrer!...

E Genoveva tinha lágrimas a espiar-lhe pelo canto dos olhos.

– Sossegue, minha senhora, não há de ser assim. Deus não permitirá semelhante cousa!...

– Ora, o quê! disse a viúva com desconsolo. Agora tudo são rosas para ela; mas, em breve, as cousas mudarão... Como sabe o senhor, com a morte do meu defunto comendador, ficamos sem nada; só nos deixaram por muito favor, esta casinha, estes trastes e uma escrava, tão velha, que bem pouco terá de vida. Comíamos com a mesada que o curador nos entregava por parte de meu genro. Ora, depois que Ambrosina se meteu com o Gabriel, foi-se a mesada, e eu... veja o senhor isto!... eu sujeitar-me a receber uma pensão correspondente das mãos do amante de minha filha!

E Genoveva concluiu, muito comovida:

– É duro! é duro, senhor Alfredo, para quem estava habituada a passar de certo modo e a não conhecer necessidades!

– Mas o que quer a senhora? disse o viúvo, em tom de condolência. O que ninguém pode negar é que houve em tudo isso uma grande dose de fatalidade. Quem poderia esperar que o Leonardo enlouquecesse, e desse modo inutilizasse a pobre menina para outro casamento?... Ela, é moça, bonita, instruída; pelo jeito gostava do Gabriel, que, de sua parte, é rico e um rapaz às direitas; encostou-se a ele. Se as nossas leis fossem outras, os dois se casariam; mas as nossas leis não consentem... Queixe-se de nossas leis, Sra. D. Genoveva!

– Eu me queixo é da sorte, senhor Alfredo. Olhe que sempre somos muito caiporas!.

– De hora em hora, Deus melhora! sentenciou gravemente o viúvo. Não desespere, D. Genoveva, não desespere! Quem mais do que eu teve motivos para perder o ânimo?...

E Alfredo levantou-se. Eram horas de se ir chegando...

– Então o quê, já vai? Que pressa!...

– Estou já informado a respeito do Gabriel...

– Mas, era só isso o que o senhor queria saber? Não disse também que tinha uma comissão delicada?...

– Ah! sim, mas fica tudo resolvido com o que a senhora me declarou.

– Meu Deus! quanta reserva!... Por que não se abre por uma vez, senhor Alfredo?... O senhor assusta-me!

– Bem, nesse caso, vou falar-lhe com franqueza. E Alfredo tornou a sentar-se.

– Desde que me acho empregado na casa do senhor Windsor, confidenciou ele, tive a fortuna de merecer, tanto deste como de sua família, toda a confiança e até estima. Ora, eu, que sempre fui reconhecido aos meus benfeitores, tornei-me para aquela gente um amigo dedicado e sincero. Por outro lado, devo grandes obrigações ao Gabriel, que foi quem me tirou da miséria e do abandono em que vivia. Pois bem, depois daqueles tristes acontecimentos na noite do fatal matrimônio da senhora sua filha, Gabriel teve ocasião de conhecer a D. Eugênia, filha mais velha de meu patrão, e desde logo nasceu entre os dois moços uma forte simpatia, que em breve se transformava em amor. Creio que chegaram a falar em casamento... Tudo isto, como vê a senhora, é muito natural e nenhuma consequência má teria, se não fosse o Gabriel haver passado a frequentar regularmente a casa do patrão, avivando desse modo, no coração de D. Euzênia, as esperanças que ele próprio lá plantara...

– E daí?...

– Daí, é que a pobre menina se habituou a vê-lo, a falar-lhe, naturalmente tiveram de parte a parte os seus sonhos de felicidade; mas de repente, Gabriel desaparece, D. Eugênia, a principio apenas ressentida, foi pouco a pouco se entregando a uma tristeza profunda e doentia, até que ultimamente lhe sobreveio tosse acompanhada de febre, e ela, coitadinha! não come, dorme muito mal e há dois dias, enfim, que está para decidir!...

Genoveva olhava-o com um ar aflito.

– O patrão ontem chamou-me em particular, e disse-me com os olhos cheios de água: "– Alfredo, estou com medo de perder minha filha mais querida! O médico declarou já que ela só o que tem é muita debilidade e melancolia, mas que pode vir a ser, de um momento para outro, atacada do peito. Ora, eu bem sei que a Eugeniazinha está desgostosa com a ausência do Gabriel... Tu me falaste várias vezes nesse rapaz e sempre lhe encareceste as qualidades... Pois então vai por aí; indaga a respeito dele, e vê se trazes alguma boa notícia para minha filha... Eu conheço bem aquela cabecinha!... Eugênia é muito orgulhosa; é muito capaz de deixar-se morrer, sem soltar uma queixa, nem derramar uma lágrima!..."

– Pobre menina! suspirou Genoveva.

– Eu fiquei sufocado com o que me disse o patrão, continuou Alfredo; mas, nesse mesmo dia, ao visitar D. Eugênia no se quarto, prometi que lhe havia de levar notícias do Gabriel. Ela, coitadinha! olhou-me com toda a calma e respondeu-me, sacudindo os ombros indiferentemente: "– Não, não é preciso... ele mora nas Laranjeiras com Ambrosina". Esta notícia tirou-me a luz dos olhos; não pude dar mais uma palavra, e cá estou para saber ao certo o que há!

– Pois D. Eugênia não se enganou, disse Genoveva, a olhar tristemente para a sua saia de paninho preto. É exato! Ambrosina mora com Gabriel... Alfredo levantou-se de novo para sair.

– Foi uma desgraça!... repisava a viúva do comendador, acompanhando-o até à porta. Foi uma grande desgraça! Faça o senhor ideia da vida que não levo eu aqui entre estas quatro paredes!... Então é chegar a noite, meu Deus! fico tão triste, que me ponho a chorar até dormir. Ando nervosa!... não tenho ânimo de sair da sala de jantar, onde trabalho! Qualquer rumor faz-me ficar a tremer; ponho-me a cismar em quanta asneira me vem à cabeça! parece-me que vão aparecer ladrões para me matarem, ou suponho ver o espectro de meu defunto marido! Fico num estado de causar dó!

– Tudo isso são nervos, dizia Alfredo.

E aconselhava à Genoveva que todas as noites, antes de dormir, tomasse água de flor de laranja. Ele havia de aparecer-lhe mais amiúde...

– Venha! venha conversar à noite. Jogaremos a bisca... O senhor é só e não tem que fazer a essas horas... se há de ficar em casa, a olhar pro tempo, venha antes para cá dar dois dedos de cavaco. Olhe, venha amanhã!

– Pois sim, prometeu ele, e saiu. No dia seguinte, voltou à noite. Genoveva estimou muito esta nova visita. Os dois viúvos conversaram largamente sobre o passado, falaram de Ambrosina, de Gabriel e de Eugênia. Alfredo retirou-se às dez e meia, depois de tomar chá com torradas.

A pobre senhora não chorou essa noite e acordou menos nervosa no outro dia.

Alfredo repetiu a visita; ao fim do mês, já estas se tinham convertido, para ambos, em um hábito feliz. Genoveva dava-lhe chá todas as noites. Ele mostrava-se reconhecido a esse galanteria, levava-lhe quase sempre alguma gulodice.

Um dia reparou que Genoveva tinha um pescoço roliço e uns dentes muito sãos. "– Devia ter sido um mulherão no seu tempo!" considerou ele. E o fato é que, desde logo, principiou a notar que a viúva estava bem frescalhona. E, sem querer, demoravam-se os dois a olhar mais expressivamente um para o outro.

Chovia muito uma noite, e às onze horas a tormenta recrudesceu de modo atroz.

– Foi o diabo esta chuva! dizia Alfredo, a pensar no seu romantismo.

– Temos aí o assado do jantar e uns camarões frescos, lembrou Genoveva.

E, como a criada se retirava às oito horas, andou ela mesma à cozinha para preparar a ceia; depois, a conversar, a rir, estendeu a toalha, e foi buscar uma garrafa de vinho que guardava reliosamente ainda do seu tempo de casada.

– O defunto tinha ciúmes destas garrafas... observou a viúva, a limpar as teias de aranha de uma delas com o guardanapo. Foi presente que lhe veio da terra... Uma delícia!

Alfredo sentia-se bem.

A noite estava fria, a sala fechada, a toalha da mesa era de linho claro e cheirava aos jasmins da gaveta, a fritada de camarões enchia o ar de um aroma quente e picante.

– E a verdade é que tenho bom apetite! – confessava Alfredo, a abrir com mil cuidados a velha garrafa do defunto comendador.

– Ora! a gente em companhia sempre é outra cousa! disse Genoveva, expandindo a sua satisfação. E assentou-se, garrida, defronte do conviva. A chuva continuava lá fora a cair, cada vez mais forte. Alfredo elogiava o vinho, saboreando-o a goles pequeninos e estalados. Genoveva enchia-lhe o prato.

– Então, já vai à nossa; para que tenhamos muitos dias de boa paz, como o de hoje! disse o viúvo, a erguer o cálice, que cintilava à luz do petróleo.

– A nossa! repetiu Genoveva, bebeu, saculando as bochechas. O tempo passava-se. Alfredo reparou que já era mais de meia-noite, e que a chuva ainda não havia cessado.

– O verdadeiro é ficar aqui mesmo por hoje. Seria imprudência arriscar-se agora por este tempo... alvitrou a mãe de Ambrosina, com as faces coradas.

Alfredo lembrou vagamente os vizinhos; sempre havia más línguas, que em tudo achavam pretexto para murmurar!...

– Ora! desdenhou Genoveva. Estou velha! E mudando de tom:

Amanhã é domingo, o senhor pode levantar-se mais tarde, e ninguém reparará nisso...

Alfredo concordou alegremente. Sentia-se reanimar por aquele velho vindo do Porto. Acudiam-lhe palavras de bom humor, brilhavam-lhe os olhos, o sangue despertava-se-lhe nos membros martirizados pela vida sedentária; tinha fogo na voz e, todas as vezes que se dirigia à companheira, chamava-lhe a atenção, passando-lhe os dedos pelo braço carnudo.

Genoveva não reparava que os pés de Alfredo estavam havia meia hora encostados aos dela, e que aquilo que a boa senhora tinha junto ao joelho, não era a perna da mesa, e sim a dele. A garrafa ficou vazia. A viúva do comendador levantara-se para fazer a cama do hóspede na sala de visitas. Alfredo, fora dos seus hábitos, fumou três charutos, e em pouco se recolhiam ambos, cada um para o seu lado.

Mas a cama do hóspede, apesar de desveladamente, preparada com alvos e sedutores lençóis de linho, amanheceu intacta.

E daí por diante, Alfredo ficou sendo para Genoveva o que Gabriel era já para filha desta.

XXII

Tocam-se os extremos

– Vem sentar-te ao meu lado... Estás hoje tão esquiva...
– Ora!
– É a primeira vez depois da morte de teu pai, que te vejo de claro...
– Larguei hoje o luto.
– Mas parece que não estás de bom humor...
– É!
– O que tens?...
– Nada...
– Queres passear? Ir ao teatro? Ao circo? Fazer visitas? Onde queres ir? Fala!
– Não quero cousa alguma. Deixa-me
– Não te mereço esses modos!...
– Não faças caso!

Este diálogo era entre Gabriel e Ambrosina, por uma tarde de fins de novembro, fartos meses depois de unidos. Estavam assentados um defronte do outro. Ela a ver distraidamente um jornal de modas, ele a contemplá-la enamorado. Gabriel, depois daquelas palavras, levantou-se, fumou um cigarro, e foi apoiar-se nas costas da cadeira da amante. Ambrosina continuou a ver os seus figurinos, indiferentemente. Estava mais desenvolvida e talvez mais bela, toldava-lhe, porém, a fisionomia um frio ar de desdém e de tédio. Gabriel tomou-lhe nas mãos a cabeça, e beijou-a nos olhos.

– O que tanto te mortifica, minha flor?... perguntou ele.
– Sei cá! Só sei que estou desiludida...
– Mas, desiludida por quê?
– Aborrecida!
– Já sei! Foi a visita de Gaspar que te irritou os nervos...
– Pelo menos, ela contribuiu muito para isso. Não sei por que, aborrece-me agora aquele sujeito ...
– Não tens razão... Gaspar trata-te bem... As duas únicas vezes em que ele veio cá, dispensou-te todas as atenções; não te disse uma só palavra

desagradável, não te fez a mais ligeira recriminação, apesar de o haveres tu privado da minha companhia, que tem para ele grande valor....

– Não sei; ataca-me os nervos aquele ar de hipocrisia. Não posso suportar os seus modos pedantescos de mentor de chapéu alto!

– Tu exageras, coitado! O Gaspar é um excelente homem. Teve na mocidade uma boa dose de desgostos, que o fizeram triste para o resto da vida, mas é um coração de ouro.

– Todavia, nem sequer procura disfarçar a sua antipatia por mim...

– Coitado! Ele é lá capaz de antipatizar contigo! Admira-me até dizeres isso, quando gostavas tanto dele durante a tua moléstia...

– Ele nesse tempo tratava-me de outro modo. É que ainda não se habituou à ideia de que eu o deixasse totalmente, para dedicar-me de corpo e alma a ti, minha querida Ambrosina.

E Gabriel puxou para si a amante, e fê-la assentar-se nos seus joelhos.

– Pois se tens saudades, é voltar, disse ela.

– Deixa-te de tolices! Não vês que não posso mais viver sem ti?...

– O mesmo sucede comigo a teu respeito, e é justamente por isso que aborreço aquele homem. Tenho receio que ele acabe por arrebatar-te de meus braços!

– Que lembrança!

– Enfim, vejamos ainda uma vez; mas se o Médico Misterioso continuar a tratar-me como ultimamente, tu lhe pedirás de minha parte que me dispense a honra de suas visitas...

– Ambrosina!...

– É o que te digo!

– Estás muito nervosa...

– E o que há nisso de estranhar, sabendo-se a vida monótona que levo entre estas quatro paredes?...

– Mas, o que te falta? diz.

– Falta-me tudo, Gabriel! Sinto necessidade de gozar, de esquecer as contrariedades de minha vida!

– Queres viajar?

– Não.

– Então não sei o que te faça!...

E os dois calaram-se. Ambrosina, no fim de algum tempo, levantou-se.

–Vamos dar um baile? disse ela.

–Um baile? repetiu Gabriel, a olhar espantado para a amante.

– Sim, um baile. O que achas nisso de extraordinário?...

– Nada, mas a grande dificuldade está nos convidados. Quais seriam as damas do teu baile?

– Minhas amigas...

– Que amigas?

– As amigas que eu convidasse... Ora, essa!

– Não é tão fácil como julgas... Acho, por conseguinte, infeliz a ideia. Olha, se queres uma festa, dá antes um jantar, porque, nesse caso, farei também de parte alguns convites...

– Mas haverá música?

– Não sei para quê. Haverá, se fizeres gosto nisso...

– O Melo pode encarregar-se de preparar a casa. Ele é tão diligente... lembrou Ambrosina.

– Lá vens tu com o Melo!... Queres que te diga com franqueza? Vou aborrecendo aquele tipo...

– Por quê? coitado?

– Não sei por que, mas vou, cada vez mais lhe tomando birra... As suas visitas já me fatigam.

– Creio que, no fim de contas, muito desconfiado é o que tu és...

– Eu?! Ora, essa! Desconfiado, por que e de quem?!

– É um modo de dizer. Vamos formular a lista dos convivas.

E Ambrosina instalou-se na sua mimosa secretária de ébano com incrustações de madrepérola, e dispôs-se a escrever.

– Pronto! disse ela. Vai citando os nomes.

– Gaspar... lembrou Gabriel em primeiro lugar.

– Não! disse Ambrosina; não queremos festa de dia de finados.

– Mas havemos de não convidar o Gaspar?

– Nesse caso, dispenso aí festa.

– Pois risca lá o Gaspar.

Ambrosina beijou a testa de Gabriel, e continuou:

– Mamãe e Seu Alfredo...

Gabriel sacudiu afirmativamente a cabeça.

– O Reguinho e o Melo... acrescentou ela.

Foram nisto, porém, interrompidos pela campainha do corredor.

– Quem será? perguntou Ambrosina.

Era o Médico Misterioso. Precisava falar em particular ao enteado. Ambrosina franziu o nariz, e deixou-os a sós. Gaspar, ao tornar de Petrópolis, ficou perplexo com a notícia da nova existência de Gabriel. Correu a vê-lo e, logo à primeira conversa, compreendeu, não só que o pobre rapaz era dominado pela amante, como também que esta possuía em si todos os elementos de uma mulher deveras perigosa.

O resultado desta observação foi ficar o bom Gaspar bastante sobressaltado a respeito de seu filho querido. Ambrosina, que aliás lhe mostrava a princípio tanto respeito e parecia dedicar-lhe sincera estima, não o recebera com boa cara; de sorte que o Médico Misterioso evitou, quanto possível ter de voltar à casa dela.

Estava nestas circunstâncias, quando foi surpreendido pela inesperada visita do Sr. Windsor. O negociante inglês apareceu-lhe desarmado da sua habitual fleuma, e falou-lhe da filha com franqueza. Gabriel representava um papel importante na triste sorte daquela menina.

Gaspar principiou então a acompanhar de perto a moléstia de Eugênia. Ao ir ter com ela, o estado da rapariga o comoveu. Entretanto, a mísera não lhe queria confessar as causas verdadeiras do seu sofrimento; tinha um como pudor da desgraça. Gaspar, embalde, fazia por merecer-lhe a confiança, ela era sempre a mesma reservada e orgulhosa.

Quando o médico lhe falava de Gabriel, a pobre enferma sorria tristemente e disfarçava as lágrimas.

Impressionava ao vê-la, tão pálida e fraca, estendida sobre as almofadas de uma poltrona; entristecia contemplar o negrume arroxeado dos seus olhos e as sinistras manchas das suas faces descoradas. Estava outra! desaparecia-lhe a voz na garganta, e de vez em quando a tosse lhe sacudia todo o corpo, como para o despertar do marasmo que a prostrava.

Acabada a crise, ela sorria. O Sr. Windsor andava estonteado, chorava. Ursulina fazia promessas aos santos, e até Emilia parecia triste. A casa toda se cobriu de luto e melancolia.

Gaspar persistia em lá ir, e mostrava-se incansável com a enferma. Foi então que ele procurou Gabriel pela terceira vez. O enteado, logo que o viu, notou-lhe a grande preocupação que lhe traía nos gestos; abaixou os olhos e corou.

– Como até agora não me apareceste em casa, disse o Médico Misterioso, decidi vir à tua procura, disposto a cumprir com o meu dever, custe o que custar.

– A meu respeito?...

– Sim, meu filho, a teu respeito, e a respeito também de uma pobre menina, a quem estás assassinando, sem consciência do crime que cometes!...

– Assasinando, eu?! Ah! trata-se de Eugênia, não é verdade?

– É justamente dela que se trata; é desse pobre anjo, cujo coração encheste de ilusões, para depois cruelmente o despedaçares. Gabriel abaixou de novo os olhos, deixando agora pender a cabeça, intimamente aflito.

– Cumpro um dever! Continuou Gaspar. Venho buscar-te, e estou resolvido a lançar mão de todos os meios para te carregar comigo. Se não vieres, Eugênia morrerá, e serás tu o seu assassino... Gabriel não dava uma palavra. Arfava-lhe o peito.

– Além disso, considerou o outro, aonde te poderá conduzir a existência que aqui levas? Principio a temer-lhe as consequências. Estás um perfeito ocioso; já não estudas, já não trabalhas!... Nada mais fazes do que amar uma diabólica mulher, que te absorve o espírito e te corrompe o coração!

– Enganas-te, Gaspar!... Ambrosina não é o que supões...

– De sobra conheço a vida para me haver enganado. Jamais conseguirás ser feliz, caminhando deste modo e vivendo no meio da escória que te cerca. Não serão os Regos e os Melos Rosas que te conduzirão ao bom caminho!

Estás na idade em que todo o moço decide do seu destino... Se não mudares de conduta, se te não resolveres a trabalhar, se te não fizeres homem de bem, se não tratares enfim de aceitar a responsabilidade da tua vida – virás a ser fatalmente um desgraçado! O fato de haveres nascido rico, não te dispensa dos teus deveres de homem e de cidadão, aumenta ao contrário a tua responsabilidade, porque não tens sequer a desculpa da miséria.

– Acredita, Gaspar, que as cousas mudarão!...

– Receio que não mudem, ou que mudem para pior. O que te afianço é que já representas aos meus olhos umpapel bem digno de lástima!... És indecentemente explorado por meia duzia de cavalheiros de indústria, que se dizem teus amigos. Aquele Melo Rosa é um gatuno!

– Gaspar, peço-te que moderes um pouco a tua exacerbação!...

– Não! não tenciono moderá-la. Disse que cumpria um dever, e é com a consciência dele que procedo neste instante! Não é a própria severidade que me faz esbravear contra aqueles vadios, é o amor que te voto é a compaixão que me inspiras! Tu, meu filho, não tens prática alguma da vida, nem sequer te foi dada pela sorte a inestimável faculdade de precisares trabalhar para viver. Onde queres formar o teu caráter?... Aqui, nesta casa tresandando a desordem e a loucura?! Ao menos, se me aparecesses, para que eu te guiasse com os meus conselhos... mas tu te escondes de mim e tens medo das minhas palavras! Enquanto estás aqui, encerrado no calor voluptuoso deste latíbulo, enquanto passa a vida à fralda de uma mulher, os rapazes de tua idade formam lá fora uma geração forte e trabalhadora; enquanto te amoleces com o perfume dos cabelos de Ambrosina e com o champanha da tua adega, eles, os moços de tua idade invadem o jornal, o livro, a tribuna e a vida pública! Por que não acompanhas a onda do teu tempo? Concordo que ames Ambrosina e que por ela sejas amado, mas isso não é razão para que não cumpras com teus deveres. Esta vida, que aqui levas aos seus pés, sem dignidade e sem consciência, só vos poderá conduzir ao desprezo social; a ti pela libertinagem, a ela pela prostituição!

Gabriel, fulminado pelas últimas palavras do padrasto, sentiu subir-lhe o sangue às faces, e esqueceu-se por um instante do respeito que lhe votava. Veio-lhe à boca uma injúria; mas, antes de a proferir, já Ambrosina, que tudo escutara do outro quarto, havia de improviso se colocado entre os dois, cravando no médico um olhar hostil e exclamando com voz firme:

– Basta, senhor! Foi sempre do meu costume respeitar os cabelos brancos de quem quer que seja, vejo agora, porém, que eles, escondem às vezes uma cabeça leviana e malévola! é bem triste o papel que o senhor escolheu... Introduzir-se na casa alheia para semear a discórdia entre os que vivem felizes e tranquilos, será tudo, menos um ato digno! Sei que me vai responder que lhe tirei o seu bebê, o seu tutu... Mas, com os diabos! antes o levem por uma vez! Ai o tem! Amo-o não nego, amo-o bastante; mas prefiro privar-me dele a ter de prestar contas de meus atos à sua ama seca! Não estou com a corda no pescoço! ainda tenho uma casa para morar, e não faltará quem me queira!

– Não digas isso, que me afliges! exclamou Gabriel, procurando segurar-lhe as mãos.

– Deixe-me! repontou ela com um arranco. Sempre pensei que você fosse outra espécie de homem; no fim de contas, não passa de um maricas! Acabam de insultar-me nas suas barbas, e você não acha uma palavra para me dasafrontar! Não posso ter confiança em uma pessoa que não reconhece a responsabilidade de seus atos. Agora sou eu quem faz questão de sair desta casa; não posso ficar em lugar, onde estou sujeita a ser insultada covardemente pelo primeiro indivíduo que chega! Hoje foi este, amanhã será outro e, no fim de pouco tempo, serão todos os seus amigos. Nada! prefiro viver com minha mãe, ou talvez com um meu amante, se encontrar um homem que souber ser homem!

– Ambrosina!... suplicou Gabriel.

– Cale-se! não suponha que me enternece com as suas lamúrias... Confesso que lhe tenho amor, mas sou muito capaz de mudar-me hoje mesmo. Já agora, meu amigo, tanto me faz Pedro, como Paulo! Mau foi dar o primeiro passo; afinal, o senhor não é meu marido, e, amante por amante, tanto me faz o segundo como o terceiro!

– Ouviste? observou Gaspar.

– Para que dizes o que não sentes?... insistiu Gabriel, procurando acalmar Ambrosina pela meiguice. Para que te hás de fazer inconveniente e má, quando o não és?... Sabes perfeitamente quais são os laços que me unem ao Gaspar; sabes até onde vai a afeição que ele me vota e...

– Não sei, nem quero saber disso! interrompeu ela. Já disse o que tinha a dizer! Aqui não fico! E voltando-se para o interior da casa.

– Leonie! Veio a criada.

– Veja meus objetos e minha roupa; reuna tudo! mudo-me hoje mesmo para a casa de minha mãe!

– Retire-se! gritou Gabriel à criada, e acrescentou para Ambrosina: – Tu não irás! Aqui mando eu!

– Manda? A quem? exclamou ela. Qual é aqui o seu escravo? Ora, moço, outro ofício! Se julga que recebo ordens de alguém, está enganado; sou muito senhora deste narizinho, entende! Se me der na cabeça ir já não será você, nem toda a sua geração, que me farão deixa de ir! Era também o que faltava! que, além de tudo, estivesse eu às ordens do Nhonhô... Não! por semelhante preço, prefiro roer o pão duro da casa de minha mãe!

– Mas, aqui quem pretende dar-te ordens? observou Gabriel, chegando-se para ela. Sabes perfeitamente que, da porta pra dentro, és tu a senhora desta casa. Exijo que fiques, não porque te governe, mas porque te amo.

Estás encolerizada, bem vejo, e quero-te evitar dares um passo, que sem dúvida lamentarias mais tarde.

– Pois se não sou nesta casa uma figura de papelão, preciso pôr imediatamente este sujeito daqui pra fora! Gaspar olhou para ela, e sorriu com sarcasmo.

– Vê! exclamou Ambrosina furiosa; escarnece de mim!...

– Ora, Ambrosina! respondeu Gabriel; para que me hás de colocar nesta posição?... Não vês logo que não posso despedir meu padrasto?...

– Deixa-te disso...

– Ou ele ou eu! Escolha!

– Não! insistiu Gabriel; nem ele será despedido nem tu irás... Vocês vão imediatamente fazer as pazes, se são meus amigos...

– Perdão! interveio Gaspar. Eu agora é que só te aceito sem ela! Escolhe entre nós dois!

Gabriel olhou agoniadamente para Ambrosina, depois para o padrasto, e afinal atirou-se a uma cadeira, escondendo o rosto nas mãos.

– Sabem o que mais?! exclamou a rapariga. Não estou para aturá-los!

E dirigiu-se para alcova. Gabriel precipitou-se sobre ela.

– Meu amor! Escuta!

– Bem! disse Gaspar, tomando o chapéu; nesse caso, sou eu quem se retira...

– Meu amigo! exclamou Gabriel, segurando-lhe o braço.

– Acabemos com isto! gritou Ambrosina. Não me dou bem com estas cenas! Solta-me!

– Os próprios fatos se encarregarão de dar-me a resposta, resumiu Gaspar, conseguindo ganhar a porta da sala. Resolve só por ti o que entenderes! Adeus.

E voltando para Ambrosina:

– Minha senhora, quando de novo precisar de meus serviços médicos, estarei às ordens...

– Obrigada, respondeu ela, com um riso de ironia.

E quando Gaspar havia desaparecido, deliberou consigo:

"Caro me hás de pagar!"

Depois colou a boca contra a de Gabriel, e exclamou num estremeção de volúpia: Não me receberás mais este tipo!... não é verdade, meu queridinho?...

XXIII

A festa de Ambrosina

Gaspar esperou em vão por alguma carta, algum recado, qualquer palavra que viesse da parte de Gabriel. Decididamente, Ambrosina havia triunfado; entre o padrasto e o amante, Gabriel escolhera a última.

– E o que havia nisso de extraordinário?... considerava o Médico Misterioso. Agora, o que convinha fazer com urgência era livrar o pobre rapaz, fosse lá como fosse, das garras de Ambrosina, porque Gaspar muito se enganava, ou ali estava uma mulher com todos os elementos para levar aquele às últimas degradações.

Gabriel com efeito ia absorvendo, nos braços da amante, o vírus traiçoeiro da ociosidade. Um aborrecimento profundo começava a corromper-lhe o caráter e a dispensar-lhe a energia; às vezes se quedava ele longas horas a olhar abstratamente para o mesmo ponto, sem coragem para cousa alguma, e só um afago mais violento de Ambrosina o fazia então voltar a si.

Mas estes mesmos se iam relaxando, à proporção que a convivência estabelecia entre os dois a inevitável saciedade. Gabriel, na vida que levava, só conhecia ricos ignorantes ou homens indiferentes aos gozos do espírito. O mundo dos artistas, dos intelectuais, o meio em que cada um vive de uma ideia e caminha firmando-se em um nome, conquistado pelos esforços de todos os instantes; esse meio não o conhecia ele, e o frêmito das vitórias do trabalho só lhe chegava aos ouvidos, como a longínqua música de uma batalha de estrangeiros.

Ambrosina, não obstante, insistia na sua ideia de dar uma festa. O Rêgo e o Melo Rosa encarregaram-se de encomendar o jantar e tratar da decoração da casa. Ela escolheu um rico vestido de seda cor de creme, com o qual faria as honras da recepção; Gabriel distribuiu alguns convites, e, às cinco horas da tarde do dia marcado, principiaram a chegar os comensais.

Genoveva fora de véspera para ajudar nos arranjos da cozinha, e Alfredo apareceu logo que pôde largar o trabalho.

Exibiu o restaurado viúvo uma fatiota de brim branco, cujo apurado da goma dizia eloquentemente os desvelos amorosos da sua nova companheira. Estava muito melhor de fisionomia e andava vivo e escorreito. De perfil, notava-se-lhe até um discreto princípio de abdômen.

O Melo chegou com um amigo, ao qual apresentou ao dono da casa, dizendo cousas mui agradáveis a seu respeito; e o Reguinho apareceu por último, de carro, e acompanhado por uma rapariga loura, de olhos pintados.

Esta circunstância não agradou muito a Gabriel, mas, como Ambrosina não via no fato intenção de maldade, e porque a rapariga tinha um todo acanhado e parecia portar-se com respeito, ele sacudiu os ombros e resignou-se. Além disso, não havia muito onde escolher, porque de onze convidados apenas aqueles se apresentaram. Um fiasco!

A filha do comendador, dissimulando o desapontamento, tocou antes da mesa o seu repertório de piano; e recitou uns versos, que lhe oferecera o Melo. Gabriel fazia servir os aperitivos e conversava vagamente com os convivas.

Às seis horas, acenderam-se os candeeiros de gás, e os convidados tomaram à mesa os seus componentes lugares. Principiou o jantar.

Notava-se constrangimento geral. Ambrosina, todavia, desfazia-se em obséquios e pedia que não tivessem cerimônia. Alfredo cercava Genoveva de solicitudes, falando-lhe de vez em quando ao ouvido. O Melo chamava-lhe a rir "Casal de pombinhos" e outras cousas que à matronaça não faziam bom cabelo, a julgar pelas suas olhadelas, repreensivas e cheias de conveniência, atiradas contra aquele.

Desenvolvia-se o jantar, e o acanhamento ia desaparecendo à proporção que as garrafas se esvaziavam. Ambrosina recuperava o bom humor e comia já com apetite. Alfredo elogiava o vinho e atochava-se de leitão assado.

– É o que se leva deste mundo! observou-lhe o Melo regaladamente.

E o tempo corria. Repetiam-se os pratos e os copos; iam-se animando as fisionomias, e o vinho dava afinal à reunião uma caráter ruidoso e alegre. A própria rapariga do Rêgo, a princípio tão esquerda, arriscava já uma ou outra frase com pretensões a pilhéria.

– O caso é ela enxugar um pouco! Explicava o Rêgo; e prometia que lá para o fim do jantar estaria soberba.

– O senhor confunde-me... respondeu a infeliz, abaixando maliciosamente os olhos e procurando ter graça. Gabriel queixava-se de que faltava ali muita gente; dos seus convites só quatro vingaram. Nestas ocasiões é que se conheciam amigos! sentenciou o Melo.

Ambrosina pedia a Gabriel que se não mortificasse e, passando-lhe o braço na cintura, deu-lhe um beijo na orelha. Veio a sobremesa. Estourou o champanha, e o jantar esquentou logo. O Rêgo ergueu-se para um brinde.

– Meus senhores! disse ele; bebamos à saúde de um jovem que, por suas virtudes e por seu talento, muito merece de nosso respeito e de nossa consideração... Bebamos à saúde daquele que hoje nos reune nesta casa, ao som dos alegres estampidos da viúva Clicôt!

– Estampidos da viúva? Livra! bradou o Melo.

– Ao Dr. Gabriel! exclamaram muitas vozes. Todos corresponderam, e Gabriel levantou-se de taça em punho, para agradecer o brinde e o comparecimento dos seus convidados.

Ouviu-se então uma infernal gritaria de “Hup! Hup! Hurra!” e os os copos se chocaram entre gargalhadas e exclamações de prazer. Já falavam todos ao mesmo tempo, e o tal companheiro do Melo, até aí silencioso, abriu a fazer discursos com tal fúria, que não havia meio de o conter.

Alfredo servia Genoveva de vinhos e oferecia-lhe várias guloseimas, que ela em geral recusava, abaixando os olhos, cheia de decoro, mas esfogueada. Entretanto, ia-se fazendo por toda a mesa um rumor de desordem. Já ninguém se entendia. Interrompiam-uns aos outros, sem a menor cerimônia; ouvia-se no meio do barulho a voz excitada do Melo, a dirigir um brinde à Ambrosina, em que lhe chamava “Anjo de amor e proibido fruto do Paraíso”.

Ambrosina ria-se muito, a pender a cabeça para trás; levantou-se e foi ter com o autor do brinde para lho agradecer. O Melo apertou-lhe o braço num arremesso de ternura.

Gabriel mandou abrir mais champanha, e o companheiro do Melo continuava, terrível a fazer discursos. Brindou à Mocidade, ao Amor, à República e ao Prazer. A rapariga do Rêgo havia encostado no ombro deste a cabeça, e deixou-se afinal cair no colo do amante, desfazendo o penteado.

– Já ia ficando boa!... afirmava o Rêgo, a piscar o ôlho.

Alfredo e Genoveva conversavam intimamente, invernados na sua obscura ternura. Ninguém prestava mais atenção ao que faziam os outros. Ambrosina declarava sentir-se bem. As garrafas substituíam-se quase sem intervalo, e as vozes recrudesciam de animação.

O amigo do Melo calara-se afinal, vencido por uma comoção que lhe arrancava lágrimas e soluços. Gabriel com a voz arrastada e os olhos mortos, oferecia charutos à sociedade.

Dissolveu-se a mesa. Serviu-se o café e vieram os licores. Os convidados espalharam-se pela casa. Ambrosina lembrou um passeio ao luar, no jardim; ninguém acedeu, ela, porém, deu o braço ao Melo, e com este ganhou alegremente a chácara.

Os dois, ao chegarem a um caramanchão, que havia ao fundo, estreitaram aos beijos, caindo sobre um banco, nos braços um do outro.

Ela, não obstante, negava-se, mas sem forças para se defender, e rindo.

O Melo arfava, a segurar as lunetas e tartamudeando palavras de amor. De repente ergueu-se, olhando para os lados. Sentira passos ali perto! Ia jurar que alguém. os espreitava!...

– Não é nada... dizia Ambrosina, com os olhos cerrados e os lábios soltos.

E puxava-o pelas abas do fraque. O Melo tornou a cair sobre o banco. Alguém com efeito os havia espreitado. Os passos ouvidos pelo rapaz eram do Médico Misterioso que, depois de espiar lá de fora por algum tempo a festa de

Gabriel, seguira com a vista Ambrosina quando esta ganhou a chácara com o Melo; depois penetrara sorrateiramente no jardim, fora até ao caramanchão e, tendo observado o que aí se passava, dirigiu-se para a sala de jantar.

Entretanto, a festa degenerada em orgia, arrastava-se já entre bocejos. Gabriel, negligentemente estendido numa preguiçosa, fumava, a olhar abstrato para a rapariga do Rêgo, nesse momento muito empenhada em descolchetar o seu espartilho, depois de ter desfeito de um dos sapatos; enquanto o seu extraordinário amante, ainda na sala de jantar, preparava em uma saladeira um formidável ponche, e mortecia a luz dos bicos de gás para dar mais realce às lívidas chamas do álcool. Alfredo queixava-se à Genoveva de que havia comido demais, e estava às voltas com a sua dispepsia. A boa mulher dava-lhe a beber água de melissa. E ouvia-se a voz arrastada de Gabriel, chamando com insistência por Ambrosina.

Gaspar, de braços cruzados ao fundo da sala, olhava para todos eles, com um ar sombrio. Só Genoveva dera com a sua presença, e desde então lhe acompanhava o movimento dos olhos. Gaspar atravessou a sala e foi bater no ombro do enteado. Gabriel voltou a si e o encarou atônito.

– Avia-te! segredou o médico; temos que sair daqui imediatamente!

– Para onde?..

– Para o diabo, mas avia-te! Gabriel levantou-se, cambaleando.

– Para onde me queres levar?...

– Em caminho conversaremos. Anda dai! E Gaspar segurou-o pelos braços, na esperança de aproveitar o estado de quase inconsciência de Gabriel.

– E Ambrosina?.. perguntou este.

– Virá depois.

– Não! Eu só irei com ela!

– Ela não pode vir!

– Por quê?...

– Porque não!

– Então, larga-me!

– Gabriel, atende ao teu único amigo! Repara que estás cercado de vergonhas! Olha que é a perdição que se respira aqui!

– Se Ambrosina merecesse tal dedicação, vá! Porém, ela, desgraçado, zomba de ti! engana-te com outro!

– Mentes, miserável!

– Não sei! Deixa-me!

– Nada de bulha, e ouve o que te digo... Prometes acompanhar-me, se eu te provar a infidelidade de Ambrosina?...

– Prometo!

– Pois vem cá. Não faças rumor com os pés... atravessemos este corredor... Bem! agora passemos por este lado do jardim... Espera; reprime um pouco a respiração e abafa os teus passos... Agora entremos nesta alameda... Aí! Olha por entre estes galhos... O que vês?

A propria embriaguez e a sombra das folhas não permitiram logo a Gabriel reconhecer a amante nos braços de Melo Rosa; mas, pela voz dos dois e pelo que diziam, certificou-se num relance de que era traído e precipitou-se com fúria sobre eles, exclamando como um louco:

– Infames! Infames!

Gaspar, porém, senhoreou-se vigorosamente do enteado, enquanto Ambrosina e o Melo corriam pelo jardim.

– Larga-me! Bradava Gabriel, procurando escapar das mãos do padrasto; larga-me, ou enlouqueço!

– Não! Daqui sairemos juntos. Nem voltarás lá dentro; nada tens que fazer nesse covil de miseráveis! Saiamos pelo portão do jardim, amanhã mesmo partiremos para o Rio de Janeiro!

– Deixa-me! Deixa-me! insistia Gabriel.

Melo Rosa conseguiu ganhar a rua e fugir, justamente quando o amante iludido lograva escapar dos braços do amigo. Esta cena levantou grande rumor, pondo em sobressalto os que estavam na casa. Mas na ocasião em que Gabriel se dispunha a perseguir o Melo Rosa, ouviu-se um bramido terrível e em seguida um grito de Ambrosina:

– O louco!

Com efeito, era Leonardo que surgia. Há dois dias fugira do hospital e vagava foragido pelas ruas do arrabalde, até que o acaso lhe fizera dar com a casa da mulher. Genoveva tivera tempo de fechar a porta da sala, mas o doido, com um empurrão, metera-se dentro, produzindo formidável estrondo.

O amigo do Melo, que dormia num canapé, acordou sobressaltado e corria à toa pelos quartos. Alfredo, tiritando de susto, ganhou um canto da sala de jantar e escondeu-se. A sujeita do Rego, a suster as saias, gritava que a tirassem daquele inferno, e Genoveva, tratando de fugir, puxara do seio um rosário e rezava atrapalhadamente as orações que lhe vinham à boca.

Ambrosina, entretanto, ao reconhecer a figura terrível do marido, correra para o jardim, mas, dando aí com Gaspar e Gabriel, voltara estonteada, exclamando, a abraçar-se com a mãe:

– Salve-me! Salve-me! Todos eles me querem matar! Salve-me, por amor de Deus!

Leonardo havia parado no meio da casa, imóvel, tinha na mão o trinchante que apanhara da mesa. A figura, o gesto, a voz, tudo nele era horrível. Cobria-lhe a cabeça e a cara uma porção emaranhada de cabelos secos e negros. O olhar luzia-lhe com cintilações vermelhas, e as suas narinas pareciam procurar a carniça pelo faro. A casa converteu-se em um inferno de exclamações. De todos os lados gritos, pragas e ameaças. Entretanto, o doido percebeu Ambrosina na sala de jantar, e soltou uma gargalhada.

– Até que afinal te encontro! Berrou ele. A mísera olhou em torno de si e reparou, trêmula, que a sala estava fechada e quase às escuras. O doido correu para ela, empunhando a faca. Ambrosina ia perder os sentidos, mas notou que a porta da dispensa, que dava para a sala de jantar, estava aberta, e a esperança de alcançá-la reanimou-a, porque seria fácil embastilhar-se lá dentro, deslocando uma prateleira volante que aí existia logo à entrada.

Leonardo avançava, brandindo a faca; entre ele e a mulher havia, porém, a mesa de jantar, e os dois começaram a correr em torno desta como fazem as crianças, quando brincam o "Tempo será".

Leonardo galgara a mesa aos saltos, lançando por terra cadeiras e garrafas. Aterrava vê-lo pular daquele modo, grunhindo como um torturado. Mas, se ele tinha a agilidade do tigre tinha a perseguida a destreza da camurça e, a um pulo de Leonardo, Ambrosina opunha uma pirueta, que a tirava do seu alcance.

Assim levaram algum tempo. Todavia, a desgraçada não podia resistir por muito mais: o suor corria-lhe de todo o corpo; as pernas vergavam-se--lhe de cansaço; a vertiginosa gravitação em torno da mesa fazia-lhe redemoinhar a cabeça num delírio apoplético. Sentia ânsias enormes, e ofegante, trêmula, miserável, toda ferida nos cacos de vidro espalhados pelo chão, ia lançar-se suplicante e vencida aos pés do doido, quando se abriu de repente uma das portas da sala, e Gaspar, junto com Gabriel, apareceram de relance.

– Olá! He! gritou o médico.

Leonardo voltou-se para eles, e Ambrosina teve ensejo de galgar a entrada da dispensa. Já era tempo! Os dois, vendo-a livre do perigo, tornaram a fechar logo a porta, com intenção de deixar o doido preso. Só então o Médico Misterioso reparou que os convidados haviam todos desaparecido, e, como para ele se tratava unicamente de fugir com o enteado, a este arrastou consigo pelo jardim e levou-o para o carro que o esperava ao portão da chácara.

Toca pra casa! Disse ao cocheiro. Gabriel, pelo caminho, protestava na impotência do seu estado:

– Mas, repara, Gaspar, que Ambrosina pode morrer na situação em que a deixamos... E um assassinato o que vamos cometer!...

– A dispensa não tem saída?

– Tem uma janela, mas a desgraçada talvez não chegue até lá!... Eu já não a amo e nenhum interesse tenho de possuí-la mas é de meu dever não consentir que ela morra em minha casa!

– Jorge, apeia-te; dá-me o teu capote, o teu chapéu, e o teu chicote.

– É. O cocheiro obedeceu, e Gaspar, aproximando mais a boca ao ouvido dele, acrescentou ainda algumas palavras.

– É só o que manda, patrão? perguntou Jorge depois de ouvir o que lhe segredara o médico.

– Sim, mas desejo que te saias desta vez tão bem como das outras...

– Podes ficar descansado.

– Estás armado?

– Sim senhor, e tenho a minha lanterna.

– Então, vai.

E o cocheiro tornou a pé pelo caminho feito. Gaspar atirou o capote nos ombros, enterrou o chapéu na cabeça, empunhou o chicote e galgou a boleia. O carro desapareceu na estrada. Deixemo-lo seguir para a casa do Médico Misterioso, e voltemos à sala de jantar de Gabriel. Ambrosina, mal ganhou a dispensa, atravancou precipitadamente a porta e deixou-se cair prostrada no chão. Só depois de vomitar duas ou três vezes, é que de novo se viu senhora completa dos seus movimentos e do seu espírito. A primeira ideia que então lhe acudiu foi a de fugir para a rua; não tinha confiança naquele abrigo. Trepou logo pelas prateleiras, e ganhou a pequena janela, que dava sobre o jardim. A noite estava silenciosa e um tanto úmida. Ambrosina só ouvia o rumor produzido pelo marido na sala de jantar.

– Com certeza ele não sairá de lá, enquanto houver ao seu alcance um objeto inteiro... pensou, montando-se no parapeito da janela; depois, dependurou-se deste pelas mãos e deixou-se escorregar para fora.

Caiu assentada na relva, e só então reparou no deplorável estado em que se achava. E foi suja, rota, ensanguentada, sem chapéu, que atravessou a chácara. Ao passar pela frente da casa, pareceu-lhe ouvir gritos pedindo socorro. Querem ver que ainda há alguém lá dentro às voltas com o doido?... considerou ela.

– Ora, adeus! Disse de si para si; quem quer que seja, que se arranje, como eu me arranjei!

E seguiu para a rua. O bairro estava deserto. Ambrosina não tinha dinheiro consigo e nem mesmo sabia para onde ir. A casa de sua mãe era tão longe!... ficava no Engenho Novo, e ela achava-se ali em Laranjeiras!...

Além disso, sentia-se fatigadíssima; os pés ardiam-lhe, como se fossem calçados de sinapismos. E tão enxovalhada! Onde diabo iria ela abrigar-se! a quem se apresentaria naquele estado!

E coxeando, gemendo, a encostar-se pelas paredes, seguia tristemente para o lado da cidade.

Veremos depois o destino que teve a desgraçada.

Por enquanto, voltemos ainda uma vez à sala de jantar de Gabriel, porque, com efeito, alguém lá ficou abandonado em apuros.

Era o pobre do Alfredo; eram dele os gritos que pediam socorro.

Na terrível ocasião em que surgira Leonardo, o magro amante de Genoveva, aproveitando a exiguidade do seu corpo, conseguiu meter-se entre o guarda-louça e a parede, no canto de que falamos, certo de que ninguém daria com ele semelhante esconderijo.

Havia de ser, realmente, muito difícil em descobri-lo, aí; mas o louco, quando Ambrosina se encerrou na dispensa e Gaspar fechou de novo a porta da sala, foi surpreendido por certo ruído inominável que partia do canto do guarda-louça. Precipitou-se para lá e, aguçando os olhos, lobrigou ao fundo da toca a lívida figura de Alfredo, cujos queixos batiam como castanholas.

O louco soltou um rugido dos seus, acompanhado de uma feroz gargalhada de satisfação, e desistiu do intento de perseguir à mulher, para se atirar sobre a nova presa.

Alfredo não caiu por terra, fulminado de terror, só porque o guarda-louça e a parede o entalavam pelos ombros. Fechou os olhos e, cedendo a um rebate mais forte dos intestinos, resignou-se à morte, procurando conciliar uma ideia religiosa.

XXIV

A alma do comendador

Médico Misterioso, ao chegar defronte de casa, apeou-se da boleia, abriu a porta, chamou o criado e recomendou-lhe que recolhesse o carro à cocheira. Eram dez horas da noite, e o tempo, até aí de urna transparência admirável, começava a fazer-se cor de chumbo. Gabriel, atirado nas almofadas do carro, dormia profundamente. O padrasto tomou-o nos ombros, e carregou com ele para o quarto. O rapaz não dava acordo de si. Gaspar estendeu-o na cama, e ficou algum tempo a olhá-lo, com uma expressão de profunda tristeza. Depois, sacudiu a cabeça resignadamente, e deu-lhe um beijo na fronte.

– Pobre criança!... dizia consigo o médico; para que haverias tu de encontrar, logo na entrada do caminho, aquela mulher perversa e egoísta?... Antes fosses pobre e desprotegido!... estarias trabalhando para ganhar a vida, e o suor que te corresse do rosto não seria este suor úmido e orgíaco, que agora te enregela. Antes fosses bem pobre! Compreenderias talvez a necessidade de cultivar a tua inteligênciaí, que esperdiças, como esperdiças o teu dinheiro... Amaldiçoada fortuna, que a ambos nos desgraçou!

E Gaspar, enxugando as lágrimas, principiou a mudar a roupa do enteado, com a solicitude de uma mãe extremosa. Descalçou-o, e procurou chamar-lhe o sangue a sola dos pés; arrumou-lhe na testa um lenço borrifado com algumas gotas de amoníaco, e, depois de agasalhá-lo bem, fechou a porta do quarto, passou ao escritório e assentou-se à sua mesa de trabalho com um livro defronte de si.

Gabriel, ao abrir os olhos no dia seguinte, o primeiro pensamento que formulou foi todo para Ambrosina. Os acontecimentos da véspera apareciam-lhe agora no espírito como reminiscências de fatos revistos através das camadas nebulosas do tempo.

Muitos lhe tinham fugido inteiramente da memória, de envolta com os vapores da embriaguez; outros permaneciam no momento de acordarmos. A sinistra figura de Leonardo desenhava-se de um modo fantástico; aquele espectro hirsuto e desvairado, lançando em torno de si olhares de fera e empunhando uma faca, parecia um produto de pesadelo. E Gabriel, com a imaginação, via Ambrosina crivada de feridas, a debater-se e a pedir socorro nas garras do louco, que a arrastava pelos cabelos e começava a devorar-lhe o corpo a dentadas, como havia tentado na horrível noite do casamento.

Gabriel, sacudido por essas ideias, sentia as fontes estalarem de febre.

Mas, entre todas as duvidosas reminiscências da véspera, se destacava um fato, gravado a fogo, era a cena do caramanchão. Esse não tinha sombras esfumadas, nem contornos duvidosos; estava ali, nu e cru, em toda a brutal nitidez da realidade.

Não havia para onde fugir! Era uma afronta verdadeira e positiva, que reclamava dos brios de Gabriel decisão pronta e enérgica.

Com que tristeza, com que dor, com que sacrifício d'alma, não teve o desgraçado de chegar a esta conclusão inevitável: – Abandonar por uma vez Ambrosina?!... empurrar com o pé tudo o que ele até aí mais amara, mais loucamente estremecera! fugir daquilo que lhe enchera os sonhos de esperanças, destruir o castelo das suas ilusões, amaldiçoar o seu ídolo e calcar o próprio coração debaixo dos pés, como quem esmaga um imundo verme! Mas assim era preciso! Era inevitável! O que poderia ele esperar daquela mulher, no caso que lhe faltasse coragem para repeli-la? Não lhe teria já porventura consagrado toda a sua existência? não havia feito, por amor de semelhante ingrata, todos os sacrifícios de sentimento e de caráter, que se podem exigir de um homem? E qual fora a paga de tudo isso? – Uma vileza, uma infâmia, a mais torpe das traições – a traição do amor!

Oh! Era indispensável fugir-lhe para sempre! nunca mais a ver! nunca mais a amar! E, com esta resolução, todo o seu ser se abalava num calafrio de morte. Mas que diabólica fascinação exerce sobre mim aquela mulher, considerava o mísero; para que eu, mesmo no auge de meu desespero e do meu ódio, sinta por ela todo o arrebatamento do amor e toda a humilhante agonia do desejo? Que sobrenatural poder me obriga a querê-la sempre, mesmo com a consciência dolorosa da sua infâmia e com a convicção degradante da minha covardia? Inferno! Conhecer o mal, sem ânimo para fugir dele!... mas não! Custe o que custar, doa o que doer, hei de esquecê-la! hei de desprezá-la!

Mas dentro, em revolta, lhe bradava o sangue:

– Atende! atende, desgraçado! não te lembras que, para deixares por uma vez Ambrosina, terás de abdicar de todos os deslumbramentos do seu amor? Deixá-la, quer dizer nunca mais sentir o doce contacto daqueles braços esculturais; deixá-la, é perder o gosto saboroso daqueles beijos quentes e vermelhos; é nunca mais adormecer ao calor daquela divina carne e ao aroma daquele cabelo negro! Queres deixá-la, miserável? deixa-a, mas eugatilha ao mesmo tempo o teu revólver, porque não resistirás ao desespero de perdê-la! E, enquanto estiveres lá debaixo da terra, no pavoroso degredo do teu aniquilamento, ela, cá fora, feliz e radiante, será cortejada por uma aluvião desenfreada de apaixonados!

Gabriel estremeceu, sacudiu a cabeça, procurando enxotar os pensamentos, como quem enxota um bando de corvos, e saltou da cama.

Defronte dele ergueu-se o padrasto.

– Então?... disse este. Estás disposto a partir?

– Quando quiseres... respondeu Gabriel, abaixando os olhos.

– Iremos pelo primeiro paquete que sair para a Europa.

E Gaspar afastou-se, para tratar da viagem. Entretanto, na véspera desse dia, enquanto aqueles dois fugiam pela noite a toda a disparada da casa de Ambrosina, esta, depois de alguns passos pela rua de Laranjeiras, encostara-se prostrada às grades de uma chácara.

Não sentia coragem para caminhar, tal era o seu estado. Tinha a cabeça oprimida por um estranho peso que a obrigava a fechar de vez em quando os olhos. As pernas negavam-se a sustentá-la e os seus pés sangravam; todo o corpo lhe pedia repouso, mas não se animava ela a sentar-se no batente de alguma porta, receosa de ceder ao cansaço e adormecer na rua. Olhava então aflitivamente para a estrada, e a desesperança de qualquer recurso, que tirasse daquela situação, arrancava--lhe lágrimas de desespero.

Quando passava alguém, a infeliz escondia o rosto, envergonhada. Um trabalhador, que vinha a cantalorar com uma voz grossa de vinho, abeirou--se dela e quis abordá-la.

– Olha cá! disse, limpando as barbas nas costas da mão.

– Não me toque! bradou ela.

E ferrou no homem tão decisivo olhar, que ele abaixou a cabeça, com um gesto de cão batido, e arredou-se res-mungando:

– Desculpe! supunha que era uma barca... Ambrosina rilhou os dentes, de raiva, e desatou a soluçar. Que mal havia ela feito para sofrer tanto!... Por que a sorte, a fatalidade, ou lá o que fosse, a perseguia daquele modo?... Bem sombria devia ser a estrela que velou o berço!...

– No fim de contas, se não sou mais honesta, dizia consigo mesmo, só ao acaso devemos criminar, porque foi ele que me tirou dos braços de meu marido para me atirar aos do meu amante... E será culpa minha não poder eu amar a nenhum homem?... Acho-os ridículos a todos eles! E haverá, com efeito, cousa mais aborrecida do que ouvir protestos de amor de Gabriel, por exemplo? quem pode gostar daquilo? Um homem deve ser um homem e deve saber gozar!

E Ambrosina sonhava-se ao lado de um libertino milionário, que a embriagava com todas as transcendências da riqueza e do prazer; sentia sede das sensações fortes do jogo e das orgias monstruosas, em que há gosto de sangue no fundo das últimas taças. Queria gozos criminosos, lascívias perseguidas por lei; sentia necessidade de ruído, de desordem, de escândalo; queria que se falasse nela, que a apontassem, que os burgueses estalassem de raiva, ao vê-la passar, petulantemente linda, satânica, cruel, no seu carro puxado a quatro! Sentia vontade que a julgassem capaz de todos os crimes! E assim mesmo haveriam de ir depor a seus pés a fortuna, a honra, o talento, porque ela era bela e possuía todos os segredos do amor sensual. Os mancebos, ao abrir da puberdade, queimariam a carne em flor nas brasas do seu sangue; os homens lançariam às chamas dos seus punchs a fortuna dos filhos e as joias da mulher; e os velhos, trêmulos e decrépitos, cheios de condecorações e flanelas, haveriam de arrastar-se até aonde ela estivesse para lhe suplicarem, por amor de Deus e em troca de tudo o que possuíssem alguns instantes de luxúria! E ela então orgulhosa e fria sob o diadema de seus vícios, escarneceria de todos eles e de todos os preceitos estabelecidos pela moral. E, enquanto as mães chorassem, os filhos se perdessem, e os homens se assassinassem na vergonha e no opróbrio, ela, mulher sem coração, a Vênus de gelo! beberia champanha e comeria morangos em calda de rum!

E por um natural fenômeno de atavismo, Ambrosina reproduzia, com as modificações correspondentes às suas circunstâncias individuais, todos os sonhos de ambição e todos os delírios de grandeza que encheram a vida inteira de seu pai.

Era o comendador Moscoso quem estava ali a sonhar, em plena mocidade, não como ambicioso caixeiro de taverna, mas como uma vaidosa rapariga de coração mal-educado.

Ela, porém foi interrompida nos seus incipientes devaneios por um fulminante berro, que lhe gelou nas veias o sangue e lhe sumiu a luz dos olhos. Era o louco que vinha de novo ao seu encalço. Ambrosina soltou um grito e, perdendo os sentidos, cambaleou um momento, e desabou afinal sobre a calçada.

XXV

A flor do Russell

Jorge, o cocheiro de Gaspar, era um homem membrudo e de fisionomia áspera, tipo mais puxado a espanhol que a brasileiro.

Cabelos negros e crespos, achatados na testa pelo uso constante de um grosseiro chapéu de feltro, olhos escuros, cor de tabaco, barba espessa, fartas sobrancelhas arrepiadas, nariz grosso, afogado em sangue, dentes grandes e quadrados.

Cobria-lhe a pequena parte do rosto que não fora conquistada pela invasão brutal dos cabelos, um moreno quente, listroso, cheio de vida e de força. Tinha as mãos largas e resguardadas de músculos possantes, peito amplo e pescoço vigoroso.

Entretanto, por detrás daquela estatura gigantesca e de energia de seu todo, estava um coração brando e flexível.

Jorge era um bom homem. Gaspar tomara-o ultimamente a seu serviço, mas já o conhecia de longa data. O Médico Misterioso exercia sobre ele grande influência moral e votava-lhe amizade.

Quando, na noite do infeliz jantar, Ambrosina fugia por um lado da chácara, procurando abafar os passos para não ser percebida pelo marido, Jorge entrava pelo outro, com a precaução de quem deseja surpreender alguém.

Não se viram.

A moça ganhou a rua, e ele, seguindo as recomendações do amo, foi ter à janela da dispensa. Estava aberta, Jorge galgou-a, acendeu aí a sua lanterna furta-luz e, estendendo o pescoço, espiou para a sala de jantar, por cima da porta, pela qual justamente pouco antes fugira aquela.

O cocheiro não podia, donde estava, ver com quem altercava o doido, mas segundo o que lhe havia dito Gaspar, devia ser com Ambrosina.

A sala continuava quase às escuras.

No momento em que Leonardo ia lançar-se sobre Alfredo, Jorge abriu de improviso a porta da dispensa e avançou resolutamente para ele, com um revólver em uma das mãos e a lanterna furta-luz na outra. O doido voltou-se assustado, escondendo a faca nas costas.

– Dá-me já desse ferro! bradou-lhe o cocheiro.

Leonardo atirou humildemente a faca ao chão, e retraiu-se. Jorge apanhou--a, e perguntou-lhe asperamente se ainda tinha alguma arma consigo. O doido meneou afirmativamente a cabeça e, refilando os dentes, apontou para estes.

– Dessa arma não tenha eu medo! rosnou o cocheiro; mas revistemos sempre as algibeiras...

E começou a apalpar as roupas de Leonardo.

– Não me faças cócegas! gritou este, torcendo-se todo, a rir.

E fugiu-lhe das mãos.

– Tratemos agora da menina! disse aquele. Alfredo saíra, afinal do seu esconderijo. Jorge chegou-lhe a lanterna ao rosto, e olhou-o com surpresa.

– O quê?! Pois era o senhor que cá estava, seu Alfredo? Como diabo me afirmou o patrão que era a D. Ambrosina?...

Alfredo engoliu a última saliva, que o medo lhe havia gelado na garganta, e explicou a situação com a voz ainda trêmula. Um rumor lá fora chamou nesse momento a atenção de Jorge.

– Com os diabos, que lá se nos vai o doido!

Leonardo, com efeito, enquanto os dois conversavam, galgara a janela da dispensa e fugira pelo jardim. Foi nessa ocasião que ele seguiu para onde estava Ambrosina. Alfredo e o cocheiro, depois de certificados de que Leonardo não se havia escondido na chácara, apagaram o gás, fecharam a casa pelo melhor que puderam, e seguiram para a rua. Por onde diabo teria tomado aquele maldito? dizia e repetia Jorge, a olhar para todos os lados; até que percebeu Leonardo na ocasião em que este surgia junto à mulher. Jorge correu para lá, e Leonardo, mal o bispou, abriu num carreirão pela estrada, a fugir.

– Fique com ela! bradou o cocheiro a Alfredo; que eu vou na pista daquele danado!

E lançou-se a perseguir o doido. Dez minutos depois, voltava, coberto de suor.

– Escapou-nos! o demônio! Mas deixa estar que não as perdes, patife! O lugar dos doidos é no hospício!

E, voltando-se para Ambrosina, que recuperava os sentidos:

– Ora, em que bonito estado deixou esta pobre criatura! Peste de um maluco!

E, praguejando cada vez mais, o cocheiro amparou Ambrosina nos braços.

– Pobre senhora! Tem os pés que são uma lástima!...

Resolveu-se que iriam pernoitar em casa de Jorge. Ambrosina, por ser este o sítio mais perto, e Alfredo porque jurara aos seus deuses não largar àquela noite a companhia do cocheiro.

– Nada! que o doido podia encontrá-la ainda pela estrada!

Começou a chover. Só meia hora depois, apareceu um carro e, depois de outra meia hora, chegavam os três à modesta habitação do cocheiro – uma casinha na Praia do Russell; porta e janela, pouca mobília, quartos acanhados. Jorge era viúvo e tinha uma filha já moça, Laura, encanto da sua vida, e quem, nos arranjos da casa, ajudava a avozinha Benedita, mãe do cocheiro.

Apesar de pobre, a habitação era asseada e risonha. Tudo ali respirava paz.

A chegada do carro sobressaltou os tranquilos moradores. Laura veio logo à porta saber o que havia. A casa não tinha corredor, e via-se, mesmo de fora, a salinha simples e guarnecida de velhos móveis.

– Ó Laura! gritou o cocheiro, apeando-se.

Anda daí a ajudar D. Ambrosina, que aqui vem a cair de fadiga! Ambrosina foi recolhida ao melhor lugar e à melhor cama que havia na casa. Jorge rejubilava na satisfação de prestar aqueles socorros, e recomendava que nada faltasse aos hóspedes sem calcular o desgraçado o perigo que metia em casa, e desgraça que preparava para si e para os seus.

Alfredo, aborrecido com o estado das suas calças penetrou na sala do cocheiro. Era uma salinha limpa e arejada pelo mar. Havia entre a porta e a janela uma velha cômoda, sobre a qual ao lado de um silencioso e caduco relógio de metal amarelo com redoma e peanha, se aprumava sombriamente um Napoleão de gesso, com o seu olhar de águia debaixo do chapéu à polichinelo, com as suas botas e o seu capote, com uma das mãos instaladas legendariamente no peito a outra segurando uma canudo, que queria dizer um óculo.

Esse boneco de gesso, ali onde o viam, tivera uma agitadora influência sobre o obscuro destino de Laura. Aos domingos, quando Jorge reunia alguns amigos para jantar, era ele o objeto de calorosas discussões; havia sempre na roda algum cego entusiasta do famoso corso que sacudido um bocado pelo vinho Figueira do cocheiro divagava de orelha sobre as campanhas napoleônicas, comunicando o próprio entusiasmo aos companheiros, para os quais os fatos da vida de Bonaparte tomavam proporções sobrenaturais e divinas.

Laura cresceu e palpitou sob a influência dessas conversas e, sem conhecer a verdadeira história de Napoleão, deixou-se magnetizar pela cativante poesia da lenda.

Aos quinze anos, quando toda a donzela constrói o seu ideal de amor pelo que conhece de mais grandioso e de mais belo, ela formou o seu pela figura de gesso que ali, ao lado do inocente relógio, se deixara pintalgar pelas moscas desde o dia do casamento de Jorge.

A pobre sonhadora contava intimamente com a súbita aparição de um jovem militar, ardente e corajoso, que a tomasse da Praia do Russell e a sentasse no trono de França. Só depois de muito esperar em vão, foi que se desenganou e se decidiu aceitar, qualquer outro sujeito, que ao menos se parecesse fisicamente com o grande homem.

Quem mais estava no caso era o João Braga, por alcunha "O Vela de Sebo", em razão de sua farinhenta brancura e da sua figura grossa e curta. Um honesto padeiro, ainda moço, muito parecido efetivamente com o Napoleão de gesso.

Laura ficava horas esquecidas a olhar para o narigão aquilino do Vela de Sebo, para a sua testa desafrontada, para os seus olhos fundos e carrancudos, para a sua boca sem lábios, e para aquele enorme queixo, farto e redondo como um papo.

Ninguém atinava com a razão que levou a bela filha de Jorge, a "Flor do Russell", a gostar de semelhante criatura.

– Caprichos de mulher! explicava um dos amigos do cocheiro, e citava proverbialmente que "A mulher só não se casa com o carrapato, por não saber qual é o macho!"

O fato é que então Laura gostava bem do seu padeiro. Um dia ofereceu--lhe uma cigarreira de missangas, que bordara durante um mês inteiro, e esse trabalho foi muito apreciado no bairro. Alguém profetizou logo que ali estava uma menina de grande futuro.

– Deem-lhe asas! Deem-lhe asas! resumia o da teoria do carrapato; e verão depois o que sairá dali! Mas não será amarrada ao Vela de Sebo, que a Laurita há de ser algum dia alguma cousa!

Laura conhecia vários livros; romances quase todos. O pai às vezes lhe ouvia falar de cousas estranhas para ele, com um sorriso cheio de respeito e iluminado de amor. Quando ela dava na aula o D. João de Castro e dizia depois em casa a sua lição em voz alta e corrida, o pobre cocheiro extasiava-se, acompanhando com a fisionomia os menores gestos e movimentos da filha. E se alguém da sua roda precisava de uma carta de mais circunstâncias, ou de um desenho para certo bordado, ou de molde para um vestido de festa, não ia a mais ninguém; procurava Laura, e ela sempre resolvia a dificuldade.

O pai sentia por tudo isso um grande orgulho.

– Não! lá certeza de que dei à pequena uma educação de princesa, isso é que tenho! dizia ele e acrescentava:

– A Laura até o francês sabe! Tragam-lhe aí qualquer livrinho em francês, e se ela não o destrinchar logo, aqui está quem dá as mãos à palmatória!

Do outro lado do relógio havia uma imagem de Nossa Senhora da Conceição, fundida em porcelana e pintada vistosamente de cores vivas. Servia-lhe de peanha um globo representando o mundo, sobre o qual uma cobra se debatia debaixo de um dos pés da Virgem.

Nossa Senhora da Conceição era a padroeira daquela boa gente e, no dia que lhe conferiu o calendário cristão, nunca deixou ela de ter ali sua ladainha e a suas velas de cera. Vinha já de longe esse costume, a mãe de Jorge, em tempos de melhor fortuna, havia tido um rico oratório consagrado àquela Santa; esse oratório naufragou uma vez com o seu homem, que era embarcadiço, e desde então foi substituído pela modesta imagem de porcelana que, ao lado do sisudo relógio, fazia pendant com Bonaparte.

Já, na pequena sala de jantar fumegava lá dentro a ceia, que a avozinha acabava de retirar do fogo.

Jorge declarou que tinha o estômago no espinhaço e chamou os hóspedes para a mesa, mas Ambrosina pediu que a deixassem descansar, e Alfredo prometeu fazer-lhe companhia ao café, desde, porém, que tivesse tomado um banho que lhe arranjaram, e vestido um par de calças que lhe emprestara o serviçal dono da casa.

A narração que à sua família fez o cocheiro de tudo o que havia sucedido essa noite à desditosa Ambrosina, causou grande comoção. Laura, principalmente, se mostrou em extremo impressionada, e parecia disposta a proporcionar à interessante hóspede todos os serviços que dependessem do seu desvelo. O caso lhe fizera vibrar a fibra adormecida do seu temperamento romântico. A visionária sentiu-se empenhada na sorte dramática daquela mísera e formosa heroína de uns amores tão desgraçados.

Não se fartava de contemplá-la.

Ambrosina tinha febre. Haviam-na obrigado a mudar de roupa, friccionaram-lhe o corpo com aguardente envolveram-lhe os pés feridos em panos velhos de linho. E ela, de olhos fechados, com a respiração alterada, gemia de leve, no entorpecimento do seu estado.

A cama era larga, de casados; uma velha cama de madeira escura, alta do chão uns quatro palmos, e com imensa cabeceira guarnecida de maçanetas. A pálida enferma, meio envolvida nos lençóis, tinha uma postura dolente, a cabeça afogada na sombra macia dos cabelos, o colo oprimido e a garganta cheia de suspiros. Estava derreada sobre o lado do coração, o braço direito caía-lhe negligentemente ao comprido do corpo, e o outro se estendia para fora da cama, com a mão aberta na posição de pedir esmola.

Laura contemplava tudo isso, como se tivesse defronte dos olhos uma bela obra de arte Via atentamente a cor e a forma, parava, embevecida, a considerar os pequeninos detalhes, e teria ímpeto de reproduzir, na tela ou no barro, aquele modelo, se na sua pobre educação houvesse entrado a pintura ou a estatuária.

Depois de longo contemplar, não resistiu ao desejo de corrigir: Puxou mais para o ombro a cabeleira de Ambrosina, chamou-lhe o braço direito para o colo, endireitou as dobras da camisa e dos lençóis; e então afastou-se um pouco e mirou-a, cada vez mais embevecida, com os olhos apertados e a cabeça vergada, como uma artista que se revê na sua obra. Não se podia furtar à poética impressão que lhe causava a amante de Gabriel. Seu pai já lhe havia falado nela, mas da vida de Ambrosina, Laura só conhecia as exterioridades, que todavia nenhum valor teriam a seus olhos sem o concurso da paixão de Gabriel, que lhes dava um forte gosto de romance, ligeiramente apimentado pelo trágico elemento da sanha do marido louco. Ambrosina havia se imposto ao seu espírito e ao seu coração pelos mesmos processos que Bonaparte, com a diferença, porém, de que este tanto mais avultava quanto mais longe se perdia nas sombras do desconhecido, ao passo que a outra crescia agora de súbito com a sua aproximação.

Quantas vezes, depois de enervante leitura de algum livro sobre o legendário aventureiro, não ficava a pobre sonhadora tomada na sua obscuridade por um sentimento desconhecido e indefinível que a arrebatava para o mundo fantástico das glórias?... Nessas ocasiões, aproveitando o cair do sol, ia ela assentar-se à beira do mar, defronte da casa, com o livro esquecido entre os dedos.

Aí permanecia horas mortas, a olhar abstratamente para o segredo murmuroso das águas, alheia inteiramente a tudo que a cercava, e presa de um sofrimento ao mesmo tempo amargo e doce, que a fazia chorar.

Qual era a dor que se apoderava da mísera criança? Ela mesma não o sabia dizer. Sentia que o coração lhe soluçava, sentia que de dentro lhe partiam reclamos e aspirações desejava e queria, mas não podia dizer o quê! Em sua imaginação havia-se formado um mundo de quimeras, com uma existência de dores e prazeres ideais, mas tudo vaporoso, fugitivo, confuso como um sonho.

E Napoleão representava sempre o principal herói dos seus enlevos. Variavam as circunstâncias, variava o cenário, mas o vulto misterioso do Cativo de Santa Helena estava, embrulhado no seu capote de batalha, o ar profundamente frio, o gesto pavoroso, o olhar cheio de predestinações.

E, o que é mais estranho, Laura, no capricho dos seus arroubos, achava sempre meio de reunir e conciliar os personagens, os fatos e os lugares mais incongruentes e desencontrados.

Lera a "Graziela" de Lamartine, e o sentimento de tristeza que a arrebatou com semelhante leitura, bem longe de possuir a ingênua melancolia da procitana apaixonada, levou-a a edificar um dos castelos do seu mundo fantástico nos rochedos de Ischia. E aí mesmo, nesse castelo suspiroso e poético, o encapotado Cativo de Santa Helena penetrou despoticamente para tomar o melhor lugar.

Um dia, depois de reler aquela obra, Laura encostou-se à janela, olhando vagamente para as águas.

Um italiano, que para à rua com o seu realejo, principia a moer a "Marselhesa". A tarde precipitava-se no crepúsculo, e enchia a natureza de tons melancólicos e doloridos.

Laura conhecia algumas passagens da revolução francesa, narradas enfaticamente pelo autor de "Graziela", na "História dos Girondinhos". E aquela pobre música, arrancada de um realejo por um mendigo, foi o bastante para arrastá-la ao seu mundo fantástico. E então, sob o poderoso domínio do sentimentalismo retórico da Marselhesa, a infeliz caiu vítima de uma crise muito mais forte que as anteriores.

As lágrimas saltaram-lhe dos olhos e o coração lhe palpitou com veemência.

Teve uma terrível noite de febre e de ansiedade. O pai e a avó viram-se aflitos. O médico cobria-os de perguntas, e olhava atentamente para os olhos expressivos de Laura.

– Não é nada... dizia ele depois, em particular ao cocheiro.

E segredou-lhe alguma cousa ao ouvido.

– Não! não! respondeu Jorge. Isso foi logo que ela entrou nos quatorze anos... Hoje está com dezesseis.

– Ela tem algum namoro?...

– Qual!... Teve um, mas foi tolice de criança; passou!

– Entretanto, aquilo pode converter-se em seria... É preciso casá-la.

Desde esse dia, Jorge vivia preocupado com a ideia de casar a filha. Mas não achava jeito de tocar-lhe no assunto. Além disso, coitada! pensava o bom homem; a quem diabo iria ela escolher para marido?... A pobre rapariga só conhecia gente, que lhe podia encher as medidas!

Laura estava, com efeito, na crise fisiológica em que as aves cantam, e ter-se-ia dedicado exclusivamente a preparar o seu ninho, se, como dizia o pai no seu rude bom senso, houvesse por ali algum rapaz que lhe enchesse as medidas.

O vela de Sebo, apesar de toda a sua semelhança com Bonaparte, fora posto à margem, desde que ultimamente dera para emborrachar-se aos domingos. Laura, pois, não tinha a quem dedicar os gorjeios da sua puberdade. Seu canto de amor ficou sem resposta e transformou-se em gemidos, que foram cair aos pés de Ambrosina, como um tesouro sem dono.

Eis em que condições olhava, embevecida, a filha do cocheiro, para aquele formoso ser que permanecia prostrado sobre a cama.

No quarto reinava o silêncio triste das noites de chuva, só se ouvia a conversa monótona de Jorge, que na sala próxima tomava café com Alfredo, servidos pela velha Benedita.

Fez-se mais tarde, e Jorge, depois de cuidado o hóspede, disse aos seus que se recolhessem.

Teve-se de armar uma cama para Alfredo, na sala de visitas; Laura dormia ao lado de Ambrosina, no mesmo leito.

Daí a meia hora, estavam todos acomodados. Laura fechou as portas do quarto, soltou os cabelos e despiu-se. A amante de Gabriel continuava a dormir. A menina assentou-se perto dela, quedou-se a contemplá-la com um olhar profundamente meigo.

A espaços, leves suspiros entreabriam os lábios da adormecida. Laura vergou-se sobre ela e deu-lhe um beijo.

XXVI

O implacável alfinete

Foi uma noite de insônia e divagações para a filha do cocheiro.

Logo que ela se deitou ao lado de Ambrosina, sentiu um estremecimento nervoso encrespar-lhe a dourada penugem do corpo. Encolheu-se toda, como uma rola acariciada.

A luz frouxa de uma lamparina de azeite derramava-se no quarto, deixando perceber confusamente os objetos.

Laura, apoiada sobre o cotovelo esquerdo, amparando a cabeça com a mão, tinha, no gracioso abandono íntimo do leito, um profundo ar de enlevo e de melancolia. O colo, meio descoberto, aparecia-lhe através das modestas rendas da camisa, em toda a deliciosa frescura da sua virgindade. Os cabelos caíam-lhe em torno do pescoço, fazendo-lhe destacar a palidez do rosto. A boca, semi-aberta, deixava passar um sorriso amargo e ansioso. Viam-se-lhe os dentes brancos, mais brancos na meia sombra que lhe banhava as feições, e os olhos negros, mais negros no luzir daquele anseio.

Ambrosina, a princípio sossegada, começava a agitar-se, e a dizer palavras destacadas e sons inarticulados. Era o delírio da febre. Laura tomou-lhe nas mãos a cabeça e pousou-a em seu colo. A enferma abriu os olhos e encarou-a surpreendida, mas o seu olhar era doce como o beijo de amor.

Laura sorriu, assentou-se melhor na cama e puxou de todo Ambrosina para o regaço. Esta, mole de fraqueza, deixou-se-lhe cair sobre as pernas, cingiu-lhe com um dos braços a cintura. Tinha os olhos fechados, a respiração convulsa; a outra lhe acarinhava os cabelos e lhe afagava o corpo, como enfermeira amorosa.

E a noite absorvia no seu negro silêncio aquele mistério de ternura. Ouvia-se a voz sibiliante dos ventos, que esfuziavam por entre as ripas do telhado, e o marulhar monótono da costa, cujas ondas morriam ali perto, à pequena distância da casa.

Ambrosina, afinal, serenou e adormeceu tranquila, abraçada estreitamente à doce companheira.

No dia seguinte, estavam muito amigas e muito unidas. Aquela, entretanto, continuava prostrada pela febre. Jorge, por conta própria, resolveu chamar o patrão, o Médico Misterioso, para ver a enferma.

Alfredo retirou-se muito cedo para as suas obrigações desfazendo-se em agradecimentos e protestos de estima; a velha Benedita pôs-se em ação, para tratar do almoço e dos arranjos da casa, e Laura encarregou-se de prestar à enferma todos os cuidados que a moléstia exigia.

Era de ver a solicitude, o amor, com que a carinhosa enfermeira trazia o caldo à sua bela valida. Laura punha nesses pequeninos serviços todo o segredo da sua meiguice. Que mimo nas palavras! Que graça no repreender a doente por fazer cara feia ao remédio!

Ambrosina pagava esses desvelos com beijos. Laura fazia-se então vermelha e uma ligeira vertigem lhe entrecerrava as pálpebras.

Pela volta das quatro da tarde, apareceu Gaspar e receitou, a despeito dos protestos da doente.

Ficou de voltar.

Ao sair, notaram-lhe um olhar estranho. Gaspar ia preocupado. No dia seguinte, depois da segunda visita à casa do seu cocheiro, chamou a este de parte e disse-lhe:

– Jorge! creio que tens bastante amor à tua filha.

– Está claro, patrão! por quê?

– Porque vais perdê-la, se a deixares na companhia de Ambrosina.

Jorge abriu os olhos e ficou pasmado. O pobre homem não compreendera. Entretanto, duas semanas depois que Ambrosina se achava hospedada pelo pai de Laura, Gabriel vagava pelas ruas, a passo frouxo; mãos cruzadas atrás, o chapéu derreado para a nuca, o olhar caído, e por toda a fisionomia uma grande expressão de tédio.

Ao primeiro golpe de vista, percebia-se logo que alguma agonia profunda lhe pungia o coração, que uma ideia fixa se lhe havia agarrado ao cérebro e lhe chupava os miolos, como caranguejos aos dos cadáveres de náufragos, que o mar vomita à praia.

O caranguejo que lhe chupava os miolos era a lembrança de Ambrosina. O desventurado não conseguia furtar se à tensão dolorosa, que a linda malvada lhe impunha ao espírito com a sua ausência. Tudo lhe trazia a ideia dela. Um perfume, um trecho de música, uma frase, um modo de olhar, um tom de rir; tudo era pretexto para mil recordações, mil desejos, mil ânsias de amor despedaçado.

E Gabriel admirava-se até de que houvesse homens que tivessem conseguido viver até ali, sem nunca experimentarem a deliciosa intimidade do amor de Ambrosina. Como lograriam esses desgraçados não morrer de tédio, ficando sempre na ignorância dos mistérios daquela carne, do gosto daqueles lábios, do encanto daquele colo e da atração do abismo daqueles olhos, negros e profundos como a noite?...

E a pensar nestas cousas, esquecia-se de tudo e desabava num desânimo sombrio, em cujo fundo de charco estava a ideia do suicídio.

– Morrer! É tão doce cuidar em morrer, quando se tem um duro desgosto ferrado ao coração!... É tão grato ao espírito, sobrecarregado da mais bela dor, pensar num imperturbável descanso.... É tão leve a morte, quando a existência nos pesa como grilhetas... E por que não haveria ele de morrer? Acaso deixaria na terra alguém que vivesse da sua vida!... Teria ele mãe, porventura, que ficasse com o coração para sempre rasgado de meio a meio? ou pelo menos alguma tímida irmã, cuja inocência caísse ao desamparo defronte do cadáver do irmão? A quem, pois, prejudicaria com a sua morte?... A ninguém! Gaspar, por muito seu amigo que fosse, haveria de conformar-se com ela, e de resto já tinha o sentimento petrificado pelas dores velhas! Sim, o seu suicídio era lógico e necessário; era, daquele seu indigno desespero, a única saída que não ia dar vergonhosamente aos pés de Ambrosina!

Era preciso morrer!

E, caminhando pela rua, ia amadurecendo esta ideia, com que se propunha destornilhar a outra do seu pobre espírito cansado.

Sim! pensava ele; era chegar à estação das barcas de Niterói, tomar a primeira destas que aparecesse, fazer-se ao largo e, quando tivesse a certeza de não o poderem salvar – zás! um mergulho na baía! E pronto!

– Sim, porque no fim de contas, a morte, nas suas circunstâncias, era inevitável! Ele só poderia continuar a viver em companhia de Ambrosina; ora, Ambrosina era simplesmente uma mulher indigna, uma mulher infame!

E ele, apesar de saber disso, amava-a cada vez mais... Logo, ou Ambrosina tinha que regenerar-se, o que seria muito difícil; ou ele tinha de morrer, o que era facílimo! Por conseguinte, não havia refletir – era aviar!

E Gabriel encaminhou-se para a ponte das barcas de Niterói.

Ia perfeitamente resolvido a morrer; mas, pelo caminho, à medida que se aproximava do seu triste destino, assistia-lhe um estranho interesse por tudo que o cercava. Ele, que naqueles últimos tempos não ligava importância a cousa alguma, sentia agora reviver no seu organismo, mais forte do que nunca, a sensação do mundo exterior. A gente que passava, homens, mulheres e crianças, todos lhe prendiam a atenção diretamente, como se de súbito em cada um deles descobrisse a seu respeito íntimas correlações na luta pela existência.

E quanto mais se avizinhava da morte, mais preso se sentia à vida, sem coragem todavia para arrostá-la de frente. E, cheio de inveja por todos aqueles destinos que pela última vez lhe passavam fugitivamente defronte dos olhos, comparava com eles a sua sorte e, sucumbindo por dentro à compaixão de si mesmo, julgava-se a mais desgraçada e desprezível das criaturas humanas.

– Sim! Era preciso morrer!

– Além disso, considerava o mísero, afirmei a Gaspar, sob palavra de honra, que partiria com ele para a Europa dentro de poucos dias; jurei igualmente que nunca mais me aproximaria de Ambrosina, e não tenho ânimo de ir, nem de ficar aqui sem ela!

E caminhava resolutamente para o ponto das barcas.

– Sim, sim, disse-lhe então dentro uma voz assustada e débil, que vinha do fundo do coração; tudo isso é verdade, mas tu bem podias dizer adeus àquela infeliz, antes de partires para sempre... Ela, coitada, está muito mal, e talvez se reanimasse um pouco só com saber que o teu último pensamento lhe foi consagrado... Seria uma obra de caridade!

– Nada disso! intervinha por sua vez a Razão, com uma voz terrível. Nada de imprudência! Se lá fores, será capaz muito de perdoar tudo e... Adeus, dignidade! Adeus vergonha!

– Juro-te que não! replicava o Coração, sempre com a sua vozinha hipócrita; prometo que não havemos de demorar ao lado d'Ela! Aquilo é chegar, fazer as despedidas, e pedir as suas ordens para o outro mundo!

– Sim! sim! bradava a Razão. Já te conheço as lábias, meu finório! Não é a mim que embaças! Está bem aviado quem se guiar por ti!

E o Coração protestou, jurou, suplicou, e afinal começou a soluçar.

A Razão reagiu ainda, apresentou seus melhores argumentos; mas o diabo do Coração, tanto fez, tanto chorou, tanto prometeu, que a tola da Razão teve de ceder, e Gabriel tomou o caminho da Praia do Russell.

E o rapaz, desde que se resolveu a ver pela última vez Ambrosina com pretexto de despedir-se dela, sentiu um grande alívio em todo o seu ser, e logo um suave contentamento a refrescar-lhe a alma; mas a Razão, que continuava de nariz torcido, aproveitou-se da distração dele e tirou sorrateiramente do seio um alfinete.

Gabriel não deu por isso e lá ia aos encontrões pela rua, procurando acompanhar a sua fantasia que, mal tomara o tímido aquela resolução, partira na frente, a galope, para junto de Ambrosina. E, donde estava, via-se ele já ao lado dela, sentindo-lhe o aroma e a doçura.

Imaginava então entre os dois um mudo encontro orvalhado de lágrimas. Ele afinal balbuciara o Adeus supremo, envolvendo-a num beijo de toda a alma, sombrio, imenso e silencioso como a própria morte que o esperava lá fora.

– Perdoa! exclamaria ela.

– Não! Eu te amo muito, para que te possa perdoar! Eu tudo sofreria, tudo resignado aceitaria de ti contanto que nunca foras senão minha!

– Perdoa! Perdoa!

– Não! Ouve! ouve, porque nunca mais nos veremos! Hei de antes de partir atravessar esse coração de pedra com um centelha da minha dor! hei de levar uma gota de fel ao íntimo do mármore da tua indiferença! hei de verter dentro de tua alma a minha lágrima mais sentida, mais amarga e mais ardente! E essa lágrima há de envenenar-te a alegria, há de rasgar-te as entranhas, porque vai armada com todas as garras do ciúme! No meio das tuas orgias, na febre das tuas noites de devassidão, há de essa lágrima cruel queimar-te os olhos e afogar-te o riso na garganta!

– Perdoa, Gabriel!

– Não! eu não sou Cristo, para te perdoar; nem tu és Madalena, para te arrependeres! Cristo perdoou sempre, porque nunca o trairam no seu amor! Amasse ele uma mulher como eu te amo, e, quando a tivesse junto ao peito, lhe cravasse ela o dente da perfídia, que ele a havia de esmagar com o pé, ou não seria homem! Tudo se perdoa, menos a traição do amor!

E Gabriel estugava cada vez mais o passo, enquanto seus doidos pensamentos prosseguiam na cena imaginária. Ambrosina já não dava palavra, soluçava devorada de remorsos, ansiosa de perdão. As lágrimas corriam-lhe quentes e apressadas dos olhos, como um desfiar de aljofar. Gabriel gozava de imaginar aquela dor. Via-se altivo, e a ela sobranceira. Depois, Ambrosina atirava-se-lhe aos pés, ofegante, pedindo-lhe por amor de Deus uma carícia. E o desgraçado, à vista daqueles olhos, daquela boca e daquele colo, reconstruía vertiginosamente toda a felicidade perdida, e rolava em delírio nos braços da perjura, exclamando entre beijos:

– Eu te amo – Eu te amo! Suma-se tudo que não seja nosso amor! Vivamos somente para nós! Esqueçamo-nos do resto do mundo, fechados um para o outro! Mas Gabriel, ao chegar a esta conclusão do seu desvario, estremeceu e estacou em meio da rua, como se por dentro lhe picasse uma víbora. Era a Razão, que continuava de alcatéia, e lhe ferrava na consciência a primeira alfinetada. Ele passou a mão pelos olhos, corou, e disse entredentes:

– Não! Juro que serei forte! Juro que terei brio! Havia chegado defronte da porta de Jorge. Bateu na rótula.

XXVII

O dente de coelho

Veio abrir a velha Benedita.

Gabriel arquejava.

A sua aparição, ali na casa do cocheiro, produziu alvoroço, tanto em Ambrosina, como em Laura. Esta, porém, retirou-se discretamente, deixando os amantes em completa independência, e a outra tratou de esconder a sua comoção.

Toda a retórica, que o rapaz tinha alinhado previamente em seu espírito, como quem prepara a artilharia para uma batalha, espalhou-se e voou desfeita ao primeiro olhar de Ambrosina. Ao tomar nas suas mãos a mãozinha branca e suave da formosa moça, nem mais se lembrava ele de uma única palavra de imprecação. Foi com o aspecto triste e combalido que a contemplou da cabeça aos pés.

Assentaram-se defronte um do outro silenciosamente.

– Então, sempre lhe mereci uma visita?... disse ela com frieza, para principiar a conversa.

– Venho despedir-me... respondeu Gabriel, quase em tom de quem pede desculpa. Ali, parecia ser ele o delinquente, e ela a queixosa.

– Despedir-se?... perguntou Ambrosina, evidentemente surpreendida com as palavras da visita, mas dissimulando a sua surpresa.

– É! balbuciou ele; vou partir...

– Eu já o sabia... disse a ensoneira, com ar de pouco caso.

– Como já sabia!

– Tinha um pressentimento...

– Ah!

– E calaram-se.

– Vai para muito longe?.. perguntou ela depois, cerimoniosamente.

– Não sei... creio que sim.

–Não tem destino então?

– Ignoro ainda aonde irei parar!

E Gabriel teve um olhar sinistro.

– Deixou isso naturalmente ao cuidado do padrasto, observou ela, chamando aos lábios um rizinho zombeteiro.

– Não! volveu Gabriel; eu vou só.

– Ambrosina estremeceu.

– Só! Então não vai em companhia do Médico misterioso?

– Não.

– Mas que significa essa viagem?...

Gabriel ergueu-se, foi até à cadeira de Ambrosina, tomou as mãos desta, e disse arrebatadamente:

– Significa que não posso viver ao teu lado, e não posso viver sem ti! significa que sou o mais desgraçado dos homens, e tu a mais cruel das mulheres!

– Tudo isso é falso...

– Ah! descansa, que, ainda mesmo se me fosse possível ligar-me de novo a ti, eu não o faria! É preciso que eu nunca mais te veja, é preciso que eu arranque do coração todo este vergonhoso amor que me devora! Acha-se nisso empenhada a minha dignidade! Irei, seja lá para onde for, contanto que me afaste de ti!...

– Eu irei contigo! disse Ambrosina..

– Cala-te! Não sabes para onde me destino!...

– E o que me importa a mim o destino? Acaso tenho tido na vida alguma generosa estrela que me conduzisse para o bem?... O que posso eu temer de uma viagem, seja qual for, ao lado do homem que amo, do único que até hoje amei?... Sim, meu Gabriel, nós iremos juntos, unidos, inseparáveis, como dois amantes malditos, como os dois primeiros pecadores de amor enxotados sobre a terra!

Gabriel ouvia, sem dar uma palavra. Ambrosina prosseguiu, depois de uma pequena pausa:

– Quanto me alegra o que acabo de ouvir da tua boca. Se te acompanhasse teu padrasto, não pensaria eu em seguir-te; desde porém que vás só, serei tua companheira fiel, a tua doce amiga, a veladora da tuas noites de estudo, porque precisas trabalhar, trabalhar muito, e eu te animarei o esforço com todos os desvelos do meu amor. Oh! quanto me sinto agora radiante de felicidade! Já não sofro! Já não choro! Raiou-me no coração a aurora de uma nova existência... Vou nos teus braços gozas, enfim, a paz com que eu nestes últimos dias sonhava, de um lar fecundo, abençoado e casto!

– Todavia, disse Gabriel, com um fundo suspiro; bem diversa da tua, é a paz por mim sonhada...

– Hein? Não te compreendo!

– Eu não devo continuar a existir... Adeus. Se algum dia...

Não pôde concluir. Ambrosina atirou-se-lhe nos braços.

– Vais morrer! Vais morrer, Gabriel? E é para isso que te despedes de mim!... Mas, ingrato! tens tu a coragem de abandonar-me, sabendo quanto eu te amo?! Egoísta! Vais morrer, vais descansar, enquanto eu cá fico para sofrer, para morrer todos os dias e a todos os instantes! E desviando-se dele, acrescentou:

– Podes ir! Vai! Mata-te! Afinal nenhuma obrigação tens de ficar ao meu lado! Eu é que jamais devia ter contado com o teu amor! Quem me mandou ligar a ti a minha felicidade, a minha vida e todas as minhas esperanças? Vai! Vai! cá me fica nas entranhas alguém que te represente!

– Que queres dizer?! exclamou Gabriel, segurando-lhe os pulsos, e ferrando-lhe um olhar alucinado.

– Sou mãe! Resumiu Ambrosina.

– Gabriel abraçou-a pela cintura, e deu-lhe um beijo na testa.

– Não! já não morrerei! Serei o pai de meu filho!

– Mas... partiremos?

– Sim, nem podia ser de outro modo... Prometi a Gaspar não voltar a teus braços; confessar-lhe, frente a frente, que me faltou coragem para cumprir a promessa, seria impossível! Prefiro fugir.

– Então, sairemos do Brasil, não é verdade? Iremos por aí afora, numa peregrinação de boêmios felizes. Depois de percorrermos toda a Europa, armaremos em Paris a nossa tenda... Tu serás meu, exclusivamente meu! Tomaremos um modesto alojamento no Bairro Latino; tu te farás muito trabalhador e muito estudioso, e eu um modelo de economia e de simplicidade! Mas convém que o Gaspar não desconfie absolutamente desses nossos projetos e para isso, segredava Ambrosina, abaixando a voz; eu não voltarei à casa, e ele suporá que continuamos brigados... Entretanto, tu cuidarás o mais depressa possível do que pudermos precisar, e dentro de poucos dias, estaremos de viagem! Hem? que te parece?... e pensavas em morrer!

Gabriel olhava para ela com ar idiota. Sua consciência dizia-lhe de dentro que tudo aquilo era mau, era infame; afinal estava o ingrato a conspirar, de parceria com uma mulher sem dignidade, contra o único homem que até aí se mostrara deveras seu amigo e concentrara nele toda a sua família.

E tão seguramente reconheceu Gabriel a razão deste raciocínio, que não se animou desta vez a discutir com a ralhadora da consciência; e, para escapar à maldita voz que o acusava por dentro, pôs-se a pensar nas delícias que lhe oferecia o projeto de Ambrosina. As viagens e os prazeres em companhia dela passaram-lhe pelo espírito num turbilhão vertiginoso; e ele, sem ideia justa de tudo quanto tinha a gozar, via a projetada existência através de um nevoeiro espesso dentre o qual sobressaía sempre o vulto formoso da amante, esse perfeitamente nítido, a estender-lhe os braços nus. Paris, Londres, Madri, surgiam-lhe na mente, como vistas teatrais numa apoteose de seu amor.

– Então? perguntou Ambrosina, afagando-lhe os cabelos; pensas ainda em morrer?

– Não! respondeu Gabriel, acordando. Daqui mesmo vou tratar da nossa viagem...

– Pois bem, vai. Mas lembra-te que toda a cautela é pouca! Entendo até que não precisamos fazer provisão de cousa alguma, a não ser de dinheiro... Isso, sim, é que é necessário levar bastante. Meu falecido pai dizia que o dinheiro é a guerra do homem civilizado.

Gabriel fazia cálculos silenciosamente.

– É verdade! – sugeriu Ambrosina. E como embolsarás uma quantia maior sem a intervenção de teu padrasto?...

– Isso é o menos! é só encher um cheque contra o banco e terei o dinheiro que quiser! Quanto será necessário?...

– Sei cá! Em todo caso filho, antes de mais que de menos... Não por mim, mas por ti mesmo. Além disso, pelo fato de estar o dinheiro em teu poder, não quer dizer que o gastaremos todo...

– Creio que, se eu levar vinte contos de réis, não precisaremos recorrer tão cedo ao Brasil...

– Decerto. Isso nos dará para passar uma existência inteira!

– Bem! rematou Gabriel, tomando o chapéu e despedindo-se da amante com um beijo. Estamos combinados! Vou tratar da viagem!

Ambrosina, da janela, acompanhou-o com a vista por algum tempo; depois passou ao quarto imediato, onde encontrou Laura atirada sobre a cama, desfeita em pranto. Apoderou-se dela.

– Então! disse sorrindo. Que asneira é essa?... A menina escondeu o rosto, e chorou mais forte. A outra insistiu nas suas carícias. Tinha a voz meiga e suplicante, e afetava infantis pieguices.

– Então meu benzinho? não queres responder à tua amiguinha? Vamos! fala!...

– Tu te vais embora! balbuciou Laura entre soluços.

– Ambrosina beijava-lhe as lágrimas.

– Tolinha! Sabes lá o que estou fazendo! Já não te disse que só a ti amo neste mundo?...

– Mas vais-te embora!

– E tu te sentirás muito com a minha ida?... A outra respondeu beijando-a repetidas vezes. Ambrosina pensou um instante, e disse depois com firmeza:

– És tu capaz de fugir comigo?

– Sou! respondeu Laura, olhando-a de frente.

– Pois então, fica na certeza de que iremos juntas! Mas... (E fez sinal de silêncio) se deres a alguém uma palavra sobre este assunto, está tudo perdido!...

Laura batia palmas de contente. Uma viagem misteriosa era todo o seu ideal. Não era aquele precisamente o rapto com que ela sonhava, mas em todo caso era um rapto.

– Bom – disse Ambrosina. Temos ainda o que fazer para levarmos a efeito o nosso belo projeto... Dá-me papel e pena.

Laura obedeceu.

Ambrosina passou-se para uma mesinha ao canto do quarto. E aí sentada, na meditativa posição de quem se concentra numa complicada ideia, embebeu a pena na tinta, olhou atentamente para a brancura do papel e, afinal, escreveu o seguinte:

"Melo Rosa,

Já falei ao Gabriel, e ele está pela viagem; aparece-me para tratarmos do que tínhamos combinado. Se puderes vir hoje mesmo, será melhor. Eu estou na casa de Jorge, cocheiro do Gaspar. Já sabes onde é. Amo-te! Vem".

A assinatura era um rabisco.

Mas o que queres fazer com essa carta?... perguntou Laura. Aí é que a cousa tem dente de coelho! disse Ambrosina, piscando um olho. Laura abriu muito os dela, e sacudiu os ombros.

Descansa, que eu sei o que estou fazendo... acrescentou a outra, terminando o sobrescrito. E tratou de remeter a carta ao seu destino.

XXVIII

Diabólica estratégia

As palavras do Médico Misterioso a respeito de Laura traziam ultimamente o pai desta em constante preocupação.

Por que seria que o Dr. Gaspar tanto receava da convivência de D. Ambrosina... matutava o bom homem. Está claro que ela não era nenhum favo de inocência, mas também não seria tão malvada, que só por gosto, lhe fosse agora perder a filha. Em todo o caso, convinha estar de alcatéia, porque lá dizia o outro: "Mais vale prevenido no mar, que desprevenido em terra!"

Ora, D. Ambrosina, considerava ainda o cocheiro; o defeito que tinha era ser um tanto doida; por mau coração não havia que lhe dizer, coitada! que ele sabia de atos de caridade praticados por ela. Lá o fato de achar-se unida ao Gabriel, isso nada punha, porque a moça afinal precisava do auxílio de algum homem... E por que razão se achava ela hospedada ao lado de Laura? Seria por cálculo ou por maldade?... Não decerto; era puramente à força de circunstâncias.

E Jorge concluía com esta frase:

– Aquela, mais dia menos dia, é vítima do demônio do doido!

Quando lhe constou a visita de Gabriel, o homem ficou mais tranquilo, na esperança de vê-los brevemente juntos e longe da pequena. Resolveu deixar que as cousas corressem por si. Que pressa havia agora em afastar a pobre de Cristo, se o seu moço já se havia entendido com ela, e em breve a levaria consigo? Quanto à burla da gravidez, ele nada sabia.

A visita do Melo Rosa efetuou-se no mesmo dia em que Ambrosina lhe escrevera. Haviam os dois muito antes combinado o plano de larapiar de Gabriel uma boa quantia, fugindo ambos em seguida. O amante traído pagaria à sua custa os meios da traição.

Mas o cocheiro, que andava de orelha em pé, bispou de qualquer modo os projetos de Ambrosina e, revoltado na sua surpresa, tratou de destruí-los.

A sua primeira ideia foi de contar tudo a Gaspar, hesitou, porém. – Quem sabia lá se aquela revelação não iria dar motivo a qualquer fato lastimável?... Contudo, não lhe podia sofrer a paciência que o velhaco do Melo abusasse, assim sem mais nem menos, da boa-fé do pobre Gabriel, a quem Jorge deveras apreciava.

– Nada! concluiu ele. Quero que um raio me parta, se eu não desmanchar esta pouca vergonha! E foi à procura do patrão, com o desassombro de quem vai resolvido a cumprir o seu dever. Gaspar não estava em casa, e Jorge não queria entender-se diretamente com Gabriel; este, porém, com tal ansiedade lhe falou de Ambrosina, tão impaciente se mostrou pelas notícias delas, que o pobre do homem, depois de coçar a cabeça, torcer o chapéu entre as mãos e limpar o suor da testa, exclamou:

– Com todos os diabos! A verdade diz-se! Gabriel assustou-se.

– É que não posso ver ninguém iludido! despejou o cocheiro. Sei que vossemecê projeta uma viagem com D. Ambrosina, e sei também que o Melo Rosa anda a desencabeçar a moça para não ir!

– O Melo Rosa?... Mas que diabo pretende esse tipo?

– Ora, o que há de ser? Quer que a Sra. D. Ambrosina, em vez de acompanhar a vossemecê, fique na companhia dele! Aí está!

– E Ambrosina o que diz?...

– Isso lá é que não sei! Tola será ela, se largar um moço formado, bem parecido, bom e rico, como vossemecê, por um troca-tintas daquela força!

– Tu não sabes o que são as mulheres, Jorge!

– O que lhe afianço é que faz tudo, o tratante, para seduzi-la. Tenha a bondade de ler esta carta... Gabriel leu no papel que lhe passou o cocheiro: "D. Ambrosina. Apesar de me haver a senhora proibido falar-lhe sobre qualquer assunto; apesar de ter confessado que me aborrece, eu não desisto das minhas esperanças, e venho ainda uma vez pedir-lhe, de joelhos, que não acompanhe o G*** e siga comigo para onde melhor lhe parecer em toda e qualquer parte do mundo. Os recursos pecuniários para a viagem não faltarão, porque, como saberá, acabo de ser largamente premiado pela loteria. E estará à sua disposição, desde que a senhora assim o decrete com uma simples palavra.

Espero a sua resposta até depois de amanhã. – Melo Rosa".

– Esse "depois de amanhã" é hoje, disse Jorge, porque esta carta chegou anteontem. Gabriel ficou pensativo, mas no íntimo sentiu-se feliz com aquelas palavras; provavam-lhe elas que a requestada repelia o Melo.

Entretanto, tudo era arranjado pela própria Ambrosina; foi ela quem imaginou a carta, quem a escreveu e quem a pôs ao alcance do cocheiro, calculando que este desconfiado como andava, a iria mostrar logo ao patrão, e o patrão ao enteado.

Gabriel resolveu ir dali mesmo à Praia do Russell.

– Olhe, Doutor, disse-lhe Jorge; pode vossemecê contar comigo para o que der e vier! Se for preciso que o velhaco do tal Melo não importune, é só mo dizer porque eu me encarrego de tudo!...

– Como assim?

– Descanse, que lhe não tocarei num cabelo! Apenas o que faço é afastá-lo durante o tempo necessário para tratar vossemecê de seus interesses. Depois... ele que esbraveje à vontade! Siga viagem o Doutor com a sua Do.... e o resto fica por minha conta!

Gabriel aprovou a ideia, e conversou demoradamente sobre ela com o cocheiro. Em seguida, foi ter com Ambrosina.

– Estimo que chegasse! exclamou a bela rapariga, a envolver-lhe o corpo com os braços. Não imaginas o que vai por cá! Assenta-te, descansa um pouco, porque tenho cousas muito sérias a comunicar-te...

Gabriel assentou-se, em silêncio. Ambrosina chegou uma cadeira para junto da dele, e, com uma voz misteriosa e cheia de movimentos reservados, disse-lhe:

– Sabes que o Melo, desde aquele dia de loucuras lá em casa, persuadiu-se de que o amo?...

O rapaz meneou afirmativamente a cabeça.

Pois bem; meteu-se-lhe em ideia que eu devia separar-me de ti para viver com ele!... Aquela peste não se enxerga! Ora, tenho pena de haver perdido uma carta que me remeteu o traste! Guardava-a justamente para te mostrar... Não sei onde a pus! Estou doida de procurá-la! Entre outras banalidades, diz o tolo haver tirado um prêmio na loteria. Querer seduzir-me com dinheiro!... A mim, que tu bem sabes quanto sou desinteressada! a mim, que te amaria da mesma forma, se fosses o mais pobre dos homens! Bem! Eu não dei um passo; nada quis resolver, sem falar contigo... Tu és o senhor de meus atos, e como tal, fica a teu arbítrio fazer o que entenderes!

– Não se fará cousa alguma. Já está tudo determinado. Precisamos é sair hoje mesmo daqui. Estamos com o aluguel de nossa casa pago até o fim do mês. Os trastes foram já vendidos, mas só serão arrecadados pelo dono depois da nossa partida.

– É verdade! lembrou a traiçoeira; na falta de outra casa, podemos ir para a de mamãe. Ela veio ontem visitar-me, e pediu-me que fosse para lá.

– Não, não convém; pois se temos casa própria, para que ir para a dos outros? Além disso, precisamos tratar em plena liberdade de nossa viagem. O Gaspar vai hoje para Nova Friburgo e demora-se alguns dias; amanhã já aí está o vapor, e nós partiremos.

– E se o Melo lembrar-se de perseguir-me lá em casa? Tu não sabes quem é aquele sujeito!

– Não te incomodes com o Melo! A respeito (dele estão tomadas todas as medidas.

– Lembra-me uma cousa nesse caso. Levo a Laura para me fazer companhia até o momento do embarque.

– Bem; mas o que preciso saber é se tu és capaz de escreveres duas palavras ao Melo, convidando-o para ir amanhã lá à casa. Não te assustes, ninguém lhe fará mal!

– Para que é? indagou Ambrosina, rindo, a prever alguma boa partida.

– Já agora te digo tudo com franqueza: O Melo se for amanhã, será delicadamente agarrado e conduzido a um lugar confortável, onde não lhe faltará absolutamente nada, mas do qual só será posto em liberdade depois que tenhamos partido...

– Bravo! Magnífico! Ah! como o bobo não ficará furioso!

– Mas, escreve-lhe o bilhetinho, não?

– Meu Deus! Quantos quiseres! Tu não pedes, mandas! Podemos escrevê-lo imediatamente. E, toda expedita e desembaraçada, foi buscar pena e papel.

– Estou às tuas ordens. Podes ditar... disse a finória, assentada já defronte do tinteiro.

– "Melo Rosa, ditou Gabriel. Está tudo arranjado. Amanhã às quatro horas da tarde, me encontrarás em casa, sozinha e pronta para fugir contigo. Fico à tua espera. Não faltes! – Ambrosina".

– Pronto! disse esta. Afianço-te que ele irá.

– Bem! agora dá-me esse bilhete.

– Aí o tens. E Gabriel guardou-o no bolso.

– A que horas queres que te venha buscar? perguntou ele.

– Logo mais, a qualquer hora... Vem às quatro.

– Pois bem, até às quatro, disse o rapaz, beijando-a na testa. E meteu-se no carro.

Ambrosina, logo que ele se retirou, correu ao quarto de Laura.

– Prepara-te para ires hoje mesmo comigo lá para casa. Teu pai consente. Mas agora desejo que me ajudes a vestir a toda pressa...

– Onde vais?

– Tenho muito que fazer. Só mais tarde saberás todos os passos que dou por tua causa...

Um pequeno, filho da vizinha, foi chamar um carro, e Ambrosina apareceu pronta na sala. Rua da Misericórdia..., disse ela em voz baixa ao cocheiro. O carro seguiu, e vinte minutos depois parava defronte de um grande sobrado antigo, cheio de janelas quadradas. Era uma casa de alugar cômodos.

– Espere por mim, soprou a moça ao cocheiro, e subiu a longa escada do sobradão. Atravessou, sem fazer caso, o primeiro e o segundo andar; chegou cansada ao último.

– Qual destas portas será!... pensou ela, hesitando em bater a qualquer das quatro que tinha defronte de si. Nisto, abriu-se uma delas, e Melo Rosa, vestido de casimira clara, apareceu com um sorriso.

– Ah! pensei que já não viesses! É quase uma hora!

– Não me fales, homem! Uma visita de Gabriel.

– Sim, hem! Mas, vai entrando, filhinha. Não podemos perder tempo: temos muito que falar!

– Uf! fez Ambrosina, atirando-se sobre uma cadeira. Arre! que esta casa mata uma criatura! Estou a botar os bofes pela boca! Aqui não me pilharias duas vezes!

– Sim! Mas toda cautela é pouca... Nós temos de tratar de negócios, que nos podem meter a ambos na cadeia!...

– Deixa-me descansar um pouco.

– Toma um grogue...

– Dá-me qualquer cousa. Uf!

Melo Rosa serviu-lhe o grogue e, depois de acender um charuto, foi colocar-se ao lado dela.

– Ora, vamos lá a saber em que pé se acham os nossos interesses!...

– Está tudo pronto. Logo mais receberás um bilhete meu, que te marco o nosso encontro definitivo lá em casa, amanhã às quatro horas da tarde...

– Em Laranjeiras?

– Sim.

– E daí?

– Daí é que se torna indispensável que não deixes de ir! Ambrosina chamava a si a paternidade do bilhete ditado por Gabriel.

– Mas, continuou ela; para que Gabriel não nos embargue a fuga, é mister que, antes de me procurares, já tenhas providenciado sobre ele...

– Como assim?... perguntou Melo Rosa, seguindo com todo o interesse as palavras da rapariga.

– Diz-me uma cousa, Melo! estás seriamente resolvido a fugir amanhã comigo, ocupando tu o lugar de Gabriel?!...

– Se estou resolvido? É boa! Achas então que eu chegaria a este ponto e recuaria agora defronte de qualquer dificuldade?... Nunca me arrependo do que faço; disse que ia contigo, e irei! Afinal para isso é preciso cometer um crime? Bem! eu cometerei! O amor fez de mim um ladrão? Seja! Eu roubarei os vinte contos de réis de Gabriel para poder acompanhar-te! Estou resolvido a tudo!

– Ah! exclamou Ambrosina; acredito agora que me ames! Só nestas situações melindrosas, em que jogamos a vida e a honra, é que se pode reconhecer amor verdadeiro; esse que não aceita barreiras, nem conveniências de nenhuma ordem! Eu serei a tua cúmplice, e nunca me arrependerei disso. "Tudo que é inspirado pelo amor, disse George Sand, é sempre belo e sublime!" E foi só o amor que nos inspirou!

– E perguntas ainda se estou resolvido a fugir contigo!...

– Pois bem! assentou Ambrosina, segurando com veemência as mãos de Melo Rosa; para podermos fugir, é necessário que Gabriel amanhã as quatro horas da tarde esteja preso sem lugar seguro donde não possa sair antes de nossa partida... E esse o único meio que temos para não nos ser embargada a viagem!

Melo Rosa concentrou-se.

– E onde será ele encontrado por essa hora? perguntou afinal, depois de uma pausa.

– Onde eu quiser! respondeu friamente Ambrosina.

O que preciso saber ao certo é se te podes encarregar, com segurança, de dar as providências necessárias para que ele seja preso.

– Posso... disse Meio, depois de uma nova pausa.

– Mas, repara bem para o que prometes... observou-lhe a embusteira com um olhar sério. Se não conseguires retê-lo, não poderemos fugir, e tu serás preso como ladrão! Vê lá! E fez por sua vez uma pausa, para estudar na fisionomia do rapaz a impressão causada por suas palavras.

– Gabriel, prosseguiu ela, conta partir amanhã, comigo pelo transporte da linha francesa. Eu me encarregarei das malas, e ele ganhará a rua logo depois do almoço. Hoje à noite já o dinheiro estará em meu poder. Tens por conseguinte de arranjar as cousas de modo que o bobo às quatro da tarde já esteja preso em lugar seguro, e nós perfeitamente senhores do campo, sem risco de que alguém nos possa tolher o voo. Passaportes, licenças, bilhetes, tudo amanhã se achará em minhas mãos. Gabriel é muito pouco conhecido, tu facilmente passarás por ele... Se te falta, porém a coragem para tudo isto; se és homem medroso, um homem de meia resolução, melhor será que desde já desistas dos teus projetos. Sem uma boa dose de energia, nada se fará.

– Parece que zombas de mim, Ambrosina! Algum dia já me viste hesitar diante de qualquer embaraço? Juro-te por minha honra que Gabriel, amanhã às quatro horas da tarde, estará incomunicável! E tu, por essa mesma ocasião, à minha procura lá em casa, não é verdade?

– Sim! Podes ter certeza. Mas ainda preciso do teu auxílio...

– Para quê?

– É preciso que deixes uma carta dirigida ao Gabriel, e que a faças chegar diretamente às mãos deste, amanhã pela volta das duas da tarde.

– Pois não, respondeu Ambrosina, sem conter um sorriso, que lhe provocava a consciência do fato. E assentou-se a uma mesa para escrever.

– Vamos lá! disse ela.

– "Gabriel" – ditou Melo Rosa.

– Nunca o trato, assim, observou Ambrosina; e escreveu, repetindo em voz alta:

– "Meu amor".

– Bem! concordou o Melo. Escreve agora:

"Hoje, às duas horas da tarde, é necessário que estejas presente à penhora que vai sofrer o nosso Jorge. Gaspar acha-se longe e não lhe pode valer. Fui tão protegida e obsequiada por aquela boa gente, que não tenho ânimo de ficar silenciosa em semelhante ocasião. Vai, pois, e socorre-os".

– Agora, assina.

– Espera, disse a rapariga. Preciso acrescentar alguma cousa por minha conta. E escreveu mais: "Laura não assistirá à constrangedora ação da justiça, porque estará em minha companhia. É urgente que vás; precisamos, como sabes, dos serviços de Jorge para a nossa viagem...

"Escrevo-te, pela impaciência em que me vejo de comunicar-te esta desgraça. Agora mesmo foi que me chegou aos ouvidos tal notícia. Estimarei muito que esta carta seja completamente inútil, e que tu a estas horas tenhas restituído já a pobre família do cocheiro à sua primitiva tranquilidade. Ao menos, em nossa viagem, levaremos ainda na alma o gosto de uma boa ação. Creio que melhor não nos poderíamos despedir da pátria. Tua - Ambrosina."

– Agora, sim; disse ela, metendo a carta no envelope, depois de ler em voz alta o que escreveu. Pronto! E subscritou-o com o nome de Gabriel. Feito isto, a pérfida levantou-se declarando que não tinha tempo a perder. Havia muito ainda em que cuidar!

Melo Rosa queixava-se de que ela fosse assim, sem pagar ao amor os devidos tributos.

– Teremos depois muito tempo para isso, respondeu a visita já na porta do quarto. Coragem e energia, que será bem recompensado!

– Então, nem um beijo, Ambrosina?...

– Nada! Faze por merecê-lo... Adeus. E, enquanto descia as longas escadas do sobradão, ia ela tecendo consigo as seguintes reflexões:

– Muito bem! Se os dois cumprirem com o que prometeram, amanhã estou eu completamente livre deles e senhora dos vinte contos de réis que me farão muito boa companhia! O Melo prenderá Gabriel, e Gabriel prenderá o Melo! E depois disso, ainda não estarão talvez bem convencidos de que são ambos uns grandíssimos tolos! Ah, homens! homens!

XXIX

Dia da viagem

Às quatro horas da tarde, Gabriel, como prometera, fazia parar o seu carro defronte da porta do cocheiro Jorge.

Ambrosina esperava por ele já vestida, ao lado de Laura. O pai desta andava fora no trabalho, e a velha Benedita fazia as honras da casa.

Gabriel ajudou as duas raparigas a tomarem lugar na sege. E seguiram alegremente os três para Laranjeiras.

Estavam em princípio de janeiro, num dia quente, e a viração da tarde fazia pensar na sesta preguiçosa e doce.

O carro atravessou a praia e entrou no Catete. Ambrosina tinha entre as mãos uma das mãos de Laura, a quem envolvia toda com um olhar de profunda ternura.

Aproximava-se o carnaval, e as grandes máscaras de papelão, expostas nas vitrinas e às portadas dos armarinhos, davam, com as suas cores absurdas, um aspecto alegre à rua. Viam-se balançar, como bandeiras, as roupas multicores destinadas à mascarada. Mulheres do povo brincavam entrudo com grande algazarra, e um português gordo, em mangas de camisa, queimava bichas chinesas ao lado de um quiosque.

O bairro parecia em festa.

Gabriel, entretanto, ia preocupado. Agora, que se aproximava o momento de partir, caía a pensar constantemente no padrasto. O bom amigo ia ficar sentido com aquela viagem. Mas que fazer?... Estava porventura em suas mãos desmanchá-la?... Perdido por pouco, perdido por muito! Agora, não era possível voltar atrás!...

E, para explicar-se com a consciência, dizia covardemente de si para si:

– Ora! O que tem de ser, traz força!

Ambrosina interrogava-o vagamente sobre o que fizera ele durante o dia. Gabriel declarou que se achava tudo pronto, mas que encontrara grande dificuldades para obter o passaporte, porque ele não queria anunciar a sua partida, nem queria ocupar tampouco alguma pessoa de confiança que o abonasse. E, depois de circunstanciar esse e outros fatos, declarou que já se não podiam arrepender... Só faltava embarcar!

– Parece-me que tens pena de deixar o Rio de Janeiro!...

– Que me importa o Rio, contanto que eu te tenha a ti!

E olharam-se com amor. Laura não dava uma palavra; tinha o olhar disperso. Não se animava de encarar com Gabriel. Estava cativadora. Vestia linho pardo, debruado de cadarço branco. A flexibilidade do seu corpo desenhava-se bem com aquela roupa inteiriça. Não levava outra joia além de uma pequenina cruz de ouro sobre o peito. O chapéu de palha de Itália dava-lhe à fisionomia uma doçura admirável. Seria difícil dizer em que ia pensando aquela cabecinha!

E assim chegaram os três à casa de Laranjeiras.

Gabriel havia cambiado sua notas do Tesouro por dinheiro em ouro e saques bancários ao portador. E o esterlino ruído do metal, que ele acondicionava em uma gavetinha de segredo da secretária, fazia estremecer Ambrosina, que ao seu lado o apoquentava com perguntas.

Laura, estendida num divã da sala de visitas, alheia a tudo que a cercava, embalava-se nos seus sonhos, a cabeça caída sobre a almofada, os braços em abandono, os olhos meio cerrados, o pensamento solto.

Gabriel conversava com a amante, a mostrar-lhe o passaporte, o bilhete de viagem; e pouco depois, chegava um homem carregado de objetos que ele havia comprado na cidade, quase tudo roupa branca, mantas, agasalhos e charutos.

Jantaram à noite o que veio do hotel!

A manhã do dia seguinte correu sem novidade. O vapor, por motivos de moléstia do comandante que fora à última hora substitui-lo, só sairia ao pôr do sol. Gabriel andava atarefado; não sabia para onde voltar-se! Tinha ainda tanto que fazer!

Mas Ambrosina o tranquilizava: que não se incomodasse ele absolutamente com as malas; ela se encarregaria de tudo. Gabriel que fosse tratar de saber se Jorge tomara as providências necessárias para prender Melo Rosa.

– Isso é que mais urgia!

Gabriel, porém, onde poderia encontrar o cocheiro?... Em casa era inútil procurá-lo àquela hora; já passava das onze. Saiu. Foi à residência do padrasto nada obteve. A criada, todavia, disse-lhe que o cocheiro pouco antes ganhara a rua muito azafamado.

– Onde o poderei encontrar agora?...

Gabriel desceu preocupadamente a escada; levava o chapéu atirado para trás, a cara banhada de suor. Ao chegar à porta, encontrou um portador de Ambrosina à sua espera.

– O que temos? perguntou surpreso.

– Esta carta, que a patroa mandou entregar a vossemecê com toda a pressa.

– Que novidade será? Era a carta combinada entre Ambrosina e Melo Rosa no sobrado da rua da Misericórdia. Gabriel sobressaltou-se ao lê-la. Ora, mais essa! O Jorge sofrer aquele dia uma penhora! Era só o que faltava!

– Mas, com os diabos! exclamou ele, consultando o relógio. Não há tempo a perder! Praia do Russell! A toda a força! gritou ao cocheiro, volvendo ao seu carro.

E o carro disparou como um raio.

Apeou-se defronte da casa do Jorge. Um velho de longas barbas, estava assentado ao limiar da porta, saiu-lhe ao encontro e perguntou com ar triste:

– O senhor naturalmente é o Dr. Gabriel?... Sim. Que é do Jorge?

– Não me pergunte por ele! Uma grande desgraça! E o velho limpou os olhos. Gabriel deu um passo para entrar na casa do cocheiro.

– Não entre! exclamou o outro, sempre comovido. Não está aí ninguém!... A justiça fez a sua visita e não se pode tocar no que lá está! O senhor bem sabe que o Jorge não pode apresentar o dinheiro e...

– Mas, que dinheiro? Que trapalhada é esta? O que tudo isto quer dizer? Explique-se por uma vez!

O velho fez um gesto de tolo, e falou confusamente em penhora, em dívida, em homens armados, mas sem explicar ao certo cousa alguma.

– Cada vez entendo menos! disse Gabriel, já impaciente. E releu o bilhete de Ambrosina, que tirara da algibeira.

– Uma grande desgraça! respirava de vez em quando o velho, a sacudir tristemente a cabeça.

– No fim de contas, o que faz você aqui?...

– O Jorge disse-me que o esperasse..

– A quem, homem?!

– Ao senhor...

– E para quê?

– Para lhe dizer o que se passou e indicar-lhe o lugar em que ele está...

– Pois, se foi para você dizer-me o que se passou nesta casa que Jorge o deixou aqui, podem os dois limpar as mãos à parede, porque fiquei na mesma! Não haverá por aí alguém com quem me entenda!...

– Não há, não, senhor... Foram todos para a Ilha...

– Que ilha, criatura?

– A ilha dos Cães...

– Mas que diabo foram fazer lá? O que demônio aconteceu aqui?

– Para falar a verdade, não sei, meu rico senhor... Não entendo destas cousas! Sou amigo velho do Jorge... cá estava a cavaquear um pedaço com ele, quando chegam dois sujeitos, armados de tinteiro, pena e papel, e vão entrando, sem mais nem menos, pela casa, a tomarem nota de tudo que encontram... O Jorge pôs-se a chorar como um perdido... Quatro homens, que acompanhavam os do tinteiro, lançam-lhe a mão e o intimam a seguir para a ilha! Ora, aí está tudo o que se passou!

– E ele foi?...

– Foi, sim, senhor! E pediu-me, por tudo, que não saísse aqui da porta enquanto V. S. não chegasse e recebesse o recado...

– Que recado?...

– O recado é que ele pede à V. S. que faça o favor de dar um pulo até lá onde ele está. É questão de um instante! O Jorge deixou um escaler já preparado. Se V. S. quiser, eu o levo e trago num abrir e fechar de olhos!...

Gabriel hesitava perplexo; consultava o relógio e a carteira. Que sigi-nificaria tudo aquilo... A carta de Ambrosina e as vagas palavras daquele velho idiota punham-lhe a cabeça a arder.

– Sabe se, antes da chegada do tais sujeitos, havia o Jorge recebido alguma intimação da justiça?... perguntou ele, depois de um silêncio de alguns segundos.

O velho respondeu que não sabia.

– Ora sebo! gritou o rapaz. Afinal, estou sempre na mesma!

– O Jorge é quem lhe poderá dizer tudo, patrão! Não vale a pena arreliar-se! Se quiser falar com ele, o escaler está às ordens. Gabriel passeava de um para outro lado, procurando descobrir o fio da meada.

– Ah! exclamou ele de repente. Já sei!

E concluiu de si para si que o Melo Rosa fora prevenido das intenções do Jorge a seu respeito, e engendrara aquele meio de desfazer-se do cocheiro.

– Não é outra cousa... resmungou. Verão que não é outra cousa!...

E, convencido do que pensava, deu um novo curso ao seu raciocínio: Ainda não eram duas horas; o vapor sólevantaria ferro às seis e meia... Às três podia ele estar de volta, já entendido com o cocheiro, e apto por conseguinte a tomar qualquer resolução enérgica contra o Melo. Se fosse preciso, podia até queixar-se à polícia... ali andava com certeza grande abuso! o que convinha era prevenir Ambrosina que se acautelasse contra alguma armadilha... O Melo Rosa pagaria caro aquela brincadeira! mas, por então, urgia que Gabriel se entendesse com Jorge...

– Onde está o escaler?! perguntou ao velho.

– Ali mesmo, patrão. É só descermos um pouco... Aqui é costa...

– Mas, preciso de um portador para as Laranjeiras, observou o rapaz, escrevendo um bilhete a lápis, no qual relatava à Ambrosina as suas desconfianças e lhe aconselhava toda a cautela com o Melo. É verdade! o carro em que vim pode servir. Chame o cocheiro.

O bilhete foi expedido, e Gabriel acompanhou o catraeiro até à entrada da praia do Flamengo.

– Aqui está o bote! disse o velho, apontando para um escaler preso ao cais. Isto é decidido! Corre que nem um carapau!

A embarcação, nova e garbosa, balouçava-se voluptuosamente na cadência da vaga. Fazia um tempo abrasador e cheio de luz. A baía reverberava ao sol. As montanhas erguiam-se cruamente do seio das águas, que as refletiam por inteiro. Havia dois homens no escaler. O velho entrou nele agilmente e, depois de ajudar Gabriel a embarcar, assentou-se ao leme, e gritou para aqueles em voz de comando:

– Toca!

Abriram-se os remos, e o bote ganhou a baía arrancando um galão farto de cada vigorosa braceagem dos tripulantes. Em breve distanciaram da terra, deixando atrás a fortaleza de Villegaignon. O velho ergueu então a cabeça. O seu primitivo ar de ingenuidade desaparecera de todo, substituído por uma áspera catadura de lobo do mar.

– Ao largo! disse ele com autoridade.

– Para onde diabo vamos nós? perguntou Gabriel. Não lhe responderam.

– Onde fica a tal ilha? o mesmo silêncio.

– Mas, com todos os diabos! você zombam de mim?!

O velho, sem desfranzir as sobrancelhas, tirou do peito uma carta e entregou-a ao seu interlocutor.

Era de Melo Rosa e dizia o seguinte:

– "Caro Sr. Dr. Gabriel. Ao ler esta, estará V. S. cheio de apreensões e receios. Dissolva-os – nada lhe sucederá, a não ser o malogro da partida com Ambrosina. V. S. recuperará a sua liberdade somente à meia-noite, quando a referida senhora já se achará comigo em viagem para fora do Império. Os homens, que V. S. tem defronte de si e que o guardam à vista, são de confiança e estão pagos para não o deixarem fugir; escusa, por conseguinte, tentar qualquer meio que for de encontro ao que determinei.

Sinto que isto o faça ficar desapontado; mas o que quer? Tenho paixão por Ambrosina; ela consentiu em acompanhar-me, e eu lancei mão dos meios que pude para consegui-lo.

Adeus e perdoe-me, se não pude evitar o desgosto que lhe dou.

Seu amigo e criado. – M. R."

Quando Gabriel acabou de ler a carta, os remadores haviam já recolhido os remos, e o escaler permanecia no mesmo ponto, a jogar suavemente à mercê das ondas.

O amante traído sentia-se estrangular pela raiva. Crescia-lhe na garganta um novelo áspero que sufocava.

Suas primeiras palavras foram para pedir água. O velho apresentou-lhe uma ancoreta cheia dágua e uma garrafa de conhaque.

Gabriel bebeu de ambos e ergueu-se.

– Querem você enriquecer hoje mesmo?! perguntou ele aos homens. Estes voltaram apenas o rosto.

– Dou-lhes uma boa quantia, se me puserem já em terra!

O velho sorriu e meneou negativamente a cabeça.

– Raios os partam! Miseráveis! exclamou Gabriel a esmagar na mão fechada em soco o seu chapéu de feltro.

Consultou o relógio; marcava três e meia. Se aquele maldito velho quisesse, ainda havia tempo de alcançar Ambrosina!

– Pense bem... disse-lhe em voz baixa. O Senhor está velho, precisa descansar... Eu sou rico... posso dar-lhe com que adoçar os seus últimos dias...

– Quanto?...

– Uns cinco contos de reis...

– É pouco! Dez!

– Deixe-me vê-los?

– Ah! não os tenho aqui comigo, decerto, mas dou-lhos em terra...

– Já não como araras com penas!...

– Juro-lhe, sob palavra, que lhe dou o dinheiro

– Mais vale um pássaro na mão que dois a voar!...

– Afianço-lhe que os meus dez contos são mais seguros que outro qualquer pagamento!...

– Pois então assine um depósito da quantia...

– Assino! anuiu Gabriel, procurando o seu lápis.

– Não, ocorreu o outro; tenho cá com que pôr o preto no branco... e as competentes estampilhas.

E sacou da caixa de popa uma escrivaninha perfeitamente guarnecida, que passou às mãos do rapaz.

– Seu nome? perguntou este.

O velho respondeu firmemente:

– Antônio Leão Cerqueira, para o servir.

Gabriel lavrou o documento de dívida.

– Aí o tem... disse, entregando-o ao carteiro. Este leu e releu o escrito, dobrou-o depois, meteu-o na algibeira das calças.

– Torce pra terra! rosnou aos tripulantes.

E o escaler virou de bordo.

– Depressa! gritou Gabriel. Não temos tempo a perder! Depressa!

E logo a cidade parecia vir a seu encontro, tal era a rapidez com que o escaler deslargava para a praia.

XXX

Fulminação

Enquanto sucedia ao pobre Gabriel o que acabamos de ver, Melo Rosa tomava um carro de praça e mandava tocar à toda para Laranjeiras, correndo ao encontro de Ambrosina, que devia estar à sua espera, pronta a desferir o voo, conforme entre si haviam combinado os dois velhacos.

E, estendido sobre as almofadas do carro, ia o Melo a pensar, sorrindo por entre as fumaças do seu charuto, na engenhosa estratégia que imaginara para livrar-se de Gabriel.

Àquelas horas estaria o toleirão a arrancar os cabelos, desesperado, a bordo de um escaler, em plena baía.

– Que tenha paciência! disse consigo o tratante. Piores cousas sofreram outros neste mundo!...

E passou a calcular o resultado do que havia urdido: Eram três horas. O vapor não levantaria ferro antes das seis... ele nada mais tinha que tomar Ambrosina e meter-se com ela a bordo. Gabriel seria posto em liberdade à meia-noite; e só então iria queixar-se à polícia; antes, porém, que esta se mexesse, já o Melo estaria longe!

E, de tão preocupado com estes raciocínios, não notou que o cocheiro do seu carro acabava, sem afrouxar na carreira, de ser substituído pelo nosso intrépido Jorge; como também que o carro já não levava a direção de Laranjeiras, porque no Largo da Lapa, em vez de subir para o Catete, tomou pela rua dos Arcos.

O Melo, completamente distraído, continuava de si para si:

– No fim de contas, tanto Ambrosina como o dinheiro do Gabriel, são duas fortunas bem ganhas, pois não se pode negar que muito arrisquei o pêlo para conquistá-las... Não fosse eu um sujeito esperto, que nenhuma dessas duas belas cousas me chegariam às mãos!... Não devia, por conseguinte, preocupar-se em extremo com a fraudulência do caso, nem devia sentir remorsos: "Cada um puxa a brasa para sua sardinha!...".

Gabriel que se queixasse da sorte, que havia feito de Melo um homem pobre... Além disso, o amor, o grande amor! tinha costas largas e era um pretexto magnífico para todas aquelas patifarias... Que diabo não se poderia explicar na vida pela "Paixão amorosa?..." Quantos exemplos não havia por aí de bons rapazes, que se deitavam a perder por causa de mulheres?... Todos perdoariam, desde que a sujeita fosse deveras bonita!... E muito mais que ele não precisava absolutamente de voltar ao Brasil... Para fazer o quê?... Paris! Paris o atraía como uma pátria desconhecida! em Paris, o Melo encontraria decerto mil modos de exercer a sua inteligência e o seu espírito!... Quanto à Ambrosina, essa nunca seria um estorvo, porque ele não era nenhuma criança e sabia lidar com toda a sorte de gado mulheril, fosse este o mais cornígero e bravio.

– Mas é verdade! exclamou, despertando das suas cogitações. Não chegamos hoje, ó cocheiro? Há boa hora que andamos!

O cocheiro não se deu por achado, e Melo reparou que nesse instante acabava de passar pelo matadouro e entrava na rua de Mariz e Barros.

– Para onde diabo vamos nós?! berrou ele a puxar o paletó de Jorge. Olha que vamos errados, animal!

– Não lhe dê isso cuidado! retorquiu o cocheiro.

E fustigou os cavalos com terrível gana.

– Pára! Pára! Pára! gritava o rapaz, vendo que o conduziam por uma picada. Se não páras, chamo a polícia!

– Chame, se for capaz! respondeu Jorge, fazendo afinal parar o carro defronte de uma casinha de porta e janela.

E depois de apear-se, acrescentou, perfilando-se defronte do Melo:

– O senhor vai entrar imediatamente nesta casa, ou será denunciado à polícia como ladrão!

– Mas isto é uma emboscada! exclamou o tolhido.

– Justamente, confirmou o cocheiro com ar calmo. Eu sou o Jorge, que o senhor bem conhece, e estou cá por ordem do Dr. Gabriel e de D. Ambrosina, aos quais tencionava o senhor engazupar! Faça barulho, e veremos quemficará do pior partido! Aí tem essa carta; leia! É de D.Ambrosina...

E o cocheiro entregou ao Melo uma carta.

– Canalhas! disse este, abrindo-a. Entendam lá semelhante escória! São todos da mesma força! A carta dizia o seguinte: "Melo, sei de tudo o que sucedeu, não tenhas, porém, receio algum; tudo isso foi para salvar-te. Descobriram os nossos projetos, mas crê que os não sufocaram. Por ora, é necessário que te submetas ao que quer essa gente; julgam que eu parto hoje com Gabriel e te prenderão até à meia-noite. Gabriel não me acompanhará, todos suporão que eu fugi sozinha para a Europa; todos, à exceção de ti, que me irás procurar misteriosamente na avenida de Magalhães, chalé n. 5. Não te revoltes quando te prenderem e lança a culpa para mim. Amanhã estarás livre, e depois de amanhã estaremos de partida. Se alguém te falar a meu respeito, finge que me supões longe, e, logo que te aches desembaraçado, corre a procurar-me onde já te indiquei. Toda cautela é pouca! Pelo sim, pelo não, rasga a esta carta... Tua sempre – Ambrosina." Miserável! disse afetadamente o Melo, depois da leitura; Enganou-me! fugiu!

E apeando-se por sua vez, acrescentou para Jorge:

– Estou à sua disposição... O cocheiro fez soar a aldrava da porta, e entregou o carro a um negro que veio abrir; em seguida intimou com um gesto Melo Rosa a penetrar na casa, e entrou após dele, dando duas voltas à fechadura e recolhendo a chave.

Entretanto, vejamos o que por esse tempo fazia Ambrosina.

A ardilosa rapariga, logo que Gabriel saiu de casa e enquanto lá fora era o velhaco Melo Rosa rastrejado pelo pai de Laura, ficava com esta em completa independência na casinha de Laranjeiras.

– Não podemos agora perder um instante! disse ela à infeliz cúmplice, quando se acharam a sós.

– Mas, o que me cumpre fazer? perguntou Laura.

– Mudares de roupa e te dispores a partir imediatamente comigo...

– Partimos então hoje para a Europa?

– Tolinha! Isso seria o mesmo que nos metermos numa ratoeira, porque Gabriel, logo que se achasse livre, expediria um telegrama para o primeiro porto, e eu seria presa como criminosa. Talvez não o fosse... ele me adora a tal ponto, que não teria ânimo naturalmente de proceder contra mim; mas o mesmo não sucede a respeito do teu pai, que para se vingar por lhe haver eu roubado a filha, seria capaz de entregar-me à justiça! O que fazermos então?... Nada mais simples: Sairemos quanto antes desta casa, deixaremos aqui aquelas cartas que são – uma para teu pai, outra para Gabriel, outra para o Melo Rosa e outra para minha mãe, e tomaremos, não o paquete do Havre, mas sim um vapor brasileiro, que segue hoje mesmo para o norte. Com a leitura daquelas cartas e com a conclusão que provavelmente hão de tirar dos fatos, eles nos julgarão navegando para Europa e encaminharão para esse lado todas as suas pesquisas. Nós, entretanto, munidas de dinheiro como estamos, faremos simplesmente o seguinte: vamos daqui à agência, compramos duas passagens, metemo-nos a bordo, e às quatro horas estamos de partida. Para viajar dentro do Brasil, não precisamos de passaporte, porque somos brasileiras. Chegados, porém à Bahia, encerramo-nos em um hotel, até que tenhamos um paquete para a Europa. Então, o passaporte de Gabriel servir-nos-á admiravelmente... Tu te vestes de rapaz com essas roupas que levamos aí e ficarás sendo o Sr. Gabriel de Los Rios, meu marido, e continuarei a ser Ambrosina, tua esposa... Dessa forma, não seremos encontradas e, dentro de poucos dias, estaremos fora do alcance de qualquer perseguição.

Laura escutava tudo isto com um ar tímido e irresoluto. Batia-lhe o coração com ansiedade sob o peso de um terror indefinido. Ambrosina compreendeu a comoção da pequena.

– Coitadinha! disse. Como és ainda ingênua!... Mas, não te assustes, não tenhas receio, que te não sucederá cousa alguma!... A culpa de tudo será lançada à minha conta!... Não tens de que te envergonhar, não foges com um homem, e sim comigo, que te conservarei pura!

– E beijou-a.

– Porém, meu pai?!

– Mau! mau! não entremos nessas considerações! Não há tempo para isso. Deita o chapéu, que o carro não tardará aí.

Com efeito, pouco depois, rodava um carro à porta da rua.

– Pronto! Podemos ir! disse Ambrosina, tomando a sua bolsa, enquanto a outra fechava as janelas da casa. Depois sairam pelo portão do jardim, cuja chave escondeu aquela em certo cantinho entre as grades de ferro, como costumava fazer quando aí vivia com Gabriel.

A bagagem das duas raparigas constava de uma simples mala. Ambrosina fez o cocheiro colocá-la no banco da frente do carro, e assentou-se no de trás com a companheira.

Eram duas e meia da tarde.

Pouco falaram durante a viagem. Ambrosina ia preocupada, e a outra sobressaltada. Todavia, nenhum obstáculo encontraram na agência para obter os respectivos bilhetes de passagem, e às três e meia achavam-se instaladas, no mesmo beliche, a bordo de um dos vapores da Companhia Brasileira.

Por este tempo, como vimos Gabriel oferecia dinheiro ao homem do escaler para o largar em terra.

Só às quatro horas já passadas conseguiu meter-se em um carro e disparar para Laranjeiras.

Chegou à casa pouco antes das cinco.

Ao não encontrar as portas abertas, sentiu logo uma pancada no coração.

Bateu repetidas vezes, e ninguém respondeu.

Aquela sinistra tarde lhe parecia apressada e impaciente por chamar a noite; e o silêncio, o abandono, as primeiras sombras faziam um doloroso conjunto de tristeza, que mais funda enterrava a agonia no peito do desgraçado. Gabriel passeou em torno da casa, como um faminto que ronda o celeiro defeso. Afinal, deu com a chave da porta do jardim e penetrou na antecâmara do seu dormitório.

– Cheguei tarde! exclamou ele, atirando-se a soluçar numa cadeira. A ingrata fugiu com aquele canalha! (E sentiu uma vontade brutal de estrangular o Melo Rosa). Ah! mas o vapor só sairá às seis e meia, e eu terei tempo de alcançá-los!

Dizendo isto, ergueu-se, disposto a sair de novo em perseguição dos criminosos.

Foi nessa ocasião que reparou para as quatro cartas, depostas sobre o toucador por Ambrosina.

Uma carta dirigida ao Melo Rosa?... pensou. É singular!

E, tomando a que a ele próprio era dirigida, avidamente a abriu, depois de acender um bico de gás, em vez de abrir as janelas.

Logo com ver as primeiras palavras, um estremecimento nervoso lhe percorreu o corpo.

Tornou a assentar-se, e concentrou-se na seguinte leitura:

"Gabriel,

Perdoa-me. Sou muito menos culpada do que é do teu direito acreditares.

Enquanto me foi possível consagrar-te todo o amor de mulher que em mim havia, dei-me inteira aos teus braços e à tua boca; fui tua nos teus longos dias de tédio, fui tua nas tuas ligeiras noites de gozo. Hoje, porém, que te amo mais talvez, tudo isso me é vedado por uma sinistra transformação que se apossou do meu ser, abalando-o até na sua própria essência. Este corpo que beijaste com tanto amor de homem, só tem hoje de mulher a forma primitiva, habita-o agora a alma de um demônio sexual e lúbrico, a quem desgostam as triviais carícias masculinas.

É minha carne rebelde repugna agora o rijo contacto da musculatura dos hércules, e sorri ao doce e curvilíneo afago da linha dos ganimedes. A estrela que me viu nascer foi Vênus, mas Amor não é para mim um nu e meigo infante de olhos vendados, é uma frívola boneca, cheia de rendas e fitas.

O Brasil, verde cru e úmido, sufoca-me; a sociedade em que nasci repele-me e eu rejeito a única que me abre o seio; o homem, qualquer que ele seja, enche-me de desprezo por mim e por ele. Todavia, entre esses duros e barbados dominadores da fêmea, eras tu, meu pobre amigo, o menos vaidoso, o menos covarde e o menos egoísta. Mas, nem por isso deixas de ser homem, e eu te fujo, para te não ultrajar com uma ternura que não pertencer ao teu sexo.

Será aberração moral? Será depravação física? Seja o que for, não poderia eu de hoje em diante ficar ao teu lado, sem te enganar a todos os momentos. Fujo para longe de nós dois, na esperança de viver entre desconhecidos e separada de mim mesma. Uma multidão de estrangeiros é o mais completo isolamento em que eu conheço andar entre eles é vagar entre sombras de estátuas. Terás ao menos no teu abandono a consolação de que nunca pertencerei a outro homem; este corpo que te arranco das mãos jamais cairá nas garras de outro dono. Ah! isso juro-te eu pelos olhos e pelos cabelos de minha Laura! E adeus.

O que aí vai escrito, é a expressão franca da verdade. Despejei o coração até ao fundo para ficar mais leve, e fugir-te mais ligeira; basta-me o preço que lá levo do teu dinheiro! Tens que me absolver com o teu perdão, ou me amaldiçoar com uma perseguição judicial. Não consultes para esse fim o teu coração, consulta só o teu espírito, e, conta, no primeiro dos casos, com o meu reconhecimento de bom camarada. – Ambrosina."

Gabriel soluçava ao terminar a leitura. Só então erguendo o rosto, deu com Jorge, que havia entrado sem ser percebido.

– Caramba! disse este. O senhor ainda aqui?! Pois não partiu?! Gabriel respondeu com um gesto desabrido, e apontou-lhe para o toucador onde se achavam as cartas.

– Pois o tal Melo está seguro até à meia-noite! acrescentou o cocheiro, tomando a carta que lhe era dirigida. Mas o senhor dessa forma não pilha o vapor!...

Gabriel não respondia, chorava encostado a um moóvel, com a cabeça escondida nos braços.

Jorge abriu à carta, sobressaltado por ter reconhecido a letra de Laura. É proporção que lia, uma terrível palidez ganhava-lhe o semblante. Os olhos foram-se-lhe dilatando com uma expressão de espanto e desespero, os lábios se contraindo, as ventas se distendendo, até que da fronte lhe começou a porejar o frio suor das grandes agonias. De repente, passando da palidez a uma vermelhidão apoplética, escancarou a boca com um bramido de dor, e caiu de borco sobre o soalho. A casa tremeu, como se houvesse desabado ali no chão um colosso de bronze.

XXXI

Destroços da tempestade

A carta que lançou por terra o cocheiro Jorge era uma despedida da filha, declarando a seu modo os motivos que a arrastavam naquela viagem clandestina. Educação, temperamento, insuficiência de meio social, tudo isso ressaltava das palavras que a infeliz dirigia ao pai; este porém, nada viu nem compreendeu senão que a filha abandonava a casa paterna, e tanto bastou para fulminá-lo.

Laura, todavia mostrava-se na carta muito comovida e fazia ardentes promessas de boa conduta. Nada serviu para suavizar o golpe.

O pobre homem permanecia de bruços no chão. Gabriel correu a socorrê-lo, arrastou-o até a cama, e conseguiu com dificuldade estendê-lo sobre ela. Jorge não dava acordo de si, e tinha o rosto congestionado.

A situação tornava-se cada vez mais penosa. Gabriel chamou várias vezes por ele, sacudiu-lhe vigorosamente os ombros. Nada! o homem continuava inanimado, a tirar da garganta uns grunhidos aterradores.

O rapaz correu então à sala, abriu as janelas. Estava aflito! precisava de alguém que se encarregasse do cocheiro, porque ele não podia deixar de ir a bordo. Mas o silêncio da rua desesperou-o. A tarde fechava-se de todo, e os primeiros lampiões constelavam o arrabalde com a sua luz ainda vermelha.

Gabriel deu lume a outros bicos de gás, e resignou-se a aguardar os acontecimentos. A cabeça andava-lhe aí roda e estalava de febre. Entretanto urgia tomar qualquer resolução; aquele homem podia morrer ali, se lhe não ministrassem prontos socorros!... Era preciso descobrir um médico! Que falta fazia o Gaspar naquela ocasião!...

Gabriel havia já resolvido sair, a chamar algum vizinbo, quando ouviu tocar a campainha do jardim.

– Enfim! disse ele, como se esperasse por quem batia. E, pouco depois, entrava na sala Genoveva, pelo braço de Alfredo. A viúva do comendador Moscoso vinha sufocada de ansiedade.

– Estimo que chegassem! exclamou Gabriel, assim que os viu; precisava sair imediatamente, e não tinha ânimo de deixar aqui este pobre homem sozinho! Tenham a bondade de ficar com ele... Eu já volto ...

– Não! Não! Faça favor! gritou Alfredo, segurando-lhe o braço. Nós também temos pressa! O patrão espera-me esta noite, e não posso faltar; é um caso grave de moléstia da filha... Por hoje estou farto de mistificações! Arre! Desde as duas da tarde que ando numa dobadoura! A Genoveva sonhou que a filha partia hoje, e quis vir cá; chegamos às três e meia, e encontramos a casa totalmente fechada. Daí fomos imediatamente à de seu padrasto, e ninguém lá nos pôde esclarecer patavina! Já tínhamos perdido as esperanças, quando, ao recolher-nos de volta, encontramos perto do matadouro o cocheiro Jorge, que se compadeceu do estado de ansiedade desta pobre mãe, e disse-lhe: "À senhora devo falar com franqueza! Se quiser encontrar sua filha, tome um bote e vá a bordo do paquete francês Mensageur, que parte hoje para a Europa; D. Ambrosina segue na companhia do Dr. Gabriel. Eles aqui não podiam continuar a viver juntos". Nós como o senhor pode calcular, não esperamos por mais nada e seguimos para o cais Pharoux. Gastamos um bom tempona viagem, não apareceu um carro e tivemos de tomar um bonde da linha Vila Isabel, que é a pior das linhas de bondes! Quando chegamos à praia, passava das cinco; tomamos um escaler e dissemos ao catraeiro que nos levasse a bordo do tal paquete.

O homem obedeceu, mas em viagem declarou-nos talvez não nos deixassem entrar, porque era natural que já tivessem levantado ferro. Foi justamente o que sucedeu! não chegamos a tempo! O mar estava contrário, o escaler jogava mais do que andava... E ao tiro das seis, eu e D. Genoveva, vimos o Mensageur largar para fora da barra. Ela chorava que nem uma criança e, como não havia jantado, principiou a sentir ânsias e vágados. Contudo exigiu de mim que a acompanhasse imediatamente até cá. Não contávamos encontrar ninguém; ao senhor, pelo menos, já o fazíamos em caminho para o estrangeiro.

Gabriel, porém, cortou-lhe a palavra. A notícia da saída do paquete acabava de esmagar-lhe a última esperança.

– Mas, com todos os diabos! gritou ele, segurando a cabeça com ambas as mãos. Parece que há um gênio diabólico a tramar contra todos os meus atos! Alfredo e Genoveva retraíram-se assustados com os gritos do rapaz. Este continuava a praguejar, passeando muito agitado em todo o comprimento da sala.

– Eu pensei que o senhor estivesse a par de tudo, disse limidamente a mãe de Ambrosina.

– Não estou a par de cousa alguma, minha senhora! Olhe! leia essa carta de sua filha, ela talvez elucide a situação. Pode também ler a outra dirigida a mim, e afinal esta! acrescentou ele, ajuntando do chão a carta de Laura; esta foi a que pôs aquela mísera criatura no estado em que se acha!

Alfredo e Genoveva armaram os competentes óculos, e dispuseram a proceder à leitura das cartas de Ambrosina. Jorge soltou um ronco mais forte e deu um estremeção com todo o corpo. Só então foi que Genoveva reparou para a vigorosa figura do cocheiro estatelada sobre a cama.

– Valha-me Deus! Que têm este homem?!... exclamou ela, espavorida.

– Sua filha poderia responder-lhe muito melhor do que eu... disse Gabriel, possuindo-se agora de tristeza.

– Minha filha?! Mas o que fez ela a este homem?!

– Fez simplesmente todo o mal que lhe podia fazer, roubou-lhe a sua única esperança, a sua única consolação! Esse homem, que a senhora aí vê, era um homem feliz, um honesto cocheiro; vivia do seu trabalho, amassava o seu pão com o suor de todos os dias, não desconfiava de ninguém, porque a ninguém prejudicava, tinha a consciência limpa e o coração alegre. Mas um dia lembrou-se de proteger uma desgraçada que encontrou na rua, perseguida por um doido que a queria matar. A fadiga, o terror e a embriaguez haviam-na prostrado; ele não hesitou, carregou com ela para casa, deu-lhe um talher à mesa e um lugar na cama de sua filha. Genoveva sentiu vontade de chorar. Alfredo havia já compreendido a situação, e saíra imediatamente em busca de médico.

– Pois bem! continuou Gabriel, sempre possuído de urna grande mágoa; a protegida do cocheiro, logo que se sentiu melhor, pagou todos os desvelos recebidos, seduzindo e arrastando consigo a filha do seu bemfeitor..

– O que me faltará saber?! exclamou Genoveva em sobressalto.

Gabriel continuou:

– A vítima de Ambrosina deixou ao pai essa carta, que a senhora tem às mãos... O desgraçado caiu fulminado ao lê-la, e creio que nunca mais se levantará... Sua filha o matou!

– Valha-me Deus! Valha-me Deus! repetia a desventurada mãe, achegando-se cheia de comoção para o corpo de Jorge. E enquanto lhe desafrontava ela a garganta e o estômago, Gabriel monologava a um canto, com uma voz arrastada e confusa, como se estivesse delirando.

– Não havia aquilo de ficar ali! profetizava ele; outras vítimas seriam arrastadas à ignomínia e à morte por aquela malvada! E ela, triunfante e cínica, iria por diante, envenenando com seus lábios todas as bocas que a beijassem, secando no seu peito, insaciável de luxúria, a púbere flor de todos os vinte anos que encontrasse no caminho! Arcanjo maldito, suas asas só para baixo serviriam no voo, e um dia afinal, quando lhe caísse a máscara formosa, o mesmo inferno haveria de repudiá-la com asco!

Jorge permanecia imóvel. Tinha os olhos muito abertos, fitos e raiados de sangue, a boca torcida, mostrando parte da dentadura, que se destacava do negrume das barbas e da roxidão da cara com um sorriso abominável.

Genoveva ajoelhara-se ao lado da cama, e dizia entredentes a oração dos moribundos.

Ao fundo da alcova, Gabriel derramava sobre os dois um olhar dolorido e vago. Postura e gesto, tudo nele dizia grande desapego à vida e uma completa ausência de si próprio. Apoiava-se a um móvel com o cotovelo, e com a mão correspondente amparava a cabeça em desalinho. Havia mais indiferença do que mágoa na sua graciosa boca mal cerrada. A febre punha-lhe tons cor-de-rosa na palidez das faces, e a sombra transparente dos seus triguenhos cabelos banhavam-lhe a fisionomia num doce eflúvio levedado de ouro.

Quem o visse naquele instante, tomá-lo-ia por um prematuro asceta, cujo espírito apenas roçasse de leve pela terra, distraído e ligeiro repouso dos seus voos místicos.

No silêncio da alcova palpitava monotonamente o balbuciar das orações de Genoveva.

De repente, Gabriel abriu a chorar numa explosão de soluços, e afastou-se para o jardim com o rosto escondido nas mãos.

Quando Alfredo voltou com o médico, Jorge havia já morrido.

E pouco depois o amante de Ambrosina vagava pelas ruas, sem consciência do tempo nem do lugar.

Como todo aquele que sente uma decepção de amor, comprazia-se ele em deixar levar à toa, arrastado pelos seus próprios desgostos. Enquanto errava pelas ruas, lhe patinavam no espírito, com os chapins em brasa todas as saudosas recordações da sua extinta ventura.

Duas horas. A noite enchia a natureza de mistérios. O arrabalde dormia; polícias dispersos cabeceavam encostados pelas esquinas ou ressonavam à soleira das portas fechadas. Por entre uma nuvem de pó, os varredores da rua desenhavam-se confusamente, como espectros; a noite envelhecia, e as primeiras névoas da madrugada iam galgando as serras, que cercam o Rio de Janeiro num círculo de granito. Uma mulher, vestida de branco e com os cabelos soltos, passeava de um para o outro lado da calçada. Gabriel reparou que havia entrado na cidade.

XXXII

Vísita de zangão

Ambrosina e Laura, chegadas à Bahia, hospedaram-se no hotel Figueiredo. Daí colheram informações sobre a cidade e seus costumes, e logo depois se achavam instaladas na Barra em uma casinha alugada com os móveis.

Levaram uma vida especial as duas belas fugitivas, à qual os sobressaltos e as apreensões emprestavam um capitoso encanto de aventura romanesca. Inteiramente desconhecidas, concentravam só em si toda a atividade dos seus instintos e toda a mórbida curiosidade dos seus sentidos. Laura deixava-se dominar em absoluto pela companheira, não tinha vontade própria, nunca fazia uma objeção aos reclamos de Ambrosina, que em compensação não desdenhava meios de proporcionar à amiga tudo que lhe pudesse trazer alegria, propondo-lhe divertimentos na cidade, excursões ao campo, e oferecendo-lhe joias, modas e dinheiro.

Laura, porém, começava a enfraquecer. O seu lindo corpo delgado, e outrora tão roliço, principiava a denunciar sinistros ângulos. A pele ia se tornando mais transparente, descorada e seca, os lábios menos vermelhos, as mãos úmidas. De toda ela se desprendia um ar melancólico de sofrimento e resignação, tinha agora o andar vagaroso e os movimentos demorados. Ficava horas perdidas a olhar abstratamente para o espaço, boca ansiosa, respiração convulsa, braços esquecidos.

Dir-se-ia que toda a sua atividade nervosa se lhe havia refugiado nos olhos. Esses, sim, eram agora mais vivos e pareciam maiores na roxa moldura das pálpebras.

Ambrosina, às vezes, a surpreendia nesses êxtases.

– Que tens tu, minha vida?... perguntava-lhe com meiguice; por que ficas assim, a olhar a tôa, como quem deixou longe o coração?... Fala, meu amor! conta à tua amiguinha qual a mágoa que te oprime! O que te falta?

– Não era nada!... dizia a outra, entre sorrindo e suspirando. Nervoso... Ambrosina ralhava.

– Não a queria ver assim triste!... Era preciso ter juizinho!

– À mesa, que champanha! Laura torcia o nariz aos pratos e queixava-se de falta de apetite. A companheira fazia então milagres de ternura, afagava-lhe os cabelos! batia-lhe com o dedo na polpa do queixo, e começava a falar-lhe com voz de criança:

– Bebê não faz a vontadinha de Ambrosina?... Ambrosina fica triste! E Laura, já a rir, tomava nos dentes o bocado que a outra lhe levava à boca. Assim passaram quase um mês na Bahia. O paquete, que as devia levar para Europa, era esperado dai a quatro dias. As duas viviam a sonhar com Paris.

À tarde, depois do jantar, quando não davam uma volta pelo Passeio Público, ficavam a ler, estendidas no divã.

Estas leituras entravam pela noite. Vinha a criada acender o lustre, e as duas amigas permaneciam juntinhas ao lado uma da outra, como duas rolas no mesmo ninho.

Era quase sempre Ambrosina quem lia em voz alta. Laura escutava religiosamente.

Uma tarde, o sol já se havia escondido e a dúbia claridade que precede o crespúsculo da noite entrava pela janela e derramava-se triste no amoroso silêncio da alcova; uma nesga do céu aparecia, lá ao longe, afogada nos últimos resplendores do dia, e um ar morno e pesado agitava preguiçosamente a renda das cortinas; as duas raparigas achavam-se, mais que nunca, empenhadas na leitura. Era um romance de Theophile Gautier, traduzido por Salvador de Mendonça, "Mademoiselle de Maupiu".

Estavam na cena do jardim, e a voz de Ambrosina, muito sonora e levemente comovida, dizia bem e com justeza as frases apaixonadas do grande boêmio fantasista. Mais parecia ela discursar que proceder a uma simples leitura; a expressão, o sentimento, o calor, que punha nas palavras, as faziam suas, ditas e pensadas, ali, na inspiração, voluptuosa e confidencial daquela intimidade.

Laura, de olhos fechados, lábios trementes, corpo abandonado sobre o divã, parecia enlevada num idílio místico. E a noite caía sobre elas como um véu protetor.

Em breve, já não podiam ler. O livro desabara sobre o tapete.

Laura estorceu-se então numa agonia mortal, abraçando-se à companheira, e abriu a soluçar histericamente.

Era um chorar louco, apaixonado, febril.

Ambrosina, sem compreender semelhante crise, procurava inutilmente estancar as lágrimas da pobre moça.

Entretanto, abriu-se a porta do interior da casa, e a criada apareceu, dizendo que um homem procurava por D. Ambrosina Moscoso.

– Um homem?! exclamou esta, erguendo-se espantada.

– Diz que da parte da justiça... explicou a criada, hesitante. Ambrosina sentiu uma pontada no coração. Laura correu para dentro, e a outra, logo que recuperou o sangue frio, perguntou à mucama que espécie de gente a procurava.

– É um moço magro, cara lisa, um sinal de bigode, bem vestido.

– Louro?!

– Não senhora.

– Ah! Respiro! E, tomando uma resolução:

– Que entre, para a sala. O sujeito era Melo Rosa, que se fez reconhecer desde o corredor com a sua alegria espalhafateira e artificial.

– Ora, finalmente! – gritou ele com uma gargalhada, quando se achou defronte de Ambrosina. Não contavas com esta surpresa, hem, minha bela espertalhona?

– Confesso que não, e até mais, que ela depõe largamente contra o seu espírito!...

– Isso agora é que é de mau gosto, e não parece vir de ti. Concordo em que não estimes a minha visita, mas não em que o declares! E a primeira vez que te vejo denunciar pela fisionomia uma contrariedade...

E dizendo isto, o Meio se havia instalado comodamente em uma cadeira de braços. Ambrosina, assentada defronte dele, inspecionava-lhe a cor das meias, o feitio do casaco e a extravagância da gravata.

– Onde teria aquele tipo arranjado dinheiro para embonecar-se daquele modo?... dizia ela consigo.

– Mas, enfim?... perguntou. Qual é o motivo da sua visita? o que o traz aqui?

– Pois não percebeste ainda?

– Juro que não.

– Estás a fazer-te esquerda, meu amor!

– É birra!

– Mas, que diabo! não percebeste, filha, que fui logrado por ti e procuro chamar a mim o que me pertence de direito? Olha que sempre me obrigas a umas franquezas!...

– Pois ainda o não entendi... Explique-se!

– Mas, como não entendeste?.

– Decerto! sei que o senhor quis defraudar em certa quantia o homem com quem eu estava, e eu não consenti... Aí tem o que sei!

– Perdão; não é isso o que tu sabes! O que tu sabes é que nós combinamos os dois passar a perna ao Gabriel em vinte contos de réis, e pôr-nos ao fresco, deixando o pato com cara de tolo! Queres franqueza, toma! Ora, tu sozinha não darias conta da marosca e solicitaste o meu concurso. Eu formei o plano do ataque, e os resultados foram excelentes; apenas, em vez de ser para nós ambos, foram unicamente para ti....

– E daí?...

– Daí é que não estou absolutamente disposto a deixar-me lograr! Quero a minha parte!

– Quem rouba a ladrão...

– Terá os anos de perdão que quiseres; mas, ou divides o bolo comigo, ou vou daqui mesmo denunciar-te à polícia, e corto-te todos os voos... Escolhe!

– Ora, vá pentear monos! disse Ambrosina, erguendo-se e afetando serenidade.

– Ah! não queres? Pois fica então sabendo que estás presa.

– Ora, moço, outro ofício!

– Zombas, hem? Pois já devias saber que sou empregado secreto da polícia!...
– Devia tê-lo desconfiado, isso é verdade!
– Mas, enfim? Ainda uma vez: Queres?!
– Não! E Ambrosina acompanhou com surpresa os movimentos de Melo Rosa. Ele ergueu-se, foi até à janela e fez sinal para a rua.
– O que significa isto?!
– Saberás depois... A autoridade competente te dirá!
– Olha que peste!
– Filha, é o mundo! Vais comparecer em presença do chefe de polícia! Ambrosina, que correra à janela, viu espantada três praças lhe invadirem a casa.
– Mas, você é muito ordinário! exclamou ela com os dentes cerrados.
– Podes bramar à vontade!
– Um canalha! um valdevinos! um gatuno!
– Dize o que quiseres! Só me não podes chamar uma cousa, que é o que tu és! E disse o nome. Ambrosina estremeceu até à raiz dos cabelos. Olhou de frente para o Melo, e teve impetos de matá-lo; mas um rumor na escada a pôs em sobressalto. Os soldados iam penetrar na sala. Com a subida dos praças, Laura acudiu de dentro e atirou-se aflita nos braços da amiga. Ambas romperam em soluços.
– Ah! Ah! já quebraram de força? Pois é aviar, que tenho mais que fazer!
– Mas, o que quer você que lhe faça, homem dos diabos?!
– Ora, filha! Quero que me entregues a metade do que nos pertence!
– É melhor! aconselhou Laura. Dá-lhe a metade
– Mas é que já não tenho senão metade!... se a der, fico em completa miséria! Paguei dividas no Rio!... Melo sorriu incredulamente.
– É um pouco dura a pílula! resmungou ele; mas, enfim, sujeito-me a um descontozinho...
– Dou-lhe cinco contos de réis!
– Ora, vê bem se tenho algum T na testa!
– Pois é se quiser! Dou cinco! Se não quiser, proceda como entender! E chegou-se para a porta da sala.
– O camaradas! – chamou ela.
– Os soldados mexeram-se no corredor, como uma ninhada de bichos.
– Entrem para cá!
– Você o que vai fazer? – perguntou o Melo.
– Entregar-me... Já lhe disse que não posso dar mais de cinco contos de réis... Estou resolvida a deixar-me prender! E gritou para o corredor:
– Esperem aí, camaradas! Ambrosina entregou-lhe cinco contos de réis.
– Bem, dá-me as tuas ordens!...
– Adeus, disse ela.
– Pergunta-lhe por meu pai, recomendou Laura. Melo parou na porta e disse hesitando:
– Seu pai... morreu... minha menina. Boa noite!

XXXIII

Pela estrada da Tijuca

Entretanto, Gabriel na Corte levava por esse tempo a vida mais estúpida e ociosa que se pode imaginar. O infeliz atirou-se à desordem dos prazeres brutais como um soldado perdido se lança ao fogo do inimigo.

Nessa inglória batalha o sangue que derramava era o dinheiro, derramava-o a jorros, indiferentemente, alheio às ávidas e obscuras bocas que o sugavam. E semelhante conduta encheu-o logo, está claro, de falsos amigos, que rebentaram em torno da sua dissipação, com a gulosa espontaneidade de fungões inúteis e venenosos.

Difícil seria precisar o perfil de todas essas sombras libertinas; eram indivíduos sem caráter próprio, e sem o mais ligeiro traço original por onde pudessem ser distinguidos. Todo o cabedal das suas habilitações consistia em saberem fumar, beber, jogar e femear como ninguém. Para se não se dizerem vagabundos e filantes, intitulavam-se boêmios, profanando esse poético nome, tão consagrado no meio artístico pela revolta do talento incompreendido ou ainda não vitorioso. Boêmios! como se fosse possível conceber a ideia de boemia, sem a ideia de sacrifício e de pungente esforço na conquista do ideal e do belo!

Gabriel, coitado, bastante repugnância sentia da nova lama em que se chafurdava agora, mas. não tinha ânimo de romper com ela, porque só nela conseguia atordoar-se um pouco contra os últimos desastres do seu maldito amor. Em menos de dois meses era já conhecido e tuteado em todos os restaurantes ruidosos, em todas as casa de jogo forte, clubes carnavalescos e caixas de teatro. Em torno do seu desperdício ardia em perene incensação esse risinho açucarado e servil, que o prestígio do dinheiro acende no rosto dos exploradores de todos os matizes, desde o grave e condecorado mercador comercial, até à delambida rameira de preço fixo e rótula franca.

As suas pândegas repetiam-se cada vez mais violentas e com mais estrondo. Depois de uma ceia no "Fréres Provençaux", em que ele se viu em estado de não poder ir para casa, tomou aposentos nesse hotel, guardando a seu lado por companheira de desregramento, a mulher que o acaso lhe deu àquela noite, a Rita Beijoca, uma loura vinte anos mais velha que a mesma devassidão; e daí, para o mísero Gabriel, essa deplorável existência cor de goivo e cheirando a morte, bem conhecida de alguns moços ricos do Rio de Janeiro – acordar à uma da tarde, fazer duas de toilette e outras tantas de Rua do Ouvidor, vermutear até ao momento de se abrir na távola predileta a primeira banca de roleta, jantar às horas da ceia, e cear depois da meia-noite.

A ausência de Gaspar favorecia toda essa desgraça. Pelo carnaval, ao domingo gordo, reuniram-se, entre outros, nos aposentos de Gabriel, dois legítimos espécimes daqueles cogumelos de que há pouco falamos – o Costa Mendonça e o Juca Paiva, dois belos rapagões, que ninguém sabia donde tiravam os cabritos que vendiam.

O Costa era bonito e perfumado, tresandando a mulheres; joias caras, roupa bem feita. Tornara-se falado no seu meio por certas famosas surras que de vez em quando lhe arrumava; em crise de ciúme, a sujeita a quem ele de corpo e alma pertencia desde os seus primeiros passos na vida da pândega fluminense, uma tal Aninha Rabicho, célebre entre os libertinos dos dois sexos por ser proprietária de um prédio e cinco escravos, adquiridos com o produto das suas gloriosas economias.

O outro cogumelo, o Paiva, tinha o ar mais sério e a roupa menos apurada. Nascera de pais abastados, que lhe deixaram uma medíocre fortuna e uma rara ignorância. A fortuna comeu-a ele logo que se emancipou, a outra, porém, é que se não deixou tragar assim tão facilmente, e a cada nova aurora reflorescia mais grimpadora e viçosa. Diziam dele, entretanto, que, para embaricar um bom cágado num lasquenetezinho bancado, não havia no Rio de Janeiro mão mais limpa, nem mais lúcida cultura.

Depois do ardente desfilar das sociedades carnavalescas, seguiram os três e mais Rita Beijoca para o hotel dos Príncipes, onde a bela crápula fervia de portas adentro num inferno de guinchos e risadas em falsete.

O Barros, que era o gerente do hotel, mal os viu entrar, levantou-se a recebê-los com tal risinho açucarado, e mandou pela surrelfa chamar lá em cima, com urgência, a Rosa Cantagalense.

A Rosa Cantagalense, apesar de simples hóspede no hotel, podia a justo título dizer-se o braço direito do Barros, e tinha por isso, sobre as despesas extraordinárias a que obrigasse os fregueses de boa lá, certa percentagem que lhe era abatida nas próprias contas. Entre as muitas e variadíssimas tosquiadoras do principesco estabelecimento, era ela a única deveras perfeita naquele agronômico e astucioso trabalhinho, a única que sabia a primor tosar uma desgarrada ovelha, sem que desse por tal a paciente, enquanto não estivesse de todo tosquiada.

A Cantagalense não desceu ao chamado do gerente; mandou dizer que: “Ainda estava ocupada a despachar o mineiro...”

O Barros subiu logo de carreira a ter com ela.

Veio a loureira falar-lhe à porta do quarto, em meias e roupão de alcova:

– É preciso esperar mais um pouco, segredou, a piscar o olho, no ardiloso tom que as regateironas põem nas suas palavras quando tratam de negócio. Agora é que ele está pegando no sono...

– Fizeste-o gastar mais alguma cousa no quarto?... perguntou o Barros com interesse.

– Fiz, respondeu a outra; creio que ele não deixará menos de uns duzentos mil-réis...

– Bem; mas, avia-te daí, que és necessária lá embaixo. O Gabriel chegou já, e vem de troça! Estão todos meios prontos.

– Eles que se vão servindo; eu já desço!

O mineiro, que se achava recolhido ao quarto do hotel dos Príncipes, havia chegado esse mesmo dia de Minas, com intenção de assistir pacificamente às festas do carnaval do Rio.

Às três e meia da tarde sentiu vontade de jantar, e a desgraça o levou ao hotel dos Príncipes.

O mineiro comeu com apetite e achou até muito bom o que lhe serviram. Mas, enquanto comia, reparou que, de certa mesa, uma mulher bonitona olhava para ele com meiga insistência

Era a Cantagalense, que nessa ocasião acabava de almoçar.

O mineiro não se preocupou com isso, e continuou a atacar as vitualhas com uma considerável energia e um silêncio mais solene.

À sobremesa, porém, a tentadora já havia levantado, e viera assentar-se à mesa imediata à do nosso mineiro.

O bom homem fez-se da cor de uns marmelos em calda que nessa ocasião triturava, e só conseguiu levantar os olhos ao fim de alguns segundos.

– A senhora é servida?... perguntou ele no gracioso sotaque da sua província. A loureira agradeceu e, com tal mimo lhe pediu que aceitasse um taça do seu vinho, que o amimado não resistiu ao convite.

Para não ficar atrás, fez vir chamapanha. A moça então por sua conta e risco pediu uma salada de ananás cozido em madeira, um pudim negro e borgonha para destemperar o cliquot. Depois vieram charutos, cigarrilhos café e licores.

Daí a nada, o mineiro recebia uma ardente declaração de amor e correspondia contando francamente a sua vida e os seus negócios.

É inútil dizer que em seguida a isso as cousas foram muito longe, e que a dourada mosca, uma vez prisioneira nas teias da ardilosa aranha, tinha de ser chuchadinha até a última gota de sangue.

O jantar de Gabriel, a que a sugadora do mineiro não faltou do meio para o fim, correu com todas as suascostumadas pândegas; pouco apetite, muita chalaça tola, muito riso forçado e grande variedade de vinhos. Às duas da madrugada, a Cantagalense deixou-se ficar no hotel, e os outros foram carnavalear um pouco aos "Tenentes do Diabo".

Às quatro meteram-se de novo no carro, e mandaram tocar para a Tijuca, no meio de uma terrível gritaria.

O Costa Mendonça, que ocupava o banco da frente com o Paiva, parecia ter pólvora no sangue e não ficava quieto um só instante. A Rita Beijoca achava-lhe tanta graça, que chegava a chorar à força de gargalhadas. Gabriel, meio deitado sobre ela, divertia-se em afagar-lhe o queixo.

– Olha que me sufocas! observou a folgazã, tomando respiração com mais força. Não é assim tão levezinho que se possa levar ao colo! Põe-te direito! Mas Gabriel, prostrado de fadiga, fazia ouvidos de mercador. A Beijoca resgnou-se a procurar por si posição menos incômoda. Mendonça calara-se afinal, e a viagem começava a tomar um caráter triste; agora só se ouvia de quando em quando a voz grossa do cocheiro, que arriscava a sua pilhéria para o carro. Ia se tornando aquilo aborrecido.

– Champanha! – gritou Juca, fazendo saltar a rolha de uma garrafa. Vem aí o dia! é preciso brindá-lo!

Encheram-se as taças. A Rita, com o Gabriel ao colo, derramava-lhe o vinho na boca como se desse de beber a um pássaro. Ele, todo derreado, sorvia o líquido, indiferentemente. Costa Mendonça, que se queixava de suores frios, vomitava nessa ocasião, amparado pelo cocheiro. A sujeita e o Juca fingiam beber. Parecia haver entre os dois qualquer tácito concerto.

– Ah! agora sou outro homem! exclamou Mendonça, erguendo-se, com o rosto sumamente lívido. Posso recomeçar... disse ele em tom sinistro. E emborcou uma taça de vinho.

– Eu também sou filho de Deus! lembrou o cocheiro, vendo que lhe não ofereciam de beber. Passaram-lhe uma garrafa. Mendonça havia criado novo ânimo, mas foi por pouco tempo; dentro de meia hora caiu prostrado sobre as almofadas. A rapariga então, ajudada pelo Juca, pousou Gabriel sobre ele, deixando-os que dormissem à vontade, e em seguida, voltou-se para o outro e pegaram-se a beijos. Entraram no campo. De todos os lados surgiam as árvores banhadas pelos primeiros raios de sol; os pássaros principiavam a cantar, e a natureza parecia ir pouco a pouco despertando de um sono grato e consolador. Juca e a rapariga não trocavam palavra. Devorador pela insônia, entorpecidos pelo álcool, pareciam cumprir ali um destino de condenados. Rasgou-se a aurora, inundando de luz os caminhos orvalhados pela noite.

– Gabriel! Mendonça! exclamou Juca, sacudindo os companheiros. Acordam! Aí está o dia! Os dois apenas resmungaram.

– Agora o que sabia era um gole de café quente observou a Rita, vendo que o cocheiro abria uma nova garrafa.

– Pois descanse! Ali mais adiante teremos café, disse ele, apontando para uma casinha ao longe.

A rolha da garrafa saltou com estrondo. Mendonça abriu os olhos.

– Acorda, homem! vamos brindar o sol! Gabriel foi arrancado do sono à pura força. Distribuíram-se novamente as taças.

– Hurra! gritou Juca levantando o braço. E os outros três responderam clamorosamente, a prolongar os hurras com bocejos.

O repousado aspecto da natureza contrastava com a feição dissoluta daquela libertinagem ao ar livre.

O carro havia parado, e o cocheiro apeara-se para ir buscar o café. Estavam perto da raiz da serra, numa encosta em que velhas árvores tranquilas pareciam reunidas em concílio para uma deliberação religiosa. Juca descera do carro e passeava pela relva; Mendonça, de taça em punho, cantava um copia de opereta bufa; a sujeita acompanhava-o com uma pobre voz de falsete, e Gabriel, sombrio, assentado ao fundo do carro, com a vista embaciada, entretinha-se a olhar fixamente para um grupo que a pouca distância havia parado no caminho.

A cabeça andava-lhe à roda.

Depois de pequena pausa, o grupo continuou a andar, subindo a estrada em tardio e pesado passo.

Gabriel pôde então distinguir melhor de que o grupo se compunha. Era sem dúvida algum enfermo acompanhado pela família, que demandava a serra da Tijuca em busca de ar puro. Vinha na frente uma cadeirinha carregada à moda antiga por dois negros, guardava-lhe a portinhola um homem idoso acabrunhado pela dor, e logo atrás uma velha carruagem de aluguel com a cúpula fechada.

O grupo parou de novo quase defronte do carros dos folgazões.

Mendonça e a loureira calaram-se instintivamente, Gabriel ergueu-se sobressaltado; através das sombras da sua embriaguez, lhe pareceu haver reconhecido aquele homem que guardava a porta do palanquim, e por ele podia calcular com segurança quem era a infeliz criatura que ia ali enferma ou talvez moribunda. O coração saltou-lhe por dentro, na medrosa previsão de remorsos e íntimas vergonhas.

Os negros depuseram no chão a cadeirinha; desviaram dos varais os ombros ratigados, e afastaram-se para descansar um instante.

Moveu-se então a cortina da portinhola; débil mãozinha arredou-a de dentro com dificuldade, e uma feminil cabeça loura surgiu à luz dourada da manhã. No seu rosto, mais pálido que o de uma santa de cera, fulguravam-lhe os olhos com estranho brilho.

E esses olhos deram com os olhos que a fitavam do outro grupo, cintilaram mais forte, num relâmpago seguido de um grito, que a cortina do palanquim abafou logo.

Era de Eugênia.

Gabriel caiu sobre as almofadas do carro, a soluçar, enquanto os companheiros davam vivas ao cocheiro que chegava com o café.

Eugênia, depois que Gabriel se ausentou totalmente da casa dela, ia contando os dias pelos progressos da mágoa que a devorava. A melindrosa suscetibilidade do seu frágil organismo exigia, para o milagre da vida o milagre do amor.

Como toda a moça casta, sem o brilhante prestígio do ouro ou da beleza, fora sempre concentrada e retraída. Não dividia com outros os seus tímidos desgostos de donzela e as suas humildes decepções de menina pobre. Um como íntimo recato de orgulhosa fraqueza, associado ao pudor da sua imaculada inferioridade e ao decoro da sua virtude inútil, a faziam reprimir os soluços diante da família e das amigas, recalcando em segredo as lágrimas vencidas, que lhe subiam do coração e para o coração voltavam, sem que ninguém as visse ou enxugasse.

Nunca lhe ouviram a sombra de uma queixa. Todavia, na sua angelical credulidade, chegara a crer houvesse, no círculo ginástico da vida, alguma cousa entre os homens que não fosse egoísmo só e vaidade; chegou, pobre inocente! a supor que o fato de ser meiga, dócil, virtuosa e pura, lhe valeria o amor do moço pelo seu coração eleito; e, uma vez desiludida, a sua feminilidade, em lugar de expandir em flor o aroma dos vinte anos, fechou-se em botão para nunca mais rescender, vencida, como foram vencidas as suas lágrimas.

E também nunca mais lhe voltavam às faces as rosas, que a natureza aí lhe tinha posto, para atrair as asas dos beijos amorosos; nem aos olhos tampouco lhe voltaram as alegrias, com que dantes esperavam sorrindo o "Amo-te" sagrado.

Enfermou de todo. Afinal, a sua existência era já um caminhar seguro para a morte. O pai estalava de desespero, sentindo fugir-lhe irremissivelmente aquela vida estremecida, pouco a pouco, como um perfume que se evapora. Ela sorria, resignada. Estava cada vez mais abati da, mais fraca; parecia alimentar-se só com a muda preocupação da sua mágoa sem consolo. O pai levou-a a princípio para Santa Teresa, depois para o caminho da Tijuca, o médico, porém, à proporção que a moléstia subia, ordenou que fossem também subindo sempre, em busca da ares mais puros. E lá iam eles, como um bando de foragidos, a fugir da morte. Só a doente parecia conformada com a situação, os mais se maldiziam e choravam. Ela sorria sempre, sempre triste, com o rosto levemente inclinado sobre o ombro. Já quase se não distinguiam as suas falas, e só pelos olhos verdadeiramente se exprimia, que esses, como a estrelas, cada vez mais se acendiam à proporção que as trevas se aproximavam. Às vezes, nem que pretendesse desabituar-se de viver, fugia para um profundo cismar, de que só a custo desmergulhava estremunhada. Pedia nesses momentos que lhe abrissem a janela do quarto, e o seu olhar voava logo para o azul, como mensageiro da sua alma, que também não tardaria, com o mesmo destino, a desferir o voo.

– Ao amor! Ao prazer! Hurra! blasfemou o eco à fralda da serra da Tijuca. E o carro dos libertinos sumiu-se na primeira dobra da estrada. O campo recaiu na sua concentração A cadeirinha continuava no ponto em que a depuseram. O sol, ainda brando, derramava-se como uma bênção de amor, e nuvens de tênue fumo brancacento desfiavam-se no espaço, subindo dos vales como de um incensório religioso. O céu tinha uma consoladora transparência em que se lhe via a alma, pássaros cantavam em torno da tranquila moribunda, ouvia-se o marulhar choroso das cascatas, a súplica dos ventos, a prece matinal dos ninhos. Toda a natureza parecia em oração.

A moça pediu que lhe abrissem a porta do palanquim e, reclinada sobre o colo do pai, fitou o espaço com o seu olhar de turquesa úmida. O azul do céu compreendeu o azul daqueles olhos celestiais. Houve entre eles um idílio mudo e supremo.

Ninguém em torno dava uma palavra, só se ouviam os murmúrios da mata, acordando ao sol, e os esgarçados ecos da música dos Meninos Desvalidos, que para além da serra tocava alvorada. A moça continuou a olhar para o azul, como se se deixasse arrebatar lentamente pelos olhos. Encarou longo e longo tempo o espaço, sem pestanejar. Depois duas lágrimas lhe apontaram nas pálpebras imóveis e foram descendo silenciosas pela palidez das faces.

Um sorriso que já não era da terra pairou um instante à superfície dos seus lábios puros. Estava morta.

XXIV

O sabor da existência

Terça-feira de carnaval, Gabriel acabava de acordar no seu quarto do "Provençaux" e permanecia na cama a pensar em Eugênia, quando lhe entregaram uma carta tarjada de negro que o convidava para o enterro dela.

Ergueu-se soluçando, sem querer acreditar no que vinha escrito.

Pois seria possível que aquela doce e mísera criatura se partisse desta vida, sem lhe deixar ao menos reduzir o novo desgosto, que ele involuntariamente lhe cravara no coração já tão magoado?... Pois então agora, quando justamente meditava ele os meios de reabilitar-se aos olhos dela, disposto a reagir por uma vez contra todas as degradações a que o arrastara a outra, é que Eugênia lhe fugia para sempre?... E lhe fugia levando consigo, no seu voo externo, a lancinante impressão do último olhar que os dois entre si trocaram, ela de asas prestes a ganhar o azul, ele de rastros, a espolinhar-se no mais negro lodo da terra!

– Pobre Eugênia! murmurou arquejando o desgraçado. Nem de te chorar são dignas estas impuras lágrimas nascidas em antro tão imundo. Perdoa-me insultar-te ainda a branca memória com esta minha dor hipócrita e covarde. Nelas não creias, nem com elas se enterneça a tua alma compassiva e meiga! Fui eu quem te matou! Fui eu o teu algoz, anjo envenenado pelo amor que te inspirei! Desceste ao pântano, imaculada pomba; deletérios miasmas foi o que encontraste em lugar de amor que procuravas no meu coração de lobo. E agora choras tu, miserável! Cala-te, que o teu pranto põe feias nódoas na virginal mortalha da tua vítima! Traga em silêncio o remorso do teu crime, e volta à tua lama, libertino! Mergulha de novo na vasa em que agora bracejas aflito, e não levantes sequer o pensamento àquela que no mundo só teve uma falha cometida – a de haver um dia suposto digno de ser amado por ela! E Gabriel, sufocado por uma nova explosão de soluços, rugiu apertando a cabeça entre as mãos:

– Maldito seja eu, contra quem tudo conspira! Foi-se-me a última esperança de salvação! Já nada me resta na vida! Acabou-se tudo!

– Ainda não! bradou numa voz à porta do quarto. Ainda te resta um amigo! Gaspar! gritou o moço, caindo nos braços do padrasto. Perdoa- me, meu Gaspar!

– Cheguei neste instante e ainda não sei onde tenho a cabeça! disse o Médico Misterioso. Imagina que estava em Cantagalo à cabeceira de um moribundo, quando recebi de Pernambuco uma carta de meu cunhado Paulo Mostella, na qual me participava a crítica situação dos seus negócios e o estado perigoso da mulher. Podes calcular como fiquei com semelhante notícia; eu adorava minha irmã, era ela o último laço da infância que me restava no mundo... Três dias depois, meu doente de Cantagalo expirou. Não esperei por mais nada, corri a Pernambuco, sem me despedir de ti. Chego a essa cidade justamente no dia da falência de Paulo, e encontro Virgínia completamente perdida... Meus esforços foram baldados! Morreu-me nos braços! Paulo tinha de entregar-se no dia seguinte à prisão, a sua quebra foi considerada fraudulenta... mas, quando no momento terrível lhe invadiram o escritório, deram com o seu cadáver aos pés da secretária. Envenenara-se com ópio. Ao lado dele estava esta carta a mim dirigida.

E Gaspar tirou uma carta do bolso, e leu: "Meu cunhado e amigo. Escrevo-lhe na ocasião de morrer, e se lanço mão deste último recurso, é porque confio que o senhor olhará por meu pobre órfão, e nessa hipótese morro descansado. Estou desonrado e estou viúvo; isto é, perdi as duas únicas cousas que me faziam viver – minha honra e minha família. Gustavo já não é uma criança, tem dezenove anos e pode principiar a vida sem o meu auxílio; peço-lhe, porém, que o ajude com os seus conselhos e com a sua estima. Adeus, beijo-lhe as mãos e agradeço-lhe tudo o que fez, e tudo o que fará por nos. – Paulo Mostella".

Marido e mulher foram enterrados na mesma ocasião e no mesmo lugar, continuou o Médico Misterioso. No dia seguinte, tratei do órfão, e uma semana depois partimos para cá. Mas, trazia comigo uma ideia que muito me preocupava; é que a pessoa encarregada de dar-me notícias tuas me havia escrito, dizendo que Ambrosina fugira com a filha do meu cocheiro; que este morrera de desgostos, e tu procuravas morrer de extravagâncias... Falaram-me de orgias, de desvarios, do diabo! Vinha, enfim, impaciente por tornar a ver-te, quando te acho neste estado de desespero... Já sei! Eugênia morreu, e tu sentes remorsos.. Mas eu cá estou para amparar-te! É preciso que te resignes ao sofrimento e à decepção; a vida, meu filho, não é outra cousa! Entretanto, no dia em que te visse perdido para sempre, creio que não resistiria a esse último golpe, pois és agora a única afeição que me resta... Desvelei-me por ti, fui teu pai, teu amigo e teu guia; suponho que me assiste o direito de pedir-te um favor... Esse favor é que vivas, que trabalhes! é que não te deixes morrer, quando por mais nada, ao menos em consideração a mim!

– E que me importam a vida e o trabalho? Conto eu porventura com a existência? Ah! para o que tenha de viver ainda, não serão, de certo os meios pecuniários que me faltarão!

– Tudo isso é um perfeito engano. Todo o homem precisa de trabalhar!... Quanto ao que possues, por mais que seja, não te chegará para gastares como gastas ultimamente. Lembra-te de que já fizeste vinte e três anos, e se não acentuares agora o teu caráter, se não constituires a tua responsabilidade de homem, muito menos o conseguirás fazer mais tarde. Quero que mudes de vida, repito; quando já não seja por mim, seja ao menos pela memória de quem se vai enterrar hoje!...

– Cala-te! gemeu Gabriel, abaixando o rosto. E nesse mesmo dia, ardendo em febre, abandonou o hotel "Provençaux", ao lado do padrasto que o reconduziu para casa.

Esteve de cama uma semana inteira, chegando a perigar de morte. Vertiginosamente girava o seu delírio entre dois polos bem opostos – Ambrosina e Eugênia. Cada um destes dois nomes não lhe saía dos lábios senão para dar lugar ao outro.

Levantou-se da enfermidade, não com a suave melancolia dos convalescentes, mas abatido e triste, como se no fundo do organismo lhe ficasse o vírus de um mal sem cura. Não tinha ele então desses momentos de inefável gozo de reviver, que são como o doce esvair de um crepúsculo entre a moléstia e a saúde; ao contrário, dir-se-ia que o seu espírito, à medida que o corpo recuperava as forças, ia mais e mais se afundando em lôbregas cavernas de desalento. Negra hipocondria toldava-lhe o semblante, varrendo-lhe dos olhos e dos lábios os derradeiros sorrisos.

Meses depois estendido numa chaise-longue, pés cruzados sobre a mesma, charuto ao canto da boca, olhos espetados no teto, quedava-se havia meia hora, silencioso e esquecido da presença do padrasto.

– Mas enfim... perguntou este, batendo-lhe no ombro; que decides?..

– Hein? balbuciou Gabriel.

– Vais ou não?

– Para onde?...

– Ora essa! Viajar! Pois não acabamos de tratar disso?...

– Ah! sim, respondeu o moço, fechando levemente os olhos e mudando de posição na cadeira.

– Mas então?

– É! havemos de ver...

– Ora! estás insuportável! Gabriel não ouviu já esta última frase, espetou de novo o seu olhar no teto. O padrasto fez um gesto de impaciência e pôs-se a andar de um para o outro lado da sala.

Ouvia-se o relógio palpitar a um canto, e o crepitar das asas de uma abelha, que lutava contra a vidraça da janela. A casa tinha um profundo ar de tristeza; sentia-se que nem sempre por ela circulava o ar, e que aquelas paredes e aquele teto não estavam habituados ao eco alegre do riso de crianças e vozes de mulher. Gaspar, depois de muitas voltas pela sala, foi postar-se novamente defronte de Gabriel.

– Então? disse, vendo que o enteado não dera por sua presença.

– Hein? repetiu o rapaz, fitando-o abstratamente. O médico então se aproximou mais dele, e lhe tomou uma das mãos. Gabriel deixou cair a cabeça sobre o peito.

– Pobre criatura... pensou o padrasto, depois de alguns segundos; muito caro pagas tu a falta de mãe durante a infância! Não serias assim, inútil e perdido, se nos teus primeiros anos de mocidade te inoculasse ela com o seu amor, a ideia do bem e da justiça! E, quem sabe, se não teria eu também grande parte na tua miséria, meu desgraçado filho?... Fui o teu exemplo, o teu guia, o teu mestre; eu! o menos competente para isso, pois que me faltava energia, faltava-me fé na própria vida; faltava-me tudo, menos o tédio e a tristeza; eu sabia que era homem, apenas porque sofria! E é este despojo, é este espectro de homem, que há vinte anos representa para ti todo o teu passado e toda tua família! Ah! não serias sem dúvida o que és, se outro se houvesse encarregado da tua educação moral. Amei-te, só porque vinhas tu de tua mãe. Quanto egoísmo, meu Deus! E, entretanto, o meu amor nunca te serviu de benefício, fez-te ao contrário caminhar sempre na inútil sombra da minha árida tristeza... Eu me revejo em ti, querida vítima!

E Gaspar afastou-se para chorar à vontade. Gabriel deixou-se ficar na mesma postura, agora com o olhar ferrado no chão.

Pairava-lhe o espírito entre duas vastidões inatingíveis e ambas igualmente desejadas; uma, porém, toda claridade de luz sidérea e matinal, outra feita de ardentes chamas agitadas e vermelhas. E os dois infinitos se abraçavam como o céu se abraça com o oceano. Tranças louras, crespos cabelos negros, anjo e demônio se confundiam numa única saudade! E o casto e tímido sorriso do anjo era avidamente bebido pela boca sensual e vermelha do demônio; asas brancas, cobertas de nupcial e imaculado véu, estalavam nas garras do lúbrico e formoso monstro vestido de granada e ouro; alva açucena emurchecia e calava o seu virginal aroma embriagada pelos quentes sândalos do inferno.

Gabriel estava em ambos, e sentia perfeitamente no íntimo do seu desejo, que, apesar de tudo, se pudesse escolher, ele sacrificaria ainda uma vez o anjo ao demônio.

E esta convicção torturava como o vício inconfessável. Repugnava-lhe o seu próprio coração, e sentia a sua alma debaixo dos pés, envergonhada e suja.

A ideia da responsabilidade moral principiava a querer entrar-lhe o espírito, e o desgraçado fugia dela por compreender que lhe faltava coragem para ser homem. Daí a sua atual e constante preocupação – o suicídio. A morte lhe parecia a única solução possível para o infernal dilema daquela sua triste vida. Mas o suicídio também era um grande enfado. Exigia esforço moral e físico. Era afinal um penoso trabalho tão aborrecido talvez como o próprio viver.

– Diabo! exclamou ele, sacudindo a cabeça, para sair de todo do seu pesadelo. Maldita a hora em que nasci! Gaspar, que o observava, correu a conter-lhe o nervoso ímpeto.

– Que é?! Que tens?! perguntou em sobressalto.

– Nada! Nada – um ligeiro abalo... Passou! Nessa ocasião, foram interrompidos pela criada:

– Lá fora estava uma velhinha pobre, que desejava falar ao Dr. Gaspar.

– Deve ser algum dos meus doentes, disse o médico, e mandou que a fizessem entrar para o consultório. Era a velha Benedita, a mãe do cocheiro Jorge, que andava a tirar esmolas pelas casas conhecidas. Gaspar não a reconheceu logo, mas, quando lhe ouviu o nome, a fez conduzir para a sala em que estava Gabriel.

A velha pediu licença de assentar-se, pousou no chão uma trouxa que trazia, e, gemendo a sua fraqueza deixou-se escorregar sobre uma cadeira.

– Ai! Ai! suspirou ela, sorrindo, apesar do gemido. E a pobrezinha de Cristo declarou que já não era senhora das suas pernas. Estava muito acabada; a morte do filho e a fugida da neta apressaram-lhe a decrepitude. Gaspar olhava para ela com ar compassivo e desconsolado. A mísera já quase nada restava de aparência humana; era uma fruta seca, lavada em risos de pedinte, a cara toda engrelhadina como uma castanha pilada, as ventas fungosas, e as orelhas bambas e em dependura que nem abalos tortulhos. A boca, inteiramente murcha e sem memória de dentes que a habitaram, não largava um só instante de remoer em seco, e a mandíbula inferior com tal ânsia se atirava à outra, que se diria querer devorá-la com as suas gengivas desbotadas e carcomidas. Por debaixo do queixo escorriam-lhe pelangas chochas e macilentas, e, através das farripas de coco que lhe ouriçavam a cabeça, transparecia-lhe o crânio, casposo e áspero como casco de cágado. Doía vê-la assim, indecorosamente desfeitiada de jeito humano, a agarrar-se com o seu último alento a esta terra onzeneira, a quem todavia bem pouco tinha ainda a pobrezita que restituir de si.

Gabriel não lhe tirava os olhos de cima. A mendiga, depois de muito tossir, vergada sobre a carcaça do peito, começou a falar com um vestígio de voz que lhe restava. Eram sons roufenhos, cheios de falhas e babujados de saliva.

– Que o senhor doutor não se enfadasse! Ela vinha pedir-lhe uma caridadezinha, e saber se porventura havia alguma notícia de sua neta... Mas a ideia de Laura perturbou-a logo, e a coitada apertou ainda mais os olhinhos, espremendo em lágrimas a sua saudade por entre as remelosas pálpebras.

– Ah! só Deus sabe... só Deus sabe... dizia ela dificultosamente, quase sem se poder exprimir; o muito que tenho padecido! Quando Laura nos abandonou e meu Jorge, meu rico filho! me morreu, fiquei sem saber de mim!

– Mas, se me não engano, observou Gaspar com interesse, a senhora aboletou-se em casa de D. Genoveva e...

– É verdade! eu fui para casa de D. Genoveva; mas é que depois as cousas mudaram de figura... Desde que o Alfredo perdeu o emprego...

– Quê? Pois o Alfredo não continua empregado em casa do Windsor? A velha sustentava que não; não sabia, porém, explicar os pormenores desse fato. Só o que podia afiançar é que o Alfredo estava muito mal.

E com efeito assim era.

Durante a moléstia de Eugênia, já o amante de Genoveva se queixava do peito e da garganta, mas não tinha ânimo para abandonar o patrão na delicada conjuntura em que este se achava. Agravaram-se, porém os seus incômodos, e viu-se Alfredo obrigado a não sair da cama. Por essa época, Eugênia faleceu, e o pai, inconsolável resolveu retirar-se do comércio brasileiro, e partir com o resto da família para a Inglaterra, donde lhe propunham arranjo de vida.

Ora, entre Alfredo e o sócio restante na casa, havia uma velha rixa, que de muito teria lançado aquele no olho da rua, se não fora a proteção do Windsor. Uma vez retirado este da sociedade, Alfredo, ainda de cama, recebeu a despedida do emprêgo com o pequeno saldo de seus ordenados.

Principiou então para ele e para Genoveva uma existência toda de dificuldades. A botica pedia dinheiro, a moléstia queria dieta, e os recursos não chegavam. A mulher atirou-se ao trabalho, tomou encomendas de roupa para lavar, lavou com talento, com coragem e com alma; o que aliás, nada é de estranhar, se nos lembrarmos de que a avó da viúva do comendador Moscoso, conforme dizia esta ao próprio marido, tinha sido no seu tempo a melhor lavadeira do Rocio Pequeno.

Quem puxa aos seus não degenera. E, ou fosse por atavismo, ou porque a necessidade é o melhor mestre de ofício, o certo é, que Genoveva, a esfregar roupa, aguentava a casa, mantinha no colégio uma pupila, com quem em breve travará o leitor muito boas relações, e acudia com remédios à moléstia do seu homem.

A velha Benedita, essa é que tivesse santa paciência, mas o tempo não estava para caridade!... Que fosse bater a outra freguesia!...

E ela obedeceu, coitadinha! E lá foi bater à porta de Gaspar.

– Descanse, disse este, quando a velha terminou o seu longo aranzel. Não é necessário que peça esmola; recolha-se cá em casa, que nada lhe faltará. Olhe! entre, e a criada lhe dará um cômodo. Vá, vá entrando. Benedita já se havia levantado.

– E o meu Chimboraso, pode vir comigo? perguntou ela.

– Que vem a ser esse Chimboraso?...

– É o meu cão, Sr. doutor; um diabo de um bicho, que faz uma criatura gostar dele... E o rosto engelhado de Benedita iluminou-se de alegria com a lembrança daquela sua última afeição.

– Animalito de Deus! Ah! ela havia de mostrá-lo ao Sr. doutor!

– Pois que venha também o Chimboraso, disse o médico, procurando terminar a conversa. E como a velha tentasse com muita dificuldade pôr-se de joelhos:

– Então? deixemo-nos disso; vá ver o seu cômodo, vá entrando, vá! Benedita, sem dizer uma palavra, procurava beijar-lhe a mão.

– Ora, não, não! opunha Gaspar, a empurrá-la brandamente para o interior da casa. Vá! vá descansar!

Ela obedeceu, agradecendo muito a esmola que recebia, e prometendo não se esquecer de Gaspar nas suas orações. Já na porta, parou, e voltou-se para dizer:

– É que eu tenho tamanho medo de não resistir ao desamparo!... Quando penso na morte, fico toda fria: Oh! não quero a cova! Gabriel olhou para ela com surpresa.

– A morte!... que terrível cousa deve ser a morte. E a velha fez-se mais lívida. Quanto deve custar a uma criatura sair desta existência para ir meter-se debaixo da terra, num buraco! Ficar a gente fria, dura como um pedaço de pau, à espera que as carnes criem bicho, que os bichos nos chupem até fazer o osso limpo! Oh! deve ser terrível! Que medo me faz a morte! E depois de uma pausa, acrescentou com o olhar fito:

– Bem sei que pouco vale a vida. Isto tudo é miséria, isto tudo é engano, isto tudo é sofrer, mas em todo o caso não é a morte, não é o buraco na terra! Que bela cousa é a vida! Já não tenho olfato, nem paladar; já quase não posso ver; já não gozo amores, e, contudo, faço muito gosto neste restinho de vida. Nada! assim mesmo velha, assim mesmo que não presto, quero a minha rica vidinha, quero ver isto por cá! Para morrer, todo tempo é tempo! Viva a galinha com a sua pevide!

E, com um riso do outro mundo, a velha saiu afinal, cantarolando e tremendo. Gabriel ficou por muito tempo a olhar para a porta por onde ela saiu.

– Feliz destroço!... disse ele. Que inveja me faz a tua miséria!

XXXV

O boêmio

Gustavo, o sobrinho de Gaspar a este confiado por Paulo Mostella, vinha a ser o resultado daquela adiantada gravidez em que se achava Virgínia, quando a vimos em Pernambuco, nos últimos tempestuosos dias da árdega existência de Violante; o que quer dizer que vinte anos são decorridos depois disso, e que o Médico Misterioso está agora por conseguinte orçado pelos cinquenta, e Gabriel com a metade dessa idade.

Gustavo era um belo moço no seu tipo nortista. Altura regular, boa saúde, olhos inteligentes, palavra fácil e riso pronto. Tinha o gênio arrebatado, mas o coração generoso e meigo, caráter desregradamente altivo e chapeado de fortes aspirações morais.

Chegara ao Rio de Janeiro com todas as doidas e perfumadas ilusões dos seus vinte anos, cavalgando, descalço e sem esporas, uma nuvem de sonhos e de esperanças.

Fora morar com o tio, mas logo ao fim de poucas semanas declarou abertamente que não podia continuar a viver do pão alheio e preferia aventurar-se lá fora, por sua conta, na luta pela existência. Embalde empregou o Médico Misterioso todos os meios para dissuadir de semelhante loucura, e embalde Gabriel juntou suas razões às do padrasto: "Gustavo nessa época apenas ganhava quarenta mil-réis mensais, como noticiarista de um periódico de vida não menos incerta que o referido ordenado, e, com magros recursos, iria sem dúvida sofrer por aí torturantes e ridículas necessidades!" Foi, porém, tudo inútil, e o sonhador mudou-se, com a sua nuvem cor-de-rosa, para a companhia de dois estudantes de medicina, igualmente pobres e não menos gineteadores de ideal.

Principiou então para ele a verdadeira vida de boêmia. Quanta privação e quanto vexame! mas também quanta dourada fantasia! quanto aroma de mocidade em flor, e quanta delicadeza de sentimentos!

Com três forasteiras andorinhas se encontraram à beira de um telhado antes de formar o seu verão, encontraram-se os três boêmios um belo dia por acaso à mesa de um café da rua do Ouvidor, e conversaram, e riram, leram e fumaram de camaradagem os seus versos sem conta e os seus cigarros bem contados, fingiram juntos depois um jantar de quatrocentos réis por cabeça, e ficaram bons amigos. Já nessa mesma noite dormiram os três no mesmo quarto, e desde então formaram a sua república, onde muitas vezes durante o dia inteiro faltava o que comer, o que fumar e o que beber, mas onde nunca faltou do que rir, com o que sonhar e a quem amar.

Uma tarde, entretanto, Gustavo ficara em casa. Era o dia de seus anos, e nesse dia justamente o sonhador não havia jantado, nem almoçado, e a fome lhe fazia o tempo mais frio e as horas mais longas.

O sol escondera-se. Gustavo fechou o livro que lia e foi pôr-se à janela, a olhar vagamente para o espaço. Havia no ar uma dura melancolia, que se levantava para o céu com as pardacentas névoas exaladas da terra; a natureza, repousada e farta, bocejava a sua indiferença; a cidade, quieta e morna, parecia entorpecida na egoística placidez de uma digestão feliz.

A república era num segundo andar, nos fundos da rua Santa Teresa, e aos ouvidos do bôemio chegava o eco da música dos alemães tocando no Passeio Público.

Apareceu a primeira estrela.

Então o desterrado sentiu abrir-se-lhe por dentro no coração um fundo e sombrio vale de saudades. Lembrou-se da sua extinta família, das suas afeições interrompidas de toda a sua infância protegida e afagada. Quanta recordação! Naquele dia de seus anos reuniram-se em casa os amigos do pai, fazia-se festa, levavam-lhe presentes. Foi naquele mesmo dia que ele uma vez recebeu de mimo o relógio de ouro, agora empenhado sem esperanças de resgate, como recebeu o anel e o alfinete de gravata já também engolidos pelo mesmo sorvedouro.

Depois de muito divagar pelo seu passado ainda quente, Gustavo foi buscar o retrato de sua mãe e, à derradeira luz do crepúsculo, quedou-se a contemplá-lo silenciosamente, enquanto as lágrimas lhe corriam pelas faces.

Dias depois, já o tal jornal em que ele trabalhava havia estourado, ficando a dever-lhe três meses de salário, e o sonhador atravessava as ruas da Corte, a torcer com insistência o buço, nesse ar desconfiado e revesso dos moços de aspirações intelectuais, a quem, fora da família, vieram a faltar de todo os meios de subsistência; cabeça baixa, olhar carregado, roupa no fio e sapatos rotos. Alguns conhecidos seu fingiam não o ver, menos o Reguinho que estava sempre a oferecer-lhe fantásticos empregos. Gustavo nessas ocasiões sentia um grande e impotente ódio sufocar-lhe o coração, e mentalmente fazia terríveis projetos de vingança contra tudo e contra todos.

As dificuldades reproduziam-se para ele sem trégua, nem resfolgo; cada dia a viver era um problema a resolver. Mas nem por isso se apeava dos seus sonhos, nem se deixava invadir pelo desânimo. Havia de achar furo na vida! havia de descobrir meios de vencer e chegar! havia de escrever os livros que sentia em gestação dentro do seu espírito, e havia de ter o quinhão que era da sua boca, o bocado para o qual a natureza o armara com aqueles belos trinta dentes, que ultimamente lhe serviam mais para rir do que para comer.

– Que diabo! monologava ele em revolta. Há por aí tanto sujeito, nulo de inteligência e de aptidão para qualquer trabalho, que todavia anda limpo, satisfeito e confortado, por que não hei de eu conseguir ao menos ter o estômago seguro e um abrigo certo, para poder dedicar às letras algumas horas por dia?...

De todos esses misteriosos recursos, de que no Rio de Janeiro vivem em grande quantidade certos meliantes que muito consomem e nada produzem, o jogo, o calote, o dinheiro arranjado de empréstimo, as comissões gravadas à sede de pândega e à sensualidade dos ricos inexperientes, de tudo isso não tinha o pobre Gustavo sequer desconfiança na sua sonhadora ingenuidade; e o mesmo fato de se confessar ele necessitado de trabalho, como a sua leal modéstia, a sua franqueza, a sua honestidade enfim, eram outros tantos obstáculos que lhe trancavam os caminhos da vida.

De uma vez saiu a correr os colégios do Rio de Janeiro à procura de trabalho. Era impossível que entre tantos e tantos estabelecimentos de educação, não houvesse algum que precisasse dos seus serviços. Entrou no primeiro que encontrou. Veio recebê-lo um velho, cuja fisionomia branda e simpática, e cujos cabelos brancos e respeitáveis, lhe inspiraram logo grande confiança. O velho era o diretor do colégio; fê-lo entrar para a sala e lhe perguntou o que desejava.

– Ganhar a vida... disse Gustavo; venho oferecer-lhe os meus serviços...

– Como professor?..

– Sim, senhor, ou como simples empregado; estou numa situação da aceitar tu....

– Que matérias sabe o senhor?

– Para ensinar sei o português, francês, espanhol, aritmética e desenho.

– Nós precisamos justamente de um professor de espanhol; em breve vamos precisar de um de desenho e um substituto de português primário; o que aí está vai tratar-se em Barra Mansa... O rosto de Gustavo tomou logo uma expressão mais animada; o velho, porém, o observava de alto a baixo, com gesto de desconfiança e desagrado.

– São justamente as matérias que poderei ensinar melhor. Meu pai era oriental e deu-me lições de espanhol desde muito cedo; no português também estou bem preparado, porque ultimamente tenho estudado com esperança de um concurso; quanto ao desenho, sei o suficiente para ensinar em colégio.

O velho, sentado comodamente em uma cadeira de braços, havia já apertado os olhos três ou quatro vezes, esticando os lábios, como quem medita; e depois, a esfregar as mãos nas coxas, perguntou:

– Trouxe consigo os seus atestados?...

– Que atestados?...

– É boa! de professor..

– Ah! Eu não tenho atestados... nunca fui professor... desejo justamente principiar agora...

– E olhe que não principia muito tarde! E o velho, levantando-se resolutamente, convidou-o a sair com estas palavras:

– Pois, meu caro senhor, sinto muito não lhe ser agradável; mas... neste colégio só se admitem professores garantidos pela Instrução Pública.

– Mas, eu me submeto a exame, disse Gustavo, já também de pé; e se não estiver habilitado...

– Hei de pensar nisso! respondeu o diretor, sem mais procurar disfarçar a sua impaciência. E fez um gesto com a mão aberta, o qual tanto podia significar "Passe bem!" como "Ponha-se a fresco!" Gustavo saiu, sem dizer uma palavra; no corredor fez uma mesura.

– Viva! bocejou o velho, fechando a porta com estrondo.

O boêmio desceu as escadas furioso, mas sem desanimar, continuou a farejar trabalho pelos colégios. Uns não precisavam de professor; outros não o podiam admitir, porque ele era muito moço; outros não diziam a razão porque não queriam; outros voltaram à questão dos atestados, e todos o olhavam com a mesma desconfiança e o despediam com a mesma sem-cerimônia.

Ao meio-dia, Gustavo achava-se em Botafogo, defronte de um colégio de muito boa aparência. Havia um homem na chácara; o rapaz disse, mesmo da rua, que desejava falar ao Sr. diretor.

– Não há diretor! respondeu secamente o homem.

– Este ao menos é original! pensou Gustavo, quase risonho.

– Então, com quem posso entender-me?...

– Com a diretora.

– Ah! É colégio de meninas!... Tenha a bondade de dizer à Sra. diretora que eu desejo falar-lhe. O homem subiu uma escada de pedra, e pouco depois veio abrir o portão. Que podia subir! Uma mulher conduziu-o à primeira sala. Era um lugar decente, sério, rigorosamente mobiliado; nas alvas paredes havia finas gravuras representando assuntos religiosos.

Esperou cinco minutos. Depois abriu-se uma porta, e a mulher que o conduziu fê-lo entrar para outra sala. Achou-se então Gustavo defronte de três irmãs de caridade, dentre as quais a mais velha se adiantou para ele, com os olhos cravados no chão, as mãos engolidas pelas largas mangas do seu burel, e a cabeça toucada pelo característico e formidável lenço de linho engomado.

Gustavo vergou-se cortesmente e, por hábito social, estendeu a mão às religiosas, que logo se contraíram num escrúpulo freirático, rechupando mais os olhos e escondendo mais as mãos.

– V. V. Ex.as desculpem-me... balbuciou o moço, meio confuso; incomodeia-as, na persuasão de encontrar aqui o que fazer como professor...

– Ah! é professor?...

– Sim, minha senhora, respondeu ele, a reparar que uma das duas irmãs retropostas era bem bonita rapariga.

– É aqui mesmo da Corte ou é da província?... perguntou ainda a primeira, com um sotaque francês muito pronunciado.

– De Pernambuco, minha senhora. E Gustavo, desta vez reparou que a bonita o observava debaixo dos cílios.

– Nunca tinha vindo ao Rio?...

– Nunca minha senhora. E pensou consigo. Mas que olhos tem aquele diabinho!

– E tem gostado da Corte?...

– Nem por isso, minha senhora. Ainda estou desempregado. E desta vez descobriu nos lábios da irmã dos lindos olhos a pontinha de um sorriso. "Faço-me jardineiro neste colégio!" pensou ele, sob a influência dos olhos da rapariga.

– Mas... disse, procurando voltar ao principal assunto da sua visita; V. V. Ex.as precisam de mim...?

– E sua província é bonita?... interrompeu a irmã curiosa, sempre a olhar para o chão.

– Sou suspeito para responder, minha senhora. Mas, como dizia... Acaso V. V. Ex.as precisam...?

– E há muitos colégios em Pernambuco?

– Mau! disse Gustavo consigo, depois de responder alto que sim.

– O ensino é muito religioso?

– Sim, minha senhora.

– Pagam bem às professoras?

– Regularmente, minha senhora.

– E o clima, que tal é?

– Quente!

– E a alimentação?

– Comum!

– E o povo?

– Bom!

– Dizem que desordeiro!

– Histórias!

– E a cidade, é divertida?

– Nem sempre!

– Há passeios públicos?

– E teatros também, bailes, cafés, bilhares, há de tudo! Dançarinas de cancã e pândegas carnavalescas!

–Ah! exclamou a religiosa com um gesto de pudor. E só abriu de novo a boca, para inquirir:

– O senhor sabe quem tenha para alugar uma rapariga que entenda de cozinha?...

– Não, minha senhora.

– Se souber, é favor mandá-la cá

– Pois não, minha senhora.

– Quanto ao senhor, não o podemos aceitar, porque só admitimos professores eclesiásticos de reconhecida virtude...

– Então, tenha a bondade de dar-me as suas ordens...

– Deus o ajude!

E as religiosas viraram de bordo, depois de uma cortesia. Gustavo ganhou a porta, mas na ocasião de sair, voltou o rosto, e seu olhar encontrou no caminho o da rapariga bonita, que lá do extremo oposto da sala lhe atirou um sorriso franco e já de joelhos levantados.

No corredor estava a criada, à espera dele, para o conduzir à chácara. Gustavo chegou afinal à rua.

– Apre! exclamou; que francêsa cacête, mas que linda menina!... E à medida que ele, a retroceder lentamente pela praia de Botafogo, se afastava do colégio das irmãs de caridade, a sua imaginação, moça e fogosa, voltava para lá, a galope. E a endiabrada ia saltando grades, atravessando quartos, até chegar à perfumada cela da linda religiosa de olhos meigos. Encontrou-a sozinha, a rezar no seu oratório. O grosseiro burel do hábito não permitia que se lhe suspeitasse o desenho voluptuoso das formas, sumia-lhe o corpo, deixando permanecer em evidência apenas o rosto angelical, a que as abas da touca de linho branco serviam de asas de querubim.

– Como eu te amo! dizia Gustavo no seu sonho, a beijar imaginariamente aqueles dois belos olhos castanhos, que se lhe quedavam gravados na alma com o sorriso com que se despediram dele. E depois, num amor ideal, religioso, etéreo, seu espírito, abraçado ao dela, voava pelo espaço afora, entre nuvens de incenso e coros celestiais, que lhe faziam a ambos tremer de gozo as asas entrecruzadas. De repente, porém, uma circunstância o chamou à dura realidade da existência: era a necessidade absoluta de comer; tinha o estômago completamente vazio. Deu balanço às algibeiras, e daí a pouco, já instalado numa mesinha de mármore do café de Londres, fazia defronte do seu almoço de trezentos réis as seguintes reflexões:

– Como deve ser delicioso casar-se. a gente com uma criatura daquelas! vê-la sempre a seu lado, amá-la a todos os instantes, e viver só para ela, e só dela! Deve ser muito bom!... Tão bom, quanto é aborrecido almoçar café com leite e pão torrado, quando a alma nos está a reclamar, do fundo das entranhas, alegres bifes com batatas e um bom copo de vinho!...

Ao chegar à república, um dos seus companheiros o recebeu com esta frase:

– Ó Gustavo! queres ganhar uns cobres?...

– Pronto!

– Sabes desenhar, não é verdade?

– Mais que o Pedro Américo! Por quê?

– Pois se quiseres, vamos imediatamente à casa da minha lavadeira. Pediu-me ela que lhe arranjasse um desenhista para retratar o cadáver do marido. Serve-te a encomenda?

– E quanto estará disposta, essa providencial e ensaboadora viúva a pagar para que eu lhe imortalize o malogrado esposo?...

– Não sei... mas o que vier é dinheiro, e nós estamos a tinir.

– Pois mãos à obra! exclamou Gustavo alegremente. E, depois de munir-se da sua pasta e dos seus petrechos de desenho, saiu com o companheiro para a residência da tal lavadeira, cuja figura, como vamos ver, é aliás muito velha conhecida do leitor.

Era a primeira vez que Gustavo ia desenhar por dinheiro. Até aí seus trabalhos artísticos não passavam de exibições em família, no seio de parentes e íntimos amigos, que a uma voz proclamavam com igual entusiasmo o grande talento do menino; de sorte que o modo frio e quase desatencioso pelo qual o receberam em casa da lavadeira, doeu-lhe no coração como clamorosa injustiça ao seu indiscutível mérito.

Entretanto, ia aparando os lápis, preparando o papel e os esfuminhos; e afinal, tomando a sua pasta assentou-se com esta sobre as coxas, defronte de um longo canapé de palhinha, onde estava o defunto, magro, estirado e duro, como se fora feito de sola.

Principiou a obra, no meio de um grande silêncio compungido, em que se arrastavam suspiros espaçados. Ouvia-se ranger o carvão sobre o papel de Holanda. Ao lado dele, o amigo que o levara acompanhava com a vista o trabalho, e procurava ajudar o desenhista, lembrando particularmente da fisionomia do defunto.

– Olha que ele tem as ventas mais abertas e o queixo mais magro!... dizia, com a voz misteriosa e benfazeja. Puxa o cabelo mais para a esquerda! Gustavo não protestava por delicadeza, mas as pessoas que lhe ficavam em frente bem percebiam a sua contrariedade. Uma velha já se havia chegado para junto do retratista, com o rosto seguro pela mão esquerda e o cotovelo apoiado na direita.

Depois, vieram outros, até que afinal se viu Gustavo cercado por todos os lados. Entre essas pessoas estava, como milagre, a dona daqueles bonitos olhos, que pela manhã, no colégio das irmãs de caridade em Botafogo, se lhe haviam gravado no coração; mas Gustavo, sem desprender a vista do trabalho, deles sentia apenas o doce eflúvio banhar-lhe a alma.

O defunto, estendido no seu canapé, parecia estar só à espera que o rapaz lhe acabasse o retrato, para resolver numa gargalhada escarninha, o inquietante sorriso que abominavelmente lhe entretorcia os lábios de múmia. Gustavo pediu que retirassem das ventas do retrato duas bolinhas de algodão que ali lhe haviam posto. Às seis horas da tarde, estava pronto o desenho Gustavo assinou-o, e entregou-o à dona da casa.

– São quarenta mil-réis, disse, com pretencioso ar de artista.

– Bem, respondeu aquela; mas o senhor fará o obséquio de mandar receber amanhã, porque a pessoa que tem de dar o dinheiro só mais tarde chegará.

No dia seguinte, ainda no corredor, a lavadeira disse-lhe que a obra não valia quarenta mil-réis; que o pagador da encomenda não achava o retrato parecido, nem sequer bem desenhado; que o autor de semelhante caricatura devia contentar-se com vinte mil-réis!...

E, como Gustavo recalcitrasse, veio o próprio dono da encomenda despachá-lo.

– O quê?! Pois tu é que és o tal artista? disse o Médico Misterioso, muito surpreendido defronte de Gustavo.

– É verdade, meu tio, sou eu. Gaspar não pôde deixar de rir. Como o leitor já compreendeu naturalmente o morto, que Gustavo retratara com mais convicção do que perícia, era Alfredo, o nosso velho Marmelada; e a lavadeira era Genoveva, que se não podia consolar da perda do seu querido companheiro.

– Uma cousa é ver e outra é dizer, minha rica amiga, explicava ela à velhinha Benedita, que aparecera para fazer companhia ao cadáver. Era um santo homem! Nunca lhe vi o nariz torcido; sempre amável, risonho e procurando meios e modos de agradar-me! Coitado!

As amigas ouviam estas palavras a sacudir simultaneamente a cabeça, como se uma só invisível mola imprimisse a todas o mesmo movimento.

– Ai! ai! disse uma. E o coro respondeu:

– Ai! ai!

– É o caminho de nós todos! sentenciou outra.

– Digo-lhe com franqueza, continuou Genoveva, empenhada na conversa com Benedita; o defunto comendador, apesar de ser quem era e do muito que gastava comigo, nunca me deixou tantas saudades com esta criatura! Não sei que diabo tinha este homem para se ficar gostando tanto dele!...

– É a amizade que a gente toma! procurou explicar sentenciosamente a velhinha Benedita; mas, para consolar você não se deve agora matar por amor disso!... o que não tem remédio, remediado está!...

– Mas custa tanto!...

– Custa, é verdade; mas se tenho de ir eu, vá meu pai que é mais velho!... resumiu a velhinha com o seu riso egoísta.

– Ai! ai! suspirou Genoveva. E passou a descrever a moléstia e a morte de Alfredo: O homem, há muito tempo já, não andava bom; queixava-se de uma pieira no peito e de um cansaço aborrecido nas pernas. Às vezes ficava amarelo e com fastio, que Deus nos acuda!

– “Desta mesmo não me levanto!” eram as suas palavras de todo o instante; e ultimamente então deu para ficar nervoso por tal forma, que não pregava olho durante toda a noite... Foi nessa época que aquele malvado o despediu do emprego! Imaginem vocês como o pobre do homem não ficou! Nunca mais levantou a cabeça! Até que ontem, quando eu estendia a roupa para corar, veio a negrinha dizer que seu Alfredo estava roncando na cama, muito aflito... Larguei tudo de mão, e corri para junto dele. Remédio daqui! remédio dali! mas qual! o pobre homem roncava, roncava, muito agoniado, sem encontrar posição na cama; até que afinal tive um palpite, e mandei chamar o Dr. Gaspar, que é homem que nunca se negou aos pobres! Veio o doutor, viu, examinou – estava morto! Então pedi ao médico a esmola de pagar a um desenhista o retrato do meu defunto!

– Não! respondeu Gustavo. O senhor declarou já que a obra não presta! Não aceito pagamento!

– Mas, vem cá, meu filho! eu não sabia que o trabalho era teu!...

– Tanto melhor! porque assim falou com franqueza. Se alguém aqui deve estar agradecido, sou eu, que ganhei uma lição!

– Sim, mas, vem cá, disse o médico, obrigando o sobrinho a entrar para a sala de Genoveva. É preciso que nos entendamos por uma vez; preciso ter a consciência tranquila!... No fim de contas, és meu sobrinho, e eu tenho obrigação de saber de tua vida! E depois de um pausa:

– Por que não vais morar novamente lá em casa? Que caprichos são esses comigo, que represento aqui tua única família e fui tão bom irmão de tua mãe?... Pensas que não sei a vida miserável que tens levado ultimamente? Por várias vezes, chamei-te para casa, sem que ao menos me respondesses... Entretanto isto não pode continuar assim! Teu pai encarregou-me de cuidar de ti; sei que não sou rico, mas felizmente os meus recursos chegam para mais um...

– Obrigado! interrompeu Gustavo. Eu conto empregar-me agora... Vou entrar em concurso. Enquanto não aparecer o emprego?...

– Então? perguntou o outro em ar de amizade. Posso contar contigo amanhã...

– Não dou certeza...

– É porque não tencionas ir. Todavia, seria muito razoável que aceitasse de minhas mãos o auxílio que preferes receber das mãos de estranhos...

– Quem lhe disse que eu aceito obséquios de alguém?!

– Calculo eu, ora esta! Tu não tens rendimentos, não tens emprego, hás de aceitar de alguém os meios de subsistência..

– Em todo o caso, é justamente para lhe não dar o direito de lançar-me em rosto a minha miséria, que recuso o agasalho que me oferece! Se o senhor me fala agora deste modo, como não me falaria se eu vivesse à sua custa! Não vou!

– Estás muito enganado! Falo-te como pai, e quero que me obedeças como filho. O teu lugar é lá em casa! Exijo que vivas em minha companhia!

– Não posso!

– Mas por quê?

– Porque não quero!

– Reflete bem!

–Não! não! e não!

XXXVI

Vésper

Palpitava de comoção a edemoninhada zona do Rio de Janeiro, que vai desde o Largo do Paço até à nascente da rua do Lavradio. A parte leviana e galhofeira da população carioca agitava-se na rua do Ouvidor, eletrizada de interesse por uma grande novidade.

O que teria acontecido de tão extraordinário, para trazer assim em alvoroço. Os repórteres das folhas e os afiambrados janotas dos pontos de bondes. Que diabo poria em reboliço as redações dos jornais, os salões de carambola e de sociedades carnavalescas, as lojas e armarinhos de joias e de modas, as confeitarias, cafés e restaurantes do alegre coração da cidade?! Seria a morte do Imperador? Seria a queda do Partido Liberal? Seria algum levantamento da escravatura? Seria a quebra de algum banco? Seria uma nova guerra com alguma outra República vizinha, ou seria simplesmente o sorteio da grande loteria da Espanha?

Nada disso. A parte folgazã da população do Rio de Janeiro delirava de entusiasmo, apenas porque no vasto e constelado horizonte da bela pândega fluminense, raiara uma nova estrela, bonitona e petulante, ameaçando ofuscar, só com a sua brilhante apariação, todas as outras que cintilavam no satânico empirio. Era a ordem do dia a "Condessa Vésper". Por todo o ruidoso centro do prazer carioca se falava com febre da deslumbrante criatura, que atravessara a rua do Ouvidor vestida de veludo carmezim bordado a ouro, faiscante de rica pedraria e joias orientais.

Vinha diretamente de Paris, depois de percorrer todas as capitais do mundo, em que mantém no vício-amor o seu mercado alto. Trazia de comitiva um secretário louro, membrudo, barbado e enluvado, que lhe dava o tratamento de "Alteza", e um grande mono das Antilhas, que na rua lhe carregava a bolsinha de mão e lhe abria com irresistível graça a portinhola do carro.

Um delicioso escândalo!

Todos corriam a vê-la, todos a queriam conhecer. Inventaram-se logo em torno dela mil lendas e tradições. Uns a diziam artista, sem dúvida judia e grega, que só entre essas poderia haver mulher tão formosa; outros protestavam com orgulho ser a Condessa Vésper, brasileira legítima, que em Paris casara com um fidalgo russo e depois fugira com um tenor italiano; outros enfim pretendiam que ali andava maganice alta de príncipes, e citavam confusamente, de ouvido em ouvido, o nome do Duque de Saxe e do Conde d'Eu.

Essa estranha condessa era nada mais nada menos que Ambrosina. É que três anos haviam decorrido sobre os acontecimentos relatados no último capítulo, três anos que, dia a dia, nada apresentam digno de nota, mas que vistos em conjunto representam nestas Memórias um importante período de transformações.

Durante esse tempo, tudo e todos se foram modificando lentamente, menos a velhinha Benedita. Desde o Médico Misterioso até o nosso recente Gustavo, grandes transformações operaram. Genoveva, a legítima descendente da flor das lavadeiras do Rocio Pequeno, já não mora na sua casinha do Engenho Novo; novas dificuldades depois da morte do seu homem e a sua índole rasteira, carregaram com ela para um cortiço, ficando a casinha alugada por oitenta mil-réis mensais. Tal mudança, digamos francamente, não foi penosa à mãe de Ambrosina, e cremos até que, de muito antes estaria realizada, a não ser certa consideração ao então restaurado Alfredo.

Genoveva tirava bom partido dos seus cinquenta anos. A gordura parecia querer cortar-lhe a atividade, ela porém, azafamada e forte reagia, levantado-se às quatro da madrugada, e mourejando que nem um negro durante o dia inteiro. Nunca se sentira tão bem como ali, com seu ruidoso par de tamancos, toalha à cabeça o vestido enrodilhado nos quadris, e toda escorreita e sacudida a bater a sua roupa, entre a deferência e a estima das colegas.

Os moradores do cortiço tinham por ela um respeito particular, davam-lhe o tratamento de dona e falavam misteriosamente de uma filha, que lhe entrara para o convento; de um comendador, que desaparecera arrebatado por desgostos, e finalmente de uma riqueza, de cegar! escondida no quintal da casinha do Engenho Novo.

E a viúva do comendador açulava inconscientemente tais fantasias, porque, gostando aliás de tagarelar o seu bocado nas horas de descanso, fugia sempre da conversa quando lhe tocavam nos parentes, ou lhe remexiam no passado.

Ninguém seria capaz de dizer que ali, naquela velha robusta e trabalhadora, estivesse a rapariga linfática e bamba de trinta anos atrás. A planta, nascida entre a roupa molhada e a grosseira alegria do cortiço, definhara nas salas tristes do comendador, mas uma vez transportada para o meio em que brotara, levantou e vicejou radiosa.

Assim como Genoveva, outros personagens se transformaram; Gustavo, por exemplo, já não era o mesmo sonhador boêmio, a bracejar na desordem e na miséria; trazia agora a vida metodizada e segura, graças exclusivamente à inflexível perseverança do seu esforço. Havia publicado com algum êxito nada menos que três romances, conseguira fazer representar um drama, era colaborador efetivo do "Correio Mercantil" e tinha duzentos mil-réis mensais numa secretaria pública.

Mas, como já estava ele longe de sentir as comoções que experimentou quando viu, pela primeira vez, versos seus publicados?...

Foi num domingo: alguns rapazes haviam fundado pouco antes um jornalzinho, e pedido a Gustavo que mandasse para ele alguma cousa. Gustavo mandou uma longa poesia, em versos soltos, que comeu quase toda uma página. E durante a composição não se pode arrancar de ao pé dos tipógrafos, preso por um delicioso interesse, uma impaciência irresistível e torturante.

Esqueceu-se de jantar, e ao receber as primeiras provas, tremiam-lhe as mãos e saltava-lhe o coração. Afinal, já à noite, saiu da redação com uma folha impressa, e lá foi pela rua, a ler, gesticulando, sentindo em todo ele o eco de cada frase, de cada palavra, de cada sílaba. O mundo em torno era nada ao lado daquele pedaço de papel impresso! Como lhe pareciam pequeninos e vis os burgueses satisfeitos que desciam para os teatros! Como tudo era mesquinho, reles corriqueiro, ao lado daquela produção do seu talento, ali estampada em letra de forma, tal como a obra dos poetas consagrados, cujos nomes lhe enchiam a alma de fecunda inveja!

Mas tudo isso passou, como passou a sensação do primeiro elogio pela imprensa, o sentimento de glória da primeira transcrição espontânea, e o íntimo orgulho do plágio, de um ataque insultuoso ao plagiado.

Larguemos, porém de mão o nosso poeta, e vamos surpreender Gaspar no seu antigo gabinete de trabalho, ao lado de Gabriel.

Olhe o leitor, e verá duas sombrias figuras – um velho calvo, encanecido, todo coberto de luto, e um rapaz louro, prematuramente cansado da existência, e transpirando pelos gestos, pelo olhar, pelas atitudes, o fastio dos fartos e o tédio dos ricos ociosos.

Estão aí assim há duas horas, a conversar frouxamente. o moço fuma charutos seguidos, toscanejando no fundo da sua poltrona, e o velho, assentado ao lado de uma secretária, com a cadeira cercada de papéis rotos, vai, enquanto conversa, passando os olhos pelas cartas, que tira de um grande maço de sobre a mesa e, depois de rasgá-las, arremessa ao chão.

São três horas da tarde, em fins de abril. O dia triste e úmido entra pelas vidraças embaciadas da única janela do gabinete, e põe nos objetos um ar sinistro e melancólico. O moço queixa-se de aborrecimento, e espreguiça-se de instante a instante, a abrir a boca. O outro, depois de inutilizar os seus papéis velhos, levanta-se e vai assentar-se ao lado dele.

– Mas, vamos a saber, disse; estás pelo que te propus?

– O que é mesmo?...

– Pelo empréstimo dos cinquenta contos de réis.

– Ah! Quando quiseres...

– Bem! então amanhã, sem falta, me darás.

– Mas o que tencionas fazer desse dinheiro?

– Ainda não te posso dizer; mas descansa, no destino que lhe vou dar, não arriscas um vintém... os própriosjuros ser-te-ão restituidos religiosamente. É uma questão toda de confiança...

– Bem! já não digo mais nada.

– Amanhã mesmo te darei os documentos da dívida.

– Como quiseres... E passaram a conversar sobre outros assuntos.

– Quando partimos?... perguntou Gabriel.

– Para o mês que vêm, naturalmente. Tenho ainda que providenciar sobre muitas cousas; é preciso acomodar a velha Benedita, encarregar algum colega de certos doentes, tratar de uma infinidade de maçadas. Felizmente o Gustavo não me dá o mínimo cuidado.

– Esse nem sequer tira o chapéu quando me vê. Um doido!

– Não é por mal, contradisse Gaspar. Tu é que te não devias incomodar com isso! Ele é um bom moço... tem caráter e tem talento.

– O que, homem? Sabes lá o que ele diz de nós?

– Não há de ser tanto assim...

– Chamou-nos basbaques, em presença de quem o quis ouvir; disse que tanto eu, como tu, éramos duas crianças, dois tipos românticos, que vivíamos na lua!

– E olha que disse meia verdade, respondeu Gaspar, depois de uma pausa; porque, no fim de contas, as circunstâncias especiais da existência, de qualquer de nós dois, nos puseram fora do alcance das forças práticas da vida comum e das leis reguladoras da sociedade. Hoje mesmo, que estou velho e vejo o mundo por um prisma bem diverso; hoje, que tenho o raciocínio já apurado pela experiência, ainda me sinto dominado todavia pela corrente romanesca em que nasci, e na qual palpitou a minha inútil juventude. Tu vieste depois, é certo, mas nunca viveste no teu tempo, nunca dependestes dos homens para os conheceres; nunca foste oprimido, para poderes ter perfeita compreensão da justiça; nunca sofreste misérias, em luta pela existência, para poderes formar ideia justa da verdade. E, nessas condições, sem um lugar entre os homens, sem parentes, sem responsabilidade e sem amor, vivendo às cegas, iludido, explorado e desestimado, não pudeste compreender o mundo que te cercava, e tiveste de voltar as vistas e a atividade dos teus sentimentos para o passado. Esse passado era tua mãe e sou eu; isto é, era o romantismo no seu maior desvario. E aí tens como nunca chegaste a compreender, meu pobre Gabriel, a época em que tens vivido!

Gustavo, entretanto, prosseguiu o médico, é um produto de elementos inteiramente contrários aos que determinaram o teu caráter e o teu temperamento; há entre vocês proporção de idade e relação mesológica, mas absoluta incompatibilidade no modo de ver as cousas. Formam os dois uma medalha, cujos lados, apesar de juntos, nunca se poderão unir. E, se quisermos determinar qual dos dois lados da medalha é o direito e qual o avesso, não o conseguiremos, porque ambos são legítimos e lógicos, e ambos têm a sua razão de ser. Foi por isso que jamais conseguimos a amizade e a confiança de Gustavo. O presente desconfia sempre do passado, e nunca o toma a sério. Gustavo revoltou-se contra nós, porque o seu espírito moderno, frio e observador, tendia fatalmente a reagir contra nossa abstração idealista, que nos levava à contemplação e ao êxtase. O moço pobre, trabalhador e independente, não podia suportar a nossa tristeza e a nossa concentração. Para ele somos simplesmente ridículos mas a verdade é que somos, nós dois, por processos diversos, igualmente atrasados; eu, porque me deixei estacionar, e tu, por um simples fenômeno de educação e de hereditariedade.

Gabriel atirado indoletemente na sua poltrona, ouvia as palavras do padrasto, quase sem as compreender. Era a primeira vez que lhe arrastavam o espírito a semelhantes considerações; nunca até aí cogitara dos elementos que determinaram a sua farta existência, e nunca se lembrara de prestar contas dos seus raciocínios. Havia aceitado a vida, sem indagar donde ela vinha, nem para onde se encaminhava. Um dia deu por si no mundo, reparou que era rico e bem parecido; tinha dinheiro e saúde... Era gozar! Que lhe importava o resto? A fortuna chegara-lhe às mãos como uma carta anônima, e ele nem sequer agradecia, porque não tinha a quem dirigir os seus agradecimentos. As circunstâncias do meio, da educação e da hereditariedade fizeram-no pueril e romântico, e ele de braços cruzados aceitou essa imposição, como quem aceita uma fatalidade orgânica. Não reagiu contra ela, como não reagiria contra o seu sexo, se nascesse mulher. Eis, porém, que agora Gaspar, para o obrigar a ver claro, lhe torcia o olhar para a frente.

– Mudaram-se os tempos! disse o velho, depois de mais algumas considerações. Já não se trata de querer ou não querer acompanhar o movimento da sua época; trata-se de seguir a onda evolutiva ou ficar esmagado pelos que vêm atrás! Eu, por mim, estou velho e com os pés inclinados para a cova, pouco se me dá a onda me passe por cima; tu, porém, és moco e tens um grande campo aberto defronte dos olhos. É preciso que avances corajosamente, e eu não quero morrer sem te ver a caminho!

– Mas, nesse caso, o que me compete fazer?

– Trabalhar! Estou farto de dizer-te! É necessário que escolhas qualquer profissão, que te dediques a qualquer ideia! Daí é que te virá o ingresso na vida e entre os homens; daí se formarão as proporções da tua individualidade pública. Serás grande, se o teu trabalho for grande; serás menor, se o teu trabalho for pequeno. E se tiveres talento, abnegação e coragem, se viveres um pouco da alma dos outros, serás mais do que tudo isso, serás amado, não por um amigo ou por uma mulher, mas por um povo ou por uma geração! Gabriel concentrou-se para meditar o que acabava de ouvir.

– Tens um exemplo no próprio Gustavo. Viste o modo sobranceiro pelo qual procedeu ele conosco; entretanto, é nosso parente e nada mais possuía além da boa vontade de trabalhar.

– Um pobre diabo!

– Foi! será talvez ainda hoje, mas cada dia que passa é um degrau que ele sobe! Sem instrução, sem dinheiro, sem protetores, conseguiu todavia não se deixar morrer. Já é muito! E não se deixar corromper; o que é tudo! Ah! tu não podes fazer ideia do que é a existência, aos vinte anos, quando a temos de extrair de nós mesmos; nunca viveste nesse inferno, mas em compensação, nunca desfrutarás o paraíso que se alcança depois de atravessá-lo. E sabes por que razão Gustavo resistiu e venceu com tanta coragem às suas dificuldades? É porque tem um ideal. Eu próprio, ao ler os seus primeiros trabalhos literários, não pude deixar de rir, e cheguei a ter compaixão do pobre pretensioso; o segundo trabalho foi melhor, porém, que o primeiro, e, ao sexto ou décimo, já ninguém sorria, e muitos principiavam a confiar no futuro do novo literato. Vê como ele caminha agora!

Pela sua perseverança, pelo seu esforço, começa a galgar posição. Já é alguém! os jornais ocupam-se dele em todo o Brasil, e pouco lhe falta para ter um nome feito. Agora é que Gustavo já não precisa absolutamente de nenhum de nós dois, e principia a sentir, por mim e por ti, uma compaixão muito mais legítima do que aquela oue me inspirou noutro tempo. E, à proporção que for ele caminhando, essa compaixão, se não trabalhares, irá crescendo, na razão direta do seu desenvolvimento e na inversa da tua decadência... Sim! porque tu, se não trabalhares de qualquer forma, hás de fatalmente decair. É justamente essa diferença que há entre tu e ele. Tu gastas e ele ganha; ambos caminham para os extremos – ele da fortuna, e tu da miséria!

Suponho que estás em erro...

– Eu tenho certeza de que não estou. Todos nós nos achamos dentro do mesmo círculo destas leis de existência. Entretanto, o único fato que estabelece a superioridade de Gustavo sobre ti, é simplesmente a circunstância de haver ele nascido pobre, e tu rico. Para dizer tudo, acho até que tens mais talento do que ele e poderias, se não fosse a riqueza, ir muito mais longe e muito mais depressa.

– Mas, a que trabalho me hei de eu agora dedicar? estou velho, Gaspar!

– Qual velho, o quê! Para remediar um mal nunca é tarde! Principia por acabar de vez com a vida que levas, e vê se te casas. A família é uma responsabilidade efetiva, que te porá em ação para outras conquistas.

– Casar-me? Ah, isso é que não é possível!

– Não sei por que, mas adiante!

– Também acho pouco fácil romper de golpe com os hábitos e as relações que me cercam.

– Isto é o menos; depois da viagem que vamos fazer, nada disso existirá. Podes na volta começar vida nova.

Gabriel concentrou-se por algum tempo, e afinal levantando-se da poltrona, bateu com a mão fechada sobre a mesa:

– Pois está dito! exclamou ele. Vou trabalhar! Hei de ser um homem!

– Muito bem! disse Gaspar, abraçando-o. Só assim não levarei remorsos para a sepultura...

– Afianço-te que não os levarás!

– Conto contigo!

– Mas, nós precisamos partir o mais breve possível.

– Quanto antes!

– E os dois iam entrar nos projetos da sua nova existência, quando a criada os interrompeu. Era uma carta para Gabriel.

– Sem-vergonha! resmungou este, depois de a ler.

– O que é? perguntou Gaspar.

– Nada... é aquela peste da Ambrosina que acaba de chegar da Europa, e tem o descaro de escrever-me...

– Mau... mau!... exclamou o médico, deixando-se cair numa cadeira.

XXXVII

Passagem de Vênus

A Condessa Vésper continuava a ser a ordem do dia na rua do Ouvidor. Seu nome corria de boca em boca, pronunciado, com quebramentos de olhos e sibilos de volúpia.

Por toda a parte se falava nela.

– Não imaginam! É uma escultura! uma verdadeira escultura! dizia um sujeito bem vestido num grupo emcasa dos Castelões. Viajei por quase toda a Europa, parte da Ásia, conheço África, bati a América de um lado a outro, gastei com as mulheres de mais afamada beleza, tive mulatas e negras, louras irlandesas, espanholas morenas, friasinglesas, e francesas de toda a casta, mas confesso que nunca vi um corpo comparável ao desta! – É simplesmente assombroso!

E o homem, entusiasmado pelo efeito que as suas palavras produziam na roda, deixava-se arrastar por elas e exagerava ferozmente os dotes físicos de Ambrosina, gozando da suposta superioridade de ser ele ali o único que a conhecia de perto, e fazendo disso um glorioso direito de a defender como cousa sua, sem admitir que ninguém no mundo conhecesse mulher mais bela e sedutora.

– Não! deixe lá! opunha um velhote, com um sorriso cheio de autoridade e boas recordações; deixe lá! Há de ser muito difícil encontrar um corpo como o da Aimée! Aquilo é que era mulher! E o velho mordia os beiços com o que lhe restava os dentes.

– Ora, Conselheiro! bradou o outro revoltado; vem-me cá V. Ex.ª falar na Aimée!... Veja esta!, veja e dirme-á depois se se lembra mais da Aimée! Ora, ora! logo quem – a Aimée! Um manipanso!

– Manipanso?! repetiu o Conselheiro com um frouxo de indignação e de tosse. A Aimée um manipanso?! Ah, que se não fosse por temor ao escândalo, dava eu aqui mesmo a única resposta que merece semelhante sacrilégio! Chovam do estrangeiro as condessas que choverem; a Aimée há de ser sempre a Aimée! Ora sebo!

– Não, Conselheiro, tenha paciência! Pode V. Ex.ª, esbugalhar os olhos como quiser e fazer-se ainda mais roxo do que está, não admito mulher mais bela que a Condessa Vésper! A Condessa Vésper! Ver a Condessa Vésper, e morrer!

– Pois sim! Não aparecem duas Aimées no mesmo século, meu caro senhor!

– Além disso, que mulher fina! Que francês o seu! Que chic! Que verve! Que... Mas foram interrompidos por um formidável zunzum. Ambrosina nesse instante passava pela rua de Gonçalves Dias. Ia toda cor de pérola, luvas até às axilas; governava ela mesma, com muita graça o seu phaeton, e da traseira o macaco guinchava, a fazer momices extravagantes.

Correram todos para lá, com um frenesi escandaloso. Os negociantes, em mangas de camisa, abandonavam o balcão; senadores, deputados, proprietários, janotas, comendadores, repórteres e estudantes, tudo que há de bom e tudo que há de mau em trânsito pela rua do Ouvidor, se abalroou numa só onda. Era um delírio de curiosidade!

– Vênus passava!

E um pequeno italiano, com um maço de folhas de baixo do braço, gritava no seu mau português "Jornal da tarde! traz o retrato da bela condessa russa! Quarenta réis!". Os grupos compravam avidamente a folha. Entretanto, por essas mesmas horas da tarde, em casa de Gaspar, dizia este ao enteado:

– Mas, com todos os diabos! és ou não és um homem?!

– Descansa que irei...

– Resolve-te então por uma vez! Está tudo pronto; a velha Benedita aboletada na ordem da Conceição, os meus doentes recomendados a um colega de confiança, os nossos papéis despachados... só nos falta partir!

–Já te não merecem crédito as minhas palavras...

– Que dúvida!

– Pois olha que não fico zangado contigo por semelhante cousa. E tomando um ar mais refletido:

– Sei qual é o motivo de tuas desconfianças, mas tranquiliza-te, meu Gaspar, que não são inteiramente infundadas...

– Estás agora a fazer-te de forte...

– Juro-te que entre mim e Ambrosina nada mais existe! Ameia-a, amei-a muito, não nego! Fiz laucuras, fiz delírios; adorei-a, enfim! Desde, porém, que ela se despojou da auréola que a minha imaginação lhe emprestara, deixou de ser ídolo, para ser lodo, para ser uma cocote vulgar e ridícula! O que eu nela supunha elevado e digno, nada mais era que o brilhante reflexo do altar em que a coloquei; uma vez fora de lá, o que queres tu que eu nela ame? E Gabriel, voando pelo passado, acrescentou com febre:

– Sim! eu adorava aquela mulher! Seria, por ela, capaz de todos os sacrifícios; mas, quando a vi de volta à Corte, ostentar cinicamente a degradação e o vício quando a vi feliz e radiante no meio da esterqueira... Ah! Gaspar! foi tal a repugnância, tal o nojo que senti, que ainda agora pergunto a mim mesmo como pude desprezar-me ao ponto de idolatrá-la?!

– Falas com muito calor, para que eu possa acreditar no que dizes...

– Dou-te a minha palavra de honra que assim é. Ambrosina para mim morreu! A criatura que agora passa todas as tardes pelo Catete, a governar um phaeton, já não é ela, é uma infeliz que se confunde com todas as outras dissolutas.

– Mas, em todo o caso, partiremos amanhã...

– Sem dúvida!... Não que me arreceie de ficar no Rio, mas só porque assim é necessário para o meu futuro.

– Ah! se tudo isso fosse sincero!

– Acredita que é! Digo-te até com franqueza que a mim mesmo não perdôo haver-me iludido tanto! Não sei onde diabo tinha eu a cabeça para me deixar influenciar tão estupidamente por uma mulher medíocre, porque, afinal de contas, como ela se encontram mil a cada passo!...

– Ora! não sentes o que está dizendo!...

– Verás!

– Afianças então que já não sentes cousa alguma por Ambrosina?...

– Ó homem! como queres que te diga que não?!

– Pois então, sabe de uma cousa – tenho aqui uma carta dela para ti...

– Hem?! perguntou Gabriel, com um espontâneo movimento de interesse; mas, caindo logo em si, acrescentuou com indiferença: – Ah! podes lançá-lo à rua, porque não a lerei...

– Dás-me então licença que a abra?...

– Toda!

– Porém, com a condição de te não dizer o conteúdo...

Gabriel respondeu com um gesto de desdém. Gaspar rompeu o sobrescrito, desdobrou a carta e leu-a. Mas, à proporção que seus olhos a devoravam, uma ligeira palidez ganhava-lhe a fisionomia.

– Cortesias!... disse ele depois, fingindo tranquilidade; uma carta de cumprimentos...

E, antes que o rapaz cedesse à tentação de lê-la também, já o médico a havia substituído por outra, que rasgara em pedacinhos e lançara pela janela.

– Bom! disse afinal, tomando o chapéu e a bengala. Posso então contar contigo amanhã?

– Pela milésima vez: sim! respondeu Gabriel.

– Bem. Até logo.

– Adeus. E quando o padrasto já transpunha a porta:

– E verdade! onde jantas hoje?

– No Mangini.

– Pois até lá. Gabriel estendeu-se na sua poltrona, deixou cair para trás a cabeça, e espetou o teto com o mesmo olhar dos últimos capítulos. Entrementes, Gaspar ganhava a rua, e tomava o primeiro tilburi que lhe passara perto.

– Largo do Rocio n. tal, disse ele ao cocheiro, depois de consultar a carta de Ambrosina.

O carro disparou. Pouco depois, o Médico Misterioso era conduzido, por um criado inglês, para uma saleta de espara da casa da Condessa Vésper, cujo luxo caprichoso e de primeira mão o perturbou levemente.

XXXVIII

Em casa da Condessa

Ouvia-se conversar, por entre risadas, na sala próxima. Do som das vozes de homem destacava-se o metal estridente de uma garganta feminina.

– Quer falar à Sra. Condessa? perguntou o criado em inglês.

– Sim, respondeu Gaspar, dando o cartão. E notou que, daí a pouco, a conversa da sala próxima era interrompida e logo ouviu um rumoroso farfalhar de sedas.

– Entre para cá, doutor! gritou Ambrosina aparecendo. E Gaspar, depois de atravessar um pequeno gabinete, penetrou, no salão, onde conversavam animadamente.

– Dr. Gaspar Leite, disse Ambrosina, apresentando-o aos que lá estavam. Meu médico... acrescentou ela com um gesto muito gracioso.

Gaspar sorriu.

O salão era vasto e bem guarnecido, mas pouco confortável; faltava-lhe essa alma misteriosa e simpática, que os moradores vão insensivelmente comunicando aos móveis que o cercam terminando por emprestar a cada um deles alguma cousa do seu próprio caráter.

A gente sentia-se ali mal à vontade, como se estivesse em uma casa de vender trastes. É que era tudo novo em folha; os móveis rescendiam ainda ao verniz do marceneiro, as cortinas das portas e os panos das cadeiras tinham a goma com que saíram da fábrica, as cachemiras da mesa e do piano guardavam as dobras da caixa em que foram transportadas da Europa para o Brasil.

Todos aqueles trastes não nos diziam nada, não nos comunicavam cousa alguma; estavam ali, coitados! como uns pobres estrangeiros, que não sabiam falar a nossa língua. Não tinha a gente vontade de assentar-se naquelas cadeiras, encostar-se naquelas dunquerques, nem pisar naquele tapete, com medo de que viesse o mercador recomendar-nos que lhe não tirássemos o lustre da mobília.

Era esta a sensação que Gaspar experimentava ao entrar na sala de Ambrosina, e mentalmente ia comparando a insociabilidade de tudo aquilo com a franca camaradagem dos seus velhos trastes de família. Entretanto, a bela criatura o tomara pela mão e lhe apresentava elegantemente às suas visitas.

– Este é o Sr. Rocha Coelho, deputado geral pela província da Bahia. É a primeira vez que vem ao Rio; escusa dizer que é pessoa de alto merecimento. O deputado levantou-se apertou a mão de Gaspar, com ar, tão enérgico e grave, que lhe abanava os enormes bigodes negros e lhe fazia tremer a rebarbativa papada. Ambos folgavam muito em travar relações.

– Este agora é o Sr. Dr. Lopes Filho, advogado distinto! Gaspar repetiu o jogo da primeira apresentação. Folgaram muito igualmente em se conhecerem. O terceiro não precisava ser apresentado – era o Reguinho. Sempre magrinho, fútil, a empulhar os amigos. Os cabelos principiavam-lhe agora empobrecer e grisalhar mas ele conservava o mesmo ar passivo de menor que vive à custa da família.

– Bem; com licença! já se conhecem, vão conversando, disse a dona da casa, saindo a correr, porque ouviu na sala de jantar a voz de uma mulher, que acabava de entrar familiarmente. Os quatro homens ficaram a olhar por um instante uns para os outros, em uma perturbação cerimoniosa. Mas entrou um criado, a oferecer chá com leite frio, e o Reguinho foi assentar-se ao lado de Gaspar e perguntou por Gabriel.

– Ah! partem amanhã? ora, eis aí o que eu não sabia... – disse o Rêgo, depois de ouvir a resposta do médico. E ofereceu logo magníficas cartas de recomendação para vários pontos da Europa. Tinha muitos conhecidos, amigos, parentes até, gente toda de grande importância! Gaspar aproveitaria muito com aquelas cartas! O médico desembaraçava-se do obséquio; dizia que a viagem era rápida, de passeio, não valia a pena o Rêgo incomodar-se...

Mas este, com a recusa, redobrou de oferecimentos, e contou depois que estava associado com o pai numa grande empresa que os faria milionários.

– Menino! Queremos dinheiro! Queremos dinheiro, sebo! rematou ele, sempre a chupar os dentes.

Pouco depois, tornou Ambrosina; estivera a falar com a modista; as visitas que a desculpassem. E voltando-se para Gaspar com muita camaradagem:

– Então? que milagre foi este! lembrar-se dos amigos velhos?... E acrescentou em tom grave, dirigindo-se aos outros:

– Salvou-me a vida! Estive à morte com uma fúria do maluco de meu marido! (E verdade, como vai ele?) perguntou ela a Gaspar e, informada de que Leonardo estava agora no Hospício de Pedro II, continuou, suspirando saudosas recordações:

– Serei sempre reconhecida por esse serviço... Além do que, o Dr. Gaspar foi noutro tempo muito meu amigo, dava-me bons conselhos, ralhava-me às vezes...

E Ambrosina fazia-se muito amiga, muito camarada de Gaspar.

– Não sei como este ingrato se lembrou de vir cá!...

– É que lhe tenho de falar... em particular... E como ela fizesse um movimento malicioso:

– Descanse, estou velho, não farei ciúmes a ninguém...

– Por mim, não os importunarei, declarou o Coelho Rocha, levantando-se com seus bigodões. Esperam-me para jantar.

– Eu também vou, disse o Lopes Filho, imitando-o. E foram beijar a mão da Ambrosina.

– Visto isso... acrescentou o Reguinho, depois de chuparos dentes.

– Mas eu, nesse caso, vim incomodá-los... Minha visita é rápida... observou o médico.

Seguiram-se grandes protestos de cortesia. Houve risos, apertos de mão, oferecimentos de casa, e afinal os três deixaram o campo livre.

– Venha para cá, doutor. Ficamos aqui mais à vontade, disse Ambrosina, passando o braço na cintura de Gaspar e conduzindo-o para um gabinete reservado. Agora, bem! Podemos livremente conversar.

E fechou a porta.

O Médico Misterioso não tinha ainda voltado a si do pasmo, que lhe causava tão inesperado acolhimento por parte de Ambrosina. Ele, que se lembrava ainda muito bem das suas últimas cenas com ela, pensou encontrá-la pouco disposta a atendê-lo, e eis que a caprichosa rapariga lhe dispensava agora todas aquelas amabilidades e se mostrava como nunca atenciosa.

– Ainda está muito zangado comigo?... perguntou ela, assim que os dois se viram a sós no gabinete.

– De forma alguma! respondeu Gaspar, e confesso que não contava ser tão bem recebido.

– O passado, passado! Não pensemos mais em tal. Além disso, naquela época, o senhor tinha toda a razão; eu é que era uma estonteada.

– Valha-nos isso! Estimo encontrá-la em tão boa disposição. Sabe? espero sair daqui devendo-lhe um grande obséquio...

– A mim?... Qual é?...

– Vai saber... E o médico tirou da algibeira a carta, que tão engenhosamente havia substituído pela outra que rompera.

– Eu surpreendi esta carta sua, dirigida a meu enteado, guardei-a, e depois a li, com o consentimento do dono...

– Ah! E ele?...

– Ele não a leu...

– Não leu, por quê?

– Porque não deixei, ou porque ele não quis.

– Não quis como?...

– Para agradar-me, naturalmente; mas, como tenho pouca confiança em tudo isso, venho pessoalmente pedir-lhe que...

– Que...

– Que desista das ameaças que aqui estão escritas, nem só porque me intimida o escândalo iminente, como porque sei também que Gabriel não resistiria a tal provocação e acabaria por atirar-se novamente a seus pés...

Ambrosina não respondeu. Estava assentada num divã muito baixinho e fitava preocupadamente um ponto no chão.

– A senhora não calcula, prosseguiu o outro, quanto me custou convencer àquele pobre rapaz de que era necessário mudar de vida e trabalhar. Ele, coitado, se não tomar já e já uma resolução enérgica, perde-se totalmente, porque se irá pouco a pouco arruinando até chegar à completa miséria; é isso o que eu quero evitar. Sinto que estou velho, e preciso morrer descansado. Talvez haja um bocadinho de egoísmo nestas intenções, mas creia que eu trocaria de bom grado o resto da minha existência pela felicidade de Gabriel. E o Médico Misterioso, depois de assentar-se mais perto de Ambrosina, continuou:

– Pois bem! Imagine agora o meu sobressalto ou quando, depois de conseguir de Gabriel sairmos amanhã mesmo do Brasil, e principiarmos, ao voltar, uma nova existência, dou com as palavras que lhe escreveu a senhora!.. E Gaspar leu na carta o seguinte:

"Sei que vais partir amanhã e peço-te que desistas de semelhante projeto. Estou hoje convencida de que de não posso passar sem o teu amor, e como a desgraça me fez egoísta, sinto-me resolvida a desmanchar com um escândalo a tua viagem, e a mim prender-te com mil beijos. Escolhe! Se quiseres resolver as cousas por bem, aparece-me hoje mesmo em minha casa. Se me não aparereceres até à noite, irei eu buscar-te onde estiveres!"

– Eis aí o que vinha eu pedir-lhe que não fizesse... disse humildemente Gaspar. Sei que isso não lhe custará muito, e estou disposto a recompensar-lhe esse obséquio com aquilo que a senhora exigir... Ambrosina conservou por algum tempo o olhar caído, afinal cobriu o rosto com as mãos e desatou a soluçar.

– Sou uma desgraçada, murmurava ela, sacudida pelo pranto. – Sou muito desgraçada! Gaspar passou-se para o divã, e amparou-a nos braços.

– Não se mortifique, disse; não se aflija desse modo...

Ambrosina encostou-se ao ombro dele e, depois de soluçar dramaticamente, exclamou com uma voz apressada e cheia de choro:

– Não é que o ame! não! Eu nunca amei Gabriel! Mas eu o queria ao pé de mim, pelo simples fato de ser ele o único que me tem verdadeiro amor! Não é pelo desejo de amar que o procuro, mas é pela necessidade de ser amada!

– Ora! Há por aí muito homem que a ame loucamente!...

– Por capricho, por fantasia, ou por vaidade... Eu sou hoje a mulher da moda e custo caro. Amor! Amor por amor, só conto com o Gabriel!

– Em todo o caso, peço-lhe que o poupe... Suplico-lhe! Faça-me a vontade! É um velho, é um pobre pai, que lhe pede a felicidade de seu filho. Repare! tenho lágrimas nos olhos. Concordo com tudo que a senhora quiser, cumprirei as ordens que me der, contanto que me poupe o Gabriel!

– E se eu, em troca, exigir-lhe uma cousa?... o senhor consentirá?... E Ambrosina sorriu, com os olhos ainda vermelhos de pranto.

– O que é?

– Uma cousa muito simples... respondeu a rapariga, tomando-lhe as mãos; quero...

– O quê?

– Tenho vexame... Não digo...

– Fale, por quem é!...

– E promete não ficar enfadado?... promete não ralhar comigo?...

– Prometo, filha; mas vamos, dize o que queres...

Ambrosina passou os braços em volta do pescoço de Gaspar, e disse-lhe baixinho ao ouvido, com a voz medrosa e doce:

– Quero que me ame; que seja ao menos muito meu amigo, como noutro tempo...

E, depois de espreitar através dos cílios a atitude do médico, recolheu os braços, fez um ar muito triste, e acrescentou com os olhos úmidos:

– Se soubesse quanto sou infeliz... quanto sou desgraçada!... teria compaixão de mim! E depois de uma nova pausa:

– Não disponho de alguém que me estima nesta vida!... todos os que se chegam para mim, trazem já a intenção artificiosa de iludir-me ou de desprezar-me! É por isso que eu disputava Gabriel com tamanho empenho, é porque, desse ao menos, tinha a certeza de que tudo aquilo que viesse seria sincero e generoso... Pobre rapaz! Talvez hoje no mundo seja o único que me vote algum amor... os mais odeiam-me!... Se é um homem me odeia porque não lhe posso pertencer exclusivamente, como um cavalo de raça; se é uma mulher, porque não pode admitir que eu seja mais formosa do que ela. Entretanto, preferia ser feia, e atravessar a existência, obscura e feliz, ao lado de um marido... Mas não sei que maldição terrível me acompanha, que veneno insanável me poreja da pele, para destruir e matar tudo em que toca meu desejo! Cada vez que firmo o pé, é uma chaga que abro no caminho! Quem me dera ser boa para todos... mas meus carinhos embriagam, como a pérfida manenilha, e meus lábios queimam, como um réptil venenoso! Desde a loucura de meu marido até à morte de Laura, é minha vida uma triste cadeia de decepções; tudo que aspirei, tudo que amei, tudo que constituiu para mim sonho, esperança, ilusão querida, foi pouco a pouco enregelando e fenecendo, como uma aldeia varrida pela peste. Já não me animo a ter uma vontade! Agora mesmo, de volta ao Rio, vinha pensando em minha mãe, ardia por abraçá-la, queria refugiar-me, de todas as misérias de minha vida, naquele coração singelo e bom; mal chego, porém, descubro que ela morava em um cortiço, escrevo-lhe várias vezes, pedindo, rogando, que me aparecesse; e ela nem sequer me respondeu! Diga, não será isto a última das desgraças? não será isto a última expressão do infortúnio?... E vem o senhor pedir-me ainda que lhe ceda o Gabriel! Peça-me tudo que quiser; leve-me os diamantes, os cavalos, os móveis, mas deixe-me esse coração que me resta; deixe-me, por piedade, esse derradeiro amor!

– Não! isso, não! – respondeu Gaspar, sacudindo a cabeça.

– Então, dê-me outro que o substitua; como já disse, não é que eu ame Gabriel, mas preciso ser amada por alguém... o senhor quer arrebatar-me a última afeição que me resta; pois bem! pode levá-la, mas há de deixar-me outra no lugar dela!... Houve uma grande pausa. Gaspar permanecia, imóvel e mudo, ao fundo do sofá. Um ligeiro sorriso de ceticismo encrespava-lhe os lábios frios. Ambrosina, afinal, tomou-lhe de novo as mãos:

– Então, meu amigo, balbuciou ela; diga-me alguma cousa! Pois eu serei tão ruim, que lhe não mereça um bocadinho de afeio?!...

– Se se trata de uma simples afeição, uma afeição apenas, como ainda há pouco disse, de bons amigos de outro tempo, não porei dúvida alguma nisso...

– Obrigada! obrigada! interrompeu Ambrosina com uma alegria de criança.

– Ouve, minha filha! – E o velho tomou paternalmente a linda moça pela cintura e fê-la assentar-se sobre seus joelhos. – Eu amo tanto aquele pobre Gabriel, que, se tu fosses capaz de ajudar-me a regenerá-lo, eu, por gratidão, por admiração da tua generosidade, nem só seria teu amigo, como teu pai agradecido, teu protetor e teu amparo moral.

– Como és bom! disse ela, conchegando-se carinhosamente ao corpo de Gaspar. Como eu gosto de estar assim encostadinha a ti... Consola tanto ter a gente um peito como este para descansar a cabeça!...

E, toda arrepios de rola acariciada, acrescentou com voz úmida, suplicante, infantil, a bater de leve no peito de Gaspar:

– Aqui não há vaidades, não há caprichos! tudo isto é verdadeiro e puro! Não é certo que tu me amas, como se eu fosse tua filhinha?... Dize, meu papá! Dize meu amor! Gaspar, a despeito de tudo, sentiu-se comovido.

– Mas hás de esquecer-te por uma vez do Gabriel não é assim?...

– Bem me importa agora o Gabriel! Tu é que serás o meu amigo; e eu a tua nenê, meiga e submissa, como uma gatinha! Hein? que bom! que bom! exclamava ela, a encolher-se nos braços de Gaspar; amar um homem, sem outra intenção além do próprio sentimento; desejar tê-lo, sem outro fim mais que uma afeição tranquila e casta. Oh! isto sim, isto deve ser consolador!

– Bem! – disse Gaspar, procurando delicadamente desviar-se dos braços de Ambrosina. Ficamos então entendidos, não é assim?... Eu serei o teu bom amigo, e tu nunca mais darás um passo para perseguires Gabriel! E ergueu-se.

– Sim – respondeu a formosa rapariga, que também se havia levantado. E, novamente abraçada a Gaspar, fazia-lhe agora festinhas na barba com o seu dedo de unha cor-de-rosa. – Sim, sim! mas quero que me dês uma prova do teu afeto, antes de partires amanhã...

– Uma prova?... Como? de que forma?...

– Vindo hoje mesmo, à meia-noite, cear em despedida aqui comigo. Pois eu consentiria lá que te fosses sem me dizer adeus?...

– Mas, à meia-noite?!... Pareceria isso mais uma entrevista de amantes do que...

– Não sei porquê?... – interrompeu ela. Não são as horas, nem é o lugar, que fazem as situações. Não tens confiança em ti?... tenho eu em mim! Convém-me estar ainda, antes de partires, uma vez a sós contigo, e só a meia-noite é que me pertenço... Daqui a nada está aí gente para jantar em minha companhia!

– Mas...

– Se não quiseres vir, desisto já de tudo que combinamos, e eu procederei como entender!

– Bom! Bom! Virei à meia-noite; mas tu estarás só!...

– Juro-te! Nem mesmo pelos criados serás visto...

– Pois até logo.

– Vens, então?...

– Acabo de dizer que sim.

– E se não vieres?...

– Farás o que entenderes...

– Olha lá!...

– Estamos combinados, filha! Pois conto contigo... Se encontrares a porta fechada toca o tímpano três vezes seguidas.

– Sim, adeus.

– Adeus, meu bom amigo. E Gaspar, impaciente, alterado, ganhou o largo do Rocio, e tomou a direção do Mangini. Pelo caminho reparou que todo ele ia penetrado do sutil e capitoso perfume, que Ambrosina exalava das carnes e dos cabelos.

XXXIX

A vez da cigarra

No terraço do Alcazar corria a pândega desenfreada. Representava-se La folie parfumeuse, e as notas candenciosas da alegre partitura misturavam-se no pesado ambiente do teatro com frêmito das gargalhadas, o fumo dos charutos e o vapor inebriante dos vinhos.

Em torno das mesinhas de mármore, homens e mulheres, aos magotes, vozeavam, numa estrepitosa concussão de línguas, em que a francesa era a mais atropelada. Fervia o champanha por toda a parte, e por todos os grupos faiscavam diamantes e joias de alto preço. Havia toilettes das loureiras, um luxo de espetáculo d'ópera, e as carruagens, estacionadas na rua à espera delas, formavam serpentes que abrangiam quarteirões.

Sob a pobre e melancólica folhagem de bambus de que constava o jardinzinho do famoso café-concerto e que atormentada pela luz mordente do gás, parecia minguar de nostalgia, saudosa da frescura dos seus campos, rolava todas as noites, na mesma onda, a inconsciente e barulhosa prodigalidade dos herdeiros ricos e a torturante pantomimice dos fingidos argentários. Viam-se os elegantes de chapéu de feltro claro e luvas de cor, empunhando inquietadores bengalórios encabeçados de ouro; viam-se rutilantes e agaloadas fardas da Marinha e do Exército, em contraste com as joviais casacas negras dos cançonetistas parisienses, que vinham cá fora, nos intervalos dos atos, escorrupichar, a barba longa e de camaradagem com o público, o seu gelado grogue à la américaine. Destacavam-se os sanguíneos e atochados tipos dos ricos fazendeiros do interior da província ou do fundo de Minas e São Paulo, sequiosos por atirar às goelas da pândega fluminense um bom punhado de contos de réis da sua última safra de café; alguns desses, mal chegados essa mesma noite, ainda conservavam as suas botas da viagem e o seu poncho à moda do Sul.

Dentre o cheiro das perfumarias e dos pós de toucador, tresandava uma sutil e femeal rescendência pituitária, que punha nas ventas masculinas irracionais palpitações de faro.

Era ali, naquele teatrinho da estreita rua da Vala, entalado entre casas de comércio a retalho, que todas as noites a gente folgazã da Corte, e os mais que dela dependiam, iam buscar de ponto em branco o seu quinhão de gozo para os sentidos esfalfados; mas era lá também que muito desgraçado ia pedir ao ruído do alheio prazer o esquecimento das próprias agonias, de surdas e inconfessáveis dores, ou ia cavar, com um sorriso mais triste que o esgar de um enforcado, os dois mil-réis para as primeiras compras da casa no dia seguinte. À sombra daqueles amarelecidos bambus, se encontravam os infelizes de toda a espécie, os infelizes que choram para fora, e os infelizes que choram para dentro; ao lado do vagabundo lamuriento e pedinchão, lá estava, em boa aparência, o mísero chefe de família desonrado pelo luxo da mulher e das filhas, o falido e risonho financeiro, vivendo, a cliquot e havana, à custa das regalias do seu débito à Praça; lá estava o político vendido e garboso da sua venalidade, e artista sem ânimo, e jornalistas dispépticos, e cômicos notívagos, e jogadores profissionais, e lindos mancebos de lábios alugados ao amor das dissolutas.

E desse elemento vário se compunha a enorme roda, que nessa noite cercava ruidosamente no Alcazar a formosa Condessa Vésper.

Ambrosina havia já criado, em torno dos seus cruéis sorrisos de amor, uma grande e rubra auréola de escândalos. Contavam dela fatos extraordinários de petulância e originalidade orgíaca, atribuiam-lhe no gênero todas as anedotas sem dono que vagavam pelo Rio de Janeiro, diziam com assombro os milhões que a Condessa desbaratara, as ruínas que a seus pés abrira, e as vítimas de amor que até aí fizera.

Ali, dentre todas aquelas almas escravas dos sentidos e despojadas de ideal, era ela talvez a única verdadeiramente feliz. Sentia-se radiante no meio da sua corte de libertinos, cercada de olhares suplicantes e aduladores sorrisos, alvo de desejos, de elogios e de invejas.

Em torno da sua mesa agitava-se a multidão curiosa e fascinada; as suas palavras eram acolhidas pelos companheiros de roda, como geniais preceitos, que enobrecem os primeiros ouvidos que os escutam. Ao seu lado, o Lopes Filho, o Rocha Coelho, o Reguinho e aquele célebre cogumelo Costa Mendonça, atentos e cerimoniosos, desfaziam-se em galanterias.

A Condessa não obstante protestava que ia fugir para casa, porque estava domesticando um urso branco, que entraria na jaula à meia-noite.

– Não se vá ainda... – pedia labioso o deputado pela Bahia. Deixe isso para outra vez... Vamos cear ao Paris... o urso não fugirá!...

Ela, porém, não atendeu, ergueu-se, fez um geral e gracioso cumprimento à roda, e saiu acompanhada de longe por um imenso grupo de táticos admiradores, e de perto por aqueles quatro embeiçados, que a conduziam até à carruagem, disputando entre si a suprema honra de lhe dar o braço.

Ao entrar no carro, notou que da porta do teatro um rapaz, ainda muito moço lhe acompanhava os movimentos com um ar satírico e desdenhoso.

Ambrosina fingiu não dar por isso, mas a impressão daquele olhar, tão contrária a de todos os outros que ela essa noite recebera, lhe ficou doendo por dentro como imperceptível espinho cravado no seu melindroso orgulho de mulher formosa. Um simples olhar, talvez involuntário, e vindo distraidamente de olhos desconhecidos, bastou para toldar com uma pontinha de fel o triunfante humor, em que a leviana palpitava de vaidade no efêmero predomínio das suas graças.

Foi já nervosa que ela, ao chegar à casa, disse à criada, arremessando leque, luvas e chapéu:

– Sirva-me um banho tépido com bastante vinagre de Lubin, e tire um peignoir daqueles que estão na caixa de seda cor-de-rosa; a ceia que lhe encomendei traga-a para a saleta da alcova, não precisa deixá-la à mostra, ponha-a sobre a mesa de charão por detrás do biombo dourado; depois feche as portas da sala de jantar, e pode recolher-se; se o John ainda estiver acordado, diga-lhe que também o dispenso; deixe a porta da rua aberta... Mas avie-se, que espero por alguém, e são horas!

E daí a pouco, Ambrosina, mergulhando o mármore do seu corpo no cheiroso e opalino banho, murmurava sozinha:

– Maldito sujeito que me olhou daquele modo! Desejo-lhe a morte! E Deus que me ouça!

Esse sujeito, contra cuja vida lançava tão feia praga a formosa criatura, era o nosso altaneiro Gustavo, que naturalmente nem sequer suspeitaria ocupar naquele momento o endiabrado espírito da mulher mais espaventosa do alto coquetismo fluminense.

Entretanto, a torre de São Francisco começava a derramar lugubremente no silêncio das ruas as doze badaladas da meia-noite, e por esse tempo o sombrio vulto do Médico Misterioso, cabeça baixa e passos tardios, tomava a direção da casa da Condessa Vésper, sem desconfiar que era por alguém observado e seguido a distância.

Encontrou a porta da rua aberta e o corredor às escuras, entrou e subiu as escadas, sem olhar para trás!

Lá em cima foi recebido pela própria Ambrosina, que, como acabamos de ver, se havia preparado intencionalmente para aquela entrevista.

Vestia ela um amplo penteador de rendas transparentes, que deixavam adivinhar meia verdade do mistério das suas formas, calçava meia de seda listrada e chinela turca. Tinha os cabelos submetidos a uma trança única, que lhe caía nas costas como uma serpente viva, e os braços libertavam-se das fartas mangas do roupão e apareciam dominadores na sua pecaminosa nudez, apenas algemados por um par de pulseiras circassianas.

Quando Gaspar penetrou na voluptuosa câmara, dubiamente iluminada por uma lâmpada cor de lírio, sentiu-se abalado por uma doce e estranha saudade, que o transportava suavemente às cenas da sua juventude. A memória de Violante assistiu-lhe ao coração de um modo doloroso e lúcido, e ele parou, comovido, a contemplar Ambrosina estendida no divã.

A tentadora sorria, a fumar um cigarro de tabaco oriental, e, com um gesto delicioso, disse-lhe que corresse o reposteiro da porta e fosse assentar-se ao lado dela. O médico obedeceu, quase sem consciência do que fazia.

– Estamos em completa liberdade, acrescentou Ambrosina, beijando-lhe as mãos. Podemos conversar de coração aberto...

– Aqui me tem, balbuciou Gaspar. Vamos a saber o que me ordena...

– Que não me fales desse modo... eis o que te ordeno antes de tudo... Quero-te mais camarada, mais íntimo, mais chegado a mim... E arrastou-se toda ela para ele, puxando para o seu colo a cabeça do médico.

– Vamos... – disse este, desviando-se; falemos do que importa... Deste modo não chegaremos a nenhuma conclusão!...

– Há tempo!... – contrapôs Ambrosina, quase ressentida. Façamos primeiro uma ceiazita à la bohême. Estou com apetite, e temos aqui mesmo o que trincar, sem precisarmos de ninguém. E, tapando com as mãos os ouvidos para não escutar os protestos da visita, correu a buscar a mesinha de laca, e ela mesma serviu ostras frescas, pão, espargos, morangos e champanha.

Em seguida, fez Gaspar assentar-se à mesa e, pondo-se de novo ao lado dele, pediu-lhe que abrisse a garrafa, e ia já atacando as ostras, muito lambareira e sensual, a lamber com língua de gata a rósea ponta dos dedos e a dar estalinhos com a língua contra o céu da boca.

O médico mal tocava no prato por comprazer; dizia-se indisposto e começava, contrariado, a franzir as sobrancelhas; Ambrosina, porém, não desanimava e, enquanto comia e bebia, fazia-lhe infantis carícias e conversava alegremente.

Palraram sobre a viagem no dia seguinte, veio a pelo a famosa carta por ela dirigida a Gabriel, e Ambrosina a reclamou logo; queria queimá-la, para que não permanecesse vestígio do seu primitivo amor.

Gaspar concordou e apressou-se a sacar a carta do bolso. Veio com ela de envolto uma fotografia.

– E de alguma mulher?!... Deixa-ma ver! pediu Ambrosina, com grande empenho.

– Qual mulher! É de um sobrinho meu... Aí a tem veja! Ambrosina ficou séria. o retrato era do rapaz que tão insolitamente a fitara à saída do Alcazar.

– Quem é este sujeito?...

– Um sobrinho meu, acabo de dizer.

– Chama-se?...

– Gustavo Mostella.

– Ah!

– É um excelente rapaz. Tem talento e tem caráter...

– Não me parece boa...

– Engana-se...

– Muito antipático!...

– Não acho...

E Ambrosina ficou a olhar longamente para a fotografia; depois, atirou com esta para junto do prato de Gaspar e disse, espreguiçando-se:.

– Ai! ai! Tenho um pouco de preguiça...

– Quer que me retire?

– Não. Que lembrança!... Quero ao contrário, que me deixes encostar ao teu colo... E, sem esperar pela resposta, estendeu-se no colo do médico. Este via-lhe os olhos cerrados a meio, via-lhe a boca entreaberta, a mostrar a pérola dos dentes, via-lhe a carnação deliciosa da garganta, a transparência da pele, o cor-de-rosa das narinas, e sentia-lhe o aroma dos cabelos; mas sua fisionomia não denunciou o menor abalo interior. A máscara do rosto conservou-se inalterável.

– Estou meio tonta... segredou Ambrosina. Leva-me para a alcova, sim? Conversaremos lá... Mas, com uma ideia súbita, exclamou despertando:

– Ah! É verdade! Fechaste a porta da rua?

– Não decerto...

– Espera então um instante... Dispensei os criados... Vou eu mesmo fechá-la, para ficarmos mais à vontade.

– Não é preciso tomar esse incômodo... eu me encarrego disso agora ao sair. Adeus.

E Gaspar ergueu-se, decidido irrevogavelmente a retirar-se, mas a rapariga não lhe deu tempo para fugir: com um gesto profissional e certeiro, passou-lhe os hábeis braços em volta do pescoço, grudando-se toda a ele e prendendo-lhe os lábios com os dentes.

O Médico Misterioso ia arrojá-la de si, quando de súbito se arredou o reposteiro da entrada, deixando ver o vulto transformado de Gabriel, que, trêmulo e arquejante, olhos em fogo, os observava mas pálido que um cadáver.

Um só grito se ouviu, feito da exclamação dos outros dois.

Ambrosina, temendo-se em risco de uma agressão do ex-amante, fugiu para o interior da casa, e Gaspar precipitou-se no encalço de Gabriel, que observada a cena, deixara de novo cair sobre ela o reposteiro, e aos esbarrões se afastava pelo corredor. O médico quis ampará-lo nos braços, o rapaz, porém o repeliu com ímpeto, balbuciando entredentes cerrados pela cólera:

– Desculpe-me ter vindo interrompê-lo nos seus íntimos prazeres... Não pude evitar a mim mesmo esta nova beixeza! Dou-lhe todavia a minha palavra de honra que não a cometi por aquela desgraçada, mas só pelo senhor, a quem eu supunha meu amigo e incapaz de tamanha infâmia! Não te iludas com o que viste! Eu tudo te explicarei, meu filho!

– Proibo-lhe que me dê esse tratamento! o senhor nunca foi meu pai, felizmente! E de hoje em diante nada mais há de comum entre nós! Afaste-se de mim!

– Gabriel!

– Não me toque, ou eu o esbofetearei! E Gabriel, ganhando a porta do corredor, desgalgou a escada.

– Ouve, meu filho! ouve-me por amor de Deus! – exclamava o médico já na rua.

Mas o outro havia de carreira alcançado o carro que o esperava na praça, e mandava ao acaso tocar para a frente a toda força.

XL

A pobre lavadeira

No dia seguinte, Gaspar, verificando que o enteado havia fugido do Rio de Janeiro, sem deixar rastos, sem a ninguém comunicar o destino que levava, meteu-se, ardendo em febre, a bordo do transatlântico em que contava seguir com ele para a Europa, e por sua vez desaparecia da Corte, levando o coração tão despedaçado, quanto é natural que a essas horas acontecesse igualmente com o pobre Gabriel. Semanas depois desse triste rompimento, que arrojava os dois amigos para longe um do outro, quase toda linfática população fluminense de novo se agitava num delírio de entusiasmo.

É que na véspera Ambrosina estreara no Alcazar. Não se falava em outra cousa; os jornais vinham pejados de elogios à deslumbrante Condessa Vésper, meteram-se em circulação os mais pomposos adjetivos, para dar ideia dos encantos da debutante, e, nas rodas dos habitués do teatrinho francês e dos flanadores da rua do Ouvidor, descreviam-lhe com assombro a perfeição maravilhosa do corpo.

Foi um estrondoso triunfo! Uma das folhas mais lidas, dizia nas suas publicações gerais, que a nova artista era uma glória nacional, e que os brasileiros se enchiam de orgulho ao lembrar-se de que aquele primor de estatuária viva era carioca da gema.

Entretanto, a própria Ambrosina estava bem longe de esperar semelhante fortuna.

Um dia o empresário do Alcazar, o Arnaud, que lhe havia já franqueado o teatro, apareceu-lhe de novo a falar mais insistentemente sobre isso, e, tão bonitos pintou os resultados da estréia, que conseguiu afinal abalar o espírito da loureira.

– Mas olhe que eu não sei cantar, homem de Deus!... – objetou ela.

– E alguma das que lá tenho o saberá porventura...

– Mas terão boa voz, ao menos!...

– *Nom de Dieu!* – praguejou o empresário francês. Não se pode ter melhor voz do que a sua para o Alcazar! Ali não queremos voz, queremos jeito! percebe? A questão é de *savoir faire!*

– Porém é que eu nunca representei em minha vida!...

– E quem lhe pede que represente? Quero é que se mostre! Com esse corpo e essa cara não há que recear do público! Ambrosina sorriu.

– Além disso... – insistiu o Arnaud, o palco lhe realçará o prestígio. Não há para uma mulher bonita melhor moldura que os bastidores e as gambiarras!...

– E a empresa, como vai?...

– Vai mal! Pois se não tenho ninguém!... Aquela meia dúzia de gatas magrás que lá estão, desacreditam-me o teatro! Faltam-me boas pernas... Se a senhora me voltar o rosto, o Alcazar – morreu! E o Arnaud acompanhou a sua última frase com um gesto trágico de profeta; que prevê um fim de mundo. Ambrosina mostrou-se compungida.

– Morre! é o que digo! A senhora não sei se o salvará, mas pelo menos há de suster-lhe a queda por algum tempo, até que apareça alguém capaz de arriscar ali um par de contos de réis!... oh! exclamou o empresário com ar convicto – aquele teatrinho é uma mina, que se pode explorar com muito pouco dinheiro! A questão é de reformar o jardim e mandar buscar um tenor! Não, não temos absolutamente vislumbre de um tenor! Quando lhe falei à primeira vez, há cousa de sete meses, se a senhora tivesse querido, eu podia nessa ocasião dar-lhe um bom ordenado, mas, o diabo dos negócios foram tão mal de lá para cá, que agora só o que posso fazer é oferecer-lhe sociedade na empresa...

– E você acha que com algum dinheiro se levanta aquilo?...

– Oh! oh! soprou o francês, por única resposta.

– Pois eu me associo com oito contos de réis, e trabalho; serve-lhe?

– Se serve! E afianço-lhe que vai ganhar rios de dinheiro!

No dia seguinte, Ambrosina deu as suas providências para arranjar o capital; os oito contos de réis pingaram da algibeira dos seus admiradores, como o sumo de uma fruta espremida. Ficou a cousa afinal arranjada da seguinte forma: o então ministro da Fazenda um conto de réis; o comendador X. X., presidente de certa companhia garantida pelo Estado, dois contos de réis; o deputado Rocha Coelho, quinhentos mil-réis; mais três comendadores do comércio, a quatrocentos mil-réis por cabeça, um conto e duzentos mil-réis; um diretor de secretaria trezentos mil-réis; um banqueiro de roleta, quinhentos mil-réis; um fazendeiro, que a convidara para ficar só com ele, oitocentos mil-réis. E o que faltava ainda foi obtido em quantias pequenas de algibeiras de todos os tamanhos e jerarquias: de sorte que Ambrosina nem teve de tocar no seu fundo de reserva, como esperava, e talvez ainda guardasse algumas sobras na ocasião de reunir o produto das quotas.

Pouco depois, passaram-se os documentos necessários, e era ela empresária do Alcazar.

Estreou com duas pífias cançonetas e um quadro vivo, mas por tal sorte apimentou os versos e os gestos, e tão à mostra apresentou as suas formas esculturais, que o público sentiu vibrar-lhe no sangue uma faísca diabólica e levantou-se entusiasmado, a lançar no palco chapéus, lenços, bengalas e ventarolas, possuído de verdadeiro delírio.

No dia seguinte, a sala da Condessa Vésper encheu-se de homens de toda a idade e posição social, e os cartões, os ramalhetes, os oferecimentos, os pequeninos presentes de consideração, choveram de todos os lados.

No espetáculo imediato, subiram os bilhetes a um preço escandaloso, os cambistas encheram-se a grande, e às sete horas da noite já se não podia passar pela rua da Vala. O teatrinho parecia vir abaixo! o nome da formosa estrela enchia o ar, pronunciado em todos os sotaques e diapasões. O público sentia-se impaciente, a orquestra apressada.

Afinal, subiu o pano, e Ambrosina, quase nua, viu-se calçada de flores até acima dos joelhos. Não obstante, no meio daquela porção de rosas foi envolvido um novo espinho, e este agora bem agudo – era um cartão de Gustavo.

Em casa, no seu primeiro momento de independência, Ambrosina releu o tal cartão, dez, vinte vezes seguidas, e acabou por atirar-se à cama, soluçando, dominada por uma violenta comoção, que não ficou bem averiguado se era produzida pela raiva, pela excitação da noite, ou por qualquer outra causa.

O cartão dizia o seguinte:

"Gustavo Mostella pede à festejada Condessa Vésper o obséquio de marcar-lhe amanhã uma hora, na qual lhe possa ele falar, em confidência, a respeito de certa lavadeira por nome de Genoveva. Rua do Rezende..."

Era simplesmente isto o que dizia o cartão.

E a cousa explica-se do seguinte modo: Gustavo morava num cômodo de sala e alcova, que lhe alugava a família Silva, proprietária e moradora de um sobrado da rua do Rezende. Pagava noventa mil-réis por mês, com direito, além da comida, ao arranjo dos quartos, ao banho e ao café pela manhã.

A família Silva, que se compunha de uma velha chamada Joana e duas filhas trintonas, era gente pobre, porém boa e honestamente laboriosa; e o hóspede, em troca dos graciosos desvelos que recebia dela, jamais negava os seus serviços, tinha ocasião de ser-lhe útil.

Uma vez disse-lhe a velha que desejava merecer-lhe favor, e, passando os óculos do nariz para o alto da cabeça, acrescentou com voz misteriosa:

– Nesse cortiço aí aos fundos da casa, há uma pobre mulher, bem apresentada ao que dizem, que há tempos lava para mim; ultimamente tem estado de cama, e mandou-me agora pedir que lhe fosse lá escrever uma carta, não sei para qual dos seus parentes. Como o senhor na ocasião não estivesse cá, desci eu próprio a ter com ela, acheia-a muito mal, coitada! e prometi à infeliz que, mal o senhor chegasse, lá iria a meu pedido prestar-lhe aquela caridade.

– Pois não, respondeu o rapaz; posso ir imediatamente, contanto que venha comigo alguém, para mostra-me a qual dessas centenas de portas tenho eu de bater. E, enquanto D. Joana chamava pela negrinha que na casa representava o papel de copeiro, Gustavo, sem se desfazer do chapéu e da bengala, dizia de si para si, a recordar-se das muitas vezes em que da janela do seu quarto ficava a contemplar a labutação do cortiço:

– Deve ser aquela mulherança gorda e azafamada, que estava sempre a ralhar com as crianças, e de quem copiei o tipo da "Brigona" no meu romance "A Estalagem". Daí a pouco esperava à porta da lavadeira que o mandassem entrar. A negrinha tinha já enfiado pelo quarto, a dar notícia da chegada "do mocoque ia para escrever a carta".

O cortiço estava todo em movimento. Havia nele o alegre rumor do trabalho. Um grupo de mulheres, de vestido arregaçado e braços nus, lavava, conversando e rindo em volta de um tanque cheio. Um português, com jaqueta atirada sobre os ombros, tagarelava com uma negra, que entrara para vender hortaliças; duas crianças más, assentadas na grama raspada de um quase extinto canteiro, entretinham-se a enraivecer um cão. Um mascate, com uns restos de cachimbo ao canto da boca fumava ao lado de um tabuleiro de quinquilharias de vidro, e conversava em meia língua com uma velha ocupada a depenar um frango.

Gustavo observava tudo isto, e era igualmente observado. Seu tipo destacava-se ali, no meio daquela pobre gente, que o olhava com desconfiança.

Mas, afinal, a negrinha reapareceu, chamou por ele, e o rapaz entrou no quarto da lavadeira.

Era um cubículo estreito e oprimido pelo teto. Gustavo deu alguns passos e parou, afrontado pela escuridão e pela insalubridade do ar que respirava ali. A sua retina, que acabava de receber a luz de fora, ainda se não havia dilatado; só depois de alguns segundos foi que principiou ele a distinguir vagamente alguns vultos confusos.

– Venha para cá... disse uma voz fraca e arrastada. O rapaz tomou a direção da voz, quase às apalpadelas. A negrinha nessa ocasião voltava com uma cadeira, que fora pedir à vizinha, e Gustavo assentou-se ao lado da cama em que estava a enferma.

Pôde então com dificuldade reconhecer que a pobre mulher era justamente quem ele supunha.

– Mas, que mudança!... pensava. Que transformação...

– E declarou que D. Joana lhe pedira fosse ali escrever uma carta.

A senhora está doente?... perguntou ele depois.

Ao ouvir a última frase, a enferma pôs-se a gemer, como se só então se lembrasse dessa formalidade da moléstia. E começou a queixar-se do que tinha, como se falasse ao médico.

– Estou muito mal, disse; o senhor não faz uma ideia! são pontadas no estômago, dores nas juntas, tonturas, cólicas, e a boca amarga, que é uma desgraça! E como Gustavo fizesse um movimento de interesse: Mas o que mais me consome é esta perna! acrescentou ela, esfregando a mão pela perna esquerda.

– Olhe! E, gemendo, cingiu o lençol à coxa para dar ideia da inchação.

– Porém aqui há de ser um pouco difícil escrever... arriscou Gustavo, a olhar em torno de si.

– Abre-se aquele postigo... E gritou:

– Ó Bento!

– Eu abro! lembrou Gustavo.

E, depois de trepar-se na cadeira, abriu uma janelita de dois palmos, que ficava sobre a cabeceira da cama.

Entrou logo por aí um grande jato de luz, cortando o espesso ambiente com uma lâmina cor de aço.

Foi então que Gustavo viu distintamente a miséria repulsiva que o cercava.

A lavadeira, deitada sobre uma velha cama de ferro, tinha um aspecto hediondo. A doença comera-lhe a gordura, e caíam-lhe agora tristemente do pescoço, dos ombros e dos braços, as peles vazias e engelhadas. Seus olhos desapareciam engolidas pelas pálpebras empapadas, sua boca era uma fístula, a febre levara-lhe os cabelos, e o crânio, mórbido pelo molho de luz que vinha do postigo, desenhava-se, como o da velhinha Benedita, através do transparente rede das farripas secas e grisalhas.

– Já tenho ali a tinta e o papel, disse ela, sem atentar para a preocupação de Gustavo.

Este olhava em torno de si, oprimido pelo aspecto cru e nojento de tudo aquilo. Nas paredes, entre manchas de umidade, havia várias litografias de santos, nelas pregadas sem moldura; no chão, sapatos velhos, cestos de roupa suja e uma gaiola quebrada; a um canto, uma bacia de folha transbordava água sebosa. E uma galinha, cercada de pintos, cacarejava pelo quarto, a mariscar nuns pratos engordurados, que teriam servido naturalmente à última refeição.

– Quando quiser, estou às ordens... observou Gustavo, impaciente por livrar-se daquele espetáculo.

– Feche-me primeiro a porta, pediu a velha; não quero que ouçam a nossa conversa. Esta gente de cá é muito amiga da vida alheia... Bem! agora puxe aquela mesinha para junto de mim! assim... Pode assentar. E antes de escrever, escute... escute com toda a atenção...

Gustavo percebeu que hálito da lavadeira transpirava aguardente.

XLI

Estela

Um tanto vergado na cadeira, o antebraço direito firmado sobre a perna, o olhar fito, tinha Gustavo a expressão concentrada de quem ouve com muito interesse.

A lavadeira disse-lhe francamente toda a sua vida; relatou como fora recolhida à casa do seu protetor, a morte deste e o imediato casamento dela com Moscoso; depois falou a respeito das questões de seu marido com o pai do Médico Misterioso, do aparecimento de Gabriel, do casamento de sua filha Ambrosina com Leonardo, da loucura do noivo, da morte do comendador, da intervenção de Gabriel, que se amasiou com Ambrosina, e, finalmente, das complicações que surgiram como consequência de tais desordens, dando em resultado a fugida de Ambrobina com Laura para a Europa, cujo verdadeiro alcance à pobre mulher estava bem longe de calcular.

– Mas, depois da união de sua filha com o Gabriel, como viveu a senhora?

– Ah! é justamente para chegar a esse ponto que lhe contei tudo mais... E, depois de descansar um pouco, continuoú, com a voz sempre arrastada:

– Calcule o senhor que um dia encontrei sobre a cama de Ambrosina um bilhete, na qual me comunicava ela haver-se mudado para a companhia de Gabriel. Fui lá; minha filha convidou-me para ficar, eu não quis, e isolei-me na minha casinha do Engenho Novo. Foi então que me apareceu o Alfredo Bessa. o Alfredo mostrou interesse por mim, ia fazer-me companhia, conversar, encarregar-se de meus negócios. Era um bom amigo; um dia propôs-me ficar com ele, e eu aceitei... E, como Gustavo acabava de preparar um cigarro, ela tirou uma caixa de fósforos debaixo do travesseiro, passou-lhe em silêncio, e continuou:

– Depois da morte do Alfredo, e como fosse escasseando o trabalho, mudei-me para cá, onde com o aluguel da casa do Engenho Novo e o resultado de meu trabalho, tratava da vida e da educação de uma órfã, que eu havia tomado à minha conta.

– Diga-me uma cousa, interrompeu Gustavo; esse Alfredo, de que fala a senhora, não foi retratado depois de morto?...

– Foi, porém muito mal; por um moço, que um freguês nosso nos levou à casa. Ficou uma borracheira...

– Bem; mas o que é feito daquela menina de olhos vivos, que por essa ocasião estava em sua companhia!... Aquela, a quem o mocodo retrato prometeu retratar igualmente?...

– Estela! Pois essa é que é a minha pupila; mas como sabe o senhor disso?...

– É cá por uma cousa... Vamos adiante.

– Essa menina ia ver-me de vez em quando, mas era interna no colégio das irmãs de caridade em Botafogo. Eu dava-lhe uma pensão com o aluguel da casinha do Engenho Novo, porém há quatro meses que as cousas mudaram inteiramente de figura, há quatro meses que não pago a pensão; a diretora escreveu-me várias cartas, prevenindo que meia remeter a pequena; eu não tenho onde a receber, nem posso tampouco ir lá entender-me com ela. É um inferno!

– E por que não a recebe na sua casa do Engenho Novo?...

– Aí é que bate o ponto! Depois que Ambrosina partiu para Europa, nunca mais me deram novas dessa ingrata, e, como tinha, eu a minha filha adotiva, fazia por esquecer-me da outra; mas, eis o demo, mando uma vez receber o aluguel da casinha do Engenho Novo, e o que recebo, em vez de dinheiro, é a notícia de que a casa fora vendida e que era agora o novo dono quem nela morava. Indago, procuro descobrir o que queria tudo isso dizer, e chego afinal à conclusão de que a casa fora vendida por Ambrosina, que havia chegado do estrangeiro com o nome de condessa não sei de quê!

– Mas, a casa não era sua?

– Sim; havia, porém, sido comprada em nome de minha filha... para escapar aos credores de meu marido...

– Sua filha! Condessa! Ah! exclamou Gustavo; compreendo! É a Condessa Vésper?

– Justamente! é isso!

– Ah! essa sujeita é sua filha?... repisou Gustavo, muito preocupado. E o que quer a senhora que lhe faça agora?

– Que o senhor me escreva uma carta a ela dirigida, e dê as providências para que a carta seja entregue em mão própria...

– Isso hoje será difícil, porque a Vésper tem uma festa no Alcazar; mas vou ver se consigo.

– Está bem, concordou a lavadeira; contudo que o senhor prepare a carta agora mesmo, e não se descuide de entregá-la quando for possível.

– Pode ficar descansada. E Gustavo, depois de inteirado do que a velha queria dizer à filha, escreveu a carta, e saiu, prometendo voltar com qualquer resposta.

– Eis aí o que deu motivo ao bilhete, que tanto sobressaltou Ambrosina na noite dos seus triunfos.

Entretanto, o rapaz, ao deixar o cubículo de Genoveva, levava no coração um motivo de grande contentamento; era o que acabava de saber com respeito a Estela, o mocinha de olhos bonitos, que tanto o havia impressionado quando a viu pela primeira vez no colégio de irmãs de caridade em Botafogo e logo depois por ocasião do malsinado retrato de Alfredo; e a qual, a partir daí, nunca mais deixara de associar-se aos sonhos do poeta como noiva eleita para a futura felicidade de homem público. Ia vê-la afinal, falar-lhe diretamente, talvez até receber de seus lábios de donzela uma esperança de amor.

Á noite desse mesmo dia foi ao Alcazar, armado com o bilhete que conseguiu fazer ir ter às mãos de Ambrosina, na manhã seguinte, perfeitamente seguro do que tencionava pôr em prática a respeito de Estela, correu ao seu editor, muniu-se com o que aí tinha em dinheiro, tomou um tílburi e seguiu para o colégio das irmãs de caridade. Não lhe foi possível ver a pupila da lavadeira, prometeram-lhe, porém, que às cinco da tarde poderia falar-lhe em presença da diretora, ou da irmã que estivesse de semana. Saldou a conta de Genoveva e, propondo-se pagar um mês de pensão adiantado, soube com surpresa que a sua protegida permanecia ultimamente no colégio, não já na qualidade de aluna, mas de simples empregada no serviço doméstico do estabelecimento.

Retirou-se triste, e durante o resto desse dia nada mais fez do que esperar o momento da prometida entrevista. À hora aprazada lá estava ele de novo no colégio, e bem pode o leitor calcular com que ansiedade não lhe saltaria por dentro o coração, quando lhe anunciaram que a desejada menina ia afinal ser conduzida à sua presença.

Estela apareceu cabisbaixa e silenciosa na sua estamenha azul-ferrete, e com os cabelos escondidos numa desgraciosa coifa de torcal; acompanhava-a de perto a semanária, velha, macilenta, de óculos quase negros, mãos ocultas nas largas mangas do burel, e o rosto resguardado pelas engomadas abas do seu enorme toucado de linho branco. A rapariga parecia tolhida de sobressalto e timidez, mas seus formosos olhos logo se acenderam e animaram ao dar com os de Gustavo, que a contemplavam enamorados; e, com o feminil e agudo instinto, que jamais atraiçoa a mulher defronte do homem que a ama lealmente, toda ela no mesmo instante se encheu de confiança, deixando em sorrisos transbordar do íntimo da alma a consoladora previsão do novo caminho em flor, que naquele supremo momento ia abrir-se para a sua casta e obscura mocidade.

A semanária, sem levantar a cabeça, nem desencovar as mãos, afastou-se discretamente para um canto da sala, entrincheirada nos seus terríveis óculos, cujos vidros redondos e abaulados, lhe davam à fisionomia, assim a certa distância, um perturbador aspecto de ave agoureira.

Gustavo, ao contrário do que sucedia com a moça, e apesar da íntima segurança das suas intenções, achava-se cada vez mais perplexo e embaraçado. Foi com uma voz apenas perceptível que ele lhe falou da necessidade de cuidar seriamente do futuro dela, à vista do precário estado em que se achava Genoveva.

Estela, com o rosto afogado de comoção, ouvia-o sem ânimo de arriscar palavra. E o moço não se fartava de vê-la, achando-a agora sem dúvida menos bonita, porém muito mais fascinadora e amável. Naqueles travessos olhos, que os dele enfeitiçaram desde que se viram pela primeira vez, lágrimas já de mulher haviam deixado tênue sombra dessas ocultas mágoas, donde tira a natureza as melhores notas dos seus hinos de amor.

– A senhora não poderá continuar na falsa posição em que se acha... balbuciou ele. E preciso ocupar na sociedade o lugar que lhe compete... A semanária tossiu lá do seu canto, e Estela, abaixando as pálpebras, murmurou:

– Será muito difícil... Não passo de uma pobre órfã, quase totalmente desamparada...

– E por que não se casa?... arriscou o rapaz, abaixando ainda mais a voz. A rapariga estremeceu, sem responder, mas em compensação a tosse da velha aumentou, e o agoureiro espectro começou a aproximar-se dos dois namorados sinistro e lento. Gustavo acrescentou, chegando a boca ao ouvido da moça:

– E se lhe aparecesse um rapaz, pobre, mas trabalhador e honesto, que a amasse muito... muito...?

Estela sorriu, de olhos baixos, e começou a torcer e destorcer nos dedos o lenço de algodão que tirara da algibeira; ao passo que a lôbrega semanária, num frouxo de tosse recalcitrante, vinha cada vez mais aproximando deles as duas negras vigias dos seus óculos.

– Então... nada me responde?... insistiu Gustavo.

– Não creio... segredou Estela.

– Pois sei eu de um moco nessas condições, cujo maior desejo na vida é obtê-la por esposa...

A tosse da velha tomou proporções intimidadoras, e daí por diante não teve tréguas. Estela torcia e destorcia o lenço com um frenesi mais significativo.

– Vamos... prosseguiu o rapaz, ganhando ânimo e levantando a voz para dominar a tosse da semanária; vamos... diga se posso levar ao desgraçado uma esperança... feliz, ou se tenho de desenganá-lo para sempre... Responda, Estela!...

– Não sei...

– E se uma família de gente virtuosa e meiga a viesse buscar aqui, com o fim de a levar para a companhia dela, não como criada, nem agregada, mas como amiga, que pode quando quiser montar a sua própria casa e constituir honestamente o seu lar... Diga, Estela, a senhora não consentiria em acompanhá-la?... Ela respondeu que sim com a cabeça, e Gustavo, porque a velha tossia agora desesperadamente, exclamou, soltando verdadeiros berros:

– Então em breve estarei de volta, e comigo virá a mãe dessa família, que se entenderá com a diretora do colégio! Adeus, adeus, minha noiva querida! Estela, radiante de alegria, estendeu a Gustavo uma das suas mãozinhas, que ele avidamente tomou para levar aos lábios.

A semanária, porém, sem largar de tossir, se havia já metido de permeio entre eles, enquanto por todas as portas do salão surgiram, fariscantes, muitas outras toucas de linho branco, que a tosse da semanária e os gritos do rapaz tinham posto em reboliço.

Gustavo bateu em retirada, mas lá da porta de saída ainda se voltou para a rapariga, a dizer com os olhos e com o estalar dos lábios o que as suas palavras não conseguiram.

E desceu a escada do jardim aos pulos, como se todo corpo lhe acompanhasse os saltos do coração, e lá fora meteu-se de novo no seu tílburi, ardendo por chegar a casa e entender-se com D. Joana sobre o que acabava de combinar com a pupila da lavadeira.

Ao chegar à rua do Rezende, entregaram-lhe uma carta, que ele arremessou para o lado, sem abrir, e daí a pouco ficava assentado, de pedra e cal que Estela seria reclamada no dia seguinte às irmãs de caridade pela família Silva.

Só na ocasião de recolher-se à cama é que o rapaz abriu afinal a carta, e leu o seguinte: "A condessa Vésper comunica ao Sr. Gustavo Mostella que está às ordens dele amanhã às três horas da tarde, Largo do Rocio nº ..."

XLII

Rapina

Em caminho da casa de Ambrosina, Gustavo ia formulando intimamente as melhores considerações sobre os seus próprios atos. Sentia esse lisonjeiro gozo que experimentamos ao fazer bem a qualquer pessoa, e ao qual, sem intenções paradoxais, se poderia chamar egoísmo da bondade ou desvanecimento do altruísmo.

Calculava de si para si que iria entestar com uma pantomimeira impertinente e orgulhosa, ele, porém, ia bem prevenido, e não desanimaria por isso, nem se daria por achado – havia de entregar-lhe a carta da pobre lavadeira, declarando francamente o deplorável estado em que viu a infeliz, e obrigando, com ríspidas razões, à famigerada Condessa, a mostrar-se menos desumana com a desgraçada que a trouxe nas entranhas.

E até, como sucedera noutro tempo com Gabriel em circunstâncias, aliás, bem diversas, punha já em ordem os seus belos raciocínios de poeta, formava em linha de batalha os esquadrões dos implacáveis e persuasivos argumentos, com que havia de vencer aquele duro coração de libertinha, e arrastá-lo à compreensão dos deveres filiais, por entre uma brilhante escolta de objetivos em brasa.

E caminhou firme para o alcácer inimigo, cuja porta atravessou impávido sendo introduzido lá em cima à voluptuosa saleta de espera por uma francesa velha e arrebicada, que lhe deu familiarmente o tratamento de "Cher mignon".

Gustavo, depois de medir desdenhosamente de alto a baixo, disse-lhe em tom de ordem que fosse prevenir à dona da casa da sua presença ali. E, fechando a cara e dilatando os lábios, soprou com força, como se atiçasse o morrão que levava aceso para lançar fogo à sua artilharia.

Mas, ao primeiro olhar da inexpugnável Ambrosina, que não levou muito a vir, todo esse arsenal de guerra se dispersou pelo ares, que nem um frouxel de paina ao sopro de inesperado tufão.

Ela, entretanto, parecia indiferente, e se alguma cousa transpirava dos seus gestos e da sua fisionomia, era uma formal amabilidade, cujo frio sorriso não passava dos dentes.

O noivo de Estela, embatucado e fulo de acanhamento, gaguejou algumas palavras de cortesia e entregou-lhe a carta de Genoveva.

A Condessa o fez passar para a mesma antecâmara em que recebera o Médico Misterioso, ofereceu-lhe uma cadeira e foi sentar-se a um canto, no divã, a romper vagarosamente o sobrescrito da carta.

Gustavo observava-a numa atitude cerimoniosa. Por mais esforços que fizesse, não conseguia pôr-se à vontade defronte daquela mulher deslumbrante, que o dominava com o seu ar de imperatriz romana. Sentia-se oprimido por uma irresistível e humilhante fascinação.

Vésper estava com efeito bela. Os braços e a garganta surgiam-lhe de uma confusão de rendas claras, como de um floco de mitológicas espumas do oceano. A cabeça, rica de contorno, destacava-se no enrodilhado artístico dos cabelos.

Os olhos, mesmo quando fechados, transluziam os sutis fulgores da volúpia, e a boca o cruel segredo das paixões calculadas, das febres previstas e dos grandes delírios oficias do amor.

Ao terminar a leitura, ergueu-se altiva, e perguntou ao portador da carta se sabia quem a tinha escrito.

– Um seu criado... disse timidamente o rapaz.

– O senhor? Mas nesse caso, entre o senhor e minha mãe há velhas relações?...

– Absolutamente, minha senhora. Eu mal a conheço!...

– E ela confiou-lhe tudo o que vem escrito?!...

– Sua mãe havia pedido a uma vizinha que lhe fizesse a carta; a vizinha não pôde servi-la e encarregou-me por sua vez de...

– Ó senhores, com efeito! Mas então, minha mãe não teve o menor escrúpulo de envolver um estranho nos mistérios de minha vida? Gustavo sorriu.

– Descanse, disse ele, erguendo-se; nunca terei ocasião de falar sobre semelhante cousa!...

– Hein?! perguntou ela, virando rapidamente a cabeça.

– Digo que não terei ocasião de falar no que me confiou a senhora sua mãe...

– E o que quer dizer o senhor com isso?

– Oh, minha senhora! quero dizer que não me meto com a vida alheia. E o rapaz acrescentou, depois de uma pausa, durante a qual Ambrosina parecia meditar:

– O acaso conduziu-me ao lado de sua mísera mãe; ao vê-la fiquei comovido, ofereci-me, não só para escrever essa carta, como para a entregar pessoalmente e exigir a resposta. Se a senhora, porém, não estiver por isso, eu direi à pobre lavadeira que se console, e veremos por outro lado... Sempre há de aparecer algum hospital que a receba por... compaixão.

– Mas, para que diabo me está o senhor a mortificar?... Minha mãe fala-me aqui a respeito da venda que fiz da casa do Engenho Novo: eu, porém, não cometi nenhuma ilegalidade com isso – a casa era minha! – nem podia eu adivinhar que um fato, aliás tão insignificante, trouxesse tais consequências!... Minha mãe, se não está comigo, é porque não quer... ela sabe perfeitamente que eu não lhe fecharia a porta. E para acabar com a questão, vou dar-lhe uma mesada.

E tornou-se a assentar-se.

– Mas, é o diabo! disse ela depois. Não me convinha envolver estranho algum neste negócio!...

– Bem! rematou Gustavo, tomando o chapéu; isso já não é comigo... Direi, pois, à senhora sua mãe alguma cousa a respeito da mesada, e mais tarde, então, a senhora responderá à carta por escrito... E fez um cumprimento, despedindo-se de Ambrosina.

– Ainda não se vá!... pediu esta, com a voz suplicante e lançando sobre Gustavo um belo olhar de leoa subjugada.

– Em que lhe posso ainda ser útil?... perguntou o rapaz voltando-se.

– Em muita cousa, disse ela, tomando-lhe o chapéu e segurando-lhe uma das mãos. Venha cá... Conversemos... E depois de novamente assentados:

– O senhor vai ser o meu procurador em todos os negócios que disserem respeito à minha mãe.

– Está bem...

– Imagine que será a única pessoa senhora desse segredo, e que deve guardar sobre o assunto a maior discrição...

– Pode ficar descansada.

– Já que o acaso o pôs ao meu lado neste triste negócio, eu só ao senhor confiarei os meus sentimentos e as minhas intenções... Não me diga que não! E, abalando mais a voz e chegando-se intimamente de Gustavo, acrescentou, quase com a boca em seu ouvido:

– Não calcula quanto sofro!... Não calcula quanto me custou fingir a indiferença, que ainda há pouco afetei ao receber esta carta!... o modo pelo qual está ela escrita revela coração e caráter. Sei que nunca me hei de arrepender de fazê-lo solidário de minhas penas íntimas...

– O senhor será o único homem que participará dos meus segredos, mas antes disso há de prometer-me uma cousa...

– Que cousa?...

– Ser meu amigo e prová-lo prestando-me desde já um serviço...

– Qual é?...

– Prevenir minha mãe de que eu irei hoje visitá-la, e vir buscar-me à meia-noite para me levar ao cubículo em que ela mora. Está dito?...

– Pois não...

– Oh! Eu lhe serei muito grata!... Conto então com o senhor à meia-noite?

– Sem falta.

–Pois bem, à meia-noite o espero aqui mesmo. Já me encontrará pronta para o acompanhar.

– Nesse caso, até logo, disse ele.

– Adeus, meu amigo. E Ambrosina estendeu a fronte, que Gustavo não beijou.

– À hora predileta, já ela com efeito, entocada num carro de praça, esperava pelo rapaz defronte da porta de casa. E dentro em pouco chegavam os dois à miserável residência da viúva do comendador Moscoso.

Graças a Gustavo, a lavadeira tinha sido antecipadamente prevenida daquela misteriosa visita.

Todo o cortiço ressonava, prostrado pela grossa labutação desse dia.

Ambrosina, vestida de negro e embiocada em mantilha entrou na estalagem pelo braço do poeta.

Ia pressurosa e confusa, mas não era a mãe, coitada desta! quem a preocupava nesse instante, era o enigmático rapazola que lhe dava o braço. Apesar de toda a sua diabólica perspicácia, não tinha ainda a presumida conseguido formar seguro juízo sobre que espécie de animal vinha a ser aquele estranho escrivinhador de novelas, que a tratava por cima do ombro e com um sorriso tão irritante quão pouco amáveis eram as suas palavras.

Ah! que Gustavo lhe preocupava o espírito e a trazia intrigada desde aquele seu primeiro olhar à porta do Arnaud, disso já não havia dúvida. Ambrosina a princípio procurou, não obstante, explicar o fato por um simples fenômeno de antipatia, mas depois teve de abrir mão dessa hipótese, à vista do insólito abalo nela produzido pelo espinhoso bilhete do estouvado na noite dos seus maiores triunfos, e agora pela quase agradável impressão que lhe causara a generosa atitude do boêmio com respeito à pobre velha, de quem ela era filha e mal se lembrava.

– Sim senhor! dizia consigo a loureira; podia ele gabar-se de ter maravilhosamente comovido o belo e frio mármore de que era talhada a Condessa Vésper!

– Qual mármore! Os trinta anós de uma mulher, voluptuosa e materialista como aquela, jamais chegam desacompanhados de fundas modificações no seu temperamento.

Ambrosina galgara à curvilínea idade em que a mulher perdida faz grande questão dos seus momentos de amor ex-ofício e, como para se desforrar dos intermináveis tédios do amor profissional, escolhe detidamente, gulosamente, contemplando, estudando em concentrado silêncio de conhecedor, o tenro e apetitoso eleito dos seus dispépticos sentidos, para afinal o saborear em remancho, reservada e grave, plenitude de uma delícia cevada e egoística. E Gustavo tinha então de vinte e quatro a vinte e cinco anos, fortes, sadios e bem aparelhados.

Essa é que era a verdade. Não se vá porém supor que, por ter já trinta anos, estivesse Ambrosina menos bela; ao contrário, o que perdera em graça juvenil ganhara em femínea plástica atingindo a esse glorioso apogeu da carne, que cresce precede na sua órbita fatal ao primeiro pungir do decínio, mas que naquele brilhante e rápido fastígio atinge ao mais alto grau da perfeição da forma.

Será preciso dizer que tão inesperada resistência por parte do mocetão, excitou, naqueles zodiacais e formosos trinta anos, a flama acesa pelo sensual capricho do momento? e que, ao terminar a visita, já se sentia a caprichosa perfeitamente resolvida a capturar o revesso boêmio, custasse o que custasse?

A visita foi breve, mas em compensação muito penosa para a rapariga. Não contava esta encontrar a mãe em tão negro e repulsivo estado de miséria; as acres fezes da existência tinham de todo corroído o que porventura ainda restasse de coragem na pobre vencida, cuja derradeira aparência de energia só na aguardente encontrava, agora por último, uns vislumbres de muleta. A desgraçada, quando logo pela manhã não bebia ó seu trago de cana, desabava para o resto do dia numa tristeza que a punha cismadora e demente. Ao ver entrar a filha no quarto, ela começou a chorar. Ambrosina correu a beijar-lhe a mão, e com um gesto pediu a Gustavo que se afastasse. O rapaz saiu, cerrando sobre si a porta, e, durante a abafada conversa das duas mulheres, ouvia-se o som dos passos dele, que lá fora passeava, à espera, por entre a récua de casinhas do cortiço.

Ficou resolvido que Genoveva, com um nome suposto iria para a companhia da Condessa Vésper. Não foi sem repugnância que a infeliz, apesar de seu geral desfibramento, aceitou semelhante derivativo da miséria, mas esse pobres restos de dignidade não conseguiram vir à tona do lodo em que a triste mãe se aniquilava. Iria viver das migalhas dos bródios pagos pelos amantes da filha, e bem compreendia ela, coitada! o alcance de tão extremo recurso, porém que remédio, se lhe faltava agora o ânimo para tudo, até para deixar de existir?

Já em caminho de casa, Ambrosina, fazendo-se muito íntima de Gustavo e sem largar da boca o nome da mãe, encarregou o rapaz com respeito a esta de várias delicadas incumbências.

– Não a desampare, por amor de Deus!... dizia ela, segurando-lhe as mãos; faça com que mãezinha vá para junto de mim o mais depressa possível!... Se soubesse como doi na consciência a ter deixado chegar àquele estado!... O senhor é a única pessoa envolvida nisto... Não me abandone, que eu morreria de desgostos! Mãe, só temos uma na vida! lembre-se, meu amigo, que é uma filha que intercede aflita pela salvação de sua própria mãe!

– Não me descuidarei, descanse! balbuciou ele, um pouco perturbado.

Ela prosseguiu:

– A ninguém, a não ser ao senhor, seria eu capaz de falar deste modo... Veja como correm as lágrimas dos olhos! E levou às suas faces as mãos de Gustavo, demorando-as depois contra os lábios, como para lhe dar, com um ósculo de gratidão, humilde cópia de quanto a penhoravam aqueles serviços.

– Mas que profunda confiança me inspira a sua pessoa!... segredou ela, acarinhando-lhe as mãos com os lábios. Nunca fui assim, creia, com mais ninguém, nem mesmo com, meu marido! Oh! se o senhor me abandonasse neste transe, nem sei o que seria de mim!

– Não tenha receio

– Se for preciso gastar, não meça despesas... olhe! o melhor será levar já algum dinheiro... Eu vim prevenida!

– Não, não! Dir-lhe-ei ao depois o que gastar...

– Obrigada! obrigada! Sei que o senhor vai ter incômodos e infinitos aborrecimentos, mas neste mundo devemos socorrer-nos uns aos outros, não é verdade? Oh! como seria eu feliz se algum dia lhe pudesse ser útil em qualquer cousa! Socorra minha mãe, e pode dispor de tudo que possuo! Disponha de mim! toda eu estou sua da ponta dos pés à ponta dos cabelos!

– Muito agradecido, mas que exagero! Não vejo motivo para tanto!

E Gustavo, sentindo agitar-se-lhe o sangue, afastou-se discretamente do corpo de Ambrosina, que ao dele se havia ligado inteiramente.

– Ah! chegamos! exclamou o perseguido com um suspiro de desabafo. O carro havia com efeito parado à porta da Condessa.

– Não se vá... disse esta ao moço, despedindo o cocheiro. Sinto-me tão abalada pela comoção, que receio ficar sozinha... Faça-me um pouco de companhia à ceia... É um favor que lhe peço. Juro que não o deterei por muito tempo!...

Gustavo esquivava-se com desculpas e agradecimentos, sentindo-se quase ridículo. Ela o prendeu pelos braços, puxando-o para dentro do corredor. E, tomando-lhe a cabeça entre as mãos, disse-lhe com o rosto encostado ao dele:

– Não sejas tolo, meu amor!

E com violento beijo, em que os dentes dos dois se chocaram, Ambrosina injetou-lhe no sangue o alucinante morbus da sua venérica luxúria.

XLIII

Entre garras

E a partir de tal momento, Gustavo nunca mais se possuiu.

O leitor, que já sabe de quanto era capaz Ambrosina, poderá facilmente imaginar o que não teria feito esse formoso demônio para captar o amor do impressionável moço, e o modo pelo qual não ficaria este, de corpo e alma, seu escravo.

Arrastado a princípio só pelos sentidos, depois atraído pelo sentimento e pelo hábito, pouco a pouco se foi o mísero convertendo em amant au coeur da Condessa Vésper.

E tal situação lhe criava sérias dificuldades, porque, embora se recusasse Ambrosina aceitar das mãos dele qualquer dádiva de valor, impunha-lhe todavia a dignidade, ainda não vencida de todo, contrariar frequentemente a generosidade da amante, o que para o infeliz representava verdadeiro sacrifício.

D. Joana, a cujo cargo se achava Estela havia já cinco meses, embalde tentara chamar de novo o hóspede ao bom caminho. Gustavo, além de não realizar o casamento com a rapariga no prazo combinado, parecia disposto a sacrificar a pobre senhora, não pagando as atrasadas contas do que devia. Ela, por sua vez endividada com os fornecedores, revoltou-se afinal e declarou que, em atenção às circunstâncias, guardaria a órfã consigo, mas quanto ao outro, que não estava absolutamente disposta a continuar a dar-lhe casa e comida, antes da solvência dos seus próprios compromissos.

Gustavo retirou-se da casa, abrindo mão de tudo que possuía, menos roupa, livros e manuscritos, e lá se atirou ele para o centro da cidade, à procura de um cômodo mobiliado em um desses coloniais edifícios do tempo da independência, cujas formidáveis e vetustas salas, de paredes de metro e meio, se viam agora tristemente transformadas em verdadeiras colméias de pinho forrado de banalíssimo papel de cor, e aos quais davam os seus sublocatários o pomposo título de "Palacete de hóspedes". Não era muito valioso o espólio do que, a saldo do seu débito, deixara com D. Joana o literato, mas quanta perseverança, e quanta privação de, pequenos gozos vulgares, não representavam esses modestos e adorados móveis, lentamente adquiridos à proporção que iam aparecendo os recursos e se oferecendo as propícias ocasiões! Além dos objetos de utilidade prática, havia também alguns quadros comprados ao belchor e algumas pobres esculturas, que de preciosas só tinham a boa vontade de quem as conservava com tanto carinho.

Mas foi-se tudo, e com essas frágeis cousas também se lhe foi o equilíbrio da vida e do trabalho, tão penosamente conquistado, para de novo abrir-se sob seus pés os negros alçapões da boemia, com todas as suas desordens, martírios e vergonhas, mas sem lhe renascer, ao lado disso, aquela primitiva febre de concepção intelectual, com que dantes o visionário durante longas horas do dia ou da noite desenhava seus romances, apenas alimentando, além de suas esperanças, por um pão comprado na véspera no quiosque da esquina e uma caneca de café nem sempre quentes.

Ambrosina, entretanto, ia para com ele se fazendo menos amorosa e muito mais exigente em sacrifícios de ordem moral. Queria agora que Gustavo a acompanhasse todos os dias aos ensaios no Alcazar, e que à noite se conservasse na caixa do teatro enquanto durasse o espetáculo, e que a levasse às compras à rua do Ouvidor, e saísse com ela de carro a passeio pelo Catete e Praia de Botafogo.

O rapaz protestava, mostrando a falsa posição e o ridículo que lhe provinham de tudo isso, sem falar no perigo de perder o seu escasso emprego, única fonte de recursos certos que lhe restava.

A tais protestos seguiam-se arrufos e rompimentos, que apenas duravam horas e terminavam numa doída explosão de carícias mútuas.

Ainda lhe acudiam, todavia, súbitos lampejos de dignidade, e ele nesses lúcidos instantes tentava reagir com ânimo forte, mas Ambrosina, inexoravelmente, se desfazia em lágrimas e soluços, enleando-o todo com inéditos juramentos de amor e mil beijos enlouquecedores, aos quais cedia o desgraçado, cada vez mais prisioneiro e vencido.

De outras vezes eram os ciúmes que o arrebatavam. Nessas ocasiões Gustavo perdia de todo a cabeça e esbravejava furioso. Ela, porém, sorria de si para si e bem pouco se movia com tais crises, segura, na sua provecta experiência do amor libertino, de que por simples zelos nenhum homem abandona à mulher amada; e tratava então de seguir a boa tática aconselhada em tais ocasiões. Fechar os braços e negar os lábios, deixando que agora chorasse ele por sua vez, enquanto ela descansava os olhos e a garganta, tranquilamente à espera dos indefectíveis afagos da reconciliação.

E Gustavo entrava cada vez mais fundo no aviltamento, em cujo lodo a sua inteligência, arrastando as asas encharcadas, nem sequer ousava já erguer os chorosos olhos para nenhum dos seus primitivos ideais. Faltava-lhe agora coragem para tudo, para todo e qualquer esforço; era com dificuldade até que ainda comparecia ele de quando em quando ao seu emprego público, apesar das repetidas admoestações do chefe da repartição. Estava desleixado, preguiçoso, subserviente e tristonho. À tarde e à noite, nuns incoercíveis apuros de dinheiro, percorria as casas de jogo, jogando quando podia, e arranjando modos de jogar com as sobras dos alheios lucros, quando de todo lhe faleciam os próprios meios.

Um dia recebeu a demissão.

O que seria dele agora?... pensava desanimado. Ambrosina, porém, não se mostrou afligida ao receber tal notícia, declarou ao contrário que chegava a estimar o fato, pois assim o seu bebê ficaria dela exclusivamente.

E a queda do desgraçado ganhou daí em diante vertiginosas proporções. Gustavo chegou a aceitar obséquios reais da amante, e muitas vezes encontrou nas algibeiras dinheiro, que ele não sabia donde procedia.

Revoltou-se a princípio, mas Ambrosina, tapando-lhe a boca com a dela, lhe afogou a última reação do brio com a lama dos seus implacáveis beijos.

E assim quase dois anos decorreram. Por essa época justamente morria Genoveva no hospital. A pobre mulher consentira em ir morar com a filha, mas não pudera suportar por muito tempo o triste papel, que ao lado daquela lhe impunham as fatais circunstâncias do meio. Tinha às vezes, bem a contragosto, coitada! de intervir nas degradações de Ambrosina, e isso lhe doía ainda por dentro, como se lhe fosse direito a algum ponto de sua alma, porventura conservado intacto. Doía-lhe a cumplicidade nos embustes e tramoias da filha contra a bolsa dos libertinos ricos, nas mentirosas desculpas aos amantes explorados e iludidos, na comédia, sempre repetida, da conta apresentada por terrível credor no melhor momento de um matinal idílio, cujo preço devia, em boa consciência, estar já compreendido nas largas despesas da noite anterior. E ainda mais lhe doía o ver-se em muitos casos obrigada a comissões degradantes, passando por hipócrita e ávida de propinas quando tentava revoltar-se, fazendo rir quando de todo não podia conter o pranto, e ouvindo monstruosidades quando tentava escapar aos estroinas, que lhe davam palmadas nas ilhargas e derramavam champanha pela cabeça.

Em público, a Condessa Vésper achava muita graça em tudo isso, e aplaudia a estroinice dos seus libertinos com gargalhadas profissionais, mas em particular, quando se achava a só com a mãe, tinha para esta palavras de filha e pedia-lhe desculpa daquelas brutalidades. Genoveva, porém, não se consolava e, apesar das suas abstrações de demente, preferiu que a metessem num hospital, e no fim de contas lá morreu, inteiramente desamparada.

Ambrosina chorou nesse dia, mas, para não dar na vista, foi até ao Alcazar, e não deitou luto.

Pouco depois, Gustavo lhe apareceu uma bela manhã mais expansivo, e tomando-a pela cintura, disse-lhe que tinha arranjado um emprego rendoso, e queria propor-lhe uma cousa...

– O que vem a ser?... perguntou ela.

– Oh! uma cousa muito séria, cuja realização depende exclusivamente da resposta que me deres ao que te vou perguntar!

– O que é?

– Diz-me francamente, Ambrosina, tu me amas?... Ambrosina olhou em silêncio para ele, e riu-se.

– Não zombes... Responde! Preciso saber se me amas deveras!...

– Mas para quê?...

– Preciso... Responde!

– Dize primeiro para que é...

– Pois bem; ouve: preciso saber se deveras me amas, porque se assim for, quero que despeças todos os teus amantes e fiques somente comigo!

– Ora essa! Para quê?... e por quê?...

– É boa! Porque te adoro! porque preciso de ti para viver! porque não posso continuar a suportar as tuas relações com outros homens! Agora, que já tenho um ordenado, desejo dividi-lo honestamente contigo, na paz de uma existência confessável, e trabalhar muito! Mas, para a realização de todos esses sonhos, é indispensável primeiro saber se me amas por tal forma que sejas capaz daquele sacrifício... Ambrosina não respondeu; ficou a cismar.

– Então?... insistiu Gustavo, responde, minha amiga! uma palavra tua dar-me-á mais coragem que todos os clamores do meu caráter! Lembra-te de que por ti esqueci tudo, desviei-me do meu futuro, cortei minha carreira, acovardei-me, perdi-me! Vamos! Não me queiras obrigar agora a amaldiçoar o destino que nos aproximou! Fala! Diz-me alguma cousa!

– Mas o que queres tu que eu te diga?...

– Quero que me digas se me amas e se és capaz de um sacrifício por esse amor; se tens, finalmente, alguma cousa no coração que te dê ânimo para esquecer todo o passado, abdicar do luxo, privar-te dos prazeres ruidosos, e viver só comigo e exclusivamente do nosso amor! Fala! Dize! Lavra a minha sentença!

Ambrosina fez um ar concentrado, foi até ao sofá, assentou-se, cruzando as pernas e deixando-se cair sobre as almofadas; depois ofereceu a Gustavo um lugar ao pé de si, e disse-lhe:

– Queres que te fale com toda a franqueza?

– Decerto.

– Olha lá!

– Não quero outra cousa.

–Talvez venhas a arrepender-te e nesse caso o melhor é ficarmos calados...

– Não! Fala!

– Bem; vais ouvir então o que nunca imaginaste, nem eu a ninguém revelaria espontaneamente... vais saber de cousas minhas, cuja transcendência nem compreenderás talvez. Vou levantar a lousa de meu coração e consentir que, pela primeira vez alguém penetre nele. Coragem, e escuta!

Gustavo estremeceu da cabeça ao pés, e concentrou-se ansioso, com a alma suspensa dos rubros lábios de leoa.

XLIV

Viva Napoleão!

– Toda e qualquer mulher, principiou a Condessa Vésper, uma vez viciada pela ociosidade farta e pelo hábito quotidiano da satisfação de todos os seus instintos e de todos os seus caprichos, nunca jamais se poderá contentar com a banal existência de chá com torradas, que lhe ofereça um rapaz pobre e honesto, de roupa bem escovadinha, lenço cheirando a água-de-colônia, e algibeiras cheias de máximas filosóficas em prosa e verso...

E, a um gesto interlocutório do amante, disse ela entre parênteses:

– Não tens de que te espantar com esta franqueza! Que Diabo, filho! eu bem te preveni! E prosseguiu, sem esperar pela réplica:

– Acredita numa triste cousa, meu pobre Gustavo; essa denominação que vulgarmente nos conferem de “mulheres perdidas” é muito justa e muito verdadeira, pois com efeito não há salvação possível, para a desgraçada uma vez presa na voragem da ostentação mantida pelo próprio corpo. Podemos, por alguns dias, alguns meses, alguns anos até, reprimir e disfarçar os vícios da nossa vaidade; mas, lá chega um belo momento em que, só o simples espetáculo de uma mulher que nos passe defronte dos olhos triunfante no seu phaeton tirado por animais de raça, exibindo um rico vestido à última moda, e a ideia de que com uma simples pirueta na vida a suplantaríamos imediatamente, é quanto basta às vezes para tranverser toda a nossa pseudo-regeneração e de novo atirar conosco à primitiva e sedutora lama! Não te revoltes, meu amigo! Falo-te com o coração nas mãos e segura do terreno em que piso. Para nenhum outro homem teria eu esta franqueza, porque isso me poderia acarretar gravíssimas desvantagens profissionais, mas contigo, que nada mais tens para mim do que o teu amor de poeta...

– Cínica! atalhou Gustavo.

– Oh! nada de palavrões! Não tens direito de enfadar-te, nem eu estou agora disposta a uma cena violenta.

– Pois então não me provoques com palavras que me humilham!

– Não sei por que te hás de julgar humilhado. Suporás acaso que enxergo alguma superioridade nos homens mais ricos do que tu? Se eles têm mais dinheiro, é porque o herdaram, ou roubaram, ou o ajuntaram à força de paciência e economia; isso, porém, não vale a milésima parte do teu talento e ainda menos do pobre desprezo que tens pelas vaidades burguesas e pelas ambições vulgares. Todavia, filho, o teu talento, por maior, nem todos os teus brilhantes méritos, seriam capazes só por si de dar-me a deliciosa febre, o delírio do gozo de oprimir pela inveja às mulheres honestas, os loucos transportes dos vícios ultra-humanos e sensacionais, o insubstituível prazer de vingar esta carne que se vende, a ela escravizando e com ela envenenando os que a compram e conspurcam de beijos luxuriosos!

– Oh! Se me amasses, nem uma só dessas cousas te acudiria ao pensamento, quanto mais aos lábios!

– Mas, valha-te Deus! tudo neste mundo é relativo. Se eu te não amasse, filho, não estaria tu aqui assim, ao meu lado, a pagar-me em palavras duras o direito que meigamente te confio de dispor de mim, como se foras meu dono... Creio pelo menos não haver eu recebido nenhum decreto do Imperador, mandando-me que te ature; se o faço é porque te amo, toleirão!

– Entretanto, disse ele, erguendo-se, bem diferente é o amor que me inspiraste!... Eu também vivia preso a uma outra vida, melhor que a tua; não feita de falsas e ostensivas vaidades, mas de justas e sinceras aspirações, e com a qual tive de romper por amor do teu amor... Sonhos, esperanças, ideais, tudo calquei aos pés, para às cegas seguir o destino que teus olhos avistassem! Tu não tens coragem para deixar um vestido à moda e um carro, e eu tive para abandonar o caminho que conduz a todas as considerações públicas e a todas as felicidades íntimas! Ah, não! tu não me amas, desgraçada! tu nunca a ninguém amaste!

– Como te enganas!... murmurou Ambrosina, com um suspiro profundo. Oh, se amei!

– Ah!

– Oh, se amei! Tudo o que agora sintas, e muito mais, tudo isso já passou por esta alma perdida e gasta!... Pede a Deus nunca te faça a ti sofrer o que eu sofri...

– Ah! então tu não me amas, porque já amaste demais? Não me amas porque foste já inteiramente de outro?!

– Oh! por piedade não me mates deste modo! por piedade não me fales em outro homem! E Gustavo, arfando, deixou-se cair em uma cadeira, a segurar a cabeça com as duas mãos.

– Não foi um homem... segredou Ambrosina, indo afagar-lhe os cabelos. Põe à larga o coração e reprime os teus zelos... Vou confiar-te um manuscrito, que outros olhos não viram além dos meus... Se o leres, ficarás inteiramente tranquilo... e talvez curado.

– Um manuscrito?

– Sim, querido, uma simples nota de minha pobre vida, mas pela qual poderás penetrar até ao fundo do meu coração, e de lá voltares sarado para sempre da poética ilusão de amor que te inspirei. Espera um instante. E daí a pouco voltava ela com um pequeno livro de capa negra, que passou a Gustavo. Este abriu o livro, e leu na primeira página:

"LAURA"

– Que significa este nome? exclamou o rapaz.

– Lê! disse Ambrosina. É quase nada... obra de alguns minutos de leitura... Gustavo afastou o reposteiro da janela e, à luz que vinha de fora coada pelas cortinas, começou a ler o seguinte: "Era no inverno, um céu de lama enlameava a terra. Eu vagava pelas ruas, sem destino, embriagada e foragida. Nesta noite havia rompido com o meu amante, o meu primeiro homem, porque a súbita loucura do outro, que tive por marido, não lhe deu tempo para me fazer mulher.

Na questão com meu amante era deste a razão e minha toda a culpa: fora eu nessa mesma tarde surpreendida por ele a traí-lo, ao fundo da chácara, sob um caramanchão de jasmins, com um miserável que lhe parasitava a bolsa e lhe corrompia o caráter.

Fugi de casa com medo que ai me matassem numa crise de ciúmes, e quando me achava lá fora, prestes a sucumbir ao cansaço e ao desamparo, fui socorrida por um pobre homem, generoso e rude, que carregou comigo e me recolheu ao leito virginal de sua idolatrada filha.

Foi então que conheci Laura.

Um sonho! Dezesseis anos, olhos negros e ardentes, boca desdenhosa e sensual, dentes irresistíveis e um adorável corpo de donzela.

Acordei essa noite nos seus braços.

Foi o meu único amor em toda a vida. Jamais em delírio de sentidos, paixão, esquecimento de tudo, alma e carne se fundiram numa só lava de desejo insaciável e ardente, como com as nossas sucedeu para sempre nessa noite imensa, misteriosa, revolta e sombria como um oceano maldito.

Fugimos as duas para a Europa.

O pai de Laura morreu de desgosto.

E para nós outras se abriu uma estranha vida de delícias trancendentais e cruéis. Primaveramos em Nice e fomos de verão a Paris. O velho mundo, sistematicamente orgíaco, nos era indiferente e banal. Vivíamos uma para a outra.

Laura, porém, ao declinar do estio, começou a sofrer. As violetas dos seus olhos, mais doces que as estrelas do Adriático, iam-se fanando e amortecendo; vinham-lhe às faces sinistras manchas cor-de-rosa, e, aos primeiros crepúsculos do outono, todo o seu mimoso corpo de flor impúbere caiu a definhar, pendido para a terra.

Eu passava os dias e as noites ao lado dela, numa vigília de beijos angustiosos, em que o meu amor libava dos seus lábios murchos a derradeira essência.

Prazer horrível! Quantas vezes não imaginei que naqueles nossos sombrios êxtases, ia beber-lhe o último alento? mas em vão tentava a morte intimidar-me, rondando-nos as carícias e disputando da minha boca a doce e cobiçada presa; mais forte do que ela, era a sanguínea onda do desejo que nos arrebatava, num só vulcão de fogo, aos páramos do supremo delírio da carne.

Laura voltava sempre estarrecida e chorosa desses fatais arrancos dos sentidos. Eu bebia-lhe as lágrimas. Uma noite, ergueu-se a meio na cama, e fitou-me estranhamente. Tinha os olhos em sobressalto, a boca desvairada.

– Laura! exclamei, sacudindo-a nos meus braços.

Ela conservou-se imóvel.

Laura! minha Laura! não me atende? é a tua Ambrosina que te fala! Ouve! escuta, meu amor, minha vida!

E cobria-lhe o trêmulo corpo de aflitivos beijos.

Laura, porém, continuava estática e de olhos fitos nos meus. Afinal levantou-se sobre os joelhos, volveu a cabeça vagarosamente de um para outro lado, e depois, soerguendo o seu débil braço de virgem, a apontar à toa na inspiração do delírio que a arrebatava para os meus remotos devaneios da puerícia, disse-me com a voz comovida e quase extinta:

– Não ouves?..

– O quê?!

– O som longínquo dos tambores...

– Minha Laura!

– É Bonaparte que reúne os seus soldados para a guerra... Não vês além esfervilhar aceso o oceano de baionetas?... Olha! vão bater-se! Agitam-se por toda a parte as águias vitoriosas! multidão saúda-o grande corso! Ele agora passa em revista as tropas, montado no seu cavalo branco... Fervem gritos de entusiasmo, clarins ressoam, atroa os ares o rufo dos tambores! Oficiais, refulgentes de ouro, galopam sobre os rastros do meu Imperador. Como vai belo! Da palidez da sua fronte e da sombra de seus olhos transparecem fulgurações divinas. O seu sorriso É um clarão de glória... Ei-los que partem! Já mal se avista o fuzilar das armas e mal se ouvem trovejar os tambores. É a tempestade que se afasta para rebentar além. Rompeu o fogo! Estão em plena batalha! A pólvora os embebeda numa nuvem de fumo. Ninguém mais se entende! Chocam-se os esquadrões, retinem os ferros, ronca a metralha! Avante! Avante!

E Laura, de pescoço estendido, a boca aberta, o olhar disparado em flecha, deixou-se cair sobre as mãos, numa atitude de esfinge, e murmurou, apenas percetivelmente:

– Viva Napoleão.

E, num estranho chorar de morta, começaram-lhe as lágrimas a escorrer dos olhos pelas faces emurchecidas, sem um soluço, nem um gemido.

– Laura chamei, tomando-a nos meus braços.

Ela deixou pender molemente a cabeça sobre meu ombro, estirou os membros, e um extremo suspiro lhe fugiu do peito.

Já não vivia.

Apoderei-me dela então, louca, sem consciência de mim (Ainda era tão formosa!) e colei meu lábios aos seus amortecidos, e enlacei-a toda fria contra o meu colo ardente, bebendo o derradeiro calor daquele idolatrado corpo já sem vida.

E foi a última vez que amei... para sempre!"

– Vês tu? interrogou Ambrosina, entre sorrindo e triste, quando Gustavo fechou o livro; para sempre!...

Ele demorou-se um instante a contemplar, muito abstrato, a capa do manuscrito; depois, como se despertasse, o restituiu à dona, e foi buscar o chapéu e a bengala.

– Adeus... disse.

– Para onde te atiras? indagou ela.

– Não sei...

– E quando voltas?

– Nunca mais...

– Hein? Nunca mais?!

– Sim. Adeus.

Houve um silêncio, durante o qual o desgraçado em vão esperou que a amante lhe cortasse a retirada com uma carga de carícias; Ambrosina não se moveu do divã em que estava, e murmurou afinal, de olhos meio cerrados:

– Pois adeus...

Gustavo despejou-se para a rua, levando a morte no coração. Dizia-lhe no íntimo um sinistro pressentimento que desta vez não iria a caprichosa, como das outras, desencová-lo donde se escondesse ele, para o reconduzir, escoltado de beijos, ao seu delicioso presídio.

– Está tudo acabado! Tudo acabado! monologava o infeliz, atravessando a praça de D. Pedro I. E era ela quem, de olhos secos e boca vazia, lhe fechava a porta da alcova; e era ele quem agora estalava de ansiedade por lhe cair de novo aos pés, rogando-lhe que lhe deixasse continuar a ser martirizado e aviltado!

Ah! não se pode avaliar dessas primeiras horas de abandono, sem se ter sido um dia desprezado de súbito pela mulher amada; são séculos de uma agonia constante e mortífera, que nos converte a existência na mais pesada das grilhetas, e nos reduz o coração a uma carnaça babujada e dilacerada pela matilha dos ciúmes e das saudades. Todo o nosso organismo se transforma então num laboratório de fel bilioso, onde o espírito vai buscar a tinta negra e amarga com que veste os seus gemidos e os seus lutuosos pensamentos; agre período de desfibração do nosso pobre ser, durante o qual perdemos todas as forças de resistência para as lutas da vida moral e física.

Só dois dias depois dessa inquisitorial tortura, em que de todo ele apenas se conservou inabalável o próprio mal que o devorava, foi que Gustavo descobriu por fim a verdadeira razão daquele insólito desabrimento de Ambrosina, e da proterva franqueza com que lhe patenteara as secretas podridões da sua libertinagem; é que a vil tinha já de olho, em virtual preparação, quem o devia suceder no amor ex-ofício, um guarda-marinha de dezoito anos, moreno e meigo, tímido como as primeiras violetas de junho, e lindo como o primeiro amor dos adolescentes.

Gustavo os vira juntos uma vez, por acaso, ao fundo de um camarote no Politeama, tão felizes e tão invejados, que teve de fugir dali para não cometer algum crime. Depois começou a encontrá-los por toda a parte, sempre inseparáveis e confidenciais; encontrou-os nas corridas do Jockey-Club, no jardim do hotel Dori, nos gabinetes particulares do Paris, nos bailes do Rocambole e na caixa do Alcazar.

E sua alma pôs-se mais negra e infecta do que a lama dos esgotos.

Deu então para beber, e, uma vez ébrio, ia provocar Ambrosina à casa desta, lançando-lhe da rua todos os vitupérios de que era capaz o seu desespero; mas depois, às horas mortas da noite, quando, por um fenômeno do vício, mais forte lhe roncava por dentro o desejo dela, voltava o miserável, como um cão enxotado e fiel, a uivar à porta da prostituta as angústias daquele amor que lhe punha o coração em lepra viva; e chorava, e suplicava, com humildes lágrimas de mendigo faminto, a esmola dos sobejos do outro.

Ambrosina, sem lhe esconder ao menos os risos da festa ao sangue novo com que se banqueteava a sua gulosa carne, mandava corre-lo pelos criados; e, de uma feita, às três da madrugada, o fez levar preso por um soldado de polícia.

Gustavo foi de novo posto em liberdade no dia seguinte às nove horas da noite, e ao sair da enxovia levava no coração uma ideia sinistra e decisiva. Consultou as algibeiras. Tinha de seu apenas quatrocentos réis.

– É quanto chega! disse ele. E caminhou resolutamente para o centro da cidade.

XLV

A Condessa e a Princesa

Desceu a rua do Lavradio, atravessou a praça de D. Pedro I sem olhar para os lados, e seguiu pela rua da Carioca até o Largo do Paço. Penetrou no pequeno jardim defronte da Capela Imperial e assentou-se um instante num dos bancos laterais, a olhar abstratamente para o mal iluminado palácio do Imperador, que nessa tarde havia descido de Petrópolis. Depois ergueu-se com um grande suspiro, e, de chapéu na mão e passos lentos, encaminhou-se para uma tasca do Mercado, pediu aguardente de cana, bebeu de um trago mais de meio copo, e tomou afinal a direção do ponto das Barcas Ferri.

Ao chegar aí, olhou para o mar; a noite estava límpida e toda afogada de estrelas. Muita gente descia de Niterói; senhoras e mulheres do povo recolhiam-se à Corte, trazendo ao colo, ou arrastando pela mão, crianças tontas de sono que rabujavam.

Bateram onze horas.

Gustavo comprou o seu bilhete de passagem com os últimos duzentos réis que possuía, cruzou a estação, entrou na barca, subiu à coberta, e foi assentar-se à proa com o cotovelo na grades da amurada e o rosto apoiado a uma das mãos.

Ninguém lhe via as lágrimas.

Em breve a máquina principiou a roufenhar, movendo no ar os gigantescos braços da balança, e a embarcação começou a mexer-se e a desgarrar-se do pontão flutuante, tranquila, pesada e lenta, como um terciário paquiderme que abrisse o nado nas suas águas favoritas.

Havia poucos passageiros no tombadilho. Um grupo de rapazes, ameijoados num dos bancos do centro, conversava alegremente, dizendo versos em voz alta e falando de poetas brasileiros. Gustavo ouviu pronunciar o seu nome e ouviu declamar sonetos seus. O homem do leme vigiava o horizonte, a espiar o rumo da viagem pelo postigo da sua guarita.

E a melancolia do mar erguia-se para o céu, bebendo a luz das estrelas.

Gustavo acendeu um cigarro, e pôs-se a andar de uma ponta para a outra do convés.

A barca adiantava-se, arfando.

Ao meio da baía, ele atirou fora o cigarro, procurou um ponto mais deserto e sombrio ao lado da chaminé, transpôs o gradil da amurada e, de pé sobre as bordas desta, olhou por algum tempo o mar; e depois cerrando os olhos, de um salto se precipitou nele.

As águas fecharam-se sobre o seu corpo.

– Homem ao mar! gritou surdamente uma voz à popa. Mas ninguém deu por isso, nem se moveu, e a barca continuou inalteravelmente a cortar a baía em direção de São Domingos de Niterói.

Só daí a três dias, quando as ondas rejeitaram à praia do Flamengo o cadáver do suicida e a polícia o recolheu ao fúnebre depósito da ladeira da Conceição, pois ainda não estava concluído o necrotério vizinho ao Arsenal de Guerra foi que, pelas circunstância das notícias da imprensa, veio a saber Ambrosina do triste fim da sua recente vítima.

O trágico desfecho daquele desgraçado drama de amor e de depravação, que os jornais diários trataram logo de explorar, a impressionou profundamente pelo seu lado espetaculoso, e veio a servir para acrescentar ao novo capricho da loureira pelo tal guarda-marinha de dezoito anos, uma nota sentimental e fatídica, que o tornava muito mais esquisito e saboroso.

E a farsante Condessa teria sem dúvida tirado muito maior partido desse teatral episódio da sua espaventosa existência, se nessa ocasião não lhe aparecesse uma alta e sedutora empresa, a que ela de pronto se lançou, sem distração da menor partícula de sua atividade.

É que acabava de cair sobre o Rio de Janeiro, depois de uma divertida viagem de correção à volta do mundo civilizado, o famoso e estouvadíssimo príncipe D. Felipe sobrinho, do Imperador e aluno da Escola Militar.

D. Felipe era o tormento do velho Monarca, que na sua patriarcal rapidez de atos públicos e privados, nem lhe daria de novo acesso em palácio ao lado dos netos infantes, se não foram as intercessões da virtuosa e compassiva Imperatriz Dona Teresa. D. Pedro II não perdoava ao sobrinho as estroinices e extravagâncias, que às vezes, força é confessar, degeneravam em ribaldaria e maldade.

Dera motivo à correcional viagem de que agora tornava sua Alteza, uma terrível diabrura celebrizada nos anais contemporâneos da vida fluminense; e foi que um dia, depois de uma formidável desordem no jardim do Alcazar, a polícia, no meio de grande pancadaria, cadeiras partidas, mesas e cabeças rachadas, colhera vários estudantes da Praia Vermelha, entre os quais se achava o incorrigível príncipe.

D. Felipe foi, com os seus colegas de curso acadêmico e companheiros de pândega, conduzido pela força policial à Escola Militar, porque só aí podiam, ele como aqueles, serem submetidos à prisão.

Imagine-se em que estado não iriam!

Eram três horas da madrugada quando lá chegaram, e o fato, aliás comum, teria passado sem notoriedade, se o demônio do rapaz não se lembrasse de, ao enfrentar com o corpo de guarda da imperial academia, sacar da algibeira o Tosão de Ouro que levava consigo, e, com ele pendurado ao pescoço, entrar solenemente no bélico recinto.

Como de rigor, o Oficial de guarda mandou bradar armas ao Tosão de Ouro, o que equivalia a dar sinal da presença do Imperador, pois no Brasil só este até aí ousara servir-se dessa cavaleiresca ordem de Felipe o Bom, apesar de ser ela facultativa aos outros membros varões da família imperial brasileira.

Fez-se alarma. Toda a Escola ferveu logo num levante, ao estrugido de tambores e clarins que chamavam a postos o Estado Maior.

E os velhos professores tiveram, em sobressalto, de afrontar o seu reumatismo, e precipitarem-se estremunhados aos competentes uniformes de grande gala, para receber a suposta visita de Sua Majestade.

Foi por entre a formatura em peso da veneranda corporação da Escola, que D. Felipe, esbodegado e sorridente, atravessou para a prisão.

Calcule-se daí o efeito de semelhante escândalo, e por ele quanto se não chocaria o circunspecto Monarca.

Agora, de volta à Corte, D. Felipe vira uma vez Ambrosina às pernadas com um pobre cançoneta, naquele mesmo famoso teatrinho onde se engendrara pretexto a referida anedota histórica, e logo correu à caixa para se fazer apresentar à festejada exibicionista de belas formas, procurando incontinenti requestá-la de assalto. Ora, a D. Felipe não dava o Brasil mais do que um conto de réis por mês, casa, trens, criados e cavalos; mas, como sabiam todos os mercadores do Rio de Janeiro que as contas do pândego príncipe, por maiores e absurdas, eram sempre, mais cedo ou mais tarde, liquidadas pelo erário imperial, nem só não lhe regateavam crédito, como ainda procuravam espertalhonamente meter-lhe pela cara tudo aquilo que pudessem.

Ambrosina tinha disso perfeita ciência, e rejubilava por conseguinte com a sua heráldica conquista.

Sua Alteza, ao cabo de alguns meses, propôs, tomá-la para si exclusivamente, com a condição, porém, de que a amante não havia de pôr os formosos pés em tábuas de ribalta, nem dar trela a guardas-marinhas, enquanto estivesse em companhia dele.

Ela aceitou, arroubada de contentamento. E foi essa a fase mais brilhante do seu efêmero fastígio; foi como vai ver o leitor, o momento apogístico da sua venusta glória, o delicioso instante da embriaguez de Safo, mas também o Leucale fatal, donde havia de rolar a Condessa Vésper ao abismo comum das mercadorias de amor.

XLVI

Apogeu e ocaso

D. Felipe pôs-lhe casa em Botafogo, mandou, por inspiração própria e segundo desenho seu, aparelhar o brasão de armas da Condessa Vésper – uma grande estrela de prata em campo azul-celeste, cortado em diagonal por duas ordens de lágrimas vermelhas; em cima a coroa condal, e por baixo do escudo um ramo de camélias brancas e deu-lhe lacaios de libré agaloada, tomando do brasão as duas cores carmim e prata; e deu-lhe joias, e deu-lhe rendas tão preciosas que valiam ainda mais que as joias, e vinhos tais, que valiam mais que as rendas.

Vésper tocara ao seu zênite, à fúlgida culminância que precede ao fatal declínio.

Pouco, muito pouco tempo durou o plenivênio de sua glória, apenas um ano, mas nesse fugaz instante gozou ela todas as delícias das voluntariedades; foi por um momento de sua vida o centro planetário, em torno do qual todos os prazeres livres e todos os vícios caros do Rio de Janeiro bailaram ébrios de gozo. Os principescos salões de sua casa converteram-se, não só no quartel general de todas as prodigalidades elegantes, de todas as gentis libertinagens de um outro sexo, mas ainda no alegre ponto de reunião de muito dignitário de gravata lavada e de homens de real merecimento libertário, artístico e científico. Nas suas esplêndidas noitadas, de ceia permanente, em que o champanha corria a jorros e a orquestra só emudecia ao clarear da aurora; em que as bancas de lansquenet, de bacará e de trente e quarente, se sucediam, deslocando centenas de contos de reis, viram-se, ao lado das vulneráveis divas de colo nu, altas patentes de mar e terra, poderosos conselheiros da Corte, velhos senadores cobertos de condecorações; formidáveis banqueiros, cujos sorrisos de lábios secos valiam ouro, capitalistas donos da Praça, e titulares que dariam para uma coleção completa, desde o bisonho comendador de grau mínimo na Maçonaria, até o rebarbativo Conde, grau 33, com chácara em arrabalde e o nome imposto pela Câmara Municipal à rua em que ele habitava.

E ela, ao lado do seu príncipe, cercada de admirações de ricos e de protegidos pobres, sentia-se plenamente feliz, gozava essa felicidade, tão ambicionada e tão rara, que só experimentam os privilegiados da fortuna, os eleitos da sorte; a felicidade de chegar ao fim proposto, de cumprir o seu destino na terra, de tocar com as mãos e com os lábios o ideal sonhado durante a vida.

Nesse ano de plenitude, Ambrosina chegou a ser uma irresistível potência, cujo valimento se estendia escanda-losamente até aos degraus do Trono. Quantas vezes não foi ela, às horas escusadas do pôr do dia, visitada e adulada por estranhos de boa cotação na sociedade, que lhe iam solicitar a graça de uma recomendação para os magnatas do poder? Quantas vezes não recebeu, com frios gestos de rainha, a clandestina visita de alguma pobre senhora, que entre risonhas e envergonhadas lágrimas, lhe suplicava uma palavra de interesse pela promoção do marido ou pela nomeação do filho? Quantos casamentos de dinheiro, e quantos casamentos de amor, e quantos adultérios, e quantas reconciliações conjugais, não dependeram dela? Quantos destinos não lhe foram parar às felinas mãos, para destas receber a nova direção que lhes quisesse imprimir a soberana fantasia da loureira?

De tão senhora da fortuna, e de tão satisfeita consigo mesma, chegou Ambrosina a revelar belas alterações no temperamento e no gênio. Era difícil surpreender-lhe então um gesto de mau humor ou de má vontade; dera ao contrário para mostrar-se indulgente e branda com os inferiores, compassiva e humanitária para com os humildes e fracos, cheia de um espetaculoso interesse pelas vítimas de qualquer notável desastre. Acudiam-lhe agora, àqueles mesmos lábios a cujo sopro vidas de vinte anos se apagaram, doces sorrisos de meiga afabilidade para os pálidos necessitados, que de longe se arrastavam até à fímbria de seus vestidos em súplica de piedosos. Quem sabe lá o que não sairia ainda de semelhante demônio, se aquele plenário ano se prolongasse indeterminadamente!... Mas, um dia fatídico para ela! o seu áulico amante lhe divisou por entre os ondulantes e fartos cabelos da nuca, os primeiros fios brancos, e lhe pressentiu através dos beijos as primeiras rugas da velhice.

Dois meses depois, D. Felipe desaparecia do Rio de Janeiro, sem se despedir da sua companheira de vícios, e ainda por cima lhe alçando mão de algumas das melhores joias que ele próprio lhe havia dado.

E a roda da fortuna começou a desandar vertiginosamente para a Condessa Vésper.

Tão lenta e folgada fora a ascensão, quão rápida e pungente era agora a descida. O atrevido fausto em que a deixara instalada o fugitivo príncipe, os dispendiosos hábitos que lhe ensinara, e o exigente meio que lhe dera, mais lhe agravavam a situação e lhe precipitavam o fatal soçobro. Pouco depois da deserção de D. Felipe, já o largo crédito que se havia aberto em torno dela, se fechava com um golpe cicatrizado.

Ambrosina, viu aflita desmoronar-se debaixo de seus pés, como por alçapões de teatro, todo o rebrilhante e cenográfico pedestal em que num momento se julgou soberana; e compreendeu, ai dela! que isso acontecia, não porque só um príncipe D. Felipe a pudesse manter naquelas alturas, mas porque a sua época passara, porque outras mulheres, mais moças e mais novas, lhe empolgavam, entre vitoriosas gargalhadas, o chocalheiro e leve cetro da libertinagem fluminense.

Vésper descambava e amortecia à luz de novas estrelas.

O próprio Alcazar, onde campeara ela no Rio de Janeiro os seus decisivos triunfos de mulher formosa e pública, caía também de moda, e só era já frequentado por uma velhada quieta e conservadora, metodicamente pagodista. E pouco sobreviveu ele ao desmaio da sua última estréia de primeira grandeza depois de agonizar por alguns meses, repetindo velhas e estafadas canções dos seus tempos felizes, entregou a alma ao diabo, quase juntamente com o esperto Arnaud, cuja vida parecia identificada com a do endemoninhado teatrinho.

De repente, viu-se Ambrosina cercada de uma negra nuvem de meirinhos e credores de dentes refilados, que lhe fariscavam rendas e alfaias, joias e baixelas, móveis, carros e cavalos, sem que tudo isso lhe desse não obstante para pagar em juízo a metade do que devia a executada.

Dentre os meirinhos, um, que se mostrava diretamente interessado por ela, procurou falar-lhe em particular.

Ambrosina agarrou-se a ele, como o náufrago à primeira mão que se lhe estende; mas, ao encará-lo de perto, e ao reconhecê-lo afinal, teve um instintivo retraimento de surpresa e de repugnância.

XLVII

Relapsia

Céus! o meirinho era o Melo Rosa, o seu primitivo cúmplice!

Mas que estranha cara tinha agora o trampolineiro! parecia raspada a caco de telha! o diabo do homem estava escamoso, descabelado e cor de brasa; não dava absolutamente ideia do que fora quinze anos antes! Que sinistro mal o poria naquele repulsivo estado?

– Não se deixe ficar aqui... É pior! segredou ele a Ambrosina, arrastando-a para um canto escuro. Trate quanto antes de apanhar o que de melhor puder carregar dentro das malas, e negue-se a futuras intimações... O escrivão ainda não chegou... Se não fizer o que lhe digo, estes cães lhe arrancarão a camisa do corpo! Mas mexa-se sem perda de um segundo! Daqui a pouco a casa estará interdita!

– Mas para onde hei de ir?...

– Tome este cartão. É de um chalé da rua dos Arcos... Lá encontrará quartos com pensão, ou sem pensão. Boa gente! Diga que vai em meu nome – eu agora me chamo Melo Junior. A Condessa Vésper aceitou o alvitre do seu ex-ofício transformado em beleguim, e lá foi, com um nome suposto, dar consigo ao latíbulo por aquele inculcado.

Era uma casa de ar muito tranquilo, mas suspeito, de um luxo encardido e mofado em que as capas dos sofás e das cadeiras acolchoadas serviam, não para as resguardar do pó, mas para esconder aos olhos dos hóspedes os ultrajes do tempo e do uso. Por toda a parte cortinas, tapetes, biombos, quadros e mesinhas, tudo, porém, repuído e amolambado.

Pelo esvaziamento das portas mal cerradas, lobrigavam-se vultos brancos de mulheres em penteador, arrastando chinelas de veludo e fumando cigarros. E pelos corredores sentia-se um cheiro impertinente da cozinha de hotel.

Ambrosina, ao tomar pé nos seus novos aposentos, desatou a chorar, e foi com o coração desfeito em amargura que a reformada loureira essa noite se recolheu à cama, depois de haver jantado no Dori, para se não encontrar com o Melo Rosa, que ficara de ir ter com ela ao pôr do sol.

Mas, no dia seguinte, logo pela manhã, ao correr os olhos pelo primeiro jornal que lhe caiu nas mãos, teve uma grande alegria: na lista dos passageiros do Rio da Prata estava o nome de Gabriel.

– Que felicidade! exclamou ela, secando o vestígio das lágrimas com um sorriso. E correu à escrivaninha, onde de um fôlego minutou uma extensa carta, que terminava deste modo: "Venha Gabriel; não é por capricho de amor que lhe faço este pedido, mas porque me dói e me pesa na consciência todo o mal que lhe causei. Quero que me perdoe de viva voz, ou de viva voz me castigue, lançando-me ao rosto todos os insultos da sua maldição. Não me revoltarei! anátema ou perdão, hei de receber o que vier de seus lábios, como divino orvalho para esta minha pobre alma requeimada pela agonia. Se soubesse como estou mudada, como é outro o meu coração, e outro o meu espírito... Se me vir de perto, e se me ouvir por um instante, juro que terá dó de mim! Não lhe peço amor, não! sei perfeitamente qual É o alcance de todo o mal que lhe fiz; quero porém, desafogar-me dos remorsos que me devoram, quero beijar-lhe os pés depois de ser por eles batida, como um vil animal que lhe pertença; quero chorar das suas pancadas e das suas injúrias, para não chorar de vergonha e de arrependimento. Venha!

É só isto que lhe suplico. Lembre-se de que ninguém, além do Senhor, resta no mundo, dos que deveras me amaram; venha ver-me neste penitencial retiro em que definho sob o obscuro nome de Elvira Branco. Será uma esmola, um serviço piedoso levado à cabeceira de uma desgraçada, que não tem ânimo de largar o mundo sem ouvir, pela última vez, a palavra do único homem que amou. Venha! seja digno do seu coração! – Ambrosina.. – Rua dos Arcos, nº 90, primeiro andar, quarto nº 5".

Gabriel leu esta carta sem tirar o charuto da boca, e foi, menos levado pelo reflexo do seu maldito amor, do que pela traidora curiosidade do coração, que o relapso pecador decidiu aceder à invocação da sua primeira amante.

Iria ver Ambrosina... por que não? Negar-se, ou deixar aquela humilde súplica sem resposta, seria mostrar-se receoso de um encontro, e dar por demais importância ao que em verdade já lhe não merecia nenhuma. E, caso ainda houvesse nele vestígios de saudade da estúpida paixão que lhe estragara a vida, semelhante visita os destruiria sem dúvida uma vez por todas, pois a desgraçada, se afinal se havia resignado a um obscuro arrependimento, era seguro por ver-se completamente batida e já sem cotação no mercado do prazer.

Iria ver de perto esse destroço de inimigo, e contemplar, em plena paz, os restos da desmantelada fortaleza, em que ele se chorou prisioneiro durante a melhor parte da sua mocidade.

– Sim, deve estar acabada! deduzia ele, a calcular o tempo decorrido desde que os dois se conheceram. E não é sem razão! Andará pelos quarenta anos ou perto disso... Ora, eu, que sou mais moço, já tenho cabelos brancos e rugas até na alma, ela o que não terá?...

E foi calmo, positivo, cheio de um ar prático da vida, que Gabriel entrou na precária sala de Ambrosina.

Ela apareceu-lhe toda de luto, arrastando uma grande e magoada contrição.

Não tinha consigo um joia; traje e penteado eram de um simplicidade calculada e artística. Nenhuma tinta no rosto, nenhum artificial perfume nos cabelos. Os braços cobertos por um filó negro; na garganta, pálida e nua, um pequenino crucifixo de marfim pendente de um cordel de seda. Como ainda está bonita!... Foi o primeiro pensamento de Gabriel, assim que a viu. E, meio condoído pelo ar triste e resignado da ex-amante, disse-lhe em tom quase cerimonioso:

– Vê que não fiz ouvidos de mercador ao seu convite... Aqui me tem...

– Obrigada! muito obrigada! respondeu ela comovida e suspirosa, indo beijar-lhe a mão.

– Dou-lhe os meus parabéns por dois motivos, volveu o rapaz; porque está muito bem conservada e porque me parece inteiramente convertida...

– Aceito o cumprimento pela segunda das razões, mas não pela primeira... balbuciou Ambrosina, fazendo a visita tomar assento a seu lado num divã rasteiro; convertida, isso estou eu... Ah, se estou! quanto a bem conservada... não sei, nem me interessa saber. Ainda ontem, num dos meus momentos de íntima revolta contra mim mesma, estive quase, por desespero, a despojar-me dos cabelos... Imagine!

– Que loucura!..

– Loucuras foi o que eu fiz noutro tempo... e daria agora, acredite! todo o meu sangue, para me resgatar de qualquer delas!

– Como mudou, hein?

– Oh, sim, felizmente! Muito, porém, tenho sofrido e muito tenho chorado! Reconheço, entretanto, que, no fundo, não sou tão má; posso até dizer que nasci para a abnegação e para o sacrifício. Mas, não sei que revessa estrela me persegue, que maldição me acompanha desde o berço, para que eu, em toda a minha desgraçada vida, deixasse sempre atrás de mim um rastro de vítimas e uma esteira de gemidos angustiosos. Desejei vê-lo de novo, Gabriel, porque ao Senhor devo a parte melhor, mais doce e menos impura, do meu triste destino, o único instante de minha existência em que não me julguei de toda indigna de amar a Deus; chamei-o para lhe pedir que me perdoe e, se lhe merecer compaixão a dor suprema da mais perdida das perdidas, que a esta ampare sempre com a sua generosidade de homem de bem, para que não tenha ela de recorrer dê novo à prostituição, como único meio de vida que lhe resta.

E Ambrosina, cujos suspiros lhe transbordavam por entre as palavras, começou a chorar desafogadamente.

Gabriel, por simples instinto de piedade, deixou que a desgraçada lhe pousasse a cabeça sobre o colo; mas, ao encará-la rosto a rosto, ao sentir nas suas barbas as quentes lágrimas que ela vertia, e a respirar-lhe o fêmeo e ferino cheiro daquelas mesmas carnes e daqueles mesmos cabelos, em que outrora se lhe prendera cativa para sempre a alma enamorada, todo o seu passado, toda a sua louca paixão, lhe acordou por dentro num arranco de desenfreado desejo, no qual ele a chamou inteira para o corpo, cingindo-a nervosamente nos braços e devorando-lhe os lábios com beijos ardentes, doidos, famintos, enquanto da garganta lhe rebentavam velhos soluços há tempo reprimidos e esmagados.

– Eu te amo! Eu te amo! Eu te amo! exclamaram ambos, rolando-se abraçados.

XLVIII

A última camisa

E ferraram-se de novo.

Foram habitar num retiro da Tijuca, para além da Raiz da Serra, numa velha chácara emboscada de mangueiras, entre quedas e sussurros d'água.

Ambrosina parecia completamente transformada. Saía todos os domingos pela manhã, a ouvir missa numa capela próxima à casa, ia sempre de negro, com um véu sobre o rosto. Fazia-se agora muito religiosa, muito amiga de festas de igreja e de dar esmolas aos mendigos devotos.

Sonhava-se já uma santa!

Mas queria mesa farta, e em certos dias o seu jantar era um banquete, a que só faltavam os convivas. Passava em demorada revista as hortas e os galinheiros da chácara, parava a contemplar o chiqueiro dos porcos, o curral das ovelhas, a vaca de leite e os cavalos de serviço. A sua criadagem aumentava todos os dias.

Gabriel, ocioso e apático, deixava-se ir ficando ao lado dela, não em verdade pelo gosto que lhe desse a companhia da amante, mas pela previsão do mal que lhe traria a sua ausência, à imitação desses pobres operários das minas de mercúrio, que já não podem cá fora suportar o ar inalterado; e precisam, para manter o equilíbrio da vida, volver a respirar o veneno com que por muito anos viciaram o organismo.

Vinham-lhe às vezes tão negras e profundas crises de tédio, que Ambrosina, temendo, com o suicídio do companheiro, perder aquela farta aposentadoria, não se desgarrava dele rondando-lhe os gestos e as intenções.

Todavia foi ela, e não Gabriel, quem rompeu com semelhante vida patriarcal. Não suporta por muito tempo a estabilidade doméstica o mastim que nasceu para a vagabundagem das ruas.

Uma vez, o rapaz, percebeu-lhe lágrimas, inquiriu, entre bocejos, sobre o que a punha nesse estado.

Ela, por única resposta, deixou-se-lhe cair nos braços com uma explosão de soluços.

– Sou uma desgraçada! Sou a peste! exclamou.

A que vem isso, filha?

– Pois não é assim? Tudo o que me cerca há de murchar e fenecer? todos os que se chegam para mim hão de fatalmente cair nessa tristeza e nesse desânimo em que te vejo mergulhado, receosa de que sucumbas de tédio?... Oh! Estou farta de ver sofrer em torno do meu azar! É demais! Qual foi o meu grande crime, para que de mim pobre amaldiçoada dos céus! nunca partisse um elemento de alegria sã e de sincero riso?! Quero ser boa e simples, quero ser como tantas outras mulheres que fazem a felicidade dos que as amam, mas já não me animo sequer a desejar o bem dos meus semelhantes, porque meu coração foi formado pela lama dos infernos. Maldita seja a hora em que eu nasci! maldita a estrela que me abriu os olhos! Quanto invejo essas pobres velhas, que chegam pacificamente ao fim de uma longa e uniforme existência, cercadas de netos e abençoadas por uma geração inteira! Quanto invejo os que partem deste mundo, sem deixar atrás de si um só eco de rugir de ódio ou de gargalhar de escárnio!

E voltando para Gabriel, disse-lhe numa agonia crescente:

– Vai! Foge de mim. Evita-me! És moço; vai gozar em paz, vai viver! Casa-te, constitui família, faze-te amado por uma mulher digna de ti! Meus carinhos te secam o sangue, meus beijos te umedecem a inteligência! Foge-me, querido! Amo-te muito, para consentir que te associes à minha estrela!

– Onde diabo queres tu chegar com tudo isso. Não te compreendo!

– Quero arrancar-te deste degredo!

– Mas, filha, não foste tu própria quem escolheu isto aqui para morarmos?...

– Sim, porque não previa as consequências; agora porém, receio perder-te... Esta solidão está a matar-te lentamente, eu sofro por te ver nesse estado... Não! não ! É preciso salvar-te!

– Qual! por mim, não! por mim não te incomodes. Em toda a parte me aborreço do mesmo modo... O mal vem de mim e não do lugar em que me acho... Se é só por isso, põe o coração à larga, e não te preocupes com os enfados de uma mudança.

– Mas é que eu própria começo a sucumbir de tédio!

– Ah! isso agora é outra cousa. Compreendo! Sentes falta do ruído da cidade. O corpo pede-te pândega. Já me tardava, confesso-te!

– E é exato. Esta existência calma, entre cascatas e mangueiras, em vez de acalmar-me os nervos, tem a propriedade de irritá-los... Não nasci para isto! No fim de contas, o mais digno e honesto é submeter-se cada qual ao seu temperamento e deixar-se de hipocrisias; mais vale a franca jovialidade do que uma austeridade fingida e falsa. Sinto-me bem disposta como nunca; amo e sou amada – quero viver! quero gozar, em plena expansão de alegria o resto de minha mocidade ao lado do meu amante. Venham de novo as ceias, os vinhos, os delírios do jogo e das madrugadas de prazer! Sou de novo a Condessa Vésper!

Gabriel sacudiu os ombros, enjoado.

– Faze o que entenderes, disse ele; mas talvez te arrependas...

– É difícil... Pois se isto já é um arrependimento de arrependimento!... Não! Não! Preciso sair daqui. Vou fatalmente! Se me não acompanhares, irei só.

Daí a dias, mudavam-se para a cidade, tomando na Praia da Lapa, em frente ao mar, um sobradinho de três janelas, que era um brinco. E a Condessa Vésper começou a reaparecer nos teatros e nas corridas, ao lado do seu taciturno amante.

Apesar de já inteiramente fora do calendário das mulheres de alto bordo, fizeram-se logo comentários de todo o gênero a seu respeito. Uns, naturalmente por espírito de contradição, achavam que ela agora estava ainda mais bela; outros, sistematicamente pessimistas, pretendiam que a sazonada ex-estrela do Alcazar, já não valia dois caracóis. E atribuíam-lhe uma grande regeneração por amor, falava-se, por aqui e por ali, ora de uma formidável paixão, que esteve a dar com ela num convento de freiras, ora de uma moléstia, não menos terrível, que por pouco não lhe deixara os ossos a descoberto. E citavam com pasmo as toilettes sérias de Ambrosina, as suas joias, e as suas novas maneiras de pecadora impenitente e consagrada.

O seu porte era agora de uma rainha viúva e silenciosamente devassa.

Mas, por este tempo, a liquidação forçada do Banco Mauá, onde Gabriel tinha todos os seus bens, rebentou como uma bomba, espalhando escandalosamente a ruína e a miséria no meio de centenares de acionistas, que de seus depósitos apenas percebiam o cheiro do estouro.

Ambrosina sentiu fugir-lhe a alma. Abraçou-se ao amante num transporte de heroica solidariedade na desgraça, e durante muitos dias viveram os dois, quase que exclusivamente, para ler, por entre um dueto de suspiros e soluços secos, os boletins, as notícias, e os ardentes comentários da imprensa sobre a tremenda bancarrota. Maria Antonieta com certeza não se mostrara em público mais altivamente resignada, quando perdeu o seu trono, nem tivera, ao lado de Luiz XVI, mais lindas palavras de dor, e lágrimas mais eloquentes, do que as de Ambrosina aos pés de seu amante arruinado.

Mas, nos primeiros intervalos dessa ideal agonia, foi logo cuidando a loureira de arranjar quem junto dela pudesse substituir Gabriel, porque, a este, coitado! faltava absolutamente aptidão para de qualquer modo ganhar a própria vida, quanto mais ainda a de uma companheira de má boca e hábitos epicuristas.

A cousa, porém, não seria assim tão fácil!... Onde diabo iria ela descobrir de pronto um outro Gabriel; isto é, um homem que a visse ainda hoje pelo mesmo prisma de vinte anos passados?... Devia ser difícil! A infeliz já não tinha de beleza mais do que um saldo em ligeiras frações; a gordura começava a dissolver-lhe de todo a helênica pureza do contorno; e os seus famosos cabelos, que, ao descer da Tijuca, dera ela em tingir de louro, ganhavam agora uns tons fulos em que tresandava fraudulento cheiro de preparação química.

Foi nessas circunstâncias que resolveu ir buscar à porta de um dos seus mais antigos e ferrenhos admiradores, por quem não obstante sentira sempre instintiva e profunda repugnância, um tal Moreira, por alcunha "O Arrocha", dono de uma casa de jogo das mais fortes do Rio, e com cavalos de corrida. Homem efetivamente desagradável, ordinário e popular, de um cinismo arrogante e ruidoso, corpo duro, cabelo à escovinha, cara raspada e vermelha com pintalgações furunculosas.

Andava sempre com as algibeiras inchadas de contos de réis, para bancar a roleta ou o dado, na primeira ocasião que se oferecesse nas tavolagens dos colegas.

Ambrosina tinha-lhe profundo asco, apesar da justa fama que o cercava de muito pichoso na escolha da roupa íntima, e de bom gastador com mulheres; seria assim! ela, porém, não o podia ver nas suas invariáveis calças brancas, casaco sem colete, a camisa carregada de brilhantes, o farol ao dedo e o charutão ao canto da boca; todo ele a arrotar descarada audácia, asseio caro, estômago farto e próspera luxúria.

O fraco do Arrocha pela Condessa Vésper não era simples questão de apetite sensual, entrava aí em alta dose um grande fundo de especulação malandra. Como bom conhecedor, o patoteiro farejava em Ambrosina um belo auxiliar para as pantomimices da banca, e queria fazer dela o braço direito da sua casa de jogo. E, quanto ao mais... ora adeus! – madurinha estava a fazenda, isto estava! mas, que diabo! aquilo era mulher para instruir a quem a ouvisse, e devia saber do ofício, que nem a própria Chica Polca!

E uma noite, quando Gabriel voltava de certa viagem a São Paulo, aonde fora ver se conseguia receber algum dinheiro do que tinha por lá deixado de empréstimo sem garantia, encontrou todo fechado, deserto e quase inteiramente vazio, o sobradinho da Praia da Lapa.

Ambrosina havia arribado para os braços do Arrocha, depois de fazer leilão dos móveis e obras de luxo e de arte da sua última instalação deixando apenas ao esbulhado amante o que rigorosamente constituía objeto de uso exclusivo dele.

Gabriel ficou quase que reduzido à roupa do corpo e ao dinheiro do bolso.

XLIX

In extremis

Tão exausto de ânimo e tão vencido pela decepção, vinha o mísero despojado ao chegar a casa que não teve ele uma lágrima, nem um gesto de revolta para aquela nova perfídia da sua velha traidora; chegou até a sorrir dando de ombros, sem indagar saber o que escapar ao despojo, nem o que ela porventura lhe deixara escrito a título de desculpa ou de justificação.

Tornou à rua, e lá se fez para os lados da cidade rebocado pelo seu próprio desânimo, a procura de uma parelha de aluguel, que o ajudasse a arratar a carga daquela pesada noite.

Foi afinal dar aos lábios de uma rapariga, que acabava de fazer a sua aparição no baixo mercado dos beijos fluminenses. Chamava-se Eva Rosa, mas o seu verdadeiro nome o leitor conhece, como conhece à dona; era a nossa Estela dos olhos bonitos, a quem um dia sonhara o malogrado Gustavo fazer senhora.

Depois de percorrer a regimental escala que vai desde a criadinha festejada pelo amo até à mesquinha amante acumulativa das funções de criada e cozinheira, surgira afinal a infeliz, oficialmente, à tona do impudor de porta franca, fazendo das janelas do hotel Ravaux trampolim para o grande salto na larga piscina da devassidão carioca.

Gabriel deixou-se ficar muitos dias ao lado dela, ouvindo os pormenores da história dos negros amores de Gustavo com Ambrosina; e, enquanto procurava ele aturdir o coração nos braços dessa quinhoeira de infortúnio, vítima também da Condessa Vésper, reaparecia no Rio de Janeiro, sinistramente velho e prostrado, o Médico Misterioso, que sentira agravar-se longe da pátria o seu mau estado de saúde com a terrível notícia da quebra do Banco Mauá.

O que, logo ao chegar à Corte, lhe constou de positivo a respeito da fraudulenta liquidação desse estabelecimento de crédito, em que todos no Brasil depositavam a melhor boa-fé e a qual Gabriel, como o próprio Gaspar, haviam confiado os seus haveres, ferrou com ele de cama, e por pouco não o matou de vez.

Mandou então chamar com urgência o enteado, a quem, em vão, já tinha por várias vezes escrito do estrangeiro.

Gabriel resistiu a princípio, mas afinal cedeu. E os dois amigos, ao trocarem o primeiro olhar depois de tão longa e desabrida ausência, sentiram-se igualmente comovidos.

O enfermeiro afastou-se do quarto a um gesto do enfermo.

– Não podia morrer sem falar contigo... disse este a Gabriel; porque não era só pelo meu interesse que o precisava fazer... Apesar de não haveres nunca respondido às minhas cartas, é minha segura convicção que já chegaste afinal a compreender quanto foste injusto para comigo, e quão pouco merecia eu ser por ti odiado e abandonado...

– Não falemos nisso... murmurou Gabriel, de olhos baixos.

– Ah, sim! deves estar a estas horas plenamente senhor da verdade a tal respeito, a não ser que aquela maldita mulher, uma vez de novo ao teu lado, achasse meios ainda de tirar, a seu favor, novo partido de uma situação, falsa na aparência, que a nós dois ridiculamente incompatibilizava... Agora, porém, que acabas de ser, tão de surprêsa, defraudado pelo Banco Mauá no que restava do teu belo patrimônio, terás, meu filho, ocasião de conhecer definitivamente o vil diabo por quem me desprezaste... É esperares mais um pouco, e hás de ver confirmado o que te digo! Não te dou muitos dias para que Ambrosina te fuja para os braços de outro, se encontrar quem a receba!

– Já encontrou...

– Abandonou-te já?

– Já.

– Ainda bem, meu pobre Gabriel! Ao quer que seja, aproveita a desgraça! Respiro, apesar de que semelhante felicidade tire a sua razão da tua própria ruína. De hoje em diante, tens que traçar um novo programa para a tua vida... É preciso que nunca te esqueças de que já não és rico. Gabriel soltou um gemido.

– É verdade... disse entredentes; pensei eu, pobre de mim! que não pudesse ser mais desgraçado do que me supunha. Enganei-me! a miséria veio completar a obra. Sou um miserável!

– Não! e és muito menos desgraçado do que foste; apenas, convém que acordes por uma vez dos teus pesadelos. Era por isso, principalmente, que eu não queria morrer sem falar contigo, sem te deixar de pé na vida... e de olhos bem abertos... E como a morte é traidora e anda por aqui junto, não devemos perder tempo... Escuta, meu filho; antes, porém, de mais nada, olha, toma esta chave, e com ela tira daquele cofrezito de ferro uma volumosa carteira que lá está.

Gabriel obedeceu. Cumpria as ordens do padrasto com a solene submissão que se deve ao enfermos desenganados.

– Para que é isto?... perguntou ele agitando na mão a carteira que sacara do cofre.

– É para te ser restituído... explicou o enfermo, virgulando as palavras com uma tosse seca; aí dentro encontrarás, em bilhetes esterlinos, o principal e os juros dos cinquenta contos de réis, que te tomei, contando já que havias de chegar à completa pobreza... Gabriel arfava de comoção.

– Do que sobrar, prosseguiu o outro, e com o produto do que porventura aqui encontrarem depois de minha morte, farás o meu enterro e um última esmola aos meus doentes pobres. Espero não te esqueças de que tanto maior será a esmola, quanto mais modesto for o enterro, e de que não te ficará bem lesar aqueles desgraçados de quem era eu o único amigo... Quando te pedi o que agora te restituo, sabia que mais cedo ou mais tarde, cairias na miséria, mas, confesso, não a fazia tão certa... estava, como todos, bem longe de prever a quebra do Banco Mauá. Era a minha intenção deixar por algum tempo amargasses bem a necessidade, para poderes depois tomar o real sabor da vida, e dar então a esse último punhado de dinheiro o seu verdadeiro valor; a morte, porém, não me deixa tempo para tanto, e tenho de confiar ao te próprio critério o que esperava eu da ação benéfica dos fatos. E é isto só o que agora me preocupa...

Gabriel não pôde por mais tempo reprimir a sua comoção.

– Meu bom amigo! – exclamou, lançando-se nos braços do padrasto.

– Sim! só o teu futuro me dá cuidado... É a única preocupação que levo comigo para fora da vida.

– Não se mortifique por minha causa!

– Oh! Sinto perfeitamente que me cabe grande parte na responsabilidade da tua desgraça... Amei-te demasiadamente... fiz de ti um ídolo, quando devia ter feito simplesmente um filho... Fui um visionário! Errei! Perdoa-me!

E, como Gabriel com um gesto lhe exprobasse falar tanto, Gaspar abaixou a voz, e acrescentou sucumbido:

– Ah! bem caro paguei o bem que te não fiz! bem caro paguei o meu tributo à delirante época em que decorreu a minha mocidade! Desgraçados que fomos! desgraçados que fomos! E as lágrimas do velho romântico correram-lhe pelas barbas brancas.

– Oh! sossegue por amor de Deus! suplicava o rapaz; concentre todo o seu pensamento na boa ação que acaba de praticar comigo, salvando-me da miséria; e console-se com a ideia da gratidão que neste instante me invade a alma, para nunca mais a abandonar! Creia-me, meu pai, ligado piedosamente ao seu amor e sinceramente contrito dos meus erros!

– Obrigado, meu filho... E o moribundo deixou pender a pálida cabeça sobre os travesseiros, inundada por uma auréola de extrema lucidez, em que se pressentia já o alvorecer de uma outra vida. Foi arquejante, e talvez meio em presa ao supremo delírio, que ele mais tarde volveu a falar, levando ao peito descarnado a mão de Gabriel que entre as suas apertava.

– Segue à risca o que te vou dizer... balbuciou com os olhos imóveis: não olhes para trás de nós, não pares a contemplar no teu caminho a sinistra sombra que fomos... Vê! a luz vem de frente! não te voltes contra a luz, que a noite é doce, mas intrigante e traiçoeira... Em nome de tua mãe, meu filho, não mergulhes de novo na vasa em que acabas de naufragar! Nunca mais leves o teu corpo à boca, sem teres ganho o teu dia; não ponhas teu corpo com o de uma mulher, a quem não possas defender em qualquer terreno; não doures a tua vaidade com o ouro que não ganhaste com as tuas próprias mãos, porque só esse orgulha a quem o gasta. Faze da necessidade, alheia ou própria, a senhora arbitral do teu dinheiro; nunca o sonegues quando ela o reclamar, nem jamais o gastes sem que dele justifique ela a aplicação. E trabalha, e poupa; poupa principalmente nas quantas pequenas, que as grandes por si mesmas estão guardadas; trabalha, seja em que for... o trabalho é o senhor dos homens livres, é o único senhor, a cuja dependência nos tornamos independentes; não suponhas que te humilhas a homens quando te curves diante do trabalho, não tenhas escrúpulo nem vexame de exercer qualquer ocupação subalterna, faze-te soldado, soldado raso, e, quando o dever te reclamar, leva ao ponto mais arriscado e mais glorioso, essa desgraçada vida, que expões sem glória a cada instante nos braços das perdidas e nas távolas dos bêbados. Desconfia de ti próprio, sempre que não fores necessário a alguém; se não prestares para os outros, menos prestarás para ti mesmo... O coração, meu filho, só tem janelas para fora; se quiseres ser feliz, deixa que por elas te entre no íntimo a felicidade alheia... E... e... ama...

Mas a voz perdia-se-lhe na garganta, e os seus olhos, sempre imóveis a pouco se embaciavam.

Vinham-lhe ainda, todavia, aos lábios quase tão imóveis como os olhos, entre palavras de amor, o nome de Violante, o nome do pai, e o de Gabriel, e o de Virgínia, e o de Ana e de Eugênia.

O enteado, de joelhos ao lado do leito, colocou o rosto sobre uma das mãos do agonizante, abafando com elas os seus próprios soluços encharcados de pranto.

Gaspar arquejava.

Pouco depois apareceu o colega que o assistia, e disse em particular a Gabriel que o padrasto não deitaria a noite inteira.

Morreu com efeito às duas da madrugada.

O enterro, no dia seguinte, teve um grande acompanhamento, mas só de pobres; gente de sociedade quase nenhuma compareceu. O Reguinho, entretanto, se mostrou na comitiva, já grisalho e enrugado, sempre, porém, com o mesmo ar de filho-família irresponsável de todo, e sempre a mentir a pretexto de tudo.

A velhinha Benedita, essa não faltou, coitada! Toda curvadinha sobre o seu bordão, a cabecinha a tremer, e o queixo a amandducar em seco, lá foi ela se arrastando até ao cemitério de São João Batista, para rezar bem rezadinho um rosário sobre a sepultura de seu benfeitor, a quem Deus Nosso Senhor tivesse em santa guarda, com as alminhas do Paraíso, pelo muito que ele em vida fizera pelos desgraçados.

L

Os brilhantes do Faraní

Com a prisão do Arrocha, que a justiça acabava de condenar a dois anos de cadeia por crime inafiançável, depois de haver a polícia lhe dado busca na casa de jogo e apreendido o que lá encontrara, viu-se Ambrosina obrigada a voltar de novo a atividade prostibular, mas agora, não já como vagabunda ovelha, e sim como abelha mestra de quatro raparigas, entre as quais Eva Rosa era a de melhor cotação.

E Gabriel, que a despeito dos conselhos "in extremis" do padrasto, fora pouco a pouco, com a última aragem da fortuna, recaindo na primitiva prodigalidade, um belo dia, quando deu por si, depois de uma noite de dissipação em que adormeceu inconscientemente nos braços de Estela, acordou, sem mesmo saber como, nos da sua velha amante, e entre bocejos de apatia se deixou quedar.

Já não tinha, porém o relapso, ao lado de Ambrosina, vislumbres dos arroubos da sua paixão de outrora; amava-a de cara fechada, como traga um bêbado a indispensável dose de aguardente, que lhe exige o vício.

Mas, ainda assim, existiram juntos quase um ano, ao fundo de um policromo hotelzinho de gente de teatro, por cima do recém-criado Casino da rua do Espírito Santo, que se propunha substituir o Alcazar de saudosa memória popular. E durante esse tempo, valha a verdade, nada de notável ocorreu entre eles, a não ser o próprio fato que de novo os desuniu – um doido capricho de Ambrosina por um hércules francês, que se exibia todas as noites no Círculo do Lavradio; homem belo e brutal, com músculos de bronze, a cujo áspero peso gemia a outonada loureira, sentindo esmagarem-se-lhe as dormentes gelatinas em que se lhe havia derretido pelo corpo o palpitante e branco mármore do passado.

A desgraçada o idolatrava, sem a si própria explicar a razão por que. Ele comia-lhe o dinheiro que lhe fariscava nas meias, e batia-lhe com os pés; ela, entre soluços de mulher adorada, dizia-lhe abjeções, cuspia-lhe nas barbas, mas ia, lacrimejante de amor, rebuscá-lo ao fundo das bodegas, para lhe pedir perdão e lhe suplicar que não estivesse a matá-la de ciúmes.

O francês levou-a a esfocinhar nas últimas degradações da crápula rasteira, enquanto teve de partir para Buenos Aires com a companhia de funâmbulos a que pertencia, esgueirou-se à sorrelfa, receando que o seu crampon lhe estorvasse a saída.

Ambrosina reparou então que o miserável, ainda pior do que fez D. Felipe, lhe carregara com os poucos objetos de valor imediato que lhe restavam, e tratou logo de arranjar meios de encostar-se de novo a Gabriel.

Este porém, já de frouxos recursos poderia dispor por esse tempo; achava-se quase completamente esgotado em todos os sentidos. Dera ultimamente para beber e jogar por vício, equilibrando a existência pelas alternativas da roleta e do álcool. Tornava-se desleixado em extremo, e até desbriado.

Ambrosina conseguiu empolgá-lo de novo, e agora mais do que nunca fazia dele o que bem queria, insultava-o constantemente, e lhe não abria a porta, quando o desgraçado fora de horas lhe chegava ébrio e sem dinheiro.

– Vá dormir na estação de polícia, que isto aqui não é lugar de vagabundos! exclamava ela, pondo a cabeça entre as folhas da janela. E, se insistia, despejava-lhe o balde das águas servidas.

Mas, nem assim, o pobre diabo a deixava de vez.

Uma ocasião afinal, largos meses depois do último aferramento dos dois, Ambrosina, passando de manhã cedo pela rua do Ouvidor, para ir ao Mercado regatear as compras do almoço, viu em uma das vitrinas do Farani, um belo e rico broche de brilhantes.

Eram apenas duas pedras, muito fundas, porém, e muito limpas. Ao lado um cartão com letras de ouro dizia que a joia custava quatro contos de réis.

– Ah! meu tempo!... suspirou a filha do comendador Moscoso, a fitar, enamorada e triste, as duas sedutoras gemas.

E, depois de muito as contemplar em platônico deselo, soltou um novo e mais fundo suspiro, e lá se foi seguindo o seu caminho, mal amanhada e bamba, levando cravada na alma uma agonia que toda por dentro a encharcava de fel.

Ao mercado, inteiramente fora dos seus hábitos de lambareira, fez as compras nesse dia sem se demorar na escolha das vitualhas e sem desfranzir o rosto, passando alheada e torva por entre a pilhas do legumes viçosos e peixes cor de prata que espalhavam no ar o quente aroma das hortas e o frio olor das maresias; e não se deteve um só instante, como costumava, a olhar gulosamente para os montões de frutas frescas e caças despojadas, ou para as relumbrantes serpentes de chouriços e salpicões banhados de gordura, em que das outras vezes deixava a alma pendurada pelos olhos.

É que os dois belos brilhantes não lhe saíam da imaginação. Chegou a casa possuída de uma raiva dolorosa e surda, uma como íntima revolta contra a certeza do seu aniquilamento, a dura certeza de que ela, nunca mais seria ninguém. Chorou, chorou muito, arrepelou-se, e pensou em morrer.

– Mas por que não hei de eu possuir aqueles brilhantes?! exclamou a miserável a sós com a sua agonia, entre arquejos desabridos. Sim, hão de ser meus! Ainda há nesta carne fibras da Condessa Vésper ! E quando o amante lhe apareceu à tarde, disse-lhe ela secamente:

– Ó Gabriel! tens ainda algum dinheiro em depósito?

– Quase nada, filha; por quê?

– Porque preciso que me compres um broche de brilhantes que vi no Farani; um de duas lindas pedras, levemente azuladas, e engastadas num simples alfinete de ouro. Custa quatro contos...

– Estás bêbeda!

– Parece-te? Pois fica então sabendo que não tornarás a pôr os pés neste quarto, se não trouxeres os brilhantes contigo!

– Vai dormir! Isso passa! À noite, porém, Ambrosina não lhe abriu a porta, como lha não abriu no dia seguinte, nem no outro. Gabriel, que havia caído numa estranha tristeza, resignada e fria, foi então à casa bancária onde depositava o seu dinheiro, e perguntou de quanto ainda dispunha.

– Quatro contos e tanto, responderam-lhe.

– Passe o recibo.

– De tudo?

– Sim.

Embolsou o dinheiro, tocou para a casa do Farani.

Parou defronte do mostrador. Os dois brilhantes, as duas tentações de Ambrosina lá estavam em toda a sua refulgente glória; e o desgraçado estremeceu ao trocar com eles um rápido olhar, como se desse com efeito de surpresa com os olhos de alguém, de algum demônio, do cruel demônio que implacavelmente o perseguia desde o seu primeiro sonho de amor.

No meio de um ardente eflúvio de cintilações, feito de acesas cores em que parecia transluzir a alma fulgurante dos minerais preciosos, destacavam-se, a fitar Gabriel, as duas irrequietas pupilas de carbone vivo. Havia a granada e o rubi, com as suas luzes quentes e sanguíneas, que lembram os sorrisos do pecado; a esmeralda, matinal e alegre como a lágrima do mar gotejada dos cabelos de Afrodite, ao lado da safira, triste e sombria. como as gotas da noite; e opalas, misteriosas e sinistras em contraste com turquesas cor do céu em dias felizes, e pérolas que guardam no rijo e imaculado seio secreta: luzes do fundo do oceano, e místicas ametistas, sensuais cornalinas, topázios cheios de sol, e camafeus mais polidos e trabalhados que um verso de Virgílio. Mas a todo esse refulgir da ardente e rica pedraria, sobrelevava-se o fulgor das duas lúcidas pupilas de luz diamantina, que provocadoramente desafiavam Gabriel para um supremo desvario. O amante de Ambrosina entrou na loja.

– Deseja alguma cousa?... perguntou-lhe o moço do balcão, a medi-lo com certo ar desconfiado.

– Aquele broche que está exposto...

– A que broche se refere o senhor?

– Ao de quatro contos, com dois brilhantes..

– É só para ver?...

– Não; é para comprar.

– Pronto!

– Separe-lhe as pedras.

– Separar-lhe as pedras?!

– Sim; desengaste os dois brilhantes.

– O senhor dessa forma estraga a peça...

– Não faça caso; separe-as.

– Mas...

– Compreendo... Aqui tem o dinheiro.

– Pois não! É um instante!

E o caixeiro, depois de conferir e recolher o pagamento, isolou as duas belas gemas, que entregou ao comprador juntamente com os engastes e o cofre.

– Está servido, disse; quando precisar de mais joias...

– Obrigado, resmungou Gabriel, guardando aqueles objetos no bolso do sobretudo. E dirigiu-se então a uma casa de armas. Aí comprou um jogo de pistolas de carregar com bala pela boca. Depois pediu ao armeiro que a carregasse com pólvora seca, muniu-se de espoletas, e saiu. Estava a cair de fome. Foi ao Mangini, meteu-se num gabinete reservado, e, enquanto esperava que lhe servissem o jantar, carregou as duas pistolas com um brilhante cada uma. Acabada a refeição, acendeu tranquilamente um charuto, e seguiu, sem alterar os passos, para a casa de Ambrosina.

Eram cinco horas da tarde, mas anoitecia já quando ele lá chegou, porque junho orçava pelo seu meado e viera muito nebuloso esse ano.

– Ainda?! berrou a loureira, ao ver entrar Gabriel. Não lhe disse que não voltasse sem os brilhantes?! É birra!

– E quem te diz que não te trago?...

– Hein?! interrogou ela, correndo para o amante, de braços abertos. Não estás gracejando?... Ele mostrou o estojo.

– Meu amor! Oh! deixa ver! Dá-me! dá-me cá!

E Ambrosina beijava o infeliz, a bater palmas, a rir e a saltar numa alegria igual às dos seus melhores tempos do passado.

– Prepara então o teu colo... exigiu Gabriel. Quero-o nu, todo nu! Ela, num gesto rápido e frenético, rasgou o corpete do vestido, patenteando os infecundos e carnudos peitos.

– Agora, bem! dá-me o teu lenço... acrescentou ele.

– Meu lenço?... Aí o tens... Para quê?...

– Espera... É uma fantasia... Deixa vendar-te os olhos... Ambrosina submeteu-se, com arrepios de gozo, a perguntar se o broche então armava também em colar.

– Sim, respondeu o amante, empunhando as pistolas, que já tinha engatilhado. E quero que só o vejas defronte ao espelho... com os teus brilhantes no colo.

– Pronto! disse ela afinal, de olhos vendados. Gabriel, fazendo-lhe pontaria sobre os peitos clamou:

– Aí os tens, demônio!

E disparou ao mesmo tempo as duas armas. Ambrosina, soltando um gemido, caiu de costas, banhada em sangue. Semanas depois, recebia Gabriel na casa de Detenção a visita da mãe do finado cocheiro Jorge. De todos os seus conhecidos, foi essa, foi a velhinha Benedita, a única pessoa que se lembrou de ir vê-lo.

E a pobre de Cristo estava cada vez mais engelhadinha, mais seca e mais curvada, e também mais agarrada à vida, sempre com um terrível medo de morrer, e sempre a terminar os seus intermináveis aranzéis com o grato provérbio: "Viva a galinha com a sua pevide!"

Foi ela a encarregada pelo assassino de Ambrosina de trazer-nos o manuscrito e a carta de que falamos no começo deste livro, e foi ela igualmente quem nos informou mais tarde de que o infeliz preso, no dia em que tinha de embarcar para Fernando de Noronha, a cumprir sentença de galés perpétuas, aparecera morto na prisão, conservando ainda cravada no peito a arma com que se arrancara do mundo, um belo punhalzinho de cabo de marfim com incrustações de ouro, entre as quais se lia o nome de Violante.

FIM